U0622807

《诗探索》编辑委员会在工作中始终坚持：

　　发现和推出诗歌写作和理论研究的新人。

　　培养创作和研究兼备的复合型诗歌人才。

　　坚持高品位和探索性。

　　不断扩展《诗探索》的有效读者群。

　　办好理论研究和创作研究的诗歌研讨会和有特色的诗歌奖项。

　　为中国新诗的发展做出贡献。

诗探索 ①

POETRY EXPLORATION

理论卷

主编 / 吴思敬

2016年 第1辑

作家出版社

学术主持机构
中国当代文学研究会
北京大学中国新诗研究院
首都师范大学中国诗歌研究中心

《诗探索》编辑委员会
主　任：谢　冕　杨匡汉　吴思敬
委　员：王光明　刘士杰　刘福春　吴思敬　张桃洲　苏历铭
　　　　杨匡汉　陈旭光　邹　进　林　莽　谢　冕

《诗探索》出品机构：北京人天书店有限公司
社　长：邹　进

《诗探索·理论卷》主编：吴思敬
通信地址：北京市西三环北路 83 号首都师范大学
　　　　　中国诗歌研究中心《诗探索·理论卷》编辑部
邮政编码：100089
电子信箱：poetry_cn@163.com
特约编辑：王士强

《诗探索·作品卷》主编：林　莽
通信地址：北京市朝阳区 100026 信箱 156 分箱
　　　　　中国诗歌研究中心《诗探索·作品卷》编辑部
邮政编码：100026
电子信箱：stshygj@126.com

目　录

1　编者的话

// 纪念沈泽宜

4　迟到的青春祭

　　　　——沈泽宜周年纪念，兼怀张元勋、林昭……谢　冕

8　历史不会忘记他

　　　　——纪念沈泽宜……孙绍振

14　清澄世界的独舞者

　　　　——沈泽宜的诗与诗论……王巨川

// 新诗形式建设问题研究

28　流变的诗体　不变的诗性……叶　橹

35　对新诗格律化"不定型"的思考……邱景华

52　从内容与形式的二元模式中解放出来

　　　　——新诗形式论美学的"辩护"……陈仲义

// 诗学研究

64　非虚构与汉语新诗……陈爱中

74　论台湾现代诗的抒情语调……郑慧如

// 八十年代大学生诗歌运动回顾

88　八十年代，被诗浸泡的青春

　　　　——徐敬亚访谈录……姜红伟　徐敬亚

102　八十年代一首诗

　　　　——程宝林访谈录……姜红伟　程宝林

// 张志民诗歌创作研讨会论文选辑

118　诗歌的公共性及自觉
　　　——兼谈诗人张志民诗歌创作……刘　琼

125　从"革命文学"到"审美意识形态"
　　　——张志民诗学的范式转换与价值生成的时代美学
　　　意义……黄怒波

138　正义之思与真情之诗
　　　——读张志民《梦的自白》兼论其诗歌
　　　精神……宋宁刚　沈　奇

148　民间文学与张志民的早期诗歌创作……冯　雷

156　"归来者"的哲思
　　　——论张志民新时期以来的诗歌创作……卢　桢

// 结识一位诗人

164　底层苦难的生命书写
　　　——读王单单的诗……魏　巍

170　和雪有关，和血有关
　　　——评王单单《堆父亲》……刘　汀

173　回不去的地方是故乡
　　　——读王单单《滇黔边村》……王　永

179　诗歌作伴好还乡……王单单

// 新诗史料

184　黎敏子：时代让他从诗人转变为战士、教师……吴心海

// 外国诗论译丛

190　玛丽安·摩尔访谈……［美］唐纳德·霍尔　著　倪志娟　译

编者的话

　　张志民（1926—1998）从少年时代即投身抗日活动，在战火中成长为一位诗人。1947年写出的长篇叙事诗《王九诉苦》和《死不着》，成为解放区诗歌创作的经典文本。"文革"中受"四人帮"迫害，被关入秦城监狱四年，出狱后，又被发配到湖北沙洋"鸡鸣嘴"农场继续改造。进入新时期以后，才得以平反。张志民的诗歌创作持续了半个世纪，他的诗歌继承了民族文化的优良传统，自觉地把个人的命运与祖国的命运联系起来，把个人感受与哲学意蕴结合起来，展示了从战争环境到和平时期多维空间中人的心灵世界，对当代诗界有重要影响。2015年8月21日，在抗日战争胜利七十周年到来之际，为纪念张志民诞辰九十周年，在当年的平西革命根据地斋堂，由中共北京市门头沟区委宣传部、北京作家协会、首都师范大学中国诗歌研究中心联合主办了"张志民诗歌创作研讨会"。高洪波、刘恒、王升山、黄怒波、杨匡汉、吴思敬、沈奇、马淑琴等诗人、学者四十余人到场。与会者认为，张志民在抗日战争的烽火中，投身民族解放运动，以时代的亲历者身份写下的一系列具有民族和时代特色的诗作，显示了诗人与时代同在、与人民同歌哭的优秀精神质地，对当前诗歌创作具有方向性意义。现从与会者提交的论文中选刊刘琼、黄怒波、宋宁刚、沈奇、冯雷、卢桢等人的文章，希望能从不同侧面还原诗人张志民的形象。

　　沈泽宜（1933—2014）笔名梦洲，浙江湖州人。1953年秋，考入北京大学。1957年，在"百花齐放，百家争鸣"的精神鼓舞下，与张元勋一起写出诗歌《是时候了》，贴成大字报，一石激起千重浪，在北大师生中引起强烈的共鸣、质疑与争论，也因此被打成"右派"，流落到陕北，在乡村中学执教。"文革"中被捕入狱，后被遣送回乡，做过泥水小工、搬运工、筑路工等。直到1978年复出，任湖州师范学院教授。2014年9月21日，因病逝世。沈泽宜是呼吁民主的战士，坎坷的遭遇给他的终生留下了遗憾，但也成就了一个真正的诗人，他的许多诗篇印证了那句话："国家不幸诗家幸，赋到沧桑句便工"。本刊特辟专栏，发表沈泽宜的北大同学谢冕、孙绍振的怀念文章，以及王巨川阐述沈泽宜诗歌成就的论文，以表达对这位杰出的民主战士与诗人的怀念。

80后诗人王单单，是一位热爱诗歌并有深厚生活积累的诗人。他自称："家住滇黔交界地上，从不甘于它的落后与边缘，命中注定这辈子要像故乡的植物一样，为了触摸到阳光，只能在贫瘠的大地上破土生长。所以我生来就带着拐杖，并踽踽独行。诗歌是我身上的最后一片绿叶，如果它被秋天没收，我将成为一截枯木。"王单单的诗直面现实，具有生命的痛感，常择取生活中的具象事物，表现出对普通人命运的关切。其内心的热烈与外表的冷隽构成强烈的反差，表情方式机智灵动，时有令人叫绝的构思呈现。为此，本刊特在"结识一位诗人"栏目中发表魏巍、刘汀、王永的文章，以及王单单的创作谈，把这位年轻的、有深厚创作潜力的诗人介绍给读者。

中国新诗诞生到现在已经一百年了。百年来，新诗的开创者及其后继者们在新旧文化的剧烈冲撞中，艰难跋涉，除旧布新，走过了一条坎坷而又辉煌的道路，为中国悠久的诗学传统注入了新鲜的血脉。在新世纪大文化环境的背景下，对百年来中国新诗理论的发展历程做一梳理与反思，并对其中的某些规律性的东西予以探讨，这是当代诗歌理论工作者所应负的历史责任。

为此，北京大学中国诗歌研究院与首都师范大学中国诗歌研究中心于2015年10月31日至11月1日在北京举办了"纪念新诗诞生百年：新诗形式建设学术研讨会"。谢冕、孙绍振、洪子诚、杨匡汉、叶橹、吴思敬、陈仲义、陈晓明、简政珍、王光明、沈奇等四十余位来自中国、意大利以及中国台湾地区的学者与会。此次研讨会以新诗形式建设为主题，立足于百年新诗创作历程与经验，围绕新诗的形式内涵与底线、新诗语言与诗体流变、新诗形式的现代性建设，以及"跨文体"写作等议题进行了热烈的讨论与对话，从多角度探讨了百年新诗形式建设的得失以及可能的发展方向。现从与会者提交的学术论文中选刊叶橹、邱景华、陈仲义的文章，以飨读者。

在"八十年代大学生诗歌运动回顾"专栏中，所刊发的姜红伟对徐敬亚和程宝林的访谈，生动活泼地还原了八十年代大学生诗歌创作热烈、感人的场景，很值得一阅。

纪念沈泽宜

新诗形式
建设问题
研究

诗学研究

八十年代
大学生诗歌
运动回顾

张志民诗歌
创作研讨会
论文选辑

结识一位
诗人

新诗史料

外国诗论
译丛

迟到的青春祭

——沈泽宜周年纪念，兼怀张元勋、林昭

谢　冕

　　几次提笔，思绪万端，不知如何落墨。青年时代的朋友，一个个都走远了，他们已读不到我的文字，我是有点悲哀了。记得当年，我们青春年少，雅聚燕园，诗文相许，天下为怀，是何等的文采风流？同学沈泽宜来自江南，能歌，善舞，写一首好诗，文笔漂亮，朗诵也是一等的，典型的一个江南才子。那时周末总有舞会，有时不止一场，大、小饭厅的舞会规模最大，可容千人，一体（第一体育馆）、二体（第二体育馆）也都有，规模略小一些。舞会一般是学生会和团委组织的，自由参加，不收费。那时沈泽宜舞姿翩翩，总是舞会中的王子。他一表人才，加上才华横溢，很赢得女同学的欢心。我非这里的常客，多半只是热情的旁观者。

　　认识沈泽宜是在北大诗社。我入学的第一个学期就成了诗社的新成员，受到包括沈泽宜在内的老社员的欢迎。沈泽宜和张元勋是同年级，1954 级，比我高一届。林昭也是中文系，也是 1954 级，但与我们不是一个专业，林昭是学新闻的。诗是我们友谊的纽带，我们在北大诗社成了朋友。以后创办文艺刊物《红楼》，我是诗歌组长，他们成了编辑和作者，我们依然是北大"诗歌界"的朋友。五十年代中叶，正是"百花时代"，"反右"还没开始，有点歌舞升平的样子。那时我们踌躇满志，课余经常为诗聚会，或是编务，或是约稿，有时则是"相互切磋"。日子是无忧无虑地过着。

　　到了那一年，欲说还休的 1957 年。因为毕业班的同学即将离校，我们有了一次颐和园之游，算是离别前的一个聚会。那次郊游张元勋和林昭参加了，沈泽宜没参加。大家尽情地享受着昆明湖早春的宁静，谁也没有预感到一场暴风雨即将来临，还是尽情欢乐。1957 年的 5 月 19 日，我们在排云殿前照了一张《红楼》同人的合家欢，林昭带来了那时算是高端的 120 照相机，她是我们的摄影师。那张众人簇拥在石狮周

围的合影里没有她，她因摄影而在画面外。

颐和园归来已是黄昏，当晚有全校大会，一位校领导作报告。大家一如既往端着个人自备的木凳，散坐在大小饭厅之间的树下听会。树叶绿了，天已暖和，可以感受到春风和煦的意味，一切都是平静的。事情就发生在报告会后，同学们开始对报告的细节提出质疑，大饭厅前出现了大字报。在这些大字报中，最显眼的是一首诗歌：《是时候了》，作者就是沈泽宜和张元勋，我的两位诗歌朋友。诗中有这样的句子："我的诗／是一支火炬／烧毁一切／人世的藩篱"；"我含着愤怒的泪／向我辈呼唤／歌唱真理的弟兄们／快将火炬举起／火葬阳光下的一切黑暗"。

这个夜晚，这首诗，后来被称为"右派向党进攻的信号"。而这首诗的作者，竟是我当年亲密共事的同窗。我记得，当日猝然的反应中我是有点惊恐（为他们的激烈），又有点内心的敬佩（为他们的勇敢）。在那个年代，在我的有限的经历中从未有过这样的局面，我内心的复杂可以想见，而我的复杂心境中又夹杂着对他们的担忧。后来的事实证明，我的这种担忧不是多余的，事情的严重性远远地超出了人们的想象：一场惊天动地的风暴不期而至。严重的"反右斗争"于是开始，我们的青春梦想开始破灭。记得这一年年初《红楼》创刊，急切中选用了一幅国画做封面，那画的题名是："山雨欲来风满楼"，不想竟一语成谶！

沈泽宜和张元勋先后陷入危境。但他们并不止步，接着又办起了《广场》，更加引人注目了。他们抗争着，而后则是挣扎着。他们陷入无休止的被批判、被斗争的旋涡中。而我们这些侥幸者，作为"人民"，处境也并不美妙。我们也是自觉或被迫地与他们"划清界限"。事情的严重性是我们这些涉世未深的青年所难以预料的：白天还是一道嬉游的朋友，一夜间就变成了"敌人"！这在我们的青春时代，简直就是一场噩梦！没有经历过1957年夏季的人们，完全难以想象我们当年的幻灭感。

林昭在"反右"开始时并不激烈，她同样陷入了内心的深刻痛苦之中。在《红楼》编辑部的"声讨会"上，她针对张元勋发言说，自己有"受骗"的感觉，一语道破了她当时爱恨交加的心境。情况继续恶化，终于有一天，她控制不住而爆发了。她站上露天的演讲台，向人们披露自己的内心，这就是当日被广泛流传的她的"组织性和良心矛盾"说。林昭从此走出了觉醒与抗争的第一步。而我们，至少是我本人，只是在内心的深处暗暗地倾慕着，为自己的朋友骄傲——她说的，也是我们想说而没有勇气和胆量说出的。

此后的一切，人们大体都已熟悉：张元勋被逮捕，在监狱待了多年，刑满安排在监狱"就业"；沈泽宜在全校大会"坦白交代"，而后被发配去了陕北，又几度入狱；至于林昭，走得比他们还远，先被划为右派，上书，入狱，再上书，再入狱，最后以一颗子弹惨死刑场。他们先后经历了人生的大悲哀、大惨烈。张元勋后来成家，有妻儿相伴，晚年还算平遂。林昭终生未嫁，爱过，被爱过，但作为女性，她没有成为妻子，也没有成为母亲。他们的青春年华，被无情的现实夺去了，留给他们的是世人的一声扼腕长叹。我们当年，被不断地灌输思想，青春应当如何如何，年轻的时候轻信，其实，并不如何如何，青春易逝，悔恨无及。

沈泽宜经历了无尽的苦难，终于回到湖州老家。那时老母和小妹尚在。回来时没有名分，他被安排在街道做粗活，挖地沟。虽苦，但毕竟还有家的温暖。后来，母、妹相继去世，他孑然一身，伴随着他的是无边的孤寂。落实政策是后来的事，他本来学业优秀，有精深的学养，理所当然地当上了教授，讲授古典文学，有关于《诗经》等研究的专著出版。他热爱诗歌依旧，又专注于诗歌创作，在他的周围很快就凝聚了一批诗人，他成为其中的核心人物。二十一世纪第一年，第一届新世纪现代诗研讨会在湖州召开，是由他一手筹划的。以后几年，他都热情地参与了各种诗歌聚会。他依旧舞步轻盈，歌声激扬，但他寂寞依旧。

他依然憧憬着年轻时的梦想，娶一个年轻美貌的女子为妻，过一种有着文人雅趣的诗意生活。但岁月无情，年华已逝，如今的沈泽宜毕竟不是当年北大舞会上的沈泽宜了。他为自己设了一个很高的门槛。他不肯降格以求，于是他只能这样孤寂终生。我读过他的许多情诗，在诗中我认识了他的"西塞娜"。我相信这些诗所写的，有的是"实有"，更多的是"虚有"。他是太寂寞了，只能以这种"假想"的方式来慰藉自己。我常想，他有那么多的梦想，又吃了那么多苦，上天应当格外眷顾才是。然而，没有。天道不公！他只是寂寥地一人独行，直至生命的终结，令人不能不为之叹惋！

湖州因为有了沈泽宜，那里的诗歌活动充满了生气，而且在他的提携和影响下新人辈出，他无疑是那里的诗歌领袖。在湖州，我在一些发言中不讳言对他的褒扬和感谢之情。我想，也许唯有诗歌能给他以慰藉，唯有诗是他在人世的最爱。他把自己的生命留在了家乡的大地。他因他的诗歌而无愧于家乡。由此我悟到一个道理：一个地方，只要有一个人领头，那里的诗歌就会蓬勃发展。

这些年，我与他经常在一些诗会上见面。那年在武夷山，他带病参会，那年在莫干山，他与我一同接受萧风的专访。江南山水留下了我们的足迹。我们的友谊是在青年时代结下的，我们把青春留给了那个欲说还休的年代。我们为我们共同的青春祭奠，尽管这个祭奠迟到了至少六十年。

2015 年 11 月 25 日于北京昌平北七家
[作者单位：北京大学中国诗歌研究院]

纪念沈泽宜

历史不会忘记他

——纪念沈泽宜

孙绍振

沈泽宜过世的消息，我是从网络得知的。

我和他应该说是比较亲近的朋友。年前，我到湖州师院开讲座，还是他点评的。那时，他虽然身罹癌症，开刀数次，讲话还是给人中气十足之感。他何时病危了，逝世了，居然没有人通知我，起初有点接受不了，有点悲哀，不久，就释然了。他没有亲人。他的父母亲早就仙逝，妹妹似乎也命运坎坷，早就先他而去。1957 年，他被错划为"极右"，他受到的惩罚已经够悲惨，更悲惨的是，后来名义上结束了劳动教养的摧残，回到家乡成为无业人员，不得不以拖板车为生多年。生理和心灵所受的磨难，想象起来，有不寒而栗之感。

他出身富贵人家，在五十年代，在那政治上浪漫空想的年代，他小名"新新"，有意与"星"同音，充满了对于光明的向往和信念。进入北大之际，朝气蓬勃，他开始把生命奉献给了诗，唯美的追求似乎与生俱来。他给我的第一印象是，站在舞台上朗诵《青春万岁》之类的诗歌。北京大学生合唱团演出，他似乎是领唱，白衬衫，白长裤，英俊潇洒。令我最神往的是，他身处《红楼》编委会那个圈子。这个刊物是 1957 年创立的学生文艺刊物。这里有谢冕、张炯等当时全校公认的才子，林昭那时在新闻专业，作品和影响只能达到那个圈子的边缘。

1955 年，我初进北大，还未脱中学生的青涩，全部"本钱"是中学时代在上海《青年报》发表的几则稚拙的诗和散文，对于他这样的风流人物，我心向往之，但只能远而望之。接下来就是 5 月 19 日，在学生大饭厅前突然出现了震动神州大地的那首《是时候了》（一）——

　　是时候了，
　　　年轻人
　　　　放开嗓子唱！

把我们的痛苦
　　和爱情
　　　　一齐都
泻到纸上。
　　不要背地里不平
　　　背地里愤慨
　　　　背地里忧伤,
心中的甜、酸、苦、辣
　　都抖出来
　　　　见见天光!
让批评和指责
　　急雨般落到头上

……
我的诗
　　是一支火炬,
它烧毁一切
　　人世的藩篱。
它的光芒
　　无法遮拦
因为
　　它的火种
　　　　来自——
五四!!!

　　大字报墨汁未干,书法谈不上水平,但墨迹淋漓。我感到自己朦胧的意念找到铿锵明快的语言表达出来的痛快,不久就沉浸在奔走相告的氛围之中。兴奋的日子不到二十天,就乌云压顶了。我们亲耳听过政治局委员彭真在一次大会上,以"反右胜利者"的雄姿反诘:北大那个学生不是说"是时候了吗",不过是为资产阶级殉葬的纸人纸马而已。吊诡的是,在"文革"浩劫期间,我亲眼看到这位高级领导被红卫兵反绑着双手,戴着高帽示众。现在看来,历史把这位领导的语言改编为名言:内涵向正反两面增值。不回到历史语境,很难体悟到其中与时俱增的浩茫和丰厚。

但是，这位领导，甚至后世的许多读者，都忘记了这是诗。从当年的诗学话语来说，这里抒情主人公的形象是如此富有青春的冲击力，语言充满了错位的反讽。"是时候了"，本来是被斯大林称赞为苏联"最有天才的诗人"马雅可夫斯基的，是他的红色经典长诗《列宁》开头的第一句。这个回避动词的名词谓语句，以突兀的气势，对领袖的崇拜带上了鼓动家的自豪，而沈泽宜的自豪却不是来自颂歌，而是相反，是来自长期被压抑后释放的干脆果断。

谁也没有想到，这首诗很快被引申为大逆不道、鼓动叛乱的纲领，而今天读起来，则成为划时代的历史宣言。一个"文革"都没有经历过的青年读后告诉我，他无法抑制心灵深处的震撼："真是想不到，你们当年就这么精彩地冲锋在思想解放的前沿。"

从那以后，沈泽宜的厄运就开始了，在上千人的大会上我看到他被批判的身影，当然也只能远而望之，但是和此前的远而望之不同，不是神往，而是内心充满了恐怖。原因是我自己也处于右派边缘状态，随时都可能被划入"反党反社会主义"者之名册。幸而我们班上的党支部书记费振刚和团支部书记阎国忠出身劳动人民家庭，有着中国劳动者传统的纯朴和忠厚，让我最终逃过一劫。毕业以后，在北大中文系工作了一年，就被流放到还在草席棚中上课的华侨大学。在长达二十多年的时间里，我和同学都很少写信，以免留下白纸黑字，只言片语，遭遇飞来横祸。他的影子，就渐渐淡出记忆的边缘了。

直到八十年代中期，他忽然出现在我福州的家里。那时，我的《崛起》受到全国性的两度大批判，刚刚获得解脱。他五十开外，形容有点憔悴，和当年那风流才子、一身挺拔的白衬衫白西裤当然不可同日而语。但是，他还在写诗，一谈起诗的解放，立马就眉飞色舞。他甚至提出去厦门拜访舒婷，要我介绍。我当时感觉，那是小青年干的事，吾辈岂能赶这个热闹。我送给他一本洛夫编的《台湾现代新诗大系》（大概是这个书名），那时，要得到台湾的书，是很不容易的，是一个学生从香港带给我的（连谢冕都因我拥有这本诗集而羡慕不已）。他欣喜若狂，也就忘了去访问舒婷的事。

人虽然老了一些，但是似乎比我还单纯。

他在浙江湖州师院教书，我们断断续续有些来往，大都是他湖州的学生或者粉丝，打着他的招牌，我自然细问他的情况，他还在写诗，只是一直没有结婚。后来收到他的诗集，十四行诗，还有《诗经》研究。

"六四"风波之时我比较冷峻，痛切体会到在中国最有效的改革只能是体制内的，体制外的鲁莽冲击，只能痛快一时，事与愿违。但是，我听说，他从湖州跑到天安门去参加静坐。

他还是那样单纯、冲动。

以后一段时间，我们失去了联系。

直到我看到张元勋的回忆录《北大·1957》时。我读后的感觉很复杂，后来我把它写成了文字：

北京大学 1957 年 5 月、6 月间的"反右"运动，这几年引起了海内外历史学界广泛兴趣，成为学术研究之重大课题。然论者大多并非亲历者，所据文献资源多有不确。所幸，近年来当事者，发表大量回忆文章，提供可观资源。亲历者回忆，比之早已形诸文献者，具有活历史的价值，尤为可喜、可爱、可珍、可贵。本人作为亲历者，阅读当年北大学生的理论权威和精神领袖谭天荣同学、陈奉孝同学等等诸君文，重温从炼狱中觉醒、沉沦而又升华的精神隧道，不胜唏嘘。当然，就回忆的系统而言，应以张元勋同学之《北大·1957》为最。张著无疑不乏相当的历史厚重感。

但是，张元勋的著作有许多令人遗憾的地方，我在一篇文章中说：

五十多年的时间距离加上记忆的筛选，有所差错，在所难免。但是，无可讳言者，张著某些陈述，与事实相去较远，如对当年精神领袖谭天荣之肆意贬抑，又如对战友沈泽宜的歪曲，还有对"浪淘沙"当事人的偏狭的攻讦，凡此种种，莫不旨在抬高自己的历史地位，如此明目张胆，不仅有违我国史学"实录"精神，而且有悖传统文德。连北大一向以厚道著称的洪子诚教授也在给我的信中说："张元勋的回忆录，确实问题很大。这样对待历史态度实不可取。"

他把那篇点燃 1957 年火炬的《是时候了》说成是自己一人所作，而据我当时的记忆，应该是沈泽宜写后，遇到张元勋，张看了之后，表示同意，也写了一首，接在后面，贴了出去。沈泽宜的名字是在前面的。而张元勋在他的回忆里，却把它说成是自己一个人的作品，沈泽宜看到后签了个名。《南方周末》在一篇报道中沿用了张的说法，引起了当年同为右派，而且知情的王书瑶的抗议。《南方周末》给王书瑶回信说，张元勋说当时把沈泽宜的名字排到前面，是因为后面的纸没有地方了，只好让沈泽宜的名字签在前面。该报编辑还说，因为无法找到沈泽宜，就听信了张元勋一个人的说法。

本来签名在前在后是小事，但是，联系到张元勋回忆中对沈泽宜多所攻击，就隐含着许多原则问题了。

"反右"运动距今已五六十年，当年风华正茂的热血青年，如今多半已垂垂老矣。为抢救史料，使后来者免偏听之暗，享兼听之明，2003年，我建议沈泽宜先生撰写他的《北大·1957》。恰巧他早就有此意。他的回忆录于2006年完成。不幸的是，其时他被诊断为癌症，在进行手术之前，将电子版文档发送到我邮箱，并有一信曰：后果未可知，一切交托你了。也就是说出版事宜等等，都要由我来完成。阅读之余，心情之沉重至今记忆犹新。表面上是友人的嘱托，实际上无异于一份"遗嘱"。

他错过了青春年华，错过了中年、壮年许多机缘。在他的诗中没有妻子儿女，只有错失了的爱情。到了古稀之年，只有一个保姆照顾，他和保姆相约，过世以后，以他唯一的财产一所房子相赠。

他在邮件上赠给我的却是一份最后的无条件的信任，一份沉重的历史的责任。

当时，我天真地以为最佳选择是与张元勋的著作在同一出版社付梓，既为学术公平，也为昭示历史公正。托钱理群君询诸张著之主编章怡和女士，然而，数百天杳无音信。

其时，沈氏高寿七十有六，手术预后不详，时不待人，我终夜忧心。

我没有与时间赛跑的雄心和能耐，幸香港出版界有"福建帮"，经刘登翰多方奔走，几经曲折，终得孙立川之慧眼，登翰与我共同出资，香港天行健图书公司慨允，他的回忆录终获出版。不过，孙立川将书名改为《北大，五·一九——学生右派是"怎样炼成的"》。此时已是2010年。

天可怜见，泽宜四年前手术成功。

收到出版社从深圳发来的两百本书，我用快递先奉他几本。想象他拿到此书的心情，我心头那份沉重变成了轻松。但是，他却告诉我，已经没有精力将一百多本分别邮寄了。登翰也只要了四五本。历史留给我最后的任务就是，挑选适当的人选分别寄送。我留下了二十几本。我深知这是历史文献，时间越久，生命越是鲜活。果然不久以后，就有不少相识和不相识的人士索书。泽宜告诉我，一个哈佛大学专事研究这段历史的博士给他来信，说她对照了张元勋和他对1957年的回忆，觉得还是他写得实在，比较客观。

我想，泽宜作为一个历史人物，自然有许多缺点，历史会对之有公正的判决，但其前提是历史真相的全面性。

不管怎么样，历史不会忘记他。

2015 年 7 月 12 日

[作者单位：福建师范大学文学院]

清澄世界的独舞者

——沈泽宜的诗与诗论

王巨川

如果说诗歌是人类净化灵魂的精神世界，那我更愿意把这个精神世界称为"清澄的世界"。这里不仅有纯净的空气，还有正义的气息和悲悯的情怀。这里的诗歌总能以高邈的意境和精练的语言，温暖着、强健着人类时常在迷途中往返的灵魂。

在这个清澄的世界中，沈泽宜是一位孤独的舞者。准确地说，他是这个世界中兼具双重身份的舞者。他是诗人，同时又是诗评家。他用一生的时间，把生命的体验和精神的苦痛交给了他心中圣洁而纯净的诗歌。不论失落、苦闷、悲伤、愤慨，还是快乐、狂欢、赞美、歌颂，他的表达方式，都是诗歌。《是时候了》的青春激情，《倾诉：献给我两重世界的家园》的爱与幸福，《致犹莉娅·库罗奇金娜》的忧伤与深情等等，这些呈现给我们的不仅仅是愉悦精神与心灵的诗歌作品，更重要的是，其中所蕴含着的时代烙印和生命炼狱又是那么丰厚和震撼。而且，他对诗歌理论的精深把握和对诗歌批评的敏锐洞察，也如他的诗歌一样，在朴实精简的语言和深度思辨中显现出睿智的思考。

一　时代苦难的炼狱者

沈泽宜与当代的其他老一辈学者一样，伴着新中国的风风雨雨一路走来，经历过无数的历史困惑与政治变幻，也品尝过许多人都无法体味和理解的人生磨难与精神苦痛。

沈泽宜，1933 年 1 月 21 日生于浙江湖州。在他所走过的这一生当中，除了在学生时代以诗人的名义品尝到人生的第一次苦果之外，乡村教师、捡煤渣工、泥水小工、挖阴沟工、筑路工、诗评家、学者等社会身份，伴随着他的每一段人生历程。正是因为有着如此之丰富的生命过程，才使得他最终回归到一个澄清的、没有太多世俗欲望的世界之中，

诗探索 1

理论卷　2016 年　第 1 辑

这就是诗歌的世界，并赋予了他特殊的"社会符号"——诗人。也许，只有沈泽宜自己能够真切地感知到诗歌对于他的真正意义。在他所走过的人生旅途当中，诗歌犹如身体中流淌着的鲜活的热血一样，牵引着他精神生命中的诗之精魂，这"魂"是沈泽宜在诗的世界中行走的力量源泉和生命存在的全部意义。

他的诗歌所"震撼着读者心灵的，不仅仅是以诗为生命的天真痴迷，而且是以生命为诗的沉郁顿挫。不论是意象华彩的还是语言淡定的，都散发着从生命的炼狱中蒸腾上来的血腥和恐怖，当然还有悲壮的、凄美的磨砺"。他的"每一行诗，是生命换来的，生命无价，诗也变得相应的昂贵"。[①] 因而我们知道，他之所以能够成为诗人，除了先天或者后天赐予的那些诸如敏感、激情、启悟的诗人气质之外，更应该是时代的拓路者、见证者和思索者。唯有如此，才能在生命的沉浮和历史的苦难中完成精神与灵魂的涅槃，在生与死、血与泪中铸造诗歌精神的圣坛。

虽然以人论诗或以诗论人的批评态度，并非是学术研究中绝对有效的方法和手段，然而不可否认的是，诗人作为社会构成分子和亲历者，必然无法摆脱社会各种政治的、文化的意识形态影响和历史传统的锤炼，特别是在苦难中所经历的灵魂炼狱，更能够使一个人在他的诗歌写作中浸入有意识或无意识的烙印。共和国初期的风云变幻使沈泽宜和"一代人生命的沉浮"不可改变地与共和国的命运紧紧地牵连在一起，成为一代人永远无法忘却的记忆，他们在见证中经历了国家发展历史中那些特殊年代的所有悲剧与喜剧。

二十世纪五十年代，在战争的废墟上开始重建的新中国百废待兴，虽然展现出一派更新的生命气象，但同时也时刻充满着不安和动荡。各种政治的、文化的观念在矛盾冲突中展开了一场影响整整一代人的民主运动，这场运动不仅改变许许多多人的命运，也改变了沈泽宜的命运。此时，处于这场民主运动前沿的沈泽宜正在北大中文系读书，他以一颗对国家忠诚的赤诚之心和浪漫唯美的诗人气质，与同学张元勋共同写出了他的"成名"之作——《是时候了》。诗中这样写道："是时候了，/年轻人/放开嗓子唱！//把我们的痛苦/和爱情/一齐都/泻到纸上。//不要背地里不平/背地里愤慨/背地里忧伤，/心中的甜、酸、苦、辣/都抖

---

① 谢冕、孙绍振：《在历史和诗神的祭坛上》，《沈泽宜诗选·序》，花城出版社 2009 年版，第 1 页。

出来/见见天光！/让批评和指责/急雨般落到头上，/新生的草木/从不怕太阳光照耀！/我的诗/是一支火炬，/它烧毁一切/人世的藩篱。/它的光芒/无法遮拦，/因为/它的火种/来自——/五四!!!"第二节更为犀利地直指当时社会中"阳光中的一切黑暗"："是时候了/向着我们的今天/我发言！/昨天，我还不敢/弹响沉重的琴弦/我只可用柔和的调子/歌唱和风与花瓣/今天，我要唱起心里的歌/作为一支巨鞭/鞭笞阳光中的一切黑暗！/为什么，有人说团体里没温暖？/为什么，有无数墙壁隔在我们中间？/为什么，你和我不敢坦率地交谈？/为什么……？/我含着愤怒的泪，/向我辈呼唤：/歌唱真理的弟兄们/快将火炬举起/火葬阳光下的一切黑暗!!!"

这首采用马雅可夫斯基"楼梯体"形式创作的诗歌以战鼓般的节奏产生了震撼的效果，诗中饱含着的爱国激情一石激起千层浪，使千万学子产生了"一种本能的共鸣"，唤起了他们内心中积郁已久的对社会不良现象的愤懑之情，顿时在北大学生中引起了激烈的讨论与交锋。最先提出反驳声音的是中文系新闻专业的学生诗作《我们的歌》，诗中说："我们/不同意/《是时候了》的基调/那声音/仿佛是白毛女申冤"，"为什么/高声疾呼着/'急雨'/为什么/不能用/'柔和的调子'？/真理的力量/并不在于/'真理的揭示者'姿态的/疯狂。/假使我们爱党/首先想到的/就会是/效果，/而不是/醉心于/歇斯底里式的/手段"；"我们也难于接受/你们举起的/'火炬'，/尽管你们自己宣称/它的火种/'来自五四'"。诗人毫不掩盖自己的维护现存秩序的立场，宣称"我们的曲调之间/不太和谐/可也难怪。/我们缺乏/你们那根/'沉重的琴弦'，/我们并不像你们/经常'在背地里/不平/愤慨/忧伤'。/要放火吗/我们/也不打算。"随后，刘奇弟的《白毛女申冤》、邓贵介的《孤独者的歌》、林昭的《这是什么歌》、杜嘉真的《组织性与良心》《致勇士》① 等等以北大中文系学生为核心的论争开始展开。

如果说，上述学生之间以诗代言的激烈交锋，还是在一种充满激情的理性对话的基础上的话，而"另一种声音"，却把《是时候了》直接提升到政治方向的正确性层面上，这是因为这一类诗的"声音"已经让一些人感到某种权力失控的惊恐。这首以大字报的形式张贴在北大校园里的民主墙上的青春诗作，对于沈泽宜来说，是未正式刊发的《广

① 诗歌见《红楼》第4期、《右派言论汇集》，现存于北京大学图书馆。

场》创刊号的第一首诗歌，也是改变他一生命运的"叛逆"之诗。那一段历史，也许只有身处其中的人才有发言权，据谢冕先生回忆说："随着形势的转折，在批判会场上，'是时候了'，被引申为大逆不道的鼓动叛乱的纲领。我们亲耳听过政治局委员彭真以'反右胜利者'的雄姿反诘：北大的沈泽宜不是说'是时候了吗'？诡秘的历史把它改编为历史的名言，内涵向正反两面增值。不回到历史语境，很难体悟到其中与时俱增的浩茫和丰厚。"①

我们在《1958 年国务院政府工作报告》中看到了对"整风运动"的总结性注脚："过去的一年中，我国在各个战线上取得的伟大胜利，最基本的推动力量是中共中央和毛主席倡导的全民性的整风运动，以及在这个运动中所进行的反对资产阶级右派的斗争。整风运动和反右派斗争，是政治战线和思想战线上的社会主义革命，是 1955 年和 1956 年经济战线上（生产资料所有制方面）的社会主义革命的继续。"② 在这种政治语境中，身处交锋旋流中心的沈泽宜们不可避免地遭受了暴雨的洗礼和巨浪的冲击。北大"五一九"整风——民主运动使那些对国家新生有着满怀畅想，对民族振兴有着抱负之心，对社会存在的不公平、不自由以及黑暗势力深恶痛绝的青年学子们，"幸运地"成为这场席卷全民的大潮浪尖上的前行者和殉难者。激情与幻美、纯真与浪漫、挑战与叛逆，最终使他们无法承受生命之轻，因为"政治是不可以开玩笑的"。一首充满青春激情的《是时候了》，使沈泽宜在后来的几十年生命中，"躯体和思想均遭流放和苦役"。1958 年，他被定为"极右派分子"，受到留校察看一年的处分，同年毕业时因为"政治不及格"，校方拒发毕业文凭。十月，沈泽宜被发配陕北黄土高原，成为一名乡村教师，教动物、植物和音乐，开始了为期十一年的流放生涯。"文革"中，因在 1961 年写了直面悲惨现实的"陇西又起千家哭，剑外重传满路啼"的诗句而被捕入狱一年有余，出狱后押送回故乡湖州"交当地革命群众监督劳动改造"，做了十年捡煤渣工、泥水小工、挖阴沟工、筑路工等城市苦力，直到 1978 年 8 月平反后才到了一所中学做代课老师。

前后二十余年的体力劳作和精神苦游，并没有让沈泽宜放弃对诗歌

① 谢冕、孙绍振：《在历史和诗神的祭坛上》，《沈泽宜诗选·序》，花城出版社 2009 年版，第 3 页。

② 中华人民共和国中央人民政府网，http：//www.gov.cn/test/2006-02/23/content_208767.htm。

的热爱与追求，他把自己的精神体验与心灵苦难化成句句诗行。正如他自己所言："那时生命就是手中的那支笔，每一行诗都在挑战我的良知、胆识、人格和思想深度。"如在北大时期写的《墓志铭》《有产者》《民主、自由——目的》以及"天安门事件"前后写的《星星束》《映山红》《哀歌》《钟声》《动物园又到了批珍禽异兽》等诗歌，这些从未发表的"隐形的诗"都是一个有良知、有血性、关注现实的诗人"最纯粹、最勇敢、听从上苍指令的诗"。这些诗犹如嵌钉在历史巨轮上的榫卯，伴随时代的音符萦绕在一代人的心灵之中，铭刻着一代人所走过的历程。

八十年代以后，多年的人生体验和精神炼狱使年近半百的沈泽宜逐渐平和下来，诗歌创作在关注现实的同时少了些许逆境的张扬与躁动，更多地表现出一股更为沉稳、凝练、平和的诗风，诗歌题材和倾诉对象大都以生活中目光所及之物瞬间所触发的感受、体验，更加注重诗意的呈现和技术的圆熟。

二 两重家园的守护者

当生命的过程只能让一个人思考的时候，沈泽宜依然没有放弃给他磨难的诗歌，用自己的一生守护着诗的圣殿。总体来看，沈泽宜的诗歌创作大体可以分为两个阶段：北大至七十年代末期为一个阶段，八十年代以后为第二个阶段。在诗歌的风格上，前后也表现出不同的诗风，前一阶段的诗歌大都情感外露、语言直白，强调诗歌对现实的直接介入和针砭时弊功能，抒情对象清晰明确，具有浓厚的浪漫主义色彩；自八十年代以后三十余年的创作中，沈泽宜的诗歌逐渐从浪漫走向隐喻与象征，更加注重诗歌语言、意象、形式等艺术方面的锤炼。也许是年龄渐长，或者如诗人自己所言，是"由以往单纯注重写什么逐渐向怎么写靠近，力求达成二者的平衡；在语言形式上努力向青年先进学习"的原因吧。或者就像他说潘志光那种"挑战年龄、不断突破自身的精神让人敬重"[1]一样，他自己又何尝不是这样令人敬重的人呢？

北大因五四运动成为中国的思想圣地和精神堡垒，它无形地承担了中华民族兴亡的历史重任。作为北大的学子，沈泽宜同样受到了这种影响，在他的精神之中对国家、民族的忧患及现实的社会弊端、不公正，

---

① 沈泽宜、沈健：《诗人不必因年老泄气》，参见潘志光《冬天与春天》，人民日报出版社 2008 年版，第 556 页。

诗探索 1 理论卷 2016 年 第 1 辑

会自然而然地产生强烈的反叛精神和承担意识。那首使他遭受磨难的《是时候了》便是最好的证明，就像诗中写的："我的诗/是一支火炬，/它烧毁一切/人世的藩篱。/它的光芒/无法遮拦，/因为/它的火种/来自——/五四!!!"连续延宕的形式与"火炬""烧毁""光芒""火种"等词组给人以强烈的视觉冲击和情感力量，使人仿佛又回到了半个世纪前那场轰轰烈烈的运动之中。诗中升腾着的那种震撼心灵的熊熊火焰，那种排浪似的诗体结构，突显出诗人内心激烈跃动的音符。这首受马雅可夫斯基影响而一气呵成的"楼梯体"诗给人以强烈的力量和气势，把心中的压抑冲击得痛快淋漓，这也是沈泽宜一生的创作中唯一一次使用这样体式的诗作。而作为诗人，他那与生俱来的唯美的、浪漫的、追求自由的气质使他必然遭受现实的、残酷的、变幻的政治风云的洗礼，"命运的风暴纵然平静，/但有椎心的痛楚频频袭侵。/世上多少条平坦的大路，/没有一条通向人心!"（《流星闪着白光在天边消逝》）

　　沈泽宜的诗就像他为自己的论集起的名字一样，是"诗的真实世界"。诗歌整体呈现出一种淳朴而又不失激情、明白而又不失诗情的风格，全然没有诗坛上的那些无病呻吟和故作姿态的矫揉造作之感。这些诗歌作为诗人的言说方式，沈泽宜从始至终都把自己毫无保留地铺展在读者面前。从这一点来说，他一生诗歌创作的面目是清晰的，而这清晰的面目更进一层应该是诗人勇于直面现实的真实，是作为一名诗人对神圣的诗歌用心灵所奉献的真诚，也是作为一名心存良知的人在面对人生苦难时不言退却的真切表达。这种真实源自他对于"诗"的独特领悟，就像他从诗的古音"丝""思"（si）中得到"它是唇齿之间一条极其狭窄的艰难通道，是心灵的磨损"的启示一般。他发现，"人的心在受创之后皈依诗，如同皈依宗教"，因而"它天然是一种遗憾，一种缺少"。所以，他认为诗歌"跟任何贴近心灵的事物一样，因缺少而珍贵，这古老的风笛因而同时是摧残者的天敌，苦难者的慈航，弱小者的卫士，人类心灵寄向未来的窗口；天然地具有开辟道路，抚慰心灵，完善和提升人性的功能。作为一种远离虚名俗利的精神存在，诗歌如同一柱清新纯洁的人性之光净化和强健着我们的灵魂，它能从内部改变一个人，让卑微者抬起头来，高贵者俯首自省，叫懦弱者无畏，柔弱者坚强，萎靡者振奋，使颠倒迷乱的人际关系重归淳朴与明亮"。① 正是这种心怀对诗的无限崇尚和心灵体悟，使沈泽宜能够在困苦、迷惘的时代保持着独立的自由精神，并坚持用诗歌表达激荡在内心的声音。

　　沈泽宜从北大毕业后一直没有放弃自己对诗歌的追求，并一直保持着他那种极具浪漫色彩的理想主义情怀和现实批判精神。在他的诗歌创作中，既保持着浪漫气息，又从未与现实断绝。面对荒诞、矛盾百出的社会情状时，他总能用一种近似于虔诚的精神气质化解粘连在表面的那些污垢，使其回到诗的澄清世界。他晚年创作的《倾诉：献给我两重世界的家园》是把自己"独处的时间"化为诗的语言和诗的意象的深度体验。这首六十九行的长诗写到了生命的孕育："以青山为背景，白鹭从东方飞来/缓缓鼓动的翅膀稍一倾斜/雨水就从天上落下，使河流受孕/大地膨胀着欲望，它以花朵/暗示生殖和繁衍。"也写到了生命的"世俗"："邻居们一边拍打，一边互相问候/谈论天气，物价，儿女婚姻/为生命的短暂相逢兴高采烈。"在看似幸福祥和的生命孕育与存在中，"诞生，啼哭，衰老，死亡"是人类的轮回，也是大地苦难的象征，这种从乡村到城市、从青山到市井的巡游，最终是对"脱掉身份与城市的鞋袜/在吱吱咕咕的跋涉声中/光着脚丫，脚趾缝中冒出泥浆/体会一种清凉和暖意/一种家园和大地才有的真实抚摸"的想象，即便自己"像一株被冬天剥夺一空的桑树"，但依然愿意"高举风中的双臂，张开十指/为永远的家园祈祷平安"。在这首诗中，诗歌的语言总能够在散落的意象中回归到他所要表达的核心，并在意象的能指和所指之间不断地营造出一种语言结构的张力，从而使阅读不断地遭受到视觉的冲击，同时也得到不可抗拒的心理共鸣。

　　沈泽宜在青春的激情中体验了精神炼狱，在精神炼狱中又走向了沉静。在激情与沉静的家园中，灵魂的煎熬与身体的劳役构成了沈泽宜诗歌圣殿的双重支柱，他不再是"青春的梦游者"（骆寒超），不再因"世上多少条平坦的大路，/没有一条通向人心"而悲叹，而是用"爱"来抚平曾经的伤痛，用"希望"来装满家园的"居室"的先验者。这一切的爱与希望，都是通过"摩擦音"的诗这一"艰难的通道"来完成的，这是因为"它是心灵的磨损。蚌病成珠，人的心在受创之后，皈依诗，如同皈依宗教"。② 在《我爱……》中他说："我爱早春二

---

① 沈泽宜：《沈泽宜诗选·后记》，花城出版社 2009 年版，第 239 页。
② 沈泽宜：《纯诗的诱惑与诗人的自私》，载《诗歌报》1989 年 4 月 13 日。

诗探索 1　理论卷　2016 年　第 1 辑

月/……我爱映山红，/……我爱宽阔平坦的大路，/落满金子般的阳光，/修一条那样的大路，/直通向每个人的心上！"这条路就是他心中神圣的诗歌之路，这条路也只有诗人才能够修筑。在《致诗人》中，他对自己也对所有的诗人说："诗人，请抽出插在衣袋里的手，/一生中没留下你旁观的时候/无数颗寂寞中奋斗的心/需要你的竖琴为他们弹奏"。即便是生命正处于逆境之中，沈泽宜依然以一个诗人的敏感和责任，"关注祖国的苦难，望穿黑夜，迎候黎明"。在《告别辞》中，他倾诉了坚持的痛苦："心是深深地病了。不知道哪天深夜接近黎明时，它将突然停止跳动，连同我所有的悲伤和苦难，展望与欢欣。"

其实，在沈泽宜的"两重家园"里，国家、民族依然是他最为关注和热爱着的家园，他把对这一"家园"所遭受的"屈辱与苦难"，以及未来满心的希望都用诗的语言一一呈现出来。在《圆明园秋思》（组诗）中，沈泽宜从"万园之园"的"颓井断垣"和"嶙峋的，残缺的美/像隆起的骨刺"中想到"一个凝固中的邦国"的"屈辱和苦难"，园中的"福海""西洋楼"等代表着民族"屈辱和苦难"的象征事物，都成为组诗中富有寓味的意象核心，而"白鹭""冷露""浮雕""夕阳""玉石""枯骨"和"碎裂的穹窿""兀立的石柱"等意象的层层叠加，更加凸显出这片曾经辉煌过的皇家花园的衰败景色。然而，这首诗的意旨并非是简单的景色描写和对曾经风光不再的叹息，而是意图揭示出"万民脂膏，几人消受/从来是云烟过眼"的"谜底"和寻找未来的希望——这希望就是"从芦苇塘、从干涸了的'福海'，/流出一股清澈的细流"和"在圆明园幽僻的小径"中全神贯注作画的少年画家。

在诗中，诗人满怀希望地畅想着："水呵，你已经无力琤琤璁璁，/诉说昔日那场大火。/但请千万别断了这一线生机，干了这劫后仅存的一脉灵波。"因为，"有你就有生命，有你就有希望，有你就有自由。/这一步就能跨过的小溪/会不会是一片大海的开头？"而少年画家"鲜艳、明亮"的写生与颓败的废墟形成强烈的反差，"不见一丝一毫的忧郁"，这里的"水"与"少年画家"、百年前的民族屈辱与刚刚结束的浩劫已经合二为一，成为"古国的希望"。这组诗到了最后，"圆明园"已经不再是历史记忆中的伤痕和废墟，希望犹如生命之水和未来之少年，把"废墟留给落日"，因为"我们还有许多事要做/就在今天/一片瓦砾也不许挪动/失去了的将千百倍地重建"。在《友谊》中得到"一捧和暖温煦的回忆"，"比爱情更永恒/比亲情更无私"；在《根的独语》

中，诗人用桔树根"为寻找大地"而"努力生长"的情境来意寓自己的心境，即便是"一个孩子的攀援的手/会毫无恶意地把我摧伤"或"一记落地的雷霆/把我的树拦腰劈断"，我也会"相信着在一个美好的早上/终将跑完全程/我的颤指终将抚摸大地/在母土深厚的爱里/卸下我的泪水/我的渴望"。

沈泽宜虽然在身体和精神上都曾经历过常人无法理解的磨难和痛苦，但是这种经历并没有让他的诗歌沾染一丝一毫的阴晦与灰调，在每一首饱含着情感因子的诗作中，总是能够看到诗人对希望的追求和存在的感知。不论是《西塞娜十四行》《致犹莉娅·库罗奇金娜》中的忧伤与深情，还是《倾诉：献给我两重世界的家园》《圆明园秋思》中的爱与希望，都深深蕴含着沈泽宜生命中对自由的向往和对民族深沉的爱的永恒主题。作为已近耄耋的诗人，他的诗歌和诗论就像天空中浩瀚的"星星"一样，虽然只是静静地闪烁着，但依然是在寂寞中坚守着诗歌的理想和追求。

三　诗歌批评的探索者

自二十世纪八十年代开始，沈泽宜结合自身的创作经验与诗学理念，开始潜心研究诗歌的现实问题与创作思潮。如果说，诗歌是人类的精神生命中永不凋谢的花，那么，诗人就是它的培育者和守护者。而诗评家，则是徜徉在这片花园中的精神探索者。因而，从文学生态的角度来看，在诗歌世界的金字塔中，诗歌、诗人、诗评家、读者应该是四位一体不可分割的，诗歌是塔的顶端，诗人、诗评家、读者各居塔底的三个端点，构建并承载着整个诗歌世界的金字塔。

对于沈泽宜来说，他无疑是这个金字塔中的承载者，因为他自己不但是诗人，同时还是诗评家和读者。不论是诗歌理论的探寻，还是诗歌思潮的把握，沈泽宜都以自己对诗歌的虔诚之思进行创作，《〈摩罗诗力说〉初探》《抒情诗的形象》《论抒情诗的情感结构》《纯诗的诱惑和诗人的自私》《关于诗的思考》等是他对自己诗学观念的理论升华；《中国新时期诗歌的两次跨越》《"新生代"诗与强烈的市民心态》等诗论则是他对二十世纪八九十年代诗坛与诗人、现象与思潮的检阅和阐释，其中鞭辟入里的观点和精细入微的解读都表现出一位诗评家的独特视角。

沈泽宜对诗歌批评有自己独特的观念和理解，首先他认同诗歌的本质是抒情的，是"灵魂的系念"，由此有了"女娲炼石补天，诗人以诗补心"的提法，即"那许许多多深入我们灵魂、时光无法抹去的诗篇，无一不是在诉说心灵的缺少和遗恨"。① 同时，他在此基础上又强调，任何抒情诗都不能脱离社会现实而独立存在。因为诗歌"是诗人爱与恨的直接体现"，是诗人"在感受到来自外界的强大信息之后，酝酿于心，发而为热烈真诚的歌唱，喜怒哀乐、褒贬爱憎尽在其中，直接以诗对客观现实作出渗透主观感情的评价"。② 这种以抒情为根，以现实为骨的诗歌，不啻是沈泽宜一生之中守护的诗学圣殿，不仅仅是他创作的主脉，也是他对诗歌批评的清醒认知。因而，沈泽宜的诗歌批评更加注重诗歌本身的品格和特质，从精细的阅读中生发出对诗美和诗理的阐释。

早在二十世纪八十年代，沈泽宜在《〈摩罗诗力说〉初探》一文中，便以鲁迅对八位爱国主义诗人的认同，即"立意在反抗，指归在动作，而为世所不甚愉悦"的诗歌诗论为对象，表达了自己对"诗人的社会职责"的理解："诗人应当对国家民族的未来承担责任，应当首先是一个热忱的战士，然后才有可能成为一个真正的诗人。"③ 从这个角度来看沈泽宜的诗歌，就不难理解其创作的思想脉动了——他把责任与承担、小我与大我、失落与痛楚、爱与希望等等冲突与矛盾和谐地统一起来，成为他所有诗作中永恒的命题。在拨乱反正、思想更生的八九十年代，诗歌在义无反顾地成为又一次的思想先锋和生命堡垒的时候，沈泽宜无时无刻都在思考诗歌的本质。他结合自己持久的创作体会清醒地指出："尽管对诗有千种万种解释，归根结底只有两种。一种是透明、飘逸、纯净如梦的诗，一种是复杂、沉重使视线不断受挫的诗。"也就是"纯诗"和具有"明显社会指向的诗"，即社会诗。通过对这两类诗歌的分析，他认为，如果说"前一类诗能使人的心轻轻飞起来泊近皓月"，那么社会诗则"恰似沉重的铅块直坠大地，深深地切入天下兴亡、人生忧患的现实感受之中"。这两类诗各有其所承担的职责，但更多的应该是"它们互为表里、相反相成，都是人类锲而不舍地向更高境

---

① 沈泽宜：《关于诗的思考》，见《21 世纪中国现代诗第五届研讨会暨"现代诗创作研究技法"学术研讨会论文集》，2009 年。

② 沈泽宜：《抒情诗的形象》，载《诗探索》1984 年第 1 期。

③ 沈泽宜：《〈摩罗诗力说〉初探》，载《湖州师范学院学报》1981 年第 2 期。

·纪念沈泽宜·

界飞升的精神之光"，这"两类诗歌的平行发展、互相渗透，保证了人类诗歌史的丰富多彩和各得其所"。因而他也批评了那些走入极端的"力图隔断诗与现实的脐带"的诗人和诗评家们，认为如果把抛弃诗歌的社会价值取向而变成"纯个人的精神游戏"是"超出于时代之上的幻想和梦呓"，是"现实的声音之外的另一种声音"，这种"不是由于他关心民生疾苦、民族复兴"而写就的诗歌，则将"再次把诗拖向绝境"。①

虽然文学理论家韦勒克曾指出，批评应该首先是一种理性的认识，而非纯粹的个人判断，批评的目的是理智上的认知，它并不像音乐或诗歌那样创造一个虚构的想象世界。② 然而，诗歌毕竟是一种特殊而美妙的文学形态，它的发生状态、创作过程及阅读体验都绝非小说、戏剧等文学体式可以与之比拟的。因此，诗歌批评也绝非"是理性的认识，或以这样的认识为其目的"的"文学的系统知识"和文学理论所能涵括的。

可以说，当代文学批评自二十世纪八十年代末以来对西方文艺理论等知识的又一次大范围接受的局面，导致了各式理论概念无节制、无选择地介入到文学批评当中，同时也出现了批评家们对文本细读的缺失和批评话语千篇一律的泛化倾向，特别是新世纪以来的批评话语，这种倾向愈加严重。在这样的文学批评现状中，对于诗歌批评也未能幸免，霍俊明对此曾有意味地批评说："众多的诗人在交错的路径上寻找自己的诗歌理想，然而诗歌批评却仍然在单行道上自恋地奔走或止步。"③ 究其原因，作家的作品与批评家的批评各行其道的深层根源在于二者之间的交流、沟通出现了严重的不对称，即作家在创作时不会考虑某某规范的写作理论路数或者有意识地去迎合某种批评话语的解读，而批评者能够自己参与写作过程、有创作体验的在当下越来越少。同时，他们在高产的时代又不能或不愿意真正地进入深层的文本阅读，而是自顾自地以臆想式的思维去评判作品。

在这个问题上，沈泽宜的诗歌创作和诗学观念也许能够给我们一点

① 沈泽宜：《纯诗的诱惑和诗人的自私》，《诗的真实世界》，南京大学出版社 1993 年版，第 99-100 页。

② ［美］R·韦勒克：《批评的诸种概念》，丁泓、余徽译，四川文艺出版社 1988 年版，第 11 页。

③ 霍俊明：《并未消失的单行道——新世纪十年诗歌批评的问题与考察》，载《文艺研究》2010 年第 2 期。

启示，同时，对他的诗歌和诗论做一深层阅读与阐释，也可以为当下的诗坛状况提供一些别样和新鲜的思路。我们发现，沈泽宜的诗歌批评是与自己对诗歌的创作体验和观念密不可分的。他通过对诗歌文本的阅读，以一个诗人的经验、直觉与批评对象和诗坛现象进行对话，从而建立在诗学本体上的一种直觉式的、印象式的批评方法。而批评方法的运用，则是通过对诗歌文本中固有的美学因子——语言、意象以及丰富而热烈的情感的解读体现的，脱离了这些诗歌特质的艺术标准，诗歌批评就像失去了血肉的枯骨。沈泽宜的诗歌批评虽然是以自己的创作体验作"随感式"的印象批评，有其自身的弊端，但也诚如骆寒超指出的那样："一个搞研究的人，追求学术思考的理论体系固然好，但容易流于刻板、拘谨；沈泽宜追求直觉把握，虽难免有印象式的随意，但行云流水，潇洒飘逸，反倒更能点出个中奥秘。"①

沈泽宜曾说过这样一句话："诗，是人写的。要有刚健不挠、面目一新的诗歌，先得有刚健不挠、力抗旧俗的诗人。"② 我想，这也是沈泽宜一生所追求并身体力行的。诗歌之所以能够让人类在几千年的生命过程中不舍不弃，就是因为它能够"引领在物欲场中走失的灵魂重新找到归家之路"，并且有着"摧残者的天敌，弱小者的卫士，苦难者的慈航的品格"。③ 沈泽宜用一生的时间和全部的生命，在常人难以理解的磨难中完成了对诗歌的皈依。他的诗歌使这个不完整的世界变得因此而完整，他的诗歌也使这个世俗而功利的世界变得有了些许的清新与纯净。

在清澄的诗歌世界里，他是孤独的舞者。

[作者单位：中国艺术研究院战略中心]

---

① 骆寒超：《序》，沈泽宜《诗的真实世界》，南京大学出版社1993年版，第1页。
② 沈泽宜：《〈摩罗诗力说〉初探》，载《湖州师范学院学报》1981年第2期。
③ 沈泽宜：《为一种清新、强健的诗歌而努力》，载《诗刊》2005年第1期。

纪念沈泽宜

新诗形式
建设问题
研究

诗学研究

八十年代
大学生诗歌
运动回顾

张志民诗歌
创作研讨会
论文选辑

结识一位
诗人

新诗史料

外国诗论
译丛

流变的诗体　不变的诗性

叶　橹

有关"诗体建设"的话题，我曾经零星地写过一些文章。在武夷山的诗体建设的讨论会上，我甚至说过它是一个"伪话题"，因此而受到一些人的批评。其实，有些看起来很热门的讨论话题，在当事者看来，似乎是生命攸关的问题。可是，若干年后经过岁月的沉淀和洗礼，终于发现这种讨论不过是徒劳的努力而已。远的不去说它，就以二十世纪五十年代那些试图为"新诗"定型的讨论而言，如今看来还有什么意义吗？

对于"新诗"这个称谓，我最近在一篇文章中主张用"现代诗"一词来取代它，不仅是因为它已有百年的历史，根本不"新"了。更重要的还在于，"新"始终让人感觉到它的陌生和不成熟，而又同时处在一种同"旧体诗"相对比的状态之中。以一百年的"新诗"同两千年的旧体诗相比较，而且用来作为参照物的诗篇，全都是那些顶级的精品，自然就显出了"新诗"的今不如昔了。我以为，用现代诗一词取代新诗，并非一种简单的称谓问题，而是使我们在观察和探讨一些问题时，应该更具备一些现代意识，更有一种独立性，而不要处处受制于"旧体诗"。

在探讨现代诗存在的问题时，人们为什么总是把"形式问题"视为第一位的关注热点呢？我想，不外乎就是用旧体诗那一套规矩来衡量它的。从季羡林到流沙河，都认为新诗是一场失败的试验，我想也就是用了旧体诗的标准作为依据的。我们都知道，旧体诗在魏晋以前，是并没有那么严格的规矩的，因此，基本上也可以看成自由体诗。诗的规矩一旦形成，就把它那一套平仄、对仗、音韵、格律作为评价诗的主要的甚至是唯一的标准。所以，凡符合其规矩者均可以称之为诗，而不合其规矩者即为非诗。这也就是当今许多人挂在嘴边的一句贬斥现代诗的通用语：新诗没有评价的标准。产生这种现象的根源，就是因为旧体诗有

诗探索1　理论卷　2016年　第1辑

一套固定的标准，而现代诗却没有。如果我们试图以这种方式来制定标准，并且按这种模式来探讨现代诗的诗体建设问题，我可以肯定地说，是永远不可能达到预设的目标的。

持"诗体建设"论的人总是说，诗体建设并不是要制定一套模式，而是要寻找到一些使诗的写作不能过于信马由缰的方法和规律。这当然是善良而美好的愿望。但是，既然没有一套模式，又何来的建设蓝图呢？提倡格律诗就能解决问题吗？旧体格律诗因为有固定的模式，所以诗人在提笔之初，即已想好了如何适应并符合其规矩落笔；而现代格律诗，其规模和格局是无法预设的，每一个诗人都会按自己的诗思实现其创作意图。所以，从这个意义上说，现代格律诗也是无法规范的。既然无法规范，实际上就存在着无限的可能性，这种无限的可能性，注定了就是无体可建的。我之所以说"诗体建设"是一个"伪话题"，就是基于这种认定和理解的。这里说的还只是现代格律诗，如果涉及当今诗坛占绝大部分的自由诗，那就更是无法约束的了。本来，现代诗就理所当然地包含了格律诗和自由诗，只是由于每一个诗人都有自己的兴趣、爱好和特长，因此，我们只能让各人发挥其所长而不能用诗体来约束他们。格律诗和自由诗并不是判断优劣的标准。我们判断一首诗的优劣，只能从它的诗性表现和表达是否成功来评说，而不能用它是什么"体"来评定的。

正是基于这种认识，所以我认为，在探讨现代诗的"诗体建设"问题时，不能着眼于要建立一种什么样的模式，而是要着眼于对"无限可能性"的研究。所谓"无限可能性"，并不是任意地滥施语言垃圾或唾沫横飞，而是在诗性的范畴内让语言的功能得到控制和发挥。所以，我们与其把精力放在探讨建设什么样的"诗体"上，不如在诗性语言的研究上多下些功夫。

在诗的领域，语言肯定是决定一首诗成败的第一要素。为什么有的诗让人一读即眼睛一亮或心灵震颤，而有的诗读之则索然寡味或心存厌恶，可以说就是语言所引起的感应作用。不管是旧体诗抑或现代诗，我们在接触并进入其诗境和语境时，首先是因为其语言的诗性内涵吸引并打动了我们的内心，使我们潜藏在内心深处的诗性因受到激发而引起冲动。艾青的诗句"若火轮飞旋于沙丘之上/太阳向我滚来……""为什么我的眼里常含泪水/因为我对这土地爱得深沉"，何以会让人过目难忘？曾卓的"它的弯曲的身体/留下了风的形状"，令人产生何等丰富的联想。许多现代诗中的名篇和名句之所以能够深入人心，全在其语言之魅力。如果我们的诗人都在这方面有所建树，我想人们就不会斤斤计较于它是什么"体"，而必定会承认这就是好诗。

我之所以不赞成用"诗体建设"来作为寻求解决现代诗所面临的一些问题的良方，是因为我认为现代诗所面对的所谓"困境"，不是靠"诗体建设"就能解决的。如果说现代诗存在着"困境"，那么，这种困境绝对不是"诗体"所造成的困境，而是我们的生存困境所造成的。把人的生存困境对现代诗造成的伤害，误认为是现代诗的诗体上的失误，实在是一种可悲的误解。人们往往喜欢用旧体诗的超稳定的诗体在历史上形成的覆盖性，来贬斥现代诗在诗体上的不稳定，所以，期待现代诗能有一种像旧体诗那样稳定的形态来巩固其地位，殊不知这实在是过于理想化的愿望。进入现代社会的开放型文化格局，各种各样的文化观念和意识形态的引入，加上我们社会现实中庞杂而多变的社会现象，在诗人们的心灵上造成的影响，怎么可能不反映到他们的实际创作中呢？在一个很大程度上被异化了的人的精神领域，我们却一味地指望以某种固定化的模式逼其就范，这难道现实吗？对于百年来的现代诗所走过的历史轨迹，我们如果进行一番客观清理，就不难看到，真正能够让它在正常的艺术探索的道路上前进的日子，大概也就是五十年左右。由于多种因素的干扰，使它前进的步履显得异常彳亍而艰辛。尽管如此，它仍然产生了为数不少的优秀诗人。至于现代诗之所以屡遭诟病，我以为其原因颇有点令人难以理解。

我们都知道，"五四"以后的新文学创作，从小说到散文和戏剧，都各自有其成就和缺陷。但是人们在评说这些文学创作之优劣时，几乎没有人会拿诸如《红楼梦》之类的小说成就来指责现代小说之今不如昔；也不会有人以《古文观止》或"八股文"的艺术标准来权衡散文之优劣；更没有什么人拿《西厢记》《牡丹亭》来同曹禺的《雷雨》《日出》相比较而判断其短长。唯独一谈到现代诗，就会把旧体诗的辉煌成就说得头头是道从而贬斥现代诗之种种不堪。这究竟是因为我国旧体诗的经典性的光芒遮蔽了现代诗的存在，还是一些人戴上了有色眼镜来看待诗的现象呢？我想来想去，恐怕就是因为旧体诗的那一套平仄、对仗、音韵、格律的严格规矩和套路太过深入人心，从而形成了一种"集体无意识"，以至于觉得一论及诗，都会自觉或不自觉地以这种标准来衡量其长短。形式问题之所以被一些人看得那么重，是否也是这种

"集体无意识"的一种反映呢？现代诗一直笼罩在旧体诗的形式阴影之下艰难地生存，以至于让一些人认为必须从形式的模仿上才能找到出路。这大概就是"诗体建设"论提倡者的初衷吧，可是我却认为这是找错了药方。理由如下：

首先，既然要建设一种诗体，就必须有一整套设计蓝图。以一种什么方式来建设这种诗体，几乎没有什么人能够拿出方案来，而是语焉不详地要求"格律化"。从闻一多提倡的"三美"到何其芳一度设想的九言、十一言等方案，在创作实践中已经被证明是"此路不通"。而事实上，在一些具体的诗篇中，有的堪称优秀之作的格律诗，不仅不是按一定模式写出来的，而且它们的成功也不意味着后来者可以"邯郸学步"。因为任何真正意义上的优秀之作，都是创新而不是仿效的结果。

其次，就现代诗的包容性内涵而言，格律诗本是它的形式之一，不存在它与自由诗相互排斥的问题。各种形式的自由诗，决不会威胁到格律诗的正常存在。相反，如果一味地强调所谓"诗体建设"，反而会让人感觉自由诗的形式似乎是一种另类而非正统的。现代诗的格局，应该是真正意义上的百花齐放而不是厚此薄彼。试图用"诗体"来一统天下的格局，是永远不可能实现的。

再次，自由诗的形式是具有无限可能性的"无体之体"。人们无法预设它应当具备一种什么样的形式，它只能是在不同诗人的创作实践中不断得到丰富和充实的。当今诗坛各类刊物所发表的诗作，百分之八十以上都是自由诗，它们的生命力和认同度，不是任何人能够改变的。它的存在显示的真正意义在于，诗所追求自由的精神得到了充分的体现，这正是诗的本性之所在。

最后，我国的古典诗歌，从最早的四言、五言、七言的自由诗而发展到后来的格律体，从文化建设的意义上来说，无疑是一种进步。格律体的五言、七言诗无疑出现了大量的优秀之作，但也存在着为数更多的伪诗。特别是随着时代的进展而出现的词曲，以更为多样的体式丰富了诗的形式。这种形式的流变，正是基于对内心世界的更广阔的自由表现而出现的"诗体建设"。不过，因为现代社会的出现需要更为自由和多样的诗的形式，白话诗取代古典诗，乃是社会发展的需求和必然。"五四"初期一些文化先锋对旧体诗弊端的揭露，或许有偏颇之处，但许多一针见血的针砭，也是非常击中要害的。尽管中国的旧体诗具有超稳定的形式格局，但还是无法同时代的前进步伐相抗衡的。近百年的现代诗前进的步履虽然彳亍艰辛，但在摆脱旧体诗的影响上却是取得了巨大成就的。

我并不想把现代诗同旧体诗作为一种对立的存在看待，即使在现代诗范畴，我也从不把自由诗和格律诗置于对立的地位。我一直认为，诗体的选择完全是诗人自身独立自主的行为，任何人也没有权力规定诗人选择什么样的诗体从事创作。但是就诗体而言，它应该经常处于流变状态中。自由诗的定义就是选择自由，在分行的无限可能性中，让诗人充分发挥其想象力和创造力。只要是能够达成诗人想象力和创造力，充分表现其诗性感受的形式，都是合理与合法的。在诗的形式的探索和试验中，不应当设立什么禁区。我们都知道，在旧体诗中已经有了像回文诗、藏头诗之类的带有趣味性的实践，作为个案，它们并不具备普遍性的品质，但是人们还是以宽容的姿态接纳了它的存在，并在一定程度上肯定了它的艺术价值。它们或许不能众口相传，但对于从事创作的诗人来说，却不妨是带来智性和艺术启迪的因素。现代诗中为数不少的图案诗、隐题诗之类的试验，甚至还创造了一些颇具艺术魅力的优秀诗篇。这只能说明诗的形式是难以定型和预测的。像于坚的《零档案》之类的诗，可能不为一些人认同，但它在现代诗的历史进程中必定会留下其探索的印迹的。

对于诗体的流变性质，是应该基于动态的观察给以考量的。即使是我国旧体诗的超稳定的艺术形式，也有了诗而词、词而曲的变化和发展，更何况我们所处的社会剧变和转型的时期，怎么可能不反映在诗人的内心和意识里，从而影响到他们的心理状态和创作形态中呢？所以从1980年以后，中国诗坛上出现的许多让人眼花缭乱的现象，也就不足为奇了。"诗体建设"口号的提出，或许正是针对这种所谓"混乱"的状态而做出的反应。虽然是一种善良的愿望，却难以实现。我之所以不赞成把"诗体建设"作为一种目标来追求，并不是我主张诗体可以毫不讲究对语言和内在韵律的节制和追求。我只是反对以某种"体"来规范诗的形式。对于诗的形式问题，我主张用"形式感"一词来判断诗的形式的艺术含量。所谓"艺术是有意味的形式"，这个"意味"，就是它的"形式"给了人们什么样的艺术感受。所以我认为，没有抽象的形式，只有具体的形式感。

对于一首诗来说，形式无非包含内在和外在两个方面。外在的形式如回文诗、图案诗、藏头诗等等。旧体诗中的平仄、对仗、音韵、格律之类，也是一种外在的规范形式。可是一首诗如果只有外在的形式，那就很可能成为诗的赝品。近些年饱受讥讽的所谓"老干体"诗，就是这样的仿古赝品诗。作为具体的诗，我们怎样来判断其外在形式与内在形式的关联呢？我想以艾青的三首诗为例来阐述我的观点。这三首诗是：《透明的夜》《雪落在中国的土地上》和《手推车》。

《透明的夜》无疑是艾青早年最优秀的诗篇之一。它的原生态的生活场景，跳动不安的情绪和行为，贯串于全诗急促而紧张的节奏之中。诗人要表现和要表达的一种对原始生命力之强悍的向往，水乳交融地体现在全诗的布局里。在"一群酒徒，离了／沉睡的村，向／沉睡的原野／哗然地走去……"的场景里，诗人以"夜，透明的／夜！"这样短促简洁的诗行结束全诗。它的场景和背景，给予人们一种完全沉醉其间的艺术浸染。全诗三节，每一节的场景都是被准确而简明的语言节奏所呈现的。正是在这种外在形式与内在艺术指向的统一中，形成了诗美的和谐，达成了诗的形式感的完美。

而《雪落在中国的土地上》，同样以对生活现场的想象性场景呈现出中国大地上的悲惨氛围。在"雪落在中国的土地上／寒冷在封锁着中国呀……"的吟叹声中，诗人所想象的一幕幕凄惨的场景、一层层的加码而使得这种吟叹具有了更深沉的意味。若干年来，艾青的这种吟叹使我们在不同的生存场景中回忆起它的沉重与哀惋。它的形式感也是因此而深入人心的。

《手推车》则是从"手推车""以唯一的轮子／发出使阴暗的天空痉挛的尖音"这样震颤人心的场面，以及它那"刻画在灰黄土层的深深的辙迹"而令人触目难忘的景象，在给人以形象观感之余，从而引发深沉的思索。特别值得一提的是，艾青几乎很少写这种在外形上呆板整齐对称的诗，而他的这种艺术匠心，正是为了体现手推车那种单调而呆板的行程路线而设置的。它的形式感就是在这个简陋的工具身上，蕴涵着诗人对一个时代和社会的深刻感受。

之所以选择艾青这三首诗来阐述我对诗的形式感的观点，因为我认为，现代诗是没有什么固定的形式可循的。它所谓的形式，是在每一首诗的写作意图和写作过程中得以实现的。诗人对于诗的形式掌控的主动性也在于此。如果有一种预设的形式在那里，诗人只能以填词的方式写作，是很难写出好诗的。我相信，诗人自身的想象力和创造力会引导他寻求到最适宜表现其诗性感受的诗体和形式；我也相信，诗体和形式的形成永远只是在流变的过程中得到承认和肯定的。我们不必为一些理想化的设计而徒劳精力，与其去设计一些不能实现的理想，不如多花些精力面对诗坛的创作现实，研究一些更具体的问题。

我在这篇文章的题目中已经表达了我的基本观点，诗体是可以流变的，而诗性则是永恒的。可是由于时代和社会的变迁，人的现实感受和心灵变化的不同，诗性的内涵显然也会日益显得丰富和复杂。客观地说，现代人的生存处境已经极大地不同于历史上那些诗人的处境，所以，"采菊东篱下，悠然见南山"那种心境的确很难再现于当代诗人的笔下。即使偶然能够身处同样的环境，那引发的诗性感受也会迥异于陶渊明。所以，我们在观察当下许多诗人的创作时，不能一味地以古典的诗学观念进行权衡。

现实生活的发展往往以它的丰富性和复杂性在纠正一些过时的观念，而以诗人的敏悟和感知，必定会用他们艺术的触角深入一些前人未曾探及的领域。诗性是诗人生存的一种独特的介入方式，任何一个时代的诗人，都是以诗性的介入而实现其人生价值的。我之所以认定诗体有变而诗性不变，正是基于对诗人的独特介入方式的坚信。作为一种艺术形式，诗体是可以因诗人的选择而有其不同的呈现方式的，但是任何时代的诗人，如果是真诗人，诗性的品质都是不可或缺的。诗人的求真求善求美，不管以什么样的方式和形态表现出来，都是以一种对心灵奥秘的探究而存在的。

诗性的永恒性也许是人类生存方式的一种神秘性存在，非三言两语能说得清楚。我只能作为一个话题提出来，在此无法深入涉及了。

我只是一家之言，希望得到专家学者的批评。

2015 年 9 月 18 日于扬州

［作者单位：扬州大学文学院］

对新诗格律化"不定型"的思考

邱景华

闻一多：新诗格律与古典律诗的三点不同

闻一多1926年所写的《诗的格律》，数十年来一直被视为现代格律诗理论的奠基之作。不论赞同还是质疑，研究者大都津津乐道于他所提出的现代格律诗的"三美"理论，但很少有人关注闻一多对新诗格式与古典律诗提出的三点区别。在我看来，这是长期被诗界忽视的新诗格律化的重要理论之一。

1921年，闻一多为清华文学社作《诗歌节奏的研究》报告。1922年，写作《律诗底研究》。闻一多以他一贯的严谨，经过六年的研究，一直到1926年，才写出《诗的格律》。换而言之，闻一多对诗歌格律的研究，是经过深思熟虑并结合西方诗歌形式的理论，有着世界性的学术背景和理论资源。

但闻一多研究古典律诗，并不是简单地以古典律诗的标准作为新诗格律的新标准，而是非常清醒而敏锐地看到新诗格律与古典律诗质的差别和不同。这是闻一多非常了不起的地方。

他指出："律诗永远只有一种格式，但是新诗的格式是层出不穷的。这是律诗与新诗不同的第一点。作律诗无论你的题材是什么，意境是什么，你非得把它挤进这一种规定的格式里去不可。仿佛不拘是男人、女人、大人、小孩，非得穿一种样式的衣服不可。但是新诗的格式是相体裁衣。"

"律诗的格律与内容不发生关系，新诗的格式是根据内容的精神制造成的，这是它们不同的第二点。律诗的格式是别人替我们定的，新诗的格式可以由我们自己的意匠来随时构造。这是它们不同的第三点。有了这三个不同之点，我们应该知道新诗的这种格式是复古还是创新，是进化还是退化。"①

　　换而言之，新诗格律与古典律诗的根本区别在于：古典律诗已经是定型、定体和规范了；而新诗格律化却处在草创期，刚刚开始不定型、不定体和不规范的试验。

　　所以，新诗格律化的基本特点，就是不定型、不定体和不规范的"试验性"。新诗早期的诗人们，不管是闻一多、卞之琳，还是林庚，在进行格律化的创作中，都非常清楚他们是在摸索，并在创作谈中一再说是"试验"或是"尝试"。

　　"试验性"，也就是实践性。一批在诗艺上有追求的诗人，根据自己对现代格律的理解，在各自的创作中进行各种各样的摸索和试验，并在试验中检验和校正他们原先的格律设想。所以，在新诗前期进行格律化试验的，多数是有理论修养的诗人；而当代提倡新诗格律化和现代格律诗的，多数是学者。

　　"试验性"具有三个特点：

　　一、"私人性"和"一次性"。因为新诗格律化，是诗人们各自根据不同的素材，自己尝试建构不同的格式。其格式是自己建构的，是不可重复的一次性行为，也没有成为被其他诗人普遍"公用"的新诗格律定式。

　　二、草创期的新诗格律化的基本特点，从整体上讲，就是不定型、不定体和不规范。

　　三、百年来，诗人们的现代格律和形式的创造力，其基本特征，就是短暂性，难以为继。这也是试验期的特点：成功常常伴随着失败；或者说，失败是试验性的必然结果之一。

　　新诗格律化草创期这种不定型、不定体、不规范的特点，决定了不能把某些诗人所创作的格律化新诗，简单地认定为"现代格律诗"。因为格律诗是定体、定型和规范，只能说它们是"格律化"的新诗。格律化是刚开始试验，还处在摸索之中，还远远未能定型、定体和规范，还处在未完成的途中。换而言之，新诗格律化的目标，就是不定型、不定体、不规范。而真正的现代格律诗，则要经过漫长的数百年的新诗格律化探索和实践，然后才有可能形成定型、定体和规范，成为普遍"公用"的新格律诗体。

---

① 闻一多：《诗的格律》，见杨匡汉、刘福春编《中国现代诗论》上编，花城出版社1985年版，第125页。

诗探索 1　理论卷　2016年　第 1 辑

闻一多关于新诗与古典律诗三点质的不同的区别，为我们判定所谓的"现代格律诗"提供了理论依据。闻一多《诗的格律》并不是"现代格律诗"的理论，恰恰相反，它只是新诗格律化的理论。

　　作为闻一多的传人，卞之琳是真正理解并传承、发展了闻一多关于新诗格律化的理论，以及诗集《死水》的格律化实践。

　　晚年的卞之琳这样写道："我的想法还是闻一多先生当年所提出的主张，掌握了格律，'量体裁衣'，可以翻出无尽体式（结果当然也可能只有若干种基本的体裁最广为大家'喜闻乐见'，便于运用，易于运用），因此，可以在诗创作里达到进一步'自由'。"① 并且，他对周纵策提出的建立"定体格律新诗体"予以否定："我个人认为'定型新诗体'的提倡，可能是超过实际，走快了一步，可能是把步骤作了倒置，也可能偏离了新诗格律化的目标。"②

　　但是，并不是所有的后来者，都能像卞之琳一样，准确地理解和继承闻一多的观点。闻一多生前没想到的是：他关于新诗格式与古典律诗的重要差别和辨析，即新诗格律化不能像古典律诗那样定型和定体，而是要根据不同的素材，相体裁衣，创建与之相适宜的独特格式。这极其重要的提醒，并不为后来的研究者所重视。后来者偏偏就是以古典律诗定型和定体的标准，作为"前理解"，来解读闻一多的新诗格律理论，并得出与他初衷相反的结论：新诗在探索现代格律的基础上，应该尽快地创建定型、定体和规范的"现代格律诗"；并且把闻一多的《诗的格律》当作现代格律诗理论的奠基之作，把《死水》当作现代格律诗的代表作。这种简单地把"现代格律诗"与古典律诗相等同的观点，其实就是闻一多所否定的"退化"和"复古"。

　　总之，我们今天讨论新诗格律、新诗格律化、现代格律诗，应该重新回到闻一多新诗格律理论的"原点"和"起点"：新诗格律与古典律诗三点质的不同。换而言之，闻一多提出的这三点不同，具有重要的启示和现实意义。

诗集《死水》的格律化试验

　　诗集《死水》，是闻一多 1925 年 7 月回国两年之后创作的。《诗的

---

　①　卞之琳：《人与诗：忆旧说新》，三联书店 1984 年版，第 164、166 页。
　②　卞之琳：《人与诗：忆旧说新》，三联书店 1984 年版，第 164、166 页。

格律》发表于 1926 年 5 月，可以说，《死水》是闻一多新诗格律化理论的试验之作，而且是成功之作。

诗集《死水》共有二十八首诗，并不都是流行观点所嘲讽的"豆腐干体"。其实，许多人并没有细读诗集《死水》，而是盲从流行的观点。像《死水》一诗，严格采用每行三个"二音尺"和一个"三音尺"所组成的"九字体"，大约也只有这一首诗。因为闻一多要根据素材的不同，而建构不同的格律，因此不可能定型和定体。

诗集《死水》的格律化，可分为三种基本类型：同字体（每行字数相等，即"豆腐干体"）有十首；对称体（节与节每行字数对称相等，形成一种节与节的格律重复）有七首；自由体（虽然每行字数不相等，但大体相近、比较整齐）有十一首。① 之所以有三种类型，多种体式，说明闻一多在创作中，是真正根据不同的素材，自己尝试建构不同的格律。

《死水》的素材非常丰富，既有爱国情怀的《死水》《一句话》《一个观念》《发现》《祈祷》，又有悼念早逝女儿的悲歌《也许》《忘掉她》《我要回来》；有情诗《"你指着太阳起誓"》《你莫怨我》《狼狈》，还有自我反思的《口供》，自我调侃的《闻一多先生的书桌》；有思乡之情的《你看》，有冥界的想象之作《夜歌》；有写人生的《心跳》《收回》；有写在美华人屈辱生活的《洗衣歌》，有用北京口语，借用英诗人物自白体写成的《天安门》《飞毛腿》和《罪过》；还有两首长诗《大鼓师》和《荒村》，前者写浪迹天涯的民间艺人的悲苦生活，后者写军阀混战所造成的乡村人烟断绝的惨状……

我猜想：闻一多是先有"音尺"的格律理论设想，然后再根据不同的素材，自己尝试建构各种不同的格式。这需要诗人有极高的形式创造力，这是只有大诗人才具备的才华。所以，《死水》中各样体式的变化，令人惊讶，令人佩服。

比如，同样是悼念早逝的女儿，《也许——葬歌》是写闻一多刚得到六岁女儿早逝消息的震惊和悲痛，一时无法接受；希望这不是事实，希望女儿还会醒来，所以诗中有众多"也许"的期盼。用每行九字的"同字体"，写出诗人不断希望女儿复活的心愿。《忘掉她》，则是女儿逝世之后，诗人理智上已经接受了这个残酷的事实，但情感上却无法忘

① 关于格律诗的几种类型，可参见吕进：《中国现代诗学》，第十七章（下），重庆出版社 1991 年版，第 318～329 页。

诗探索 1 理论卷 2016 年 第 1 辑

掉女儿夭折的痛苦。全诗采用歌谣的"对称体":全诗共七节,不断出现"忘掉她"——是因为永远忘不掉,所以一唱三叹,回环反复。《我要回来》也是"对称体",但又与《忘掉她》的歌谣对称体不同:如果说《忘掉她》是情感结构,那么《我要回来》则是理性结构。全诗分为四节,是根据女儿逝世时,作为父亲的诗人不在她身边而引发的自责和忏悔来分节。第一节"我要回来"、第二节"我没回来"、第三节"我该回来"、第四节"我回来了":构成一种理性思维的框架,表明作者已经能从理性的角度,对自己的行为进行反省。

这三首悼念女儿的诗作内容相同,但闻一多能根据自己不同时期的不同心态,而采用不同的格式来表达,真正做到"相体裁衣"的不定型。

不要以为,闻一多提倡现代格律,写呆板的"豆腐干体",就很难表现情感。恰恰相反,闻一多那些具有爱国情怀的诗篇,并没有因为现代格律而窒息这种强烈的爱国感情:它能借用严谨的格律,把这种情感表现得更加深沉、厚重和具有磅礴的内在力量。这正如叶公超在《论新诗》中所指出的那样:

> 格律是任何诗的必需条件,惟有在适合的格律里我们的情绪才能得到一种最有力量的传达形式;假如没有格律,我们的情绪只是散漫的、单调的、无组织的,所以格律根本不是束缚情绪的东西,而是根据诗人内在的要求而形成的。假使诗人有自由的话,那必然就是探索适应于内在的要求的格律的自由。恰如哥德所说,只有格律能给我们自由。①

在诗集《死水》中,我们看到的真正是格律给予的自由,带着镣铐的舞蹈。

如《发现》,虽然采用每行十一字的"同字体",但闻一多在诗行中采用三个口语的短句,并用逗号分开,以此打破"豆腐干体"的平稳和刻板,产生强烈跳荡的节奏,把藏在心里火山似的情感,表现得多么强烈:

---

① 叶公超:《论新诗》,见杨匡汉、刘福春编《中国现代诗论》上编,花城出版社 1985 年版,第 322 页。

我来了，我喊一声，迸着血泪，
"这不是我的中华，不对，不对！"

《发现》每行虽然都是九字，但不讲究固定的"二字尺"和"三字尺"，而是根据素材、情感的需要，随情定字，分成不同的几个短句，但又能统一于每行九字。这就是从格律中获得自由了。

另一首诗《一句话》是"对称体"，但又是一种独创的格式。全诗分为两节，每节前六行，每行是九字长句，是平稳的表述，是蓄势；但到最后二行，突转为三字和五字的短句，形成一种突然爆发的情感力量：

有一种话说出就是祸，
有一句话能点得着火。
别看五千年没有说破，
你猜得透火山的缄默，
说不定是突然着了魔，
突然青天里一个霹雳
爆一声：
"咱们的中国！"

诗集《死水》，还有一个基本的特点，就是大量采用口语和说话的调子，来表现作者和诗中人物的独白、对话；用这些新鲜、活泼、跳动的口语，来打破和调节格律的束缚与严谨。比如《心跳》，虽然是每行十二字的"豆腐干体"，但诗人用独白的短句，不仅带来强烈的情感，而且让诗行的格律具有强烈跳动的节奏感。

幸福！我如今不能受你的私贿
我的世界不在这尺方的墙内
听！又是一阵炮声，死神在咆哮。
静夜！你如今能禁止我的心跳？

这就是令卞之琳佩服不已并予以传承的优点："……以说话的调子，用口语来写干净利落、圆顺洗炼的有规则的诗行，则我们至今谁也还没

诗探索1　理论卷　2016 年　第 1 辑

有能赶上闻、徐旧作，以至超出一步，这也不是事实吗？"①

有一种观点长期流行，认为：闻一多的格律化，主要是对"诗形"的试验；而三十年代的现代派诗人，则是重在对"诗质"的探索。其实，《死水》的成功，就在于使用多样的格律化，表现具有时代感的内容和人性的基本情感，是"诗形"和"诗质"比较完整的融合，所以才会被当作新诗格律化的经典。"诗质"的内涵，不能仅仅归结为现代性。把闻一多的格律化试验，看作形式主义的追求，这是明显的失误。

只有结合诗集《死水》的创作，我们才能对闻一多的现代格律理论有准确的把握和更深的理解。《死水》格律化的成功试验，证明了闻一多新诗格律理论的核心：不定型、不定体、不规范的"相体裁衣"是正确的，是行得通的，也是新诗格律化的目标。所以，诗集《死水》所开创的格律化的三种基本类型：同字体、对称体、比较整齐的自由体，也已成为数十年来，新诗格律化的基本诗体（外加一个十四行体）。

假如没有诗集《死水》的成功试验，闻一多的新诗格律化理论，不可能有如此重大的影响，两者可谓相辅相成。

公用性和稳定性：现代格律诗形成的必要条件

在当代研究新诗的学者中，吴思敬对闻一多的新诗格律化理论有着准确的理解和把握。他不同于那些只关注"现代格律诗"的专家，他研究新诗的一个特点，就是全面观照。长期以来，他对自由诗的本质做了深刻的反思，对自由诗与"现代格律诗"的深层关系，做了深入的阐述和分析，提出一些很有见地的重要命题，其新颖的论点、周全的论述、细致的说理，引起诗界的广泛关注。

吴思敬在《新诗：呼唤自由的精神——对废名"新诗应该是自由诗"的几点思考》《自由的精灵和沉重的翅膀》《新诗已形成自身的传统》《诗歌内形式之我见》等著述中（这几篇论文，见吴思敬：《吴思敬论新诗》，中国社会科学出版社，2013 年版），从废名"新诗是自由诗"的命题入手，一再强调"自由"是新诗的精神，强调自由诗是新诗的主体，强调新诗内容的重要性。他明确指出：自由诗的问题，不是设计几套现代格律方案就能解决的。

---

① 卞之琳：《人与诗：忆旧说新》，三联书店 1984 年版，第 10 页。

吴思敬强调诗之内容的重要性，重提必须根据不同的内容，创建各种不同的格律和形式，提出要给新诗穿上个性化的衣服，而不是统一的制服。这是对闻一多新诗格律化要"相体裁衣"理论的继承。

很少有人像吴思敬这样，用温和的语调掩盖着敏锐的洞察，一针见血点出"现代格律诗"的先天不足和致命伤："至于现代格律诗，是在新诗诞生后出现的，在某种程度上，也是为纠正自由诗过于散漫的偏颇而出现的，因此不像传统的格律诗，经过漫长的酝酿与实践过程，而主要是由一些热心为新诗建立规范的人精心加以设计的。因此，现代格律诗的先天性不足，就是'公用性'与'稳定性'的缺失。"①

吴思敬用现代术语，把律诗的标准概括为"公用性"和"稳定性"，这具有重要的现实意义。他提醒我们：提倡现代格律和现代格律诗，首先要了解古典律诗形成和演变的主要条件和原因。

古典律诗的形成，要经过漫长的实践。比如五言古体诗，它是受汉乐府五言兴盛的影响而后产生的，其诞生的标志是《古诗十九诗》。林庚认为："从西汉末年到建安时代，中间经过约二百年，五言诗才由偶然的出现变为通行的文体。"② 定型后的五言古体诗，每行五言，双数句子押韵，可以换韵。"它的最大的特征是把《诗经》变化多端的章法、句法和韵法变成整齐一律。"③

定型后的五言古体诗，在魏晋时期开始格律化，一是对偶，二是平仄。建安时期，从曹植开始，对偶开始多起来，但还属于几个诗人的试验。朱光潜认为：南朝宋元嘉时期的谢灵运、鲍照（意义上的排偶），齐梁时代的何逊、阴铿（声音上的对仗）是律诗的四大功臣。④ 但是，诗史上并没有将他们格律化的诗作称为近体诗；而是等到初唐，经过"初唐四杰"对齐梁声律的改造，把五言长律浓缩为八句或四句的律、绝。虽然他们所写的五言近体诗，已有百分之七十达到后来合律的标准；但还是要等到沈佺期、宋之问，总结齐梁以来对声律的种种探索，尤其是"初唐四杰"的经验，通过他们的创作实践，实现了五七言律诗的定型化。至此，五言近体诗的格律才最后完成。此后，近体诗与古体诗才有明确的界限和区别。⑤ "律诗"的名称，一般史家也认为是宋

① 吴思敬：《吴思敬论新诗》，中国社会科学出版社 2013 年版，第 11 页。
② 林庚：《新诗格律与语言诗化》，经济日报出版社 2000 年版，第 69 页。
③ 朱光潜：《诗论》，三联书店 1984 年版，第 199、213、214 页。
④ 朱光潜：《诗论》，三联书店 1984 年版，第 199、213、214 页。
⑤ 陈伯海：《唐诗学引论》，东方出版中心 1996 年版，第 111、113 页。

之问、沈佺期所提倡起来的。①

五言诗体的出现，从古体的定型到初唐律绝的完成，经历了漫长的数百年时间。由此反观新诗的格律化，就会明白：急不得！现代格律诗，从不定型的新诗格律化试验，到最终现代格律诗的定型和完成，至少也需要历时几百年的创作实践；并不是按照理论家的设计方案，就能在短时期的"施工"中完成。

百年新诗，虽然有闻一多、徐志摩、朱湘、卞之琳、辛笛、冯至、吴兴华、郑敏、蔡其矫、余光中等人的格律化试验并取得成功。在理论上，也总结出由古典格律的平仄、变成新诗词组的顿数（音尺）相等；古典格律的对偶，发展为新诗节与节的对称；古典格律的韵法，变成新诗较为自由的新韵；以及对外来的十四行体进行汉化……

但是，这些试验期的成果，还无法总结出定型的现代格律。

与古典诗歌所采用的文言相比，新诗的现代汉语是一种新的语言。在同一种文言系统中，古诗格律的产生和定型，况且还需要数百年。那么，在现代汉语正在发展的新的语言系统中，一种新的现代格律的定型，自然需要更长的时间。再加上新诗所面对的是外国诗大量涌入的世界性，还要予以吸收和融化，其现代格律和形式的演变，自然更加复杂和艰难。所以，只有通过数百年的新诗格律化的漫长实践，才有可能形成新诗的各种定型的格律；其中若干种格律，才有可能被普遍认可和"公用"，逐渐形成现代格律诗。这是现代格律诗产生的必要基础和基本条件。

吴思敬提出的衡量格律诗"公用性"和"稳定性"的标准，令我们幡然醒悟：衡量现代格律诗，不仅要看是否在进行格律化的试验，还要有一个更重要的条件：是否具备了"公用性"和"稳定性"。而这一重要条件，恰恰为一些热心提倡"现代格律诗"的专家们所忽视。

"公用性"和"稳定性"需要一代又一代的诗人，经过数百年的创作实践，才有可能在试验中逐渐摸索出来。所以，"公用性"也就是实践性。格律诗，主要是诗人们在长期的实践中摸索成型的，并不是靠理论设计所能产生的。明乎此，我们就会明白：吴思敬所提出的"公用性"和"稳定性"，是在当代语境中，为纠正诗界所出现的弊端而深思熟虑后提出来的。

① 朱光潜：《诗论》，三联书店 1984 年版，第 199、213、214 页。

未定型的"现代格律诗",其实是自由诗的一部分

关于自由诗与"现代格律诗"的关系,吴思敬明确指出:"与'公用性'与'稳定性'的缺失相联系的,是现代格律诗边界的模糊。作为一种诗体,现代格律诗是介于格律诗与自由诗的一种中间状态。它不像自由诗与格律诗之间有明晰而森严的分野,它与自由诗之间往往纠缠不清,某些被一些诗人和批评家视为现代格律诗的诗作,往往被另一些诗人和批评家纳入自由诗的范围。我认为,由于自由诗巨大的包容性,那些缺少"公用性"和"稳定性"的个别现代格律诗的创作,都是可以纳入自由诗的范畴的。因为自由诗可以押韵,也可以不押韵;可以有整齐的建行,也可以有参差的建行;可以有明显的外部节奏,也可以没有明显的外部节奏。"① 吴思敬这个观点非常重要,只是说得比较委婉。按我的理解:缺少"公用性"和"稳定性"的"现代格律性",不仅与自由诗边界模糊,其实也可以看成是自由诗的一部分。

比如,近体诗是从古体诗中产生的,五言律诗是从五言古体诗中产生的。虽然五言诗的律化在南北朝时就已经开始,但未定型的格律化的五言诗,诗史上并没有称为近体诗,而是等到初唐的五言律诗定型后,才称为五言律诗。

同理,百年新诗的格律化,也是在自由体中产生的,而百年中产生的不定型的"现代格律诗",离定型还遥遥无期。所以,从理论上讲,是不能称为现代格律诗的。那种格律化的新诗,被称为"格律诗""新格律诗""现代格律诗",只是为了与自由体诗相区别,是一种约定俗成的称呼,不是严格意义上的理论命名和诗歌分类。

既然新诗格律化是在自由体中产生和进行的,所以,未定型的格律化,也就是自由体的格律化,是自由体的一部分。

新诗史上诸多被研究者当作"现代格律诗"的名篇,比如徐志摩的《沙扬娜拉——赠日本女郎》、朱湘的《采莲曲》、卞之琳的《断章》,或被某些人定为"现代格律诗",又被另一批人看成是形式化的自由诗。如果我们运用格律诗的"公用性"和"稳定性"的标准,来衡量这些诗篇,就很容易得出结论:它们并不是现代格律诗,只是格律

---

① 吴思敬:《吴思敬论新诗》,中国社会科学出版社 2013 年版,第 11 页。

化的新诗。

所以，"公用性"和"稳定性"，既是判断古典格律诗的基本标准，也是判断现代格律诗的基本标准。

不管是闻一多的诗集《死水》，还是卞之琳的《十年诗草》中的格律化诗篇，或是冯至的《十四行集》，这些曾被视为新诗史上最成功最有代表性的"现代格律诗"，其实，它们的格律化也是不定型的。并没有形成定型的"闻一多体""卞之琳体"和"冯至体"，因为他们自己也不曾反复采用某种典型诗体，更没有被同代诗人和后代诗人们所"公用"的定型诗体。所以，只具有"私人性"和"一次性"，并未形成现代格律诗所必备的基本条件："公用性"和"稳定性"。

吕进也从另一个角度指出："格律诗出现的必要前提，是全民族有一个公认的格律标准。尽管闻一多在三十年代、何其芳在五十年代都试图建立这种标准，但都还需要创作现象的支持。因此，从这个角度讲，中国迄今还没有真正意义上的现代格律诗。"① 没有形成公认的格律标准，是因为没有定型的现代格律诗。所以，"中国迄今还没有真正意义上的现代格律诗。"吕进所言，发人深省。

需要着重指出的是：自古以来，对于诗人们而言，古体诗与近体诗、自由体与格律化，并不像在一些学者那里，两者是严格对立、截然分开的，而是可以兼用的两把笔。

在诗流行的盛唐，大诗人都擅长这"两把笔"。比如，李白既写近体诗，有七绝《早发白帝城》、七律《登金陵凤凰台》；更擅长古体诗，有乐府《蜀道难》、歌行体《梦游天姥山别东鲁诸公》等。杜甫也是如此，能根据所写的素材需要，选择相适宜的诗体，并予以改造创新。比如，他能"引古入律"，是唐律诗的集大成者，又有古风《赠卫八处士》、歌行体《茅屋为秋风所破歌》等。

新诗初期的闻一多、徐志摩、林庚、卞之琳，都是既写自由诗，也写格律化的诗。或者说，是在自由体中进行格律化的试验。即便是闻一多的诗集《死水》，不是既有格律化，也有自由体吗？卞之琳的《十年诗草》，也是既有自由体，又有格律化。

林庚曾说，1935 年，戴望舒曾劝阻和忠告他不要写格律诗；但没想到的是，一年后，戴望舒自己却写出每行十字，整齐有韵的《小

---

① 吕进：《中国现代诗学》，重庆出版社 1991 年版，第 319 页。

曲》，令他愕然。[1]

辛笛在三十年代主要是写自由体诗，但也有《月光》这样格律化的实验诗。

在当代诗人中，不管是郑敏、蔡其矫，还是余光中，都能根据不同素材，或选择自由体，或进行格律化试验。总之，是在自由体与格律化之间往返实践，并且对两种诗体都有不同程度的发展和创新。蔡其矫称之为"诗的双轨"。[2]

百年新诗这种自由与格律的相互矛盾、相互影响、相互渗透、相互融合，是新诗不定型的一种正常现象，也是自由体与格律化在矛盾中相互促进、相互发展的内在动力。

总之，对新诗而言，"不定型"不仅是新诗格律化的基本特点，"不定型"更是自由诗的特质。虽然两者"不定型"的方向和目标各有不同，但都是在自由体中进行的，是共处一体、共同构成吴思敬所说的：不定型，是新诗的传统。[3]

从内形式和外形式：看新诗格律化

最后，我们尝试用诗歌内形式与外形式的理论，来分析新诗格律化的过程。

吴思敬指出：内形式是外形式的灵魂，外形式是内形式的物化形态。"从诗人创作角度说，是先有了内形式，才有外形式，先有'胸中之竹'，才有'手中之竹'。"[4]

袁忠岳认为："内形式与诗的内容关系更为紧密。它直接参与诗的全部内容的动作过程，主要处理被创作冲动激发出来的诗人的汹涌澎湃的激情与风起云涌的想象，运用筛选、提炼、缩减、变形等种种融合方式，使之向着诗的有包容有意味的境界生成。"[5]

简言之，内形式与素材息息相关，而外形式则与素材不相关。如果抛开素材，无法进行内形式的创造，只能在外形式上下功夫，也很容易滑向形式主义。舍弃诗人创造所必须经历的内形式过程，而仅从外形式

---

① 林庚：《新诗格律化与语言的诗化》，经济日报出版社 2000 年版，第 15 页。
② 蔡其矫：《诗的双轨》，海峡文艺出版社 2002 年版，第 6 ~ 10 页。
③ 吴思敬：《吴思敬论新诗》，中国社会科学出版社，2013 年版，第 19、65 页。
④ 吴思敬：《吴思敬论新诗》，中国社会科学出版社，2013 年版，第 19、65 页。
⑤ 袁忠岳：《诗学心程》，山东文艺出版社 1999 年版，第 197、201 页。

上规范新诗，是诸多理论家所设计的现代格律方案，无法实践而失效的根本原因。

新诗格律化，主要是通过内形式的创造，先在内形式中完成，然后用语言"物化"为外形式。从创作论的层面看，内形式的创造，是在诗人的想象和无意识中进行的。不仅诗人自己无法掌控，更无法按照某种现代格律设计方案进行创作。

在这个创造过程中，那些原本已是定型了外形式：古典诗律、外国诗律和已有的新诗格律化成果；在诗人的创造炉中，只是作为冶炼的原料，必须被重新融化为钢水，再按照诗人的灵感，重新铸造成新的内形式。所以，吴思敬指出："内形式是诗人创造力的标志"，"内形式是一种精神状态的形式"，内形式"是一种形式化了的情感"。①

总之，内形式，关乎诗质；外形式，关乎诗形。"外形式对诗质不是直接发生作用，内形式则直接关系到诗之为诗的本质问题。"②

作为当代著名的诗人和理论家，郑敏根据自己丰富的创作经验，描述了诗人创造内形式难以言传的复杂过程："……诗人在写诗之前要经过一个感性、理性的升华。诗人的感觉长时期为他存储了大量的资料，诗人观察世界，思考问题，体验生活，经历感情的风波，这不过是诗的素材的积累，这些素材要变成诗的内容必须经过一次艺术观、灵感、想象对它们的发酵和催化。在这过程中是诗创作的关键时刻。只有词与只有意都不能保证一首诗的诞生，只有当诗人对所要写的诗有一个整体的结构感时才能有把握地动笔疾书。这种结构感在写的过程、实践的过程中清晰具体起来。如果借用胸有成竹的说法，这'竹'在诗人的情况就是结构感。诗的内在结构不是文字，也不是思想，而是化成文字的思想，与获得思想的文字以及它们的某种逻辑的安排。"③

素材——想象和无意识的催化——整体结构感的形成——内形式的诞生。在这个过程中，整体结构感的诞生，最为关键，因为它包含着诗的格律和形式。假如诗人缺少格律和形式的修养，或修养水平不高，其结果是难以或无法形成富有独创性的整体结构感。而整体结构感一旦完成，也意味着内形式的完成。

---

① 吴思敬：《吴思敬论新诗》，中国社会科学出版社，2013年版，第19、65页。
② 袁忠岳：《诗学心程》，山东文艺出版社1999年版，第197、201页。
③ 郑敏：《诗的内在结构》，见《诗歌与哲学是近邻》，北京大学出版社1999年版，第24页。

一言以蔽之，内形式就是把现实中的素材，转换成诗的结构。

下面，根据内形式和外形式的观点，尝试对闻一多和林庚，以及卞之琳的格律化实践进行分析和比较。

在内形式进行的格律化，是要根据不同的素材，建构不同的格律。这就是闻一多提出的"相体裁衣"，是他格律化理论最重要的核心，《死水》诗集就是据此创作的。换言之，《死水》诗集中的诗篇，都是经过内形式的创造过程而产生出来的。闻一多真正做到：能根据二十八首不同的素材，而建构不同的格律。所以，它有多种多样的格式，表现出惊人的形式创造力（第二节已经分析，现从略）。总之，在《死水》诗集中，那么多丰富复杂的现代生活，都能用格律化的形式表现出来，是其成功的主要原因。

如果说闻一多《死水》诗集的格律化，是在内形式中进行并取得成功，那么林庚诗歌的格律化则主要是在外形式上做试验。

1935年，林庚由自由诗创作，转向格律化试验。但他对二十年代闻一多的格律理论和《死水》的格律化实践，不是继承，而是持全盘否定的态度："曾一度热衷于效法英诗格律的豆腐干式，也已失败而自行告终。"[1] 所以，他自谓是白手起家，要另辟蹊径。先是对当时有影响的新诗进行摘选统计，发现存在着一个"五字音组"，并把它作为"节奏单位"，置放在诗行的底部，然后在前面加上不同的字数，来构成格律诗的诗行，从三·五、四·五、五·五、六·五、一直到十·五，这样一行一行地尝试，最长达到十八字。[2]

林庚说："从1935年到1950年，这十五年的创作实践中，我终于找到了十一言（六·五），十言（五·五），这两种可取的典型诗行。"[3] 结集为《北京情歌》和《冬眠曲及其他》两本格律诗集，并且在理论上进行总结。他认为：建行的理论有两条：节奏音组的决定性和半逗律的普遍性。"诗行分为相对平衡的上下两半，这两半之间自然就会出现一个间歇点，这也就是这个诗行的节奏点，它乃是普遍的'半逗律'与特殊的'节奏音组'结成的鲜明标志……"[4] 1950年，林庚又尝试"九言五·四体"，即由原来的每行五字音组垫底，改为四字音

① 林庚：《新诗格律化与语言的诗化》，经济日报出版社2000年版，第20、25、29页。
② 林庚：《新诗格律化与语言的诗化》，经济日报出版社2000年版，第20、25、29页。
③ 林庚：《新诗格律化与语言的诗化》，经济日报出版社2000年版，第20、25、29页。
④ 林庚：《新诗格律化与语言的诗化》，经济日报出版社2000年版，第20、25、29页。

组。这种诗体的试验，结集于《问路集》。

林庚数十年的格律化尝试，主要是在外形式上进行。他所关注的重点和核心，是寻找和发现新的诗行和新的格律。所以，对林庚而言，是先有格律，素材是为格律服务的，基本是一种类似"填词"的创作过程。不同的是，"填词"是先有一个"公用"的定型格式；而林庚的"填词"，其格式则是自己摸索和试验出来的。先尝试设计诗行和格律，再选择相适宜的素材。这样，能入诗的素材极其有限。所以，林庚格律化的内容，多为风景与情绪，与古典诗歌的内容相似。因此有人批评他是用新诗写旧诗。现代生活很少进入他的诗，更遑论复杂的现代生活。或者说，他的格律化试验，严重局限了他对现代生活的表现。

林庚的格律化实验，很少在内形式上进行，主要是在外形式上下功夫。其创作过程大致是：先有一个新格律的模式，然后"填词"，融入素材，再经过想象，最后素材与模式相融合，形成新的格式。

林庚这种主要是外形式的试验，也是新诗格律化探索的一种方向。与闻一多《死水》诗集，专注于内形式试验的格律化，形成鲜明的对比。代表着早期新诗两种不同的格律化探索。从新诗史上看，林庚的格律化探索，后继无人；而闻一多的格律化探索，却在卞之琳手里，得以发扬光大。

三十年代初期的卞之琳，是真正师承闻一多的格律化理论和《死水》的创作实践，并加以更新和发展。一是继承闻一多根据不同的素材，建构不同的格式。所以，卞之琳格律化的形式，是多种多样，能表现丰富多彩的现代生活。二则因为也是"相体裁衣"，所以卞之琳的格律化，也是在内形式中进行创造，表现出很高的诗质。三是继承闻一多关于音尺的理论，但把闻一多追求每行字数相等，变成每行顿数相等，这是新诗格律化理论的一个重要进步。四是师承《死水》诗集说话的调子和口吻。这四点，使卞之琳的格律化实践和理论，获得巨大的成功。

从闻一多到卞之琳，构成新诗史上最重要的格律化探索的主脉，也是格律化成功的标志。而林庚自创的格律化，则无人追随。虽然他的格律化理论和实践，作为一种诗歌遗产，还有供后人借鉴和反思的重要价值，但他格律化的诗，在今天已经很少有读者了，还在流传的倒是他的自由诗集《春野与窗》。废名当年所说的，林庚的自由诗带来一份晚唐的美丽，重新激发起今天研究者和读者们的兴趣。

新诗早期，这三位开拓者格律化的艰辛实践，最值得我们珍惜和反省。能不能这样说：闻一多和卞之琳新诗格律化成功的主要原因之一，是得益于他们"相体裁衣"的内形式创造；而林庚格律化的失败，主要是脱离内容，脱离内形式，专注于外形式的定型和定体的尝试？

正如吴思敬所总结的那样："研究新的形式，绝不能仅仅停留于外形式上，而不涉及内形式；而强调内形式的时候，又绝不意味着可以疏忽外形式。从新诗诞生以来就不断有人在为新诗设计形形色色的形式规范，诸如'新格律诗'、'九言诗'、'现代格律诗'等，却鲜有成功。其中一个重要原因是由于这些设计者认识上的偏差，他们所关注的仅仅是从外形式上规范新诗，对诗歌的内形式却没有给予应有的注意。实际上，如果不在外形式与内形式上同时下手，新诗的形式建设就是一句空话。"①

我们还注意到，并不是每一个诗人都有创造内形式的能力和才华，多数诗人只是善于模仿和借鉴他人的形式。这也是为什么还有那么多的人喜欢写旧体诗，甚至还有一批先写新诗，后来又转写旧体诗的诗人，就是因为写旧体诗，只需"公用"定型了的旧格律，有法可依。而写新诗，不管是格律化，还是自由体，都需要自己根据不同的素材，尝试建构各种不同的格律和形式，非常之难。

所以，歌德说：对于大多数作家而言，形式永远是一个秘密（大意）。只有少数成熟的诗人才具备这种创造新形式的能力和才华；而且成熟诗人的这种能力，也受各种外在环境和内在修养的影响，而表现为创造力的短暂，难以持久（诗人格律化和形式的创造力，也是我们判断诗人和作品的基本标准之一）。

闻一多在《死水》诗集中表现出来的格律化创造力，可谓杰出。但也只有三年时间，以后就搁笔了。并不是他不想创作，而是这种格律化的创造力，已难以为继。卞之琳卓越的格律化和形式创造力，也只有十年时间，只留下一部《十年诗草》。冯至写完《十四行集》之后，也未再有新的创造。虽然，卞之琳和冯至新中国成立初期还偶有创作，但在那些表现新生活的诗歌中，其格律化的创造力，已经基本萎缩了，令人叹息。

新诗虽已百年，但其格律化试验中的成功杰作，屈指可数。这也是

---

① 吴思敬：《吴思敬论新诗》，中国社会科学出版社 2013 年版，第 65、66 页。

新诗格律化还无法定型，不可能定型的根本原因。

结　语

百年新诗的格律化，诗界公认最成功的范例，是闻一多的《死水》诗集，卞之琳《十年诗草》中的格律化诗篇，冯至的《十四行集》，但它们并没有形成公认的定型格律和定型的格律诗。也就是说，还是处在"不定型"的新诗格律化的试验期。

那种把新诗格律化的"不定型"，看成是新诗失败的证据的观点，是错误的。因为缺少诗歌格律的基本常识。新诗格律化的"不定型"，其实也就是不能定型，无法定型。过早地提倡"定型"，不但无益，而且有害，犹如拔苗助长。所以，新诗格律化的"不定型"，不是缺点，恰恰是优点。因为这是它发展的基本形态，是常态。只有经过漫长的格律化的"不定型"，才有可能达到最后的"定型"，这是中国古典律诗发展的规律性现象。新诗格律化，也不能例外。

新诗格律化的"不定型"，给诗人们留下广阔的创造空间，给新诗的未来，留下无限的生机……

［作者单位］福建省文联海峡文艺发展研究中心

从内容与形式的二元模式中解放出来

——新诗形式论美学的"辩护"

陈仲义

一

诗探索 1

理论卷 2016 年 第 1 辑

美、美感、美学争论了两千五百年，与之"年龄相仿"的"形式"，同样带着歧义难解的宿命，又折腾了多少世纪？"形式"，或被视为本体论的存在与实现，或被认定美和艺术的组织结构，或被视为纯技艺手段，诸如此类，每位文论大家的界定与倾向都有叫人信服的一面，又无法满足多方需求。其中重要的原因是，一开始问题就被先在的"内容与形式"这一对二元紧箍咒死死套牢。直到二十世纪现代文论黄金期，才有较大改观——从亚里士多德朴素辩证的"质料因"（内容）与"形式因"走出来，如马尔库塞指出的，形式是"质料"的组织者、统摄者、规范者。形式是一种伟大的范塑和造型的力量。形式所提供的总是与既定世界不同的异在世界，因而总是具有一种将人们从有限存在中解放出来的功能。①

"形式"地位的整体提升，进展到接近"目无内容"的程度，看俄国形式主义的立论如何咄咄逼人：

> 艺术中任何一种新内容都不可避免地表现为形式，因为，在艺术中不存在没有得到形式体现即没有给自己找到表达方式的内容。同理，任何表达方式的变化都是新内容的发掘，因为，既然根据定义来理解，形式是一定内容的表达程序，那么，空洞的内容就是不可思议的。所以，这种划分的约定性（形式与内容的两分）使之变得苍白无力，而无法弄清楚纯形式因素在艺术作品的艺术结构中

---

① 阎国忠：《中国美学缺少什么》，载《学术月刊》2010 年第 1 期。

的特性。①

如果说，俄国形式主义对内容的"取代"过于"金鸡独立"，而传统的内容形式的两分法又未免有些"机械呆板"，那么波兰美学家符·塔达基维奇关于五种形式的阐释是否较为全面完整，且更具体一些？

　　1. 表示事物各部分的排列，与此对应的是事物的成分、元素、各个部分；2. 表示事物的外部现象，与此对应的是内容、意义、意蕴；3. 表示事物的轮廓、形状、样式，与此对应的是质料、材料；4. 表示对象的概念本质，与此相应的是对象的偶因，如亚里士多德的"形式因"，柏拉图的"理式"；5. 表示心灵的先验形式（康德）……②

不管再增减几项，全面铺开的形式因子几乎涵盖了质料与文本，一种形式论美学已然有了呼之欲出的雏形。它淡化二元有机论，淡化先前泾渭分明、以内容为主导的"划线站队"，将文本中的一切都融入到形式化的架构肌质里。

或许对形式美学的积欲与期盼太久，二十一世纪伊始，中国文艺理论界重聚学科力量，呼唤形式美学建设，赵宪章的声音有一定代表性：

　　我们以往关于"形式"的概念基本上是相对"内容"而言的，甚至将形式作为内容的外表、包装或容器。就现代美学和文艺观念而言，形式则是美和艺术的载体和本体；也就是说，所谓"内容"，不可能独立于形式而存在，文艺中的"内容"被熔化在"形式"中了。换言之，文艺的内容是被形式化了的内容。……因此，我们研究美和艺术，一方面必须从形式出发，同时，形式研究也是它的全部；所谓"内容"，是通过形式得以表达和感知的；在"形式"之外，我们不可能得到任何关于美和文艺的"内容"。③

　　① ［俄］维克多·日尔蒙斯基：《诗学的任务》，《俄国形式主义文论选》，方珊译，北京三联书店 1989 年版，第 211 页。

　　② 参见［波兰］符·塔达基维奇《西方美学概念史》第七章形式术语及其五种概念的历史，褚朔维译，学苑出版社 1990 年版。

　　③ 赵宪章：《形式美学之可能》，载《江海学刊》2000 年第 3 期。

如此看来，形式作为本体与载体，意味着一种"独立"于内容"之外"的形式美学的可能。而诗歌因其各等形式因子太活跃了，形式美学的建构更加触目可及。诗歌形式美学要取得新进展，笔者以为，首先要从内容与形式的二元模式中解放出来。长期的"死结"，全在于内容与形式各据一端的纠结。就诗歌文本结构而言，它体现为四种不同的"调配"方式：

1. 内容大于形式（内容为绝对主宰，形式为内容服务）；2. 内容与形式互为依存（两者混杂一体，不分彼此）；3. 形式决定内容（内容退居于从属地位，内容受制于形式）；4. 形式与内容各自独立（双方平分秋色，各擅胜场）。

现在，我们要彻底打破形式与内容的森严壁垒，打破新批评"架构—肌质"的二元有机论，在文本作为生命场域的前提下，从形式化美学的维度，回归一种相对客观性的范畴。其关键理由是，诗歌比起其他文类更为简括，形式因子的密度最高、活跃度最大、稳定性最强、变化性也最多。在大多数情形下，所谓诗歌文本的内容大多已被形式化了，或完全成了诗歌本身的内形式。换言之，形式化是诗的根本存在方式；诗的呈现，就是内形式与外形式的融合。由于诗文本是一种短小、精致、灵巧的结构，使得内形式永远占据上风、上位的优势。这种特殊的结构，让形式大大涵盖了所谓的内容，并且有效地让内容隐身于形式中，使得诗歌有足够的理由充分进行形式化"建制"。诗歌从根本上说，是形式的综合有机呈现：不少形式因素，本身蕴涵着作者并未意识到的意义；且众多形式因素，几乎都具有"独当一面"的功能；更多形式因素也早已无法分清它的"外在"样貌——其实，所谓的形式内化或形式外化都可以统称为形式化。况且在实际接受中，受众们总是通过诗语开始，也通过诗语结束，完成诗语的内容形式一体化的阅读，所谓内容与形式早就是一个密榫无间的复合体（大概只剩诗歌授业者和诗歌研究者有意或无意剥离两者）。

再说诗歌价值，已然不再像从前那样听命于意识形态，受制度话语主宰，一味由内容直接获取，而是经由自身的形式化美感来显现。故而强调、突出形式对内容的转化，意味着对诗美规范的追求，也意味着对某些随意、放任，尤其是非诗元素的禁令；而形式化的规范对于只以分行为标示的自由体式，也起到一定的约束作用。因为"诗美"是诗歌历史长河中积淀下来的诗歌经验的升华，是诗歌生生不息的魂灵，"诗美"及其唇齿相依的形式化存在，才使得诗歌成为人类精神永不消失的瑰宝。"诗美"既有永恒的稳定性，又有一定的流动性。虽然各个时期的"诗美"形态存在着巨大差异，但每个时期都会淘洗出具有生命力的诗歌审美范式，汇入到民族"诗美"的总体建构中，故而一种具有恒久性价值的诗歌经验是存在的。也正是在此意义上，一种立体的审美观照在诗学研究中才具有特别重要的意义。① 当"诗美"作为形式化诗歌核心，诗美规范的学科建构——以具体的"形式论美学"称谓，有希望成为现实。

笔者所理解的形式论美学，它具有一种自体的明证性，即要排除观念论，直接寻求诉诸我们心意的美的要素的展开式；要排除传统诗学的所谓内容决定论——内容大于形式、内容引领形式的机械二元论；要努力把所谓的内容纳入、化解在总体形式规范中，让各美学要素最后合成文本的范式；要在多对象的"共存状态"关系中，尊重形式要素产生适意或不适意的审美判断。用克莱夫·贝尔简要的话讲，就是追求"有意味的形式"，也是克罗齐在《美学简论》中所坚持的"内容是形式化了的内容，而形式也是有了充实内容的形式"。这种"形式就是价值"（罗兰·巴尔特）的理论越来越有市场。除了"有意味的形式"外，还有形形色色的"经验形式"、语言形式、原型形式、结构形式、叙事形式、格式塔形式、符号形式等等，虽各行其道，但都把"形式"作为艺术本体与载体看待，都不同程度将"形式"与美与美学结合起来。值得注意的是，就在不久前（2007 年），伊格尔顿出版了《如何读诗》一书，这位原先充分政治化的理论家开始把形式看成内容，至少认为形式不是对历史的偏离，只是达到它的方式——即通过如何抓住文本寻找到什么；起码是将形式与具体历史语境合成一体，落实于"纸页上的语词"。而最为笔者会心的，是他把对形式的关注作为历史本身的媒介来把握，在形式内部展开诗语与历史间的阐释张力。这，是不是在为一种"新"的形式论美学寻找思路？

二

如果说，二十世纪文学的形式论美学在文学语义、修辞、声音、叙

---

① 陈学祖：《全球化时代的中国新诗危机及其所面临的艺术问题》，复旦大学，2004 年中国知网博士学位论文库。

事、结构、手法等方面取得进展，其他艺术门类也在历史积淀中建立鲜明的形式法则（如对称均衡、单纯齐一、调和对照、主从比例、多样统一等）具有永恒的参照意义，那么，我们现在所要议论的诗歌形式美学——以当代形态来命名——的新诗形式论美学，同样面临着新的法则挑战。康德说过："每一种艺术是以诸法则为前提，即在它们的基础上一个能被称为艺术的作品才能设想为可能的。"① 作为高级精神活动产品的新诗，它的精神历险、情感历险、思维历险、语言历险无不以它特有的范式，付诸于各种形式法则的实践；没有这些形式的表现呈现，所有历险都是竹篮打水。换言之，新诗形式是上述各种历险获得具体实现的根本途径。

众所周知，新诗形式论美学的主旨在于全方位考察新诗形式的各美学要素、美学意蕴及其相互间的关系。由于属性使然，它容易在某一属性领域长驱直入，罔顾其他要素而形成自身的"专利"。像新世纪以来广泛涉及到的——文体体式、语言形态、风格面貌、架构肌质、修辞技艺、节奏韵律等等，都有人在形式论美学的大旗下做纵深挺进。如王泽龙出版的《中国现代诗歌意象论》，专门只在一个本体的形式要素上下功夫，就此辟出具象论、幻象论、兴象论、象征论、象征意境论、恶美意象论、意象联络论、体验意象论；多维度讨论意象诗质化、意象智性化、意象凝合论、意象结构论、意象沉潜论、意象凝定论，以及意象的全感官性、情趣性、显意象、隐意象以及意象人格化等诸多议题，大有把现代诗歌的意象属性"一网打尽"之势。应该说，该书对意象的美学研究取得长足进步。对于这类新诗形式论美学"过于专一"的研究，不出所料，有人提出了批评。"诚然，《意象论》将意象从新诗历史和现象单独析出进行梳理，自有其合理和新颖之处，却因其题旨的限制而在一定程度上忽略了意象与新诗其他因素的诗学和历史相关性。"从而担心"诗歌文本的自足性，堵塞了诗歌向外部世界敞开的通道，所以很多文本分析最终沦为了单纯的技巧分析"。②

这种担心不无道理。从某一特定的"窄口"角度出发，会带来新颖的与众不同的景观，引发理念与方法的更新，同时也会忽略，或盲视某一区域，这实在很难两全其美。因为任何研究方法都存在优势与局限，就好像一个专唱美声的，一定要求她兼顾民族通俗而达到"全唱全

---

① ［德］康德：《判断力批判》（上），宗白华译，商务印书馆 1964 年版，第 153 页。

② 张桃洲：《如何重返新诗本体研究——从〈中国现代诗歌意象论〉〉谈起》，载《首都师范大学学报》2009 年第 5 期。

诗探索 1　理论卷　2016 年　第 1 辑

能"吗？笔者并不反对文化研究，近年文化研究侧重考察新诗历史化与文化环境诸多因素的关系，重新显现"外部"研究的宽泛性强势；也无意漠视话语研究，它关注语境、场域、制度、权力等，有利于竣疏淤积的内外通道。同样，更不敢轻慢综合研究，它具有跨学科、广泛、周详辩证的特点。然而，公认的话语研究、综合研究纵使属于比较"全能"的研究，并不表明其全方位视野与"内外结合"的万能性。它也有它的软肋之处，许多地方它也可能照看不周或无法深入。看看运动场上，很难要求一个纪录保持者既冲刺百米又竞走十公里，虽同属腿部极限运动，但用力部位迥然有异；也很难要求另一位冠军既推出破纪录的铅球，又甩出超级标枪，虽同属投掷项目，但大臂的发力却有细微分工。要承认特定研究角度与全面研究角度的巨大差异与互补，它拥有的强弱项与人的优点缺点一样，如影随形。如果是因为全能、全面的优势，就要求所有的人全部投入话语研究、综合研究，岂不是回到"千人一面"的时代？或许话语研究、综合研究更合适承担巨大复杂的工程：例如新诗的现代性、新诗的合法性、新诗身份认同、新诗与历史语境、与他者的对话关系，包括新诗与传统的对话、新诗的民族化、本土化问题，新诗历史的评价、得失的剖析等等，在在需要一种全方位的视界，而从"专属"的角度进入，同样可以面对新诗本体论（形式、文体、语言），找到它有效的、匹配的"容器"。

术业有专攻，研究有倚重。每一种方向与维度，都有一种或几种相适应的方法论，只要各尽其职，都有斩获的希望。至于能否鞭辟入里，那就要靠个人造化了。所以无须以某种研究为领衔、为主导。何况，长期来新诗研究所受的掣肘一直是以意识形态为统领（启蒙载体、救亡工具、时代传声筒），话语性大于审美性研究的趋势，导致本体及其形式化的羸弱。

至于新诗形式论美学的另一大工程——新诗文体建设，百年来同样以它外形式的聚焦，吸引众多研究者筚路蓝缕。其中主要焦点之一是对于自由诗的"规范"问题（另文），仅就格律化而言就曾出现几次热潮：二十世纪二十、三十年代新月派、现代派有关节奏、音顿、韵律、对偶的探讨、三十年代民族形式的大争论、五十年代末期的格律化讨论、世纪之交"新古体""新古风"的兴起，以及近二十年来中国现代格律诗学会所做的一切努力，都说明新诗文体建设一直是形式论美学一大难题。①

---

① 百年新诗的文体建设有过形形色色的方案，如闻一多的"三美"、林庚的"五字组""半逗律"等，但最终认可度不高。当下一些"泛格律体"尚在实验中。

或涉及现代语境的巨大变迁，或形式内在节点把握失准，或形式理路与实践枘圆凿方，都使得新诗形式美学建设需要不断齐鼓加鞭。

必须承认，百年新诗缺少古典诗词那样深厚的艺术魅力，没有底气自诩瓜熟蒂落，仍需几代人持续努力。作为一门更加形式化的艺术，新诗、现代诗理所当然要在形式论美学研究的各个环节全面上马，至少与目前占主流热门地位的新诗话语研究、新诗综合研究齐头并进。此外，在研究方法上，还存在一个"对口"问题。比如研究大众诗潮、文化诗潮的，以历史—社会学话语为宜，专门探讨节奏、韵式的，就很难照收不误；醉心于传统情志抒发的，与叙事模式完全南辕北辙，也很难并轨；而专治体式格式的，显然得放弃"综合"方式，所以新诗形式论美学研究还得讲究各自适配的方法。

三

这就不能不提到英美新批评。英美新批评坚定地将"文本形式"看作本体存在。固然新批评被诟病为内在循环的封闭容器，但在打通文本间各隐秘环节不乏机杼独出。例如突出"肌质"为主导的形式要素，在诗歌研究中特别受用。不可否认，许多新批评的核心术语——张力、隐喻、换喻、象征、含糊、歧义、悖论、反讽、戏剧化等，都是新诗形式论美学的当家里手。

何况这一"批判的武器"还不断为后人所改良改进。这种方法论的改良改进体现在研究者不时游离出原旨教义又夹进若干他者"话语"，形成对"新批评"的某种革新线路——在偏注形式细部中"调适"历史化（也就是希利斯·米勒所说的在修辞学与外部关系中"做做调停工作"）。换句话说，研究者难免不将形式各要素尽收眼底且从中寻觅历史化的"进出口"。这种侧重内形式的"药引"作业，反而可能聚集了巨大的美学能量。

笔者自检研究与批评路径隐含上述理念，由此不停伸拉诗歌的美学焦距：比如诗歌本体基质在历史化中迁演，所引发的流变嬗变；优秀诗人艺术型构的提炼提取，对于写作界的影响与范式意义；各类诗学在成型中的形态追踪、比较、挖掘，直至价值取向；文本鉴赏细读进入到"分子水平"阶段，何以推陈出新；修辞学中的主要对象语言，怎样在诗歌与各种内、外关联中顺利"通衢"，等等，都是属于值得下一番功

诗探索1 理论卷 2016年 第1辑

夫的作业。诚如梁宗岱所鼓吹的：

> 形式是一切文艺品永生的原理，只有形式能够保存精神底经营，因为只有形式能够抵抗时间底侵蚀。……节奏，韵律，意象，词藻……这种种形式底原素，这些束缚心灵的镣铐，这些限制思想的桎梏，真正的艺术家在它们里面只看见一个增加那松散的文字底坚固和弹力的方法，一个磨炼自己的好身手的机会，一个激发我们最内在的精力和最高贵的权能，强逼我们去出奇制胜的对象。正如无声的呼息必定要流过狭隘的萧管才能够奏出和谐的音乐，空灵的诗思亦只有凭附在最完美最坚固的形体才能达到最大的丰满和最高的强烈。[①]

当然，咫尺之间，新诗形式论美学很容易滑入绝对的形式主义——只热衷于意义之外那些声韵、节奏、旋律、组织、排列等纯形式因素的开发。必须警惕新批评与形式主义遗留的某些致命弱项。某些被改造后的路径应该是，经由各种"肌质"所指涉的文本——主题、内容、意涵等意识形态质料，于形式规范中完成艺术"替身"，亦即完成社会、历史、现实等形式因素的"投影"。

新诗形式论美学研究，显然是一次重返新诗本体研究，在注意内部各个要素关系时也应提高警惕"不是重新回到某个局部或总体的本体概念，而是重新找到本体研究得以生根的语境及二者的新的紧张关系"。[②]诗歌形式论美学因其短暂的发展历程，积累的诗学理论非常稀薄，加上复杂、多元，导致形式美学分析的单一、单薄，从而要借力整体文化征候分析加以补充。也因此，形式论美学绝非一种"纯种"范式，常常要与其他方法论"混用"，只是它占据的权重较大而已。固然在形式方面貌似独占鳌头的"新批评"，也需要不断变革其封闭的那一面，并且启用新的武器。比如现代"微心理分析"，进入了比"自我本我超我"更幽微的层面，能为主体细腻的感受力打开新渠道；比如现象学颠覆了传统意象思维与意象化，扩充了诗歌美学领域，不乏另一种新路径；比

[①] 梁宗岱：《新诗的分歧路口》，《诗与真·诗与真二集》，外国文学出版1984年版，第167页。

[②] 张桃洲：《如何重返新诗本体研究——从〈中国现代诗歌意象论〉谈起》，载《首都师范大学学报》2009年第5期。

如细读法充当了阐释的工笔画，连文本中躲藏着的纹理都能一一抚摩，无愧于目前分辨率最高的扫描仪；症候学有如 X 光成像，把心灵的奥秘做一番显影，虽然颗粒粗糙了一些，但造影出更多病理学真相；统计学在貌似无法定量的地方会出示一堆确凿举证，用枯燥的数据解说美学的含金量；谱系学攥紧考古的刷子，在非连续性、偶然的细节中从事筛选与等级划分；符号学分析则掰开一望无际的信息源，开掘深藏着的矿苗；哪怕来自自然界的化学周期表，也可为诗歌元素的组合变幻描绘潜在的蓝本，甚至"混沌理论"也会给含混晦涩的诗歌本色提供强大的理论支撑。

四

也因此，笔者在诗歌本体与文体进一步"泛化"的当下，更坚决地放弃长期来内容与形式的二元模式，宁可以诗美形式结构作为形式论美学的基础。大体草图如下：

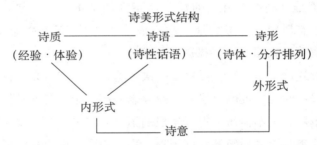

诗美形式结构分为外形式与内形式。外形式涉及两部分：大方面指向诗体（如自由体、小诗体、半格律体）；小方面涉及具体排列形式（分行跨行与韵式），如下：

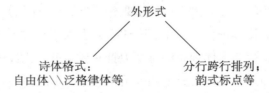

外形式暂不论列。需要强调与声明的是，与多数论者不同，笔者从不把诗语作为外形式——一种外显的工具载体，而是将诗语视之为内形式——作为诗歌本体的最大"基石"。如此看来，内形式就变得复杂多了。简要地说，原来文本规定的内容物：经验与体验，需要被诗语凝聚而显现为意象与非意象化，才可能作为形式化产物而存在，并且引出意脉与意蕴，作为内形式三大基本要素，再"分解"如下：

内形式
（基本结构）

意象　————　意脉　————　意蕴

（含非意象化）　（中介张力）　（"诗想"）

内形式结构有表层与深层之分。意象属于表层结构，它是诗歌最小单元的"预制板"和不断生成、分蘖的"细胞核"。但随着诗歌演化——叙事、事象、理象元素的崛起，诗歌逐渐容留了非意象化成分，在传统的框架下我们把非意象化纳入意象阵营——两种独立或交集都可视为直观下的诗歌表层结构。而深层结构是意蕴，意蕴是潜伏在文本暗处的意思、意味、意义、韵致，是诗歌最具增值的"诗想"。而从意象到意蕴，经常被忽略的是有一个中介（中转），起着或联系或断开或埋设的功能，即经由过渡性的"意脉"（或曰张力）联络，形成四通八达的"渠道"。换句话说，意脉（张力）的串联、沟通、离散、缩结，使得意象为主要构件的一切形式因子，和以意蕴为主要"诗想"的意味因子，在紧张关系中获得诗意的平衡，并都指向诗美形式规范，而剥下诗美形式规范的术语外壳，不就是诗意的显现吗？

那么最终，我们就有可能在诗美形式规范的"参照"下，大体确立诗美文本相对客观的"标高"，即原创性主导下相对稳定的文本价值指向——具体呈现为张力调节中的某些可公度的审美"指数"，比如情感经验的浓度、精神思想的力度、诗性思维的锐度、语言陌生化的跨度，等等。

［作者单位：厦门城市学院］

·新诗形式建设问题研究·

纪念沈泽宜

新诗形式
建设问题
研究

诗学研究

八十年代
大学生诗歌
运动回顾

张志民诗歌
创作研讨会
论文选辑

结识一位
诗人

新诗史料

外国诗论
译丛

非虚构与汉语新诗

陈爱中

一 问题的提出

　　作为西方文学话语对汉语文学影响的结果之一，"非虚构文学"的概念是伴随着报告文学、散文纪实文学等文学样态的出现而逐步成为汉语文学的阐释术语的。尤其是近几年，随着《人民文学》杂志开设的"非虚构文学"专栏的集中推介，而逐渐成为学术评论界的热点话题，相关的研究文章也呈井喷之势。① 尽管如何界定"非虚构"的内涵，还存在中西文论上的分野，还有着文学领域是否存在完全意义上的"非虚构"的争论，甚至也有人认为所谓"非虚构文学"，"在其宽泛的意义上，包括了传记、报告文学、游记、散文等写作样式；在狭义的范围内，国内专指美国二十世纪六十年代兴起的非虚构小说、新新闻报道、历史小说等新的写作式样或体裁。"② 更简单点说，"'非虚构'特别强调了一点：这不是虚构，不是'向壁虚构'，这是真的。"③ 无论如何争论，在西方文学的视野内，以想象和情感内省为特质的诗歌自然远离非虚构文学的领域，成为虚构文学的标志。早在古希腊时期，诗歌就因为不真实而有着被大哲学家柏拉图驱逐出"理想国"的经历，"模仿诗人通过制造一个远离真实的影像，讨好那个不能辨别大小、把同一事物一会儿说成大一会儿说成小的无理性的成分，在每个人的灵魂里建起一个

　　① 据中国知网的检索，自 1980 年董鼎山在《读书》第 3 期上发表《所谓"非虚构"小说》开始，到 2015 年初，有三百多篇研究"非虚构"文学的文章，其中 2010 年以来的研究论文就有两百多篇，占据三分之二的篇幅，但从"非虚构"的角度谈论汉语新诗的，几乎是"尚付阙如"。而且就目前的对非虚构文学的认知来说，已经先天性地将诗歌拒之门外，多指的是写实性的小说，比如阿来、梁鸿、慕容雪村、王安忆等人的有针对性的作品。
　　② 王先霈、王又平：《文学理论批评术语汇释》，高等教育出版社 2006 年版。
　　③ 李敬泽：《关于非虚构答陈竞》，《杉乡文学》2011 年第 6 期。

诗探索 1　理论卷　2016 年　第 1 辑

邪恶的体制"。① 从单一的文体概念上升到道德批判的高度,诗歌也就无法承载现实的描摹和逻辑推理的现实认知责任。相对应的,西方的虚构文学多指代的是那些从题材到写作意图都远离日常生活和现实的想象性文本,臆想多于写实的文学事件,"虚构文本构成它自己的对象,并不模仿现存的事物。对此,它不可能接受现实对象的全部规定的制约;而是恰恰相反,正是不确定的因素使文本得以与读者交流,即诱导读者参与作品意图的产生与理解。"②

但由于汉语本身所拥有的强大独立性,诗歌经验的无法通约性,以及丰富的诗学理论和文本积累。在最根本的诗歌特性上,汉语诗歌在处理诗学经验与现实的关系上,很难取得和西方一致的诗学认知,甚至走向截然相反的两途,其中"非虚构"就是重要表征之一。这是汉语诗歌自我认同的重要内容。

首先认识到汉语诗歌具有"非虚构"特点的是海外的汉学家们,代表人物有美国的宇文所安(Stephen Owen)、华裔汉学家余宝琳和日本的吉川幸次郎。他们在不改变西方"非虚构"概念内涵的前提下,认为自《诗经》以来的汉语诗歌都是"非虚构"的,因为汉语诗歌在参与政治意识形态的建构和映现日常生活上,显示出较强的介入意识,与诗歌诞生的历史有着较为明晰的对应性,通过诗歌可以知人论世,可以谋生,也可以洞察历史事件。唐朝诗人杜甫之所以有着"诗史"的尊称,就是因为他的诗歌在处理与现实的关系上,能够承担历史"记忆"的使命,《三吏》《三别》以描述性的叙述和诗化的外形讲述历史上曾经发生的事实。"车辚辚,马萧萧,行人弓箭各在腰"本身就是忠实于"安史之乱"的客观事件的,因此宇文所安认为杜甫的诗歌是了解历史上真实杜甫的一个途径,是可信的资料,并因此而推断出关于"诗的真实意义:诗是对世界的体验,是一种内在化的过程,是一种从外到内、从含混到清晰、从内在意义到反映的意义的认知活动"。③ 也就是说,诗歌的世界是现实世界经验的内在化,现实世界是真实的,这种经验自然也就是真实存在的、非虚构的,客观现实、诗歌和杜甫三者

---

① [古希腊]柏拉图:《柏拉图全集》(第2卷),王晓朝译,人民出版社2003年版,第628页。

② [德]伊瑟尔:《阅读活动:审美反应理论》,金元浦等译,中国社会科学出版社1991年版,32页。

③ [美]宇文所安:《中国传统诗歌与诗学——世界的征象》,陈小亮译,中国社会科学出版社2013年版,第44页。

是互文的，可以互证的。诗歌还有现实的教化意义，《诗大序》说，诗歌可以"经夫妇，成孝敬，厚人伦，美教化，移风俗"。故而说："在中国文学传统，诗歌通常被假定为非虚构：它的表述被当作绝对真实。意义不是通过文本词语指向另一种事物的隐喻活动来揭示。相反，经验世界呈现意义给诗人，诗使这一过程显明。"[①] "被相沿认为文学之中心的，并不是如同其他文明所往往早就从事的那种虚构之作。纯以存在的经验为素材的作品则被作为理所当然。诗歌净是抒情诗，以诗人自身的个人性质的经验（特别是日常生活里的经验，或许也包括围绕在人们日常生活四周的自然界中的经验）为素材的抒情诗为其主流。以特异人物的特异生活为素材，从而必须从事虚构的叙事诗的传统在这个国家里是缺乏的。"[②]

众所周知，二十世纪初，汉语新诗是受西方诗歌的启发而萌生，是最早描画现代汉语文学欧风美雨痕迹的。汉语新诗的出现，表征着汉语诗歌发生了颠覆性的变化，是以近乎全新的诗歌形类出现的。尽管如此，作为特殊文体的诗歌来说，两种迥然不同的语言体系之间的诗意表达，还是有很多无法更替的本土化特性在主宰着汉语新诗的认知。其资源或许来自传统的汉语诗歌，或者来自现代汉语自身孕育的诗歌新质。经过将近百年的文本实践之后，我们发现，汉语诗歌的这种"非虚构"传统，并没有因为诗歌形式的变迁而有所减弱，相反还产生了诸多值得关注的新质，成为汉语新诗系结汉语诗歌传统，并展现自我的重要特性。运用来自西方虚构/非虚构的基于二元哲学论先验性地将汉语新诗排除在"非虚构"的文学认知范畴，这本身就是无视汉语新诗的文本现实的结论。

二　互文的诗歌：现实介入性

在处理与现实的关系上，无论是传统的遗存，还是多灾多难的萌生环境，这些都决定了汉语新诗难以摆脱反映现实的必然历史选择。无论是初期新诗"为人生"的启蒙，还是救亡图存中的墙头诗，乃至于新中国成立后的颂歌、新时期以来的朦胧诗，甚至是新世纪以来的灾难诗

诗探索 1　理论卷　2016 年　第 1 辑

[①] ［美］宇文所安：《中国传统诗歌与诗学——世界的征象》，陈小亮译，中国社会科学出版社 2013 年版，第 16 页。

[②] ［日］吉川幸次郎：《中国诗史》，章培恒等译，安徽文艺出版社 1986 年版，第 1 页。

歌，汉语新诗的现实指向性都是非常明确的。甚至为了达到最大可能与现实的对应性，简单明了的口号诗也曾不绝如缕，政治宣传功能也曾为新诗所承担。这点，以植根于干预现实为目的的现实主义新诗不用说了，即便是被朱自清誉为"远取譬"的象征主义新诗在本质上也是认同的，比如李金发的那首《弃妇》，其对女性凄凉命运的诗性再现，在情感想象和思想力度上的现实干预性远超小说的白描。

汉语新诗的孕育环境相对于传统汉语诗歌有着巨大的不同，所反映的内容自然迥异。"由于以往田园型的大自然生活空间是无限的广阔、延长，一望无穷，较能使人进入和谐、宁静与含有形而上性的天人合一的自然观的心境，故也较有利于悠然见南山、山色有无中的空灵的诗境之建立，而在都市型高度发展的紧张、动乱、吵闹的具压迫感的生活空间里，人类精神向高处升越的形而上活动状况与空间，便不能不被都市高度物质化与偏于形而下的'下降气流'压低到越来越被物质性、高速度与外动力全部占领的空间里来"，"如此，生活的实际感与现实性便大占势"。① 同罗门的感受一致，现代主义新诗的孕育环境大多局限在现代工业文明里，都市诗的写作成为一种潮流，面对新月诗歌过于寄托于自然意象的隐喻曲晦的抒情格调，远离现世的超然态度，便有虚幻和虚饰之感。因此现代诗人徐迟曾提出汉语新诗要有新的抒情方式，以告别这种旧的农耕文明的诗歌抒情方式，因为"20世纪的巨人之肚腹中，产生了新时代的20世纪的诗人。新的诗人的歌唱是对了现世人的情绪而发的。因为现世的诗是对了现世的世界的扰乱中歌唱的，是向了机械与贫困的世人的情绪的，旧式的抒情旧式的安慰是过去了"。② 这种观点得到了穆旦的赞同，这个被誉为"站在四十年代新诗潮的前列，是名副其实的旗手之一"③ 的诗人，结合当时汉语新诗实际对徐迟的这种要求新诗增强对现实的介入性的做法做了深入的史学性解读，使之成为一个汉语新诗史上的重要事件。

从史学意识上说，卞之琳曾师承新月诗人，而又以现代派诗成名，故而被看作是一个上承新月诗歌、下启现代派诗歌的"中间代"诗人，其桥梁意义涉及众多方面，诗集《鱼目集》也超越了个人特征而有了

---

① 罗门：《罗门论文集》，中国社会科学出版社1995年版，第71页。
② 徐迟：《诗人Vachel Lindsay》，《现代》第4卷第2期。
③ 袁可嘉：《诗人穆旦的位置》，见《穆旦诗文集》第2卷，人民文学出版社2014年版，第353页。

更为普泛性的象征意义。因此穆旦选择从卞之琳的创作开始，应和徐迟的宏论："从《鱼目集》中多数的诗行看来，我们可以说，假如'抒情'就等于'牧歌情绪'加'自然风景'，那么诗人卞之琳是早在徐迟先生提出口号以前就把抒情放逐了。这是值得注意的：《鱼目集》中没有抒情的诗行是写在 1931 年和 1935 年之间，在日人临境国内无办法的年代里。如果放逐了抒情在当时是最忠实于生活的表现，那么现在，随着生活的丰富，我们就应有更多的东西。一方面，如果我们是生活在城市里，关系着或从事着斗争，当然旧的抒情（自然风景加牧歌情绪）是仍该放逐着；但另一方面，为了表现社会或个人在历史一定发展下普遍地朝着光明面的转进，为了使诗和这时代成为一个感情的大和谐，我们需要'新的抒情'。"并将这种"新的抒情"和理性的思辨、思想的深刻性上融合起来，"这新的抒情应该是，有理性地鼓舞着人们去争取那个光明的一种东西。我着重在'有理性地'一词，因为在我们今日的诗坛上，有过多的热情的诗行，在理智深处没有任何基点，似乎只出于作者一时的歇斯底里，不但不能够在读者中间引起共鸣来，反而会使一般人觉得，诗人对事物的反映毕竟是和他们相左的。"

穆旦以承上启下的语言为汉语新诗提出了一种新的质素——基于时代的理性地争取光明，从而为新的抒情诗明确了写作指向性，用诗来干预生活，重构诗人的现实存在感。"'新的抒情'，当我说这样的话时，我想到了诗人艾青。《吹号者》是我所谓'新的抒情'在现在所可找到的较好代表，在这首诗里我们可以觉出情绪和意象的健美的糅合。自然风景仍然是可以写的，只要把它化进战士生活的背景里，离开了唯美主义以及多愁善感的观点，这时候自然风景也就会以它的清新和丰满激起我们朝向生命和斗争的热望来。所以，'新的抒情'应该遵守的，不是几个意象的范围，而是诗人生活所给的范围。他可以应用任何他所熟悉的事物，田野、码头、机器，或者花草；而着重点在：从这些意象中，是否他充足地表现出了战斗的中国，充足地表现出了她在新生中的蓬勃、痛苦和欢快的激动来了呢？对于每一首刻画了光明的诗，我们所希望的，正是这样一种'新的抒情'。因为如果它不能带给我们以朝向光明的激动，它的价值是很容易趋向于相反一面去的。"[①] 文中提到的艾青的《吹号者》一诗是运用近于白描的手法通过对吹号兵生命过程的

---

① 穆旦：《慰劳信集——从〈鱼目集〉说起》，《大公报·综合》，香港，1940 年 4 月 28 日。

诗探索 1　理论卷　2016 年　第 1 辑

细写，来展现对新世界的期望，有着明确的现实象征指向，"我们的吹号者/以生命所给与他的鼓舞，/一面奔跑，一面吹出了那/短促的，急迫的，激昂的，/在死亡之前决不中止的冲锋号，/那声音高过了一切，/又比一切都美丽"，这种饱含情感期待的抒情方式符合诗歌干预时代的使命，这是和艾青三十年代在《诗论》中表达的以写真实为标志的诗学观点是相对应的。"最伟大的诗人，永远是他所生活的时代的最真实的代言人；最高的艺术品，永远是产生它的时代的情感、风尚、趣味等等之最真实的记录"。随着艾青和鲁藜主导的"七月"诗歌的形成气候，这种"非虚构"的诗歌也在"现实主义"的名号下蔚为大观，有些诗篇也产生了较大的影响，比如臧克家的《有的人》、鲁藜的《泥土》、艾青的《我爱这土地》等等。在这个意义上，两种艺术技法差池甚大的诗派——九叶诗派和七月诗派获得了高度的一致性。新中国成立后，汉语诗歌的这种"非虚构"特点在较长的时间内看似被所谓的革命浪漫主义和革命现实主义的理论放弃掉了，但即便在修辞上如何的夸张，受意识形态规训的五十年代的"颂歌"、"大跃进"诗歌以及"文革"时期的小靳庄诗歌，在意象所指和题材选择上，也都呈现为单一、明晰，和当时的社会文化思潮紧紧相连，"非虚构"的特征依然是非常明显的。到了七十年代末八十年代初的朦胧诗，当时看似"朦胧"的诗篇，也只是针对之前大白话的"口号诗"而来，今天来看北岛的《回答》、舒婷的《致橡树》、梁小斌的《中国，我的钥匙丢了》等代表性诗歌，其写作意图的指向性，意象所指的明晰性都是毋庸置疑的，情感的控诉、哲理的彰显，都有着鲜明的时代背景。

深入而忠实地介入现实日常生活，可以说是汉语新诗的主流取向，多少是沿着穆旦"新的抒情"的足迹走来的。四十年代是汉语新诗的成熟期，诗人袁可嘉如此评价这时期的汉语新诗，"今日诗作者如果还有摆脱任何政治生活影响的意念，则他不仅自陷于池鱼离水的虚幻祈求，及遭到一旦实现后必随之而来的窒息的威胁，且实无异于缩小自己的感性半径，减少生活的意义，降低生命的价值"，[①] 九十年代以来汉语新诗对日常生活的介入方式更加多元化，或如反映诸如汶川地震等社会大事件的诗歌，或如"下半身"、女性的真实欲望表演，或从一首诗歌里"读出其背景、生存环境、个人独特感受与体验甚至诗人自身的学

---

① 袁可嘉：《论新诗现代化》，生活·读书·新知三联书店 1988 年版，第 5 页。

养、脾性"① 的草根诗歌，或如翟永明《拿什么来关爱婴儿》中"有时候我们吃一些毒素/吃一些铁锈/也吃一些敌敌畏/我们嘴边流动着/一些工业的符咒"之类的直白但干预性强烈的"生态诗歌"；如果说四十年代穆旦的"抒情"还有点"羞涩"的隐曲修辞的话，那么这时候的汉语新诗在现实面前则直接而率真，"诗歌自古就是日常得以振拔的基本勉励。作为社会当中的语言行为，诗歌担负从社会分担的使命……诗歌终究是诗歌，遵从秉性完善内部构造，指望外向伐阅真实发生。"② 从此，汉语新诗氤氲出了"非虚构"的传统底色。

三　我做我说：自证的汉语新诗

干预和反映日常现实的汉语新诗中的优秀诗篇注定是要走智性、理性的路子的，以抒发生活哲学的感喟见长，以彰显某一观念为业。汉语新诗的写作是以诗人的个体化为视角前提的，因此这种智性的表达不同于传统汉语诗歌意义上的再现事件，或者是如杜甫的为历史代言，而更多表现为是一种个体观念上的真实，是外在现实经由诗人感觉经验内化后的真实映现。比如卞之琳那首著名的《断章》"你站在桥上看风景，看风景的人在楼上看你。/明月装饰了你的窗子，/你装饰了别人的梦"，意象之间的映照关系所产生的诸如"相对""互相关联"等具有个体色彩而又表现普泛意义的智性理念要远远超越"明月""桥""窗子"等具体意象曾有的现实或传统的意义所指。以《岁月的遗照》《1965 年》著称的张曙光在多篇文章中谈到汉语新诗的经验上的非虚构性，"事件可以虚构，但经验不能，情感更不能。欣赏一首诗，我们的关注点往往在于经验是否深入，情感是否真实，而不会去关心有多少虚构的成分。但对于诗人，要做到经验的深入和情感的真实，却往往要依赖某个真实的情境。因此，这就决定了他诗中的情境往往是真正存在过的，而很少是假定的。正是因为诗歌更多地带有追忆的特征，这些也决定了诗歌的非虚构性。"③ 并认为应该将经验的真实性视为"诗歌的伦理"。④ 二十世纪四十年代以穆旦、郑敏为代表的九叶诗派，九十年代以张曙光、王

---

① 李少君：《关于诗歌"草根性"问题的札记》，《诗刊》2004 年第 12 期。
② 萧开愚：《中国诗歌评论编者前言》复出号，上海文艺出版社 2012 年版，第 2 页。
③ 张曙光：《诗的本质、策略及非虚构性》，《文艺评论》2011 年第 9 期。
④ 张曙光：《我所理解的诗歌》，《诗建设》创刊号，作家出版社 2011 年版，第 24 页。

家新等为代表的所谓"知识分子写作"的诗人群，包括并未被归入到任何流派，至今笔耕不辍的杨炼、多多的创作，都是遵循智性诗的路子，并逐渐成为汉语新诗写作的主要潮流。

一般来说，汉语新诗的智性写作和崇尚虚构、凌空蹈虚的西方玄学诗还是有很大的区别。尽管在形式上依然是采取隐喻、象征的曲折语言形式，但在内里上大多是积极介入现实的、可懂的，神秘主义的诗歌和玄学诗并未占据多大的篇幅。即便有些智性诗有晦涩的风格，但汉语新诗一直有着自我阐释的自证传统。这种带有"揭秘"意义的诗人言说，带来了诗歌阐释学意义上的"非虚构"风格，也让汉语新诗的智性色彩呈现出另一种通透的单调。比如卞之琳的那首《距离的组织》，全诗不长，连标点符号在内共一百四十八个字：

> 想独上高楼读一遍《罗马衰亡史》，
> 忽有罗马灭亡星出现在报上。
> 报纸落。地图开，因想起远人的嘱咐。
> 寄来的风景也暮色苍茫了。
> （醒来天欲暮，无聊，一访友人吧。）
> 灰色的天。灰色的海。灰色的路。
> 哪儿了？我又不会向灯下验一把土。
> 忽听得一千重门外有自己的名字。
> 好累呵！我的盆舟没有人戏弄吗？
> 友人带来了雪意和五点钟。

但这首诗却有着长达两百多字的注解，详细说明了文中诸如"罗马灭亡星"，"涉及时空的相对关系"，"'寄来的风景'当然是指'寄来的风景片'。这里涉及实体与表象的关系"，以及说明"（醒来天欲暮，无聊，一访友人吧。）这行诗'是来访友人（即末行的'友人'）将来前的内心独白，语调戏拟我国旧戏的台白'"① 等明确的意旨。当注解和诗篇出现在一个共时的文本空间时，注解也必然成为诗篇的必要组成部分，互相诠释，从而成为一篇标准的自证式的"非虚构"诗歌文本。另外一种比较明显的"非虚构"诗歌文本是"卒彰显其志"的那类诗

---

① 卞之琳：《卞之琳文集》上卷，安徽教育出版社2002年版，第56页。

歌，这一类在汉语新诗中是比较多的。比如北岛《回答》中诸如"卑鄙是卑鄙者的通行证，高尚是高尚者的墓志铭"等全诗点题的哲理性话语、食指的《相信未来》最后的那段"朋友，坚定地相信未来吧/相信不屈不挠的努力/相信战胜死亡的年轻/相信未来、热爱生命"，放置在1968年的特殊语境下，全诗的意义所指一目了然。

相比于这些诗歌内的自我揭示，汉语新诗的自证还有另外一个更为明显的表征，就是比较为国人接受的诸如创作经验谈、诗集的前言后记以及诗人的访谈等作者对诗篇的自我阐释。对于依然没有改变"知人论诗"的宏观阅读格局的汉语新诗来说，这些内容经常被视为诗歌文本的终极阅读，或者说是唯一"正确"的阅读。尤其是期刊上将诗歌和创作者的解读放置在一起刊发时，这种阅读空间上的一致性尤为明显地彰显出了这种自证意图。

八十年代之前，这些还停留在"经验谈"形式上的点滴揭示，对于诗歌的学术性揭示大部分还依靠独立的诗歌评论家来承担，比如茅盾之于徐志摩，谢冕、孙绍振之于朦胧诗等等。到了九十年代，诗人则不再信任独立的诗歌评论家的阐释话语，不满于独立的诗歌评论对诗歌的"误读"，"今天中国的'诗歌批评'（文学批评）百分之九十五压根儿没碰到诗本身。它们充其量只能被称为蹩脚得吓人的翻译，在讨论着不知是谁的问题！"① 因此开始赤膊上阵，写出了大量自我阐释的文章来厘定诗歌的意义，而独立的诗歌评论往往也迷失在诗人的这种自我阐释的圈套中。创作兼事评论，几乎是二十世纪九十年代以来，汉语新诗普泛性的现象，如果愿意，可以列一个长长的书单，囊括活跃在汉语新诗领域里的诸多方家。

接受美学代表人物伊瑟尔说："文本的相对不确定性允许文本的实现有一定的选择范围。"② 汉语新诗的自证传统恰恰在很大程度上缩减了这种"选择范围"，很多诗歌文本也就成了意义单一的"非虚构"文本。诗人自我言说的出现，就将所谓的虚构文本现实客观化，从而消解了读者的阅读"选择权"和参与性，减少了文本意义层次的丰富性，培养出一批思想被"奴役"的读者，无法参与到汉语新诗的阅读建构

---

① 杨炼：《一座向下修建的塔——答木朵问》，《一座向下修建的塔》，杨炼著，凤凰出版传媒集团、凤凰出版社2009年版，第227~228页。
② ［德］伊瑟尔：《阅读活动：审美反应理论》，金元浦等译，中国社会科学出版社1991年版，第32页。

诗探索 1　理论卷　2016 年　第 1 辑

中。创作与评论之间缺乏必要的信任，诗歌圈子内遍布意气言辞的"战火硝烟"，这些都使得独立的诗歌批评家越来越远离这个领域。以至于今天在很大程度上，相对于小说、散文来说，汉语新诗成为圈子化的同仁行为，尽管可以用诗歌的贵族化本色、先锋性特质等词汇做开脱，但当汉语新诗不停地哀叹被边缘化的时候，圈子内的反思色彩还是相对缺乏的，陷于迷局中而难有自审。诗人萧开愚曾经意识到汉语新诗这种尴尬的局面，"唯独四眺，汉语诗歌少了证在的影子，缺乏与写作共计成长的内部批评之外的独立批评，文本像剩女孤居原始的待完成阶段。独立批评不睬呼唤，诗歌连好坏甚至未获大致甄别的条例，部分作者以为苦写一生就享受了诗人的命运，批评的公德之一，是把将才华用错地方的人吓退。"① 如果真的没有了专业的独立"悦己者"，汉语新诗的繁荣也就缺少了更多的悦人之花，在曾经不断上演全民阅读时代的汉语文学历史中，这不能不说是一种遗憾。

（本文系黑龙江省普通高等学校青年学术骨干支持计划项目阶段性成果，项目编号：1253G033）

［作者单位：哈尔滨师范大学文学院］

·诗学研究·

---

① 萧开愚：《中国诗歌评论编者前言》复出号，上海文艺出版社2012年版，第2页。

论台湾现代诗的抒情语调

郑慧如

前　言

　　语调就是语势，而语势就是诗人的表情范式。广义而言，以简御繁的音调轮廓或音阶走向呈现的是说话的情境、心情，与说话者的风格。语调主要表现为语句的音调轮廓或音阶运动的走势。语调存于声调中，必须透过声调的浮沉而实现。

　　在中文书写的现当代作品中谈到抒情诗，必须厘清或突破几个观念。首先，在很多中国人的心中，诗等于抒情诗，抒情诗就是诗的全部。但是在台湾现代诗的发展中，其范畴不再那么无边无际。台湾现代诗的抒情表现注重情调、心理描写、淡化情节、好用第一人称限制观点、独白，表现书写主体对私我意识或瞬间感知的流淌。其次，浪漫抒情与知性叙事经常被简化为现代诗的两极，而且知性与叙事、浪漫与抒情莫名的黏合，使得"知性抒情"与"浪漫叙事"被放逐于无形。抒情与浪漫的粘黏往往出于误解，以为抒情就不出浪漫，而软垮垮瘫成一团的语词就是抒情。抒情与浪漫有如陷入吃了迷幻药之后的精神状态，读者常误以为清醒的脑子、带骨的语词无法抒情，而抒情不可能表现知性。其实，知性抒情更能表现情感的韧性及诗行的张力。

　　下文就语势的连绵晕染、文言与白话的调节、温暖表象下的不安调性、意象的韵律四方面，讨论台湾现代诗的抒情语调。至于所谓"抒情传统"笼罩下的古典化诗作，不在本文论述的范畴。

语势的连绵晕染

　　白话文利用口语的优势，可造成词句和意义上的顶真，因句生句，因意生意，句意互生，而形成连绵晕染的语势。现代诗表现抒情的小我，常常过于聚焦在自己不足为外人道的悲喜，诗作因而缺乏厚重感；连绵的语势则在抒情主体的聚光灯下，为作品增添了趣味及可读性。

连绵晕染的语势彰显潜意识，时而由诗中人的喋喋不休表现为韵律，时而因涂鸦式的乱写乱画表现为该诗的场景。在台湾现代诗的发展中，抒情诗的连绵语势还不到深触诗作内涵的层次，但是它常常是情韵的基础，是混沌的、联想的样貌。一如弗莱所说："诗歌创造是修饰的一种联想过程，其大部分隐伏在意识的表层之下，是由一系列双关语、音响环连、含糊其词的意义联系及颇似梦幻的依稀回忆构成的混沌之物。"① 仿佛开天辟地之前的状态，诗人透过自己独有的经验结构方式，以直接简单而又反复回增的句法，安顿那难以言尽的意。六十年代，商禽的《逃亡的天空》《遥远的催眠》即为显例，且恰好呈现两种不同的表演手法。《遥远的催眠》重点在声音。整首诗用语调开展如同首句所谓的"恹恹的"神情："岛上许正下着雨/你的枕上晒着盐/盐的窗外立着夜/夜，夜会守着你"；第二段以下，用相同句式，更换名词以迄终篇。《逃亡的天空》重点在诉诸视觉的一连串意象。连绵的顶真句以"是"串接，作为连接前后两组意象的环扣，意象的递进为：脸→沼泽→天空→玫瑰→雪→眼泪→琴弦→心→荒原，呈现隐约的观念世界。

辗转承续、连锁推进的句式很擅长表现潜意识边陲的漫游。自我而琐碎的个人情感世界中，辗转连锁的句子可营造波浪般的语调；而在高低起伏的调式里，诗行的接续与联想也常超越时空、跳脱逻辑，布满逸出常理的语意空隙，可随读者个人经验的联想而奔逐。例如方莘《坐》的部分诗行："不依附自己的瞌睡/一下午的秒滴就当温泉/雨声中升起札缦缦的烟雾/宽松的袖脚别上德布西/小组曲小组曲我的讲义//平淡的呼息翻动的书页莱布尼兹/的椆庄子的桨椅子连着椅子/诵读漫漫的询问漠漠的答案/迟迟的流过流过意识的波浪/教授你的喉音喃喃坠落/坠落坠落喃喃的粉末//耳语回顾黑檀色的静默/拘谨肆放湿淋淋的睡意/逸走的眼神逸走宝蓝的逸走/细致的时刻沉落鸟声的沉落"。② 描写午后课堂

① ［加］诺斯罗普·弗莱（Northrop Frye）著：《批评的解剖》，陈慧等译，百花文艺出版社2006年版，第401页。

② 方莘：《膜拜》，台北：现代文学社，1963年，第15页。

诗学研究

上的昏沉，第一段大致铺陈之后，方莘用连续的类迭词（"漫漫的""漠漠的""迟迟的""喃喃的""湿淋淋的"）、堆栈而重复的词语（"小组曲小组曲我的讲义"、"诵读漫漫的询问漠漠的答案"、"迟迟的流过流过意识的波浪"）、中断的长句（"平淡的呼息翻动的书页莱布尼兹/的楫庄子的桨椅子连着椅子"、）与顶真的句型（"教授你的喉音喃喃坠落/坠落坠落喃喃的粉末"），延缓了字调的音长，塑造令人昏昏欲睡的语境，具有一定的语义表达作用。

在台湾现代诗的发展里，方旗诗的连绵语势很值得留意。方旗只在六十年代出版《端午》和《哀歌二三》两本诗集，此后不再有诗作或诗集在台湾出现，但是这两本诗集的好诗密度之高、诗质之稠密、意象之精确、思维之深刻，委实高出当时出名的诗人甚多。在某个层面上，方旗以抒情风格唤起了台湾现代诗在六十年代现代主义盛行、超现实诗风甚嚣尘上之时，某种非我、高华、省思的品质。比如《小舟》："孤独的小舟都是歪斜地搁着/全世界的沙滩都是如此的/而如同歪斜的头/里面充盈着悲哀"。虽然不免有"孤独""悲哀"等抽象用语，不过把小舟拟人化，主题抽象化，小舟的悲哀是人所赋予，"歪斜的头"连接沉思的人与历尽沧桑的小舟，诗境瞬间提升。

假如台湾现代诗的抒情现象，大多数诗人困于对物象的过度黏滞，因而诗作经常显得柔弱无骨、烟雾弥漫、黏腻混浊，则方旗独步诗界的是句子与意义之间的连绵响应，以及从诗思和语言的飞跃性中，展现抒情主体对瞬间感知的客观化。张健说方旗："颇能透明与厚实兼顾，尤其是铮铮独造的历史感"。温任平说他："古典与现代交融"、"因句生句，因意生意"、"意象精确、细致、生动，不落陈俗"、"对时间、生命、存在有特殊的敏感，常发为萦绕回荡、发人深省的冥思或问句"。张梅芳则从起伏回环的缠绵路线、语境缩放的自由变化、字词扩散晕染的效果、重叠的虚境与实境等方面讨论方旗的作品。[①] 其中，"因句生句，因意生意"特别可读出方旗诗抒情的调式。

方旗的诗以凝练沉稳的语调、不即不离的意象、若断若续的古典文学血脉为特质，在文意的转换中，文字背后的意义与世界放在第一优先，而由意象带动经验的深化及本体化。例如《秋》的末三句："疏林外，那乱山后的太阳/浮动在太阳后的乱山/不知将升或者将落"。"不

---

① 张梅芳：《方旗的花雾迷崥之境》，《创世纪》第 137 期（2003 年 12 月），第 142 ~ 152 页。

诗探索 1 理论卷 2016 年 第 1 辑

知将升或将落"借着太阳的升沉描写交融在情感与沉思中的抒情主体，"乱后的太阳"和"浮动在太阳后的乱山"则是诗思的可视化。一丝惘然与惆怅，收束得干净利落。又例如《端午》："穿起古时的衣裳/遂有远戍人的心情/江南的每条河上都有船只/各自向上游或下游寻去/呼唤魂随水散的故人"。"古时""远戍""江南"制造时空的烟幕弹，虚起的诗行隐隐展示缅怀之外的嘉年华意味，节日的纪念意义在以"穿起古时的衣裳"为条件下开展，由此引发虚接的三行。而"远戍人"与"魂随水散的故人"，语意上既呼应又扩散，既可同时为屈原的代称，又可诠释为每条船只各自逸寻的目标。看似由两个意义单位连接的这首诗，在末三行形成弥天漫地的招魂形象，刹那逸出诗题"端午"的情味亦由此衍生。句子与意义在连锁的语势中蔓延，瞬间感知则在语言与心灵的相互寻找中成色。例如《我的子夜歌》第二段："从地狱寄回的明信片/梦如破枕散落在床笫/时钟延续可怜的呼吸/针臂有时指向爱/有时指向死"。此诗由诗中人收到明信片后展开内心感觉的外化，"地狱""破枕"以虚有之景写沉重、失望而寥落的心境。"时钟"以下，指向诗中人的精神意志。结句："针臂有时指向爱/有时指向死"，是诗人对现实的追问，表现出对存在的全然敞开，而有闪电划亮夜空之效。又如《一九七〇年中秋》："檐滴最后的淅沥/路灯下/痴肥的黑猫转入巷子//一星灿然/在屋顶与天线之间/又白又圆的/当然是月"，此诗藉景写情而不说白，前后两段由地上及天上的对照，将空间时间化，语调带领诗境在动静与明暗之间游移。开篇"檐滴最后的淅沥"，写雨将停而未停的瞬间，为视觉之听觉化，全诗的视角亦凝注在幽暗屋檐落下的透明雨滴。从这个句子的安稳调性拓展，"痴肥的黑猫转入巷子"是全诗之眼，在感知上，此句不停顿而稍轻快的节奏否定了猫之痴肥，与黑猫转入巷子的实际速度悖逆，而有种意义上的潜伏或暗示。第二段由"一星灿然"开始，显知雨停。"又白又圆"对照"痴肥的黑猫"，制造语境上的幽默感，所以"当然是月"。此诗的两段，第一段的"路灯下"和第二段的"在屋顶与天线之间"则作为调节主客的桥段。第一段以檐滴为客，黑猫为主；第二段以灿星为客，明月为主。檐滴与灿星、黑猫与明月，有互相映照、对衬的作用。

连绵的语势经常展示比兴与情景交融的气韵。因惯于在某一特殊范围之内凝定经验，气韵倾向的极致，便是一种美学的极简——处处留白，丰富多义。含蓄之极，邻近沉默。

文言与白话的调节

　　白话文学运动以来，现代诗用分行而不押韵的白话文创作，以别于押韵而文言的古诗。诗人及学者对于古典与现代、白话与文言在现代诗上的运用及关联，不乏反思性的看法。如翁文娴从句法分析文言和白话的特质，而认为台湾在五六十年代的现代诗"改造传递感情的'景'，而达致古诗的优点"。①

　　正如论者的研究，白话文的结构有主语、宾语、形容词、连接词，容易表达逻辑性的、线性的、指涉性的思考；文言句法则擅长呈现，经常可省略主词、宾语而仍可意会，语词各自成像而彼此映涉，方便表现内心的指向或存在的深刻感受。然而文言向白话的过渡中，现代诗可以汲取的营养不是不具时代感的套语陈腔，反而借重文言结构中的主宾语、助词、介系词，替代白话文的逻辑性，存取文言文在句构上因浓缩而导致的语义回荡，与白话文调节而扩展诗行的抒情空间。例如方旗的《冬防》："汝其知否灯火管制宵禁开始/汝其知否我使眼睛闭拢雨声停止/汝其知否神在壁上呵气取暖/汝其知否每张床上升起爱情的旗/汝其知否枕是摆向梦的渡船/汝其知否我的梦如一床旧被遮盖你"。倘若删去每一句开头的"汝其知否"，则此诗说话人与受话人的对话机制仍为一般抒情诗的"反身受话"："我——我"的模式，亦即经由对外抒情而回归诗人自身。然而"汝其知否"作为《冬防》一诗抒情的落脚处，模仿了诗中"我"的内在声音。因为串起每一句而成此诗之骨干，遂把"我——我"的个人抒情转为"我——你"的模式，而文言的刻意使用，使得"我的梦如一床旧被遮盖你"的"你"与"汝"好像不同时空的两个人，"汝其知否"对着虚空发话，特别在"其"字的调节下特别婉转缠绵，传达了诗中"我"融合想象、想念、盼望、沉思的情绪。

　　文言文未必需要的主词、宾语、助词、连接词等，转嫁到现代诗中，既替代了诗行中原本以白话文书写的语意及逻辑性，复因幽微的文意转换而有始料未及的戏剧效果。痖弦《下午》的句子："我等或将不致太辉煌亦未可知"，即因适度使用文言文的双重否定句，而塑造诗中人摇头晃脑的得意模样。纯就诗作的阅读效果而言，把文言的韵味带入

---

　　① 参见翁文娴：《抒情传统的变体与现代性发展——牟宗三文字的诗性理解》，《鹅湖》第 36 卷第 3 期（总 423 期），第 42~52 页。

现代口语，古今相融，诗歌语言更加浓缩而活泼。

事实上，文言可提取及改造的诗歌资源正在于叙述句而非意象。接驳翻新之后，可藉以表现虚矫、作态、假风雅，或无可奈何、运筹帷幄，甚或踌躇满志的心绪。例如陈义芝的《问答诗——辞别》："尔来起居何如？/不致乏绝否？/一只蚊子在耳边叫/夜才刚半仍有一半/眠才刚半仍有一半//何以自存？/岁月弹指即逝/唯蚊子始终营营//有相恤者否？/令子能慰意否？/应怪我失察/它在我指尖偷袭了一口/使我全身血脉倒立沸腾//风土不甚恶否？/幸未曾身陷不醒的迷梦//平居与谁相从？/有可与语者否？/总因过于相信枕头/以致落了枕/过于相信侧睡/以致伤了左右手//仕者不相陵否？/眼前虽不能退隐/却好就要退休了//何以遣日？/亦著书否？/羊在天上放牧/咸丰草在陆地开花/风大浪大的海上/自许一人亡命/不及其他"① 问句用文言，回答用白话；写诗中人离开旧职，到别处工作后，昔日同事询问近况的对话。答句如同禅宗公案，使用矛盾与不可说两种的混合。从回答第一个问题开始，诗中人就用"蚊子"代替抽象用语与事件，接着时而如"枕头""侧睡"等句，以比喻为答，时而如"羊在天上放牧，咸丰草在陆地开花"，以顾左右而言他为答，避去说长道短的叙述与情绪词汇的置入，跳脱日常用语、逻辑和禁忌的制约，使得问答之间饶富意趣，而隐喻式的回答因此可视为诗中人自省的内在对话。诗中的十一个问句，都是不即不离而难免触及隐私的闲聊，文言的问句保留了文人酬酢那种打躬作揖、客套、疏远，却步步进逼的样态，凝聚回答者遨游的感性；而白话的答句则把议论与讽刺化身为意象，以叙述句发挥流荡的语势。

温软表象下的不安调性

埃米尔（Emil Staiger）说过："在抒情式风格里，一个过程不是在语言上被'再现'的。"② 就抒情诗的声音而言，抒情语调是神谕式的、沉思的、不连续的节奏，其音响的缓急是对内在声音的模仿。尽管诗中往往会有一个特定倾吐的假设对象"你"，但是透过这个"你"，主要展现的仍是情思千万缕的那个抒情主体"我"。"我"在情感与沉思的

① 陈义芝：《边界》，台北：九歌出版社，2009 年，第 139～141 页。
② ［瑞士］埃米尔·施塔格尔（Emil Staiger）：《诗学的基本概念》，北京：中国社会科学出版社，1992 年，第 4 页。

·诗学研究·

交融中，制造许多想象与回忆的跳宕变形画面及絮语，表现抒情主体在温软表象下的极度不安。例如敻虹早年的诗。六十至八十年代，敻虹在《红珊瑚》和《敻虹诗集》中，以歌颂爱情、亲情与原乡为主，文字温润婉转，以情韵见长。敻虹的女性感性常透出令人回味的沉思，但非决然乏善可陈的抒情软调。如《水纹》的句子："忽然想起你/但不是劫后的你，万花尽落的你"，淡淡的哀伤中有些似有若无的什么；又如《我已经走向你了》的句子："众弦俱寂/我是唯一的高音"，① 写百转千回后，诗中这个"我"正面迎向爱情的坚决形象。

因为缺少生活细节的落实而致力于情思的描绘，即使出以意象而非叙述，抒情诗的语调常给人空洞、空泛、飘忽、柔软多肉的成见；但是这种温软调性，在台湾的优秀女诗人中已有别开生面的发展，例如林泠、冯青、陈育虹。

林泠的诗意象完融，语调独具客观性，抒情调式纯净含蓄，为五六十年代台湾抒情女诗人的代表。单本《林泠诗集》奠定其在诗坛的地位后，2003 年甫出版《在植物与幽灵之间》，两本诗集间隔二十年。林泠惯用"歌"和"故事"的表情范式。《林泠诗集》习以水为原型意象，处理神话化的爱情和飘忽的灵魂状态；《在植物与幽灵之间》则以各式植物为意象，表现个人与群体的精神融合以及人文关怀的反思。钟玲认为林泠以城堡为爱情诗的重要意象。② 吴姵萱说，林泠以花园作为自我的神谕世界，以城池作为梦境的屏障，以植物意象象征等待与静守，而"故事"则是林泠早期作品的顽固隐喻，象征梦想与爱情，"野果"象征《在植物与幽灵之间》时期内在意念的丰盈。③

林泠早年的诗中反复出现截头去尾、点到为止、欲言又止的许多"故事"，成为象征她少女情怀的私我神话，并以少女与浪子的模式为抒情母题，于表面温婉的诗句下，处理追逐与逃亡中的人际关系。杨牧、钟玲、杨照都点出了林泠诗的这些特点，④ 而其名作《阡陌》《不

---

① 敻虹：《敻虹诗集》，台北：大地出版社，1976 年，第 50 页。
② 钟玲：《现代中国缪思——台湾女诗人作品析论》，台北：联经出版社，1989 年，第 155~167 页。
③ 吴姵萱：《林泠诗研究》，台湾：清华大学中文所硕士论文，2009 年，第 40、44、46、69 页。
④ 杨牧：《林泠的诗》，《林泠诗集》，台北：洪范书店，1982 年，第 6 页。杨照：《伤心书写》："林泠是善于追逐与逃亡的，多年前她的诗之所以迷人惑人正因为她不断在诗里闪现逃亡般仓促远去的身影，望着那如岚浮现又如雾蒸灭的身影，才让我们焦急追索：'后来呢？'后来，后来是更多的逃亡，更多的流浪，更遥远更广袤的逃亡与流浪。"杨照：《与顽石铸情》，北京：三联书店，2005 年，第 207 页。

系之舟》《赌徒》均为著例，但此时的作品多半诉诸较单一的隐喻，缺乏意象环列所引发的韵律感。如未经世事的天真表现于《不系之舟》："没有什么使我停留／——除了目的／纵然岸旁有玫瑰，有绿荫，有宁静的港湾／我是不系之舟"。"不系之舟"暗示已然停留并安顿在岸旁有玫瑰和绿荫的宁静港湾，而犹蠢蠢欲动、摇旗呐喊的初生之犊。

然而，《在植物与幽灵之间》以悠长的篇幅呈现缓慢的音响及意象的叙述，展现与《林泠诗集》截然不同的视野。林泠延续早年说故事的方式，但是把所感所见的他人的生命片段，敷衍成虚实夹杂而具深意的寓言，表现一种基于情感的道德。与早年抒情主体意识浓厚的故事性不同的尤其是，《在植物与幽灵之间》的抒情主体去个性化，以意象表现中断的、不完整的诗体叙事。比如《在（无定线）途中——龙泉街童年》的首段："每一个／黄昏掌灯的／时分／外婆开始她细碎的干咳：／有一团——／赘长而／挥之不去的／甚么——噎在她喉里／像峰峦吐不出／寒菜的霜"。①"外婆"与"一团挥之不去的什么"成为多角度与多情节的有机内存，贯串为每一个黄昏的昏黄情味，在时间的距离作用下，掺入尾随岁月萌发的沉思。"像峰峦吐不出／寒菜的霜"把空间时间化，将诗中人对外婆的情感补偿为现实的倒影。

冯青，林耀德在《冯青论》中说她："在夏宇尚未崛起的年代，一直背负着青年一代首席女诗人的令名。冯青承传的则是诗的现代主义、意识的存在主义及中产阶级的反中产阶级社会批判。"她从1983年出版的第一本诗集《天河的水声》开始，就以深情浪漫的语调对比深思而富批判的意涵，表现矛盾不安的抒情。人生之沧桑、文明之崩毁、情爱的私语，共同构筑一种以知性为基调的冰冷文体。例如《夜问》《雨过河原》《河湾》等诗，抒情主体沉浸在感官世界中，表现对爱情的不安与不确定感。冯青的抒情诗以第一人称为多，在冷冽的语调里以静制动，镜头缓缓伸展，诗笔重重着色，以意象语瞠视爱与欲的边界，例如《雪原奔火》中的长诗《女角》。而"我是空果／我冰冻着火核"、"永恒的火焰／像骨骼一样美丽／夏日正旺／但无声无息的小松针／却开始进入宏阔而细致的黑暗里去"、"探照灯打着炽密但冷冷的光四处走动／躲在暗处里有一只老鼠'吱'的跑过去"，这些诗句均展现成熟的意象营造，以及客体与生活的对应。"小松针""空果""探照灯"等意象，游

---

① 林泠：《在（无定线）途中——龙泉街童年》，《在植物与幽灵之间》，台北：洪范书店，2003年，第102页。

荡在感官世界与心灵幻象之间，成为冯青藉以赋予秩序、展布意识的吉光片羽。

不同于多数女诗人的一味软性抒怀，冯青的抒情诗擅长规避性的语言与他界的塑造，于意象叙述的缜密牵引中，不致因感性太过而理性倾斜，造成书写窠臼。例如《雨后就这么想》："黄昏后/伊撑着一把纸伞/轻轻从隔巷走来/雨声/把伊的名字/溶入我冷去的酒杯中//就这么淡淡啜饮伊的心事/且佐以唐人小说/蓦然发现/不知从何时起/一株伤茎的水莲/褪成了一片夜色"，① "伤茎的水莲褪成夜色"，寄寓了解脱、安身、记取、警惕之意。

陈育虹迄今已在台湾出版五本诗集。相较于大多数的女性诗人，陈育虹关心的事物较宽泛，创作格局较宽宏，有时也呈现事物共相的观察与抽象或哲学概念的演绎。较常见的书写元素为海洋、花草树木、动物生灵、月亮星体，或是旅行经验、阅读心得。之所以能不拘囿于"照花前后镜，花面交相映"的自恋情怀，是因为陈育虹在狭隘的抒情框架之外，发展了自己的策略与向度。其诗经常呼应古今中外的女性文学家，像希薇亚·普拉斯（S. Plath）、茨维塔耶娃（M. Tsvetaeva）、李清照。例如《索隐》以双轨形式追踪莎弗诗钞的轨迹，用"索""隐"的互相追问与回复，错落成时差两千六百年的情诗主题。② 从1996年的第一本《关于诗》，到《其实，海》《河流进你深层静脉》《索隐》《魅》，陈育虹恒出以隐约而梦幻的热烈情愫。虽然《魅》以短札和日记的形式破格而出，但是特别显出个人风格的仍是绵密的长句和如海潮般的节奏。例如《我告诉过你》："我告诉过你我的额头我的发想你/因为云在天上互相梳理我的颈我的耳垂想你/因为悬桥巷草桥弄的闲愁因为巴赫无伴奏静静滑过外城河/我的眼睛流泪的眼睛想你因为梧桐上的麻雀都飘落因为风的碎玻璃//因为日子与日子的墙我告诉你我渴睡的毛细孔想你/我的肋骨想你我月晕的双臂变成紫藤开满唐朝的花也在想你/我一定告诉过你我的唇因为一杯烫嘴的咖啡我的指尖因为走马灯的/夜的困惑因为铺着青羊绒的天空舍不得"。③ 此诗在每一句诗行铺展想念，哀感婉转之中体现唯情的本体，最后以句意未完足、戛然而止的入声调为语势

栖止的所在，"舍不得"的仄声字气较促短，整段念下来，犹如为波澜壮阔的语势建造了一道防波堤，不但抑止了泛滥而几成定调的情感，而且把仍然汹涌的想念放到一个悬宕的格局上而不致溃堤。又如《蝉嘶》："另一种六月雨/倏忽倾盆而至倏忽/停歇，静止//另一种阴影/厚，密，铺天盖地/却说不清形迹//另一种酒/饱和，持重，藏不住/亟待奔流的激情//另一种频率/穿越第四维度/传给某个透明的耳朵//另一种诗/写在六月潮溽的心/又倏忽蒸发"，① 抒情主体之心思向外定向倾注，定向凝滞，运用各种意象把蝉鸣空间化，而文字留下的空白，语意则在其中回响。

意象的韵律

俄罗斯的形式主义者曾从文学系统的角度提醒，如果发生了某种文类主导性的移位，往往造成系统中邻近文类的相应移位。② 借用这个角度省思发展中的现代诗，当高度格式化的古典诗被封禁，诗从白话口语的美学零度重新开始，则现代诗之所以为现代诗而不是古典诗，最本质的特点自然不能再着眼于格律之废黜。回顾新文学运动以来，现代诗在一路尝试命名的状态里，最基本的表意形式就是意象。意象已确立为决定现代诗这个文类的主导成分。现代诗的生命几乎全在意象。意象把经验和感受表达出来。即使是议论与讽刺，也常常化身为意象而出现；"说明"融入意象之中，显示直截的感性之无所不在。

台湾现代诗的抒情调式，具体展现为意象的韵律。意象的韵律体现在抒情主体凝视客体的瞬间。诗人的瞬间感知赋予诗作以艺术生命，而非情绪的宣泄或思想的表达。在语调中呈现意象的韵律有两种常见的方式。一种是辐射式的。比如徐志摩诗的常见句型："我是……"，又比如郭沫若的《梅花树下醉歌》中的诗行："破！破！破！我要把我的声带唱破！"辐射式的意象以"我"的情感为焦点，统摄相关物象以蔓延之，意象随着情绪的流动而产生，抒情主体"我"完全凌驾在意象之上。这类诗作的语调往往感伤、倾泻、极高昂或极悲郁，有一种高歌的色泽。另一种意象韵律的呈现是戏剧式的。抒情主体打破时空的限制，

① 陈育虹：《河流进你深层静脉》，台北：宝瓶出版社，2002 年，第 48～49 页。
② 参见黄锦树：《抒情传统与现代性：传统之发明，或创造性的转化》，《中外文学》第 34 卷第 2 期（2005 年 7 月），第 157～185 页。

删除许多形容词、说明或议论，而以戏剧化的情景，将时空交融在感知凝止的那一刻。

1973 年，大荒的第一本诗集《存愁》出版，以探索人生和自我的存在为主，语言尖锐遒劲，以意象呈现浓重的阴郁情绪。如首章："常是悚然，常被一羽毛击倒/常是迷失于幽暗的死狱/许多气息挤不出喉管/许多肮脏的影子践踏我的眼珠"。① "悚然""幽暗""迷失""死狱""肮脏""践踏"等负面情绪的词汇组合成幽暗情境，营造了沈奇所谓的肃穆之气，而使文字的情绪摆荡在谷底；② 而这些并列语词，因为生成的背景与环境相近，于共同营造气氛之余，有加深、强化的作用。其次，以"常是"为首的三组序列句子，不但藏匿了三个景象完整的画面以呈现矛盾与冲突，且三个句子之间可以随时翻转并互相诠释。"常是悚然"、"常被一羽毛击倒"、"常是迷失于幽暗的死狱"，三个句子渐次增加字数、增强语气、累积情绪，酝酿低迷的死狱气氛。以"常是"开始的三个低音语句铺陈情绪，"气息挤不出喉管"犹如断弦强拉。"被羽毛击倒"为矛盾句。"气息"和"影子"则原先属于虚空的元素，而诗人赋之以"挤""践踏"的能力。于是诗行基于同义词及反义词的并列而产生对等作用，③ 虚拟的意象与意象之间的声息互通，造成诗章的内在韵律。

在台湾现代诗中，洛夫诗作的意象特具暗示力与爆破力。洛夫的现代诗创作逾六十载，而从《石室之死亡》开始，其诗映入读者眼中、震撼读者心灵的，都是一个接一个的意象。洛夫的直抒胸臆用的是意象而非说明性的叙述。以意象说话，抒情主体退居幕后，所以像《石室之死亡》的某些段落，读者不好索解，而诠释文字最普遍的第一首第一句："只偶然昂首向邻居的甬道，我便怔住"，就是意象语言。从《时间之伤》以后，洛夫更常出以调侃或自嘲，用谐拟的意象来淡化严肃的哲思，或并置意象以凝聚人生的长度及宽度。

洛夫善用动词来抒情，其诗的意象韵律往往在动态或动作中显示意

---

① 大荒：《存愁》，台北：十月出版社，1973 年，第 19 页。

② 沈奇：《铭心入史存此愁——论大荒和他的代表作〈存愁〉》，《幼狮文艺》1993 年 12 月，第 92 页。

③ 高友工、梅祖麟论语言的对等作用，说："在语意方面，如果两个并列一起的基项，由于同义或反义的作用，常产生新的意境。对等性也是词语局部组织的原理——以隐喻关系为基础造成字质。"高友工、梅祖麟：《唐诗的隐喻与典故》，《当代台湾文学评论大系(1) ·文学理论卷》，台北：正中书局，1993 年，第 51 页。

义，经常戏剧化地呈现奇崛的世界，展现沉寂中的喧嚣。尤其洛夫常用动词把抽象名词具象化，或把具象名词抽象化，改变日常语言的逻辑秩序，呈现活生生的情景。比如《随雨声入山而不见雨》的诗行："伸手抓起/竟是一把鸟声"，使声音成为伸手可触的视觉形象；《子夜读信》："你的信像一尾鱼游来/读水的温暖/读你额上动人的鳞片/读江河如读一面镜/读镜中你的笑/如读泡沫"，意象悠游在具象与抽象之间，而语调及情意缓缓层递进展。为了创造独特的心灵世界，洛夫时而以动词联系表面上不相干的事物，因语造境，建构属于自己的诗歌艺术。例如《秋末事件》的部分诗行："梧桐正以巴掌大的落叶/丈量从秋天到地面的距离"；《过雁》的："一只过雁/以落叶之姿/向悠悠天涯的时间飘去/哇的一声/吐了一溪的秋云"。前诗中的动词与艾略特的名句"咖啡汤匙量走了我的一生"有异曲同工之妙；后诗的"吐"字则有加强语气的夸饰效果。

感觉统合在洛夫的意象运用中也是惯技，其作用在于使得抒情主体在很局限的诗行中不经抽象情绪与陈述而能表现多面向、同时间的感知。如《烟之外》的部分诗行："在涛声中呼唤你的名字而你的名字/已在千帆之外"①，就是听觉的可视化，有着呼唤声随波千里荡去之感；《金龙禅寺》的诗行："晚钟/是游客下山的小路"则是视觉的听觉化。听觉与视觉融汇，更趋近直觉中的真实；也就是同时感知的瞬间印象，以前后序列的句子表现。又如《时间之伤·一》："月光的肌肉何其苍白/而我时间的皮肤逐渐变黑/在风中/一层层脱落"②，第一句是个比喻句，但是副词"何其"使得句子活了起来。月亮的清辉写成"月光的肌肉何其苍白"，"肌肉"令触摸不到的光线有了肉感，增加了月光的色相。第二句则完全在动态中完成，整个意象变成戏剧性的动作，不但刹那强化了视觉上的三维效果，而且"时间的皮肤逐渐变黑"比静止的"皮肤逐渐变黑"或"时间飞快逝去"更透显时间的逼仄性与"黑"作为死亡而非色彩的暗示意谓。"在风中/一层层脱落"夸张了死亡的乌云罩顶。四个句子的三个段落，随着意象运行，动作一个比一个大，节奏渐次加快，而焦点越来越集中，最后画面聚焦在翻飞的"时间的皮肤"的变貌，实际上是月下的抒情主体："我"之上。

① 洛夫：《因为风的缘故》，台北：九歌出版社，1988 年，第 39 页。
② 洛夫：《因为风的缘故》，台北：九歌出版社，1988 年，第 166 页。

诗学研究

结　语

　　在抒情语调中体现的台湾现代诗有显著的特质：透过文字去感觉，锻炼出感情经验的本质化或本体化。当诗人因"无为"与"藏身"而躲开历史困境，内心发出了叹息，为缺乏出口的欲望编织动人的说辞，那叹息和说辞就是台湾现代诗中的抒情调性。

　　抒情因而使得现代诗回到"志之所之"的美感情调。然而语调是抒情诗的中心枢机，它在耽于感性而不克自拔的浪漫中，将抒情诗推向精致的高峰。抒情语调展现对感性更为细致的感受力，透显诗人的精神史，可据以推敲从时代的一侧呼啸而过的词语激流。台湾现代诗的抒情语调取代了格律、押韵、反复、回行所造成的音响性；复以意象的韵律取代抽象用语的陈述，呈现抒情特质。

[作者单位：台湾逢甲大学中国文学系]

纪念沈泽宜

新诗形式
建设问题
研究

诗学研究

八十年代
大学生
诗歌运动
回顾

张志民诗歌
创作研讨会
论文选辑

结识一位
诗人

新诗史料

外国诗论
译丛

八十年代，被诗浸泡的青春

——徐敬亚访谈录

姜红伟　徐敬亚

访问者：姜红伟

受访人：徐敬亚

访谈形式：电子邮件

访谈时间：2014 年 8 月 8 日

问：吉林大学的赤子心诗社是被大家公认的二十世纪八十年代大学生诗歌运动的重镇，作为诗社的创始人之一，能否详细谈谈这个诗社创办的来龙去脉？

答：过去，我一直说不准《赤子心》诗社的成立日期。前些天，在吉林大学中文系 77 班级博客上，"出土"了一封三十六年前的信，证实了《赤子心》不但与《今天》几乎同步（出刊周期也相似，都是共出九期）。我们甚至成立得比《今天》还早一些天。最早动议的时间是 1978 年 9 月。

那是三十六年前，几名大二学生，刚刚自认为获得了自由结社权利的人给同班同学王小妮的《特邀电》：

致 326 室王：

　　今有筹备成立诗歌小组事。发起人徐敬亚、吕贵品，参加者张晶、邹进、丁临一、陈晓明，此特邀王君小妮屈驾参加。余有志同者，皆十分欢迎，并请于今天下午 16：00 整光临 207 室，共商大计。

　　即颂大安！

78. 9. 21，10：53

通过这封信，我才想起诗社是我与吕贵品共同发起的。上大学前我就听说过王小妮，知道她在报刊上发表过诗，但入学后从没有讲过话。我们班是个特大班，一共有八十个人。入学刚一个学期，很多男生之间还不认识，男女同学之间更是很少讲话。

这封信把赤子心诗社成立的时间准确地标印在了1978年9月，也就是我们上大学后的第二个学期刚刚开学之际。那几年，是中国时局最迷离的年代，也是人们心理密度最大的几年。正当北岛、芒克在北京筹办《今天》时，在恢复高考后的高等院校刚刚解禁的《现代文学史》几乎在各大学中文系同期开课。"五四"后的文学社团高潮迭起——这一被长期遮蔽的历史，在大学课堂被正面地公开宣讲后，像示范性的烈火，迅速在1977级、1978级蔓延，民间性的文学结社，也突然大面积兴起！

当时，仅在我们吉林大学中文系1977级一个班内，便诞生了三个文学社团。我记得，我们送给公木老师题字时拿了两个诗社名字：一个《赤子心》，另一个是《崛起》。我们拿不准。一个名字太狠太硬，另一个太平太稳。当时中文系还有一个系刊《红叶》，是综合性文学刊物。由1977级、1978级与1976级工农兵学员三届学生会联办。我与王小妮、吕贵品都是编委。最后，公木老师选中了"赤子心"，并且亲手用毛笔写了题词。

这封诗社发起成立的《特邀信》，是丁临一同学写的，三十二年后，被他找到。

王小妮自然应允，几天后诗社宣布成立。最多时，《赤子心》成员达到二十四名。

不久，风向大变——北京提出反对资产阶级自由化。虽然声称不搞运动，但寒气逼人。诗社开会，有些人开始缩头，不敢参加。我们大张旗鼓地庆祝"四五"运动平反，举办大型诗歌朗诵会，题目叫《血与火之歌》。有的同学说，这题目太狠了吧，不要过头啊。我们全不理会，我制作了几十份窄32开的三折节目单，类似小请柬，正中用蜡纸黑体刻着"四五精神万岁"。王小妮画了一些燃烧的火焰，用红油墨印在旁边。那天来了一百多人，很多外系同学也来朗诵。气氛悲壮凝重。开完《血与火之歌》朗诵会，一些同学纷纷退社。不是一个两个，而是三个五个十个……那情景大有秋风扫落叶之势。我们知道一定是某些权威组织做了工作，可能打了招呼，吹了风。学生干部和要求入党的同学最先走了。其中几个人很有才华，退社时恋恋不舍。

我记得，在最困难的时候，吕贵品对我说：就是退到最后一个，我也坚决不退！王小妮说：我也是！后来，邹进、兰亚明、张晶也表示不退。因此，当退社风潮停止的时候，二十四人的诗社只剩下我们六人。

白光入社很偶然。那时班里一周换一次座位，我不知怎么和白光同了桌。一次我看见他本子上有些分行的字，才知道他也写诗。记得有一首题目是《猫》，写得很是心惊肉跳，字都是斜着乱写在本子上。我说你加入诗社吧。他说行。当时的手续就是这样简便。

后来，张晶要考研究生，诗社又剩了六个人。

1979年寒假，外地与长春本地的同学都回家了。我为了修改《复苏的缪斯》留在了学校，一个人住在204寝室。隔壁的203室也有一个人没回家，就是晓波。当时我们班几个寝室全都空空荡荡，只剩我们两人。每天我们各自看书写字，吃饭的时候聚一下。因为我的寝室离饭堂近，每次都是他把饭端到我们屋，我们两个对面桌坐着，一边吃一边海阔天空地谈，很是投机。他说他也写诗，我说你也入社吧。记得其间我们俩还一起去了王小妮家一次。

这就是最后定格的赤子心诗社七名成员。

今天看，对诗来说，高考简直是一次全国性的诗歌大串联大培训。在遥远的唐代，谁能有那么大能量，把天南海北的无数小李白、小杜甫征集在一起，聚众写诗整整四年！我想，即便没有"五四"的示范，在那个年代，至少我们诗社的出现几乎不可避免。

写诗，成为我们大学生活的第一主题。隐坐在教室最后一排，老师的絮语全部变成嗡嗡的画外音。一首首诗在七个人中间频繁传递……毫不掩饰的兴奋赞赏……骂得狗血喷头的贬斥……煞有介事的文学批评……肆无忌惮的直接改写……《赤子心》诗刊每期的稿子就是这样出笼的。我的诗歌评论也正是通过这种方式，最先试了身手。

至1982年毕业，《赤子心》共出版九期，全部为油印。除第二期为打字机打字外，其余八期全是蜡纸钢板刻写。印刷和装订都是诗社自己弄，校印刷厂为我们免费裁切。纸张和油墨方面，也比北岛他们优越，全部由校团委提供。我们还有一间可随时使用的房间。吕贵品是系学生会宣传部长，出刊及聚会都在系学生会办公室，他有钥匙。

《赤子心》每学期出刊一次，四年一直保持着这个频率，个别学期还出过两期。每一期的诗稿，都经过反复传阅，反复校对。印刷一般在下午或晚自习。油印机被几个人围成一圈。贴蜡纸的，调油墨的，推油滚儿的，添纸计数的……其实办刊物也是一种游戏，煞有介事很美妙，像办《挺进报》。小诗人们常常闹成一团，满手满脸油墨。最好玩的是装订的过程——印好的诗集散页，按页码一沓沓摆放在桌子周边，诗社全体七名成员一个一个排队围成一圈，边走边拿，走完了一圈，一本诗集就在手上了。直到去年，吕贵品还跟我吹："我那油印技术，一张蜡纸印两百张，不皱不破！"

最有成就感的，是用自行车从印刷厂驮回诗刊。而最有豪气的时候，是往信封上写那些全国著名诗人的名字。为了催索回信，狂妄的赤子心，在信纸上只写几个大字："来而不往非礼也！"当时诗人公刘接到我们刊物，马上回了信，没怎么夸，却批评我们狂妄。

《赤子心》存在的准确时间，其实是整三年。头一个学期空白，最后一个学期一班人都已无心恋战。1981年冬，我写《崛起的诗群》时，《赤子心》基本已休止活动，以至于那篇文章他们在学校时都没读过。

问：当年，能参加"青春诗会"可是一件非常了不起的成就，能否请您详细谈谈参加首届"青春诗会"的往事？

答：1979年，是《今天》震动中国的一年。从年初开始，一期接一期不断加印、重印的《今天》逐渐风行于全国大学校园。至1980年上半年，这批被后来人们称为"朦胧诗"的经典作品，开始少量发表于正式的官方刊物上，这使它得到了更大范围的阅读与关注。

当时，中国最牛、最权威的诗歌刊物《诗刊》，敏感地捕捉到了这个启动信号。以严辰、邵燕祥、丁国成等为首，以王燕生、雷霆等为主力编辑的《诗刊》，做出了一个大胆决定：举办一次全国性的"青春诗会"。这个会，后来竟成了"诗界黄埔"，一发不可收，被他们后续接班人们玩了好多年。

"青春诗会"最初的名单可能只有几个人，没有我。

一天，王小妮拿了一封《诗刊》编辑雷霆的信给我看，说邀她到北京开一个会，具体时间再通知。我一看，说我也要去啊。马上就给雷霆写了封信，并说到了我写评论的事。不久，我们俩都收到了邀请。

后来到了北京，王燕生告诉我，你那封信还真起了作用。名额那么吃紧，全国多少省份连一个名额都没有，你们吉大就来两个！主要是考虑到要有一个写评论的，就把你加进来了。

记得接到正式通知的时间是五月初。那天晚上，我们俩从公木先生家走出来，天空清澈透明，我们的心情也像夜空。我高兴地在草地上跑了好几圈。公木专门给吉林作协打了电话，作协竟同意为我们报销车票。

在一个物质匮乏而精神膨胀的年代，参加一次普通诗歌会议的资格，被放大到惊人的光荣。离开长春去北京参加青春诗会的前几天，以《眼睛》为主体的长春青年诗人们在曲有源带领下，在南湖九曲桥边为我们送行。桥边草地上，二十几个人围坐一起，说诗念诗唱歌聚餐。那也是《赤子心》与《眼睛》唯一的聚会。《赤子心》全体与曲有源的那张黑白合影就拍在那天下午的阳光下。因为是星期天，所以记得，是7月13日。

7月20日清晨，我俩坐了一整夜硬座，到了灰蒙蒙的北京城。记得出了北京站，是一长排自来水管，我们在那里洗了手和脸。感觉北京与我大串联来时没太大变化。

当年的《诗刊》，还在陶然亭北侧的虎坊路。几排灰色平房，围着一座大院子。院里的小路都铺着灰砖，几棵槐树正开白花。杨牧、张学梦、陈所巨、叶延滨、江河、高伐林、舒婷、梅绍静、常荣、徐国静、孙武军、徐晓鹤、梁小斌、顾城、才树莲——其他十五个来自天南地北，同样兴奋的人，见了面有说不完的话。除几个北京"走读生"外，参会者多数就住在《诗刊》院内平房里。我和梁小斌被安排在收发室右侧第一个房间。头次见面，他羞涩木讷的举止，让我感到很好玩儿。不管谁到我们房间，梁小斌都会立刻客气地站起来，只说一两句话，表情尴尬地继续站着，再无言语。那时他可能还没发表多少作品。不停地跟我说，老徐呀，你是评论家，你可要好好帮我吹一吹啊。我那时还不敢自称评论家，伏在桌子上，细细读他书写潦草凌乱的诗稿。暗自称奇，心想，过去怎么不知道这个人，这个其貌不扬的大诗人啊。

北岛来了，和杨炼、芒克一起。三个大高个儿，都长得消瘦、清朗。每人肩上背着一个书包。是来看朋友，也顺便兜售他们的宝贝杂志。那时《今天》刚刚出完第九期，被通知停刊。北岛说，我们就印一个叫《今天文学研究会文学资料》，这可以吧。他们手里拿的正是已经没有《今天》封面的"交流资料"第一期，白纸黑字，没图。

第一次见到神仪已久的诗人，那种感觉就像是见到了神话传说中的天兵天将。我当时对江河最感兴趣，他和顾城一唱一和地讲诗。说一个诗人愤怒的时候，甚至能写出"红色的叶子"，让我很惊奇。印象最深的是，江河一口气能说出一大批外国诗人的名字，一长串一长串背诵一样。他在说艾略特时，总有意说成"艾略—特"，什么阿莱桑德雷啊，阿波里奈尔啊，当时我们还不太知道。我心里一边佩服却一边开玩笑，说他是前一个晚上背下来，第二天来蒙我们。当时外省与首都的诗歌差距可见一斑。

当年的《诗刊》，不但权威，而且先进，为诗界普遍敬重。所以当《诗刊》邀请授课教师时，所有名家一律到场：张志民、臧克家、贺敬之、严辰，还有翻译了《西方现代派作品选》的袁可嘉，还有我们敬重的作家刘宾雁、诗人艾青、画家黄永玉……为了青春诗会，《诗刊》上下齐心合力，不惜代价。但我们这些人上课溜号已成为习惯，无聊时就在底下画小人，谁讲课就画谁，几个人比着画。我和王小妮、顾城、徐晓鹤等画得最凶，而舒婷则总是仰望着天空和树。我总以为她在找蝉。在《诗刊》，见到著名诗人像街上遇熟人一样容易。一天晚上正下雨，快睡觉前有人敲门。因为我房间离收发室最近，我便跑出去。一个瘦小老头站在雨中，一问，他用四川话说：我是流沙河嘛。

那时，《诗刊》没有食堂，我们吃饭都要到北侧的中国京剧院。北岛、杨炼、芒克中午也常来。那里的啤酒最受人欢迎，两角钱一杯。记得我和王小妮还同梁小斌、顾城一起到大栅栏喝过一次羊杂碎汤。

临分手的前一天，顾城背来一个黄书包，从里面一个一个慢慢掏出十七个大黄梨，嘴里说着：分梨（分离）了分梨了。就是那天晚上，顾工夫妇及顾乡共同宴请大家。饭吃得非常隆重，是著名的全聚德，大型的烤鸭宴。吃饭的目的也很明确，希望今后大家对顾城多多关照。后来知道，那时顾城刚刚辞掉工作，一家人对这个迷诗的孩子既充满希望，也充满了不放心。除《诗刊》主要领导外，青春诗会只选了不多几个人，都是他们认为将来可能成为顾城朋友的人。

那时《诗刊》缺少好的相机，临别照不够清晰，但创意并不缺。全体分为男女两组，按照年龄大小降幂排列，站成一排。那个年月，见面不易，分手时甚至有点忧伤。当时所有人最大愿望就是发表诗歌——在没《诗刊》人在场的时候，大家悄悄说，今后我们要团结起来，谁能发诗时，可要给大伙多多发诗啊。

所有人离开北京后，我被单独留下，《诗刊》让我写一篇会议纪要性的文章，王小妮陪着我。由于我始终搞不懂《诗刊》的意图，一连改了几次稿，都没通过。最后刊出的文章是王燕生亲自写的。据王燕生先生后来的回忆文章，说我的稿子不对路。

有一天吃午饭的时候，北岛说他们晚上有一个"文学沙龙"活动，问我们去不去。王小妮皱了皱眉，我则毫不犹豫一口答应。原来，离开长春到北京参会前，吉林有关单位中的一位不相识的人几经周折转告我：到京后，不要和任何地下刊物联系，包括文学刊物！但我非常想看看《今天》的活动，不愿错过机会。记得我们转乘了几次公交车，才到了大约位于东城的某个院子。我们进去时，黑乎乎的院里已坐满了人，一个年轻人正站着说话。简单介绍后，沙龙继续进行。我记得一个身材不高的小胖姑娘走出来，说了几句话，然后坐下开始念她的小说。慢慢习惯了黑暗后，我看清了那是一个很大的院落，人们都坐在院子四周。女孩她们坐在与我们对望的一棵大槐树下，她念得不太好，小说写得好像也一般，总之包括我在内的全院子人都没怎么听进去。我当时心想，这就是沙龙啊，和我们聚众念诗一样嘛，而且还不如念诗，小说不太适合沙龙。那天我的兴致欠佳，原因是突然肚子疼。吃晚饭时还好，一坐上公交车便疼得不行。听那女孩念小说时，我不停地按着小腹，可能影响了我的收听效果。

整整一个月的青春诗会，让我见识了很多人，从官方诗歌的泰斗，到民间的顶级诗人，也领会了最新的诗歌观念。这一系列当时中国诗歌界最新鲜、最活跃的因子，都无形中渗透进了我的诗歌理念。那一个月的提升，表面上并不明显，其实已深入骨髓。从北京回到长春，经过几个月回味，我不知不觉地感到有一肚子话要说出。当年底，我飞快地完成了《崛起的诗群》。如此看来，首届青春诗会，最大的赢家可能是我。

问：能否谈谈您的诗歌评论生涯是从哪年开始的？

答：1979 年下半年，我看了《今天》的诗，非常冲动，马上写了一篇《奇异的光——今天诗歌读痕》，然后按《今天》的地址寄给了刘念春。没想到北岛给我回了信，后来我那篇文章发表在《今天》的最后一期，第九期。那是我人生中的第一篇诗歌评论。我也有幸赶上了末班车，被人称为《今天》的理论撰稿人，其实我就写了那一篇。

在我当年眼中，北岛们的诗是发着光的。我惊叹：诗可以这样写！那时我完全没有读过法国象征派的诗，但他们很晦涩的象征手法我却全能读懂。我们之间的美学联系完全因为"文革"记忆，震动非常巨大。

其实当时中国各地被震动的人无以计数。我之所以写了《崛》文，可能源于我的敏感，甚至过敏，所以它对我的震动格外大。又因为我的行文方式、性格的因素，我又把它兴奋地无限放大，再传播出去。这样一来，我被震撼以后，又震撼了别人。当时我在《今天》诗的空白中作了很多笔记，后来整理一下，就变成了《奇异的光》。在我看来，写诗和写评论并不对立。对写诗的人来说，什么是诗，什么是好诗坏诗，一眼就看得出来。评论其实是阅读的一种更深入方式。

在大学期间，我从没认真听课，但我的成绩却非常好，因为我曾经当过四年的中学老师。学习其实是一个技术，甚至像一门手艺，我比较会干这件事，同时我更会考试。当我明白了最本质的东西，而不是死记硬背，我就特别善于发挥，在大学里我的功课几乎拿了全优。

当时我是一个全职的诗人。我把上课、自习等几乎所有时间都用来写诗、读诗。当时全国各刊物上发表的重要诗歌作品，几乎全在我的视野，好在当时的杂志不多。

那几年，我对全国主要的诗人、重要的作品一清二楚，中国诗歌一年年的发展脉络都在我心里。因此，《当代文学史》开卷考试，我立刻写了《复苏的缪斯——1976 至 1979 中国诗坛三年回顾》。写得很来劲。当我把一厚沓答卷交给任课的井继成先生之后，他可能觉得不一般，便以自己不懂诗为由，转到系里，请于正新先生对我进行指导，再后来于先生转交到时任副校长的公木先生手里。公木看了以后，非常兴奋。整个 1979 年寒假，我都在公木亲自指导下修改论文。我现在还保存着他给我改稿的一些原件。因为当时是手写的，公木老师专门指示学校科研处给我打印了一份。当时那么长的手写稿能变成打字稿，我觉得很了不起。

文章修改后，公木先生把它推荐给了北京的"当代文学研究会"，很快就引起了诗歌界关注。当时的诗歌界正在酝酿着当代文学史上一次重要会议，那就是 1980 年 4 月的"南宁诗会"。

"南宁诗会"是"崛起诗派"向传统发难的开端。孙绍振在会上的发言非常猛烈，和谢冕一起向当时的诗坛发出挑战。不仅涉及现实，还涉及历史，比如怎样看待新中国成立以来的诗歌，当时孙、谢持的是彻底否定的姿态，指出 1949 年以后，它走的是一条越来越窄的道路，毛泽东说的"古典加民歌"那一套通通被他们否定。这种否定可以说是颠覆性的。所以会议闹翻了天，争论异常激烈，很多老诗人老评论家接受不了。

会议邀请了公木，但是公木先生却推荐了我。

谢冕看了文章，马上就给我来了一封信，热情洋溢。他甚至高兴地夸我说，当代的别林斯基可能要出现了。他觉得太了不得了，一个大学生能写出这样漂亮的文章，有别林斯基一样的眼光和文笔。当时我急切地想去开会，马上向学校提出申请，我带着会议邀请找到了一位姓温的副校长，无论我怎么说，他都摇着那挺大的脑袋。我当时气得发疯，觉得怎么这样的人能当校长呢。的确，那一年非常可惜，否则"三个崛起"将提前相遇而不是在十七年以后。

1980 年年末，因为要写学年论文，我才开始动笔感觉要写一篇真正的文章。

整个夏天在北京参加首届青春诗会的诗歌经历，使我当时强烈地感到心里的大量感觉往外喷涌。结果一落笔便一发不可收，一口气写了四万五千多字，这就是《崛起的诗群》。我大概是从 1980 年 12 月开始写，放假前就完成了，用了半个多月。

我当时的写作冲动非常强烈，也很激昂。记得最激动的细节是写到"现代诗歌中的现实主义质疑"这一节中那段"现实主义，不可能是人类艺术创作方法的天涯海角！现实主义不可能作为目前我国艺术创作的唯一原则。诗，尤是！"的时候，我就觉得必须得朗诵了。那个晚上我正在寝室里写，几乎是一口气写出来。当时我跟同寝室的魏海田说，不行，我得给你念！我给他念了一段又一段……那些文字都是自发流淌出来，到了急不可耐要告诉别人的程度。一个人产生了强烈冲动以后的写作，跟憋出来的字是完全不一样的。

这一次，我的指导教师直接就是公木。公木先生看了文章后，对我什么也没说。而当初公木看过《复苏的缪斯》后非常兴奋，曾认真地亲笔作过不少批改。这一次他没有任何批改，直接给我评了个优秀。没夸，也没说啥。

当时我正准备毕业，准备结婚，整天收拾房子，也顾不上修改文章。毕业以后，事情变得多起来，更没有与老师交流，文章一直扔在那。但公木先生做了一件非常重要的事情，就是让学校科研处把《崛起的诗群》手写稿打印出来了，这对它后来的命运非常重要。

1982 年秋天，辽宁师范学院的同学写信向我邀稿，我才忽然想起手里还有一篇挺长的文章呢，就把《崛起的诗群》找出来，直接寄给了他们。他们如获至宝，马上决定在 1982 年第八期、第九期连续发表。他们的《新叶》是铅印刊物，还加了编者按。文章发表后，并没有什

诗探索 1　理论卷　2016 年　第 1 辑

么太大的影响，直到它被发表在兰州的《当代文艺思潮》上。后来的事大家都知道了。

问：当年，您创作的那首《既然》和《罪人》曾经很受读者喜欢，能否谈谈这两首诗的创作、发表过程？

答：1979年大学二年级时，我写过一首小诗，叫《既然》，只有十来行。

我没有想到这首小诗竟和我的名字终生相连。现在网上搜索，只要我的名字一出来，首先跳出来的，不是《崛起的诗群》，而是《既然》。好像它就是我的代表作。

既然
前，不见岸
后，也远离了岸
既然
脚下踏着波澜
又注定终生恋着波澜
既然
能托起安眠的礁石
已沉入海底
既然
与彼岸尚远
隔一海苍天
那么，便把一生交给海吧
交给前方没有标出的航线！

这首诗的写作还真有一段小背景。1979年夏秋之交，那时"反对资产阶级自由化"还没正式开展，但四项基本原则已经提出来，文学界的风声渐紧。

当时我与全国各大学社团联系很多。杭州大学的《扬帆》诗社和我关系不错。大家常书信往来。一天，突然接到《扬帆》诗社社长张德强的来信。他说《扬帆》被勒令停刊了！我当时非常悲愤！立刻在纸上写下了这首诗，纪念《扬帆》被停刊。一开始是有副标题的，后来收入《中国短诗选》的时候忘记写了，就成了现在这个样子。

后来我才知道，这首小诗出名，是因为被几家中学生课外阅读教材选上了。老师们还给中学生出了不少的问题。我看那些问题都非常可笑，我一个也回答不了。

另一首与大学文学社团有关系的诗是《罪人》：

> 当第一声喝问，匕首般投进人群
> "罪人"——两个字，触目惊心！
> 当第一个罪人被拖出家门
> 无名的愤恨，咆哮着四处翻滚……
> 当第二块黑牌挂上了罪人的脖颈
> 恐怖的阴影，无声地爬向六故三亲
> 当食指突然指向了第三个脑门
> 台下，战战兢兢浮动起一片家族索引
> 当第四个高帽又找到了主人
> 虔诚的孩子们，慢慢低头思忖
> 每当台上增加了一个罪人
> 台下，就减少了一个狂欢的声音
> 当会场上无数次响起揪心的审讯
> 人群，开始交头接耳地议论
> 当台上出现了第五、第六……第一百个罪人
> 台上和台下，互相无声地交换着眼神
> 当台上跪满了黑压压的人群
> 罪人们，已经把手臂挽得紧紧！
> 每当台上增加一个罪人
> 台下，就出现十个叛逆的灵魂
> 历史的天平……一寸一寸，被扭歪着嘴唇
> 一天，又一天——它，突然一个翻身！

1978 年

《罪人》原发于《这一代》创刊号（全国十三所高校联办）。1979年秋冬，创刊号尚未印完，便被查封。负责创刊的武汉大学的朋友们将已印好的部分紧急抢救出刊，残缺两个印张，而此诗恰在残缺的印张《不屈的星光》中，后来也没发表过。

诗探索 1 理论卷 2016 年 第 1 辑

问：能否谈谈您和《这一代》这本刊物之间发生的有关故事？

答：自由结社似乎是人类的一个自由基因。到 1979 年，大学生文学社团几乎遍布了全国各高校。而一旦结社，文学群落的更大联合，几乎是必然的。

各高校联合的速度有点惊人。1979 年夏，全国高校社团领袖"在北京聚会，共商大事"，消息传到吉大——发信者是武汉大学的高伐林、张桦。

收信后，我与王小妮、吕贵品商量，决定由家居北京的赵闯同学利用暑假代表吉大参会。领袖，说得伟大而轻巧。当时每月生活费才二十多元。就是去当总统，也愁路费。

九月开学，赵闯带回了会议精神，也带回了一幅各大学代表合影。黑白照片拍得非常清晰。与会代表神情严峻，个个眺望远方，仿佛一副开天辟地的架势。

会议决定：由武汉大学《珞珈山》发起，由全国十三所高等院校学生社团联合创办刊物，定名《这一代》。创刊号由武汉大学承办。第二期由我们吉林大学承办。发起的社团分别是：中山大学《红豆》、中国人民大学《大学生》、北京大学《早晨》、北京广播学院《秋实》、北京师范大学《初航》、西北大学《希望》、吉林大学《红叶》、武汉大学《珞珈山》、杭州大学《扬帆》、杭州师范学院《我们》、南开大学《南开园》、南京大学《耕耘》、贵州大学《春泥》。

《这一代》的征稿编辑，印刷发行，持续了 1979 年整个下学期。定价 0.45 元（含 0.08 元邮费）。吉大的征订由《赤子心》代办。

我记得，当时各系同学反应非常热烈。我一本一本地收着现金，一共征订了两百本。而当时中文系三届学生总数才一百六十人，可见外系同学的比例很大。四角五分，在当时并不是个小数，恰好是一盘红烧肉的价格。当年的穷学生拿出来的，全是节省出的吃饭钱。

创刊号目录上，《赤子心》占了不小比重。在《不屈的星光》栏目发了我的《罪人》和王小妮、兰亚明的诗。《赤子心》发刊词《心之歌》也被当成诗入选。武汉朋友对吉大的抬举，似乎肯定了我们诗社的水平，让我们一伙人高兴了很久。

其实，我们只是沾了一点光。创刊号真正主角是武大。那里的青年诗人更强、更猛——王家新的长诗《桥》和叶鹏《轿车从街上匆匆驶过》，以更显著的位置刊发在《愤怒出诗人》栏目。这两首诗，矛头直指特权，发力最猛，反响最大。记得里面有一句诗说要开着解放牌去撞那特权轿车。

1979 年秋凉时，接张桦突然通知，《这一代》出事儿了。听说与《桥》和《轿车》两首诗有关。后来慢慢得知，上面指示：停办，停印。

十一月，焦急中收到张桦寄来创刊号一本。由于临时匆忙抢救性装订，杂志缺少三分之一印张。这也是我今生今世看见过的唯一一本《这一代》。

寄到吉大的两百本，被有关部门封存，再无踪影。同学们所交征订费，则由中文系公款退还。

我手中仅存一本《这一代》创刊号（残缺本）——封面：红黑两色。上方：一组红斜格线象征道路。其间：几个黑色脚印，由近而远。下方：仿综艺体黑色大字"这一代"。封二：印刷空白。上面有几百字的《告读者书》，临时用钢板刻写、油印：我们怎么对得起……怎么对得起……最后一句意味深长：残缺的《这一代》，绝不代表着这一代的残缺……落款是：武汉大学《珞珈山》1979 年 12 月。

据说，残缺的《这一代》创刊号，共抢救出一万六千本。除西北大学与吉大外，残本创刊号在各院校均被一抢而空。

在武汉，其一夜风靡三镇，洛阳纸贵。读者涌入校园，逐个游说有书同学，申述如何求之若渴。结果有的人竟被说动，把发给自己的那本也卖出。

在北京、广州、天津等大学，《这一代》也都几小时一抛而光。在杭州大学，据说一同学摆开桌子跳将上去高喝：快来看，快来看，没有上一代也没有下一代的《这一代》呀！

听说在南京大学，情况变得有点微妙。卖书同学担心意外，白天沉着不动，等到天黑才如无照小贩般悄悄在教室附近阴暗处开鬼市。没想到这并非故作的神秘，使人们更加趋之若鹜……据张桦多年后回忆，武汉黑市价涨到每本五元，超过原价十倍多。

问：说二十世纪八十年代是中国大学生诗歌的黄金时代，您认同这个观点吗？

答：二十世纪八十年代的中国诗歌热潮，是本国本民族历史上最罕见最热闹的时期。这一点已经得到世人的认可。而大学，无疑是这个热潮中最沸腾的部分。

后人也许并不在意、而在彼时却非同小可甚至大逆不道的是："文革"后，中国的大学校园里一夜之间涌现出了无数的民间文学社团。刚刚脱离铁政的中国，无论个人的生命勇气，还是单体的文学积淀，都缺少进行大规模文学活动的力量。突然的解禁，使文学结社不仅成为文学创作的必要，也成为一种具有快感的、思想解放的象征性符号。在当时的大学，一些名不见经传的学生忽然聚众习文，研讨朗诵，办刊出报……在未结社的同学眼里，这些人仿佛忽然得到一股仙气，什么文采什么水平似乎已不重要，结社聚会本身即成为当时最时髦的时代骄子之举。

幸运的是，这种诗歌时髦并没有昙花一现。中国青年人五味杂陈的内心波澜，强力地支持了这些良莠不齐的雨后春笋们。任何一次突然的社会变革之后，全社会都急需一大批新脸孔的历史明星。因此，当八十年代大学中的第一批青年诗人出笼后，在各大学迅速形成了写诗扬名的示范效应。随着诗歌热潮不间断地滚动演进，"大学生诗人"这个词组，从八十年代一直到九十年代……甚至直至今日，一直都成为中国一个特殊的、人人皆知的社会角色。

中国最早的现代意义上的大学"圣约翰大学"1879年创立，至今不过一百三十余年。在此百年时段里，还有哪一个年代的大学可与八十年代相比？在中国几千年的文学史中，文人学者基本是单打独斗，少量的结社多数是后人追加封禅的。

百年来，中国另一次大规模的文学结社，出现在白话文发轫的二十世纪初。但那时中国的大学还太羸弱。当时主要的文学社团都是社会上的文学写手。

因此，完全可以说，二十世纪八十年代中国的大学诗歌热潮，或者说大学文学社团，在中国历史上独一无二。

[作者单位] 姜红伟：黑龙江省大兴安岭地区呼中区委组织部

徐敬亚：诗人

八十年代一首诗

——程宝林访谈录

姜红伟　程宝林

访问者：姜红伟
受访人：程宝林
访谈形式：电子邮件
访谈时间：2014 年 7 月 16 日

问：请您简要介绍一下您投身二十世纪八十年代大学生诗歌运动的"革命生涯"，以及发表作品、入选诗集等情况。

答：大学期间，我曾经在《长春》《新创作》《青年作家》《作品》《云岗》《文学青年》《飞天》《金城》《诗刊》《青年文学》《诗潮》《诗人》《人民文学》等全国近百家文学报刊发表诗歌作品。

入选诗集情况如下：

《1983 年诗选》，诗刊社编，人民文学出版社 1985 年 4 月出版，收入作品：《姑娘们，去踏青！》

《当代大学生抒情诗选》，四川文艺出版社 1985 年 6 月出版，收入作品：《排球场的少女，和我》。

《中国当代大学生诗选》，北方文艺出版社 1985 年 8 月出版，收入作品：《写赠鲁迅的故乡》《祥林嫂买了挂爆竹》《致陨落的和升起的星》。

《青年诗选（1983—1984）》，中国青年出版社 1985 年 11 月出版，收入作品：《太阳的履历》《为了青春，干杯》《怎么敢忘记》《平原，走过马帮》。

《1984 年诗选》，诗刊社编，人民文学出版社 1986 年 2 月出版，收入作品：《怎么敢忘记》。

《1985 年诗选》，诗刊社编，人民文学出版社 1986 年 12 月出版，收入作品：《重新奏响的主题》。

《当代大学生抒情诗精选》，董小玉、周安平编，四川大学出版社1987年出版，收入作品：《雨季来临》。

《校园诗人诗选——秋叶红了》，叶延滨、魏志远选编，湖南教育出版社1988年1月出版，收入作品：《南方啊，我的摇篮》《我刚刚是个青年》《火神之舞》。

《中国当代大学生优秀文学作品赏析——诗歌卷》，张国臣主编，河南大学出版社1988年出版，被赏析作品：《路》。

《大学生哲理散文诗选——沉思录》，湖南教育出版社选编，1988年3月出版，收入作品：《打磨金钥匙的时代》。

《中国当代校园诗歌选萃》，马朝阳编，作家出版社1990年11月出版，收入作品：《雨季来临》。

《再见20世纪——当代中国大陆学院诗选（1979—1988）》，老愚、马朝阳编，北方文艺出版社1991年6月出版，收入作品：《天气预报》。

问：您是哪年考上大学的？

答：1980年8月初的一天，我正在村子东边的堰塘里挑水，同学和好友吴士俊站在了堰堤上。他爸爸——在县种子公司开卡车的吴德炎伯伯，刚从荆门开车回来。他去县教育局看了高考成绩榜。我高居全县文科考试榜首。四乡八村的轰动可以想见，远在松滋任教的乡友曾令麟兄，多年以后还记得我的高考成绩：427分，其中，数学99分。这比当年北京市的文科最高分433分，只低6分。

最可笑的是，当时，我正站在堰塘里。我将水桶丢在那里，拔腿就往家里跑，和范进中举的疯样子一样。

这是一个小小的奇迹，也是一个迄今还没有被后来的考生超越的奇迹。

我的恩师之一的胡国栋老师，后来不止一次骄傲地讲过这个故事：高考后，他参加阅卷。另外一所学校的一位相熟的语文老师，不无幸灾乐祸地对他说："老胡，我听说今年，你们烟垢中学剃了光头。""剃光头"，就是高考无一人过线得中的形象说法。

胡老师自信地说："绝不可能。我手里有一张王牌！"

胡老师这样说，是有他的道理的。复读那年，全县各个学校，常常举行各种模拟考试，互相出题，考对方学校的高考生，这样，老师之间也可以走走门户，改善一下伙食。每逢这个时候，学校就要号召学生，从家里带鳝鱼来，五角钱一斤卖给学校。

有一次，五里高中的几位老师，带了一套考题，前来我校交流。考语文时，我的语文老师胡国栋和对方的语文老师，双双站在我的背后，看我答其中被认为最难、最需要课外知识的语文题。等我答完那道题，胡老师中止了我的考试，将试卷拿到教室外，和那位外校老师，像鸠山先生研究秘电码一样，仔细研究。发现我答对后，胡老师一脸得意，将试卷拿回教室，说："这个学生答不对，就没有学生能答对了！"

老师的话，大大地满足了我小小的虚荣心，但同时也大大地激发了我奋斗的意志。

又过了几天，大学的录取通知书终于寄来了，我考入中国人民大学新闻系。通知书是大队书记程应海到公社开会时，邮局托他捎回来的。牛皮纸信封已经拆开，录取书已经被揉得皱巴巴的，显然，邮局职工早就将它打开了。但上面鲜红的中国人民大学招生办公室的印章，却依然鲜艳无比。巧的是，我大学的班主任李湘老师，和同学盛希贵教授，后来分别担任过这个办公室的正副主任。

问： 您的诗歌处女作发表在哪年？

答： 1982 年 7 月，我在《长春》月刊上，发表了第一首诗《邂逅》。刊物出版时，正是暑假。我在家乡的小镇沙洋，找到文化馆的图书室，问管理员："您这里订有《长春》月刊吗？"说实话，我不抱什么希望，撞大运而已。

管理员说："订了的。"

"第七期来了没有？"我的心开始急跳起来。

"昨天刚来。"我的心跳得更快了。

"能不能让我翻一下？上面发表了我的诗。"这样说，一则为了顺利拿到刊物，二则，虚荣一下。

在管理员走到里间取刊物时，我的腿有点发软。当刊物交到我的手里时，我的手也在发抖。

这种来自肉体的激动，只有几年后第一次吻一个女孩子时，才再次发生过。

急切地翻开目录，却没有找到我的名字。难道刊物正式通知我的那封信，弄错了？

一页页翻过去，在最后几页，总算找到了那首十几行的诗，编在一个"银河集"栏目中。

我与自己的铅字姓名第一次相逢。我相信，这个名字不会一直躲在这样的角落里。它要上目录、上头条、上封面……

开学了，坐火车回到北京时，是凌晨四点。两位同宿舍的同学，在火车站候了一夜，只为了接我。这样的事情，在今天，完全当得起一个"蠢"字，在八十年代初，却时常发生在我们同学之间。

一个同学，在拂晓的晨光中，摸出一本从图书馆借来的《长春》月刊，说："快看你的诗！"为了不让同学失望，我装作第一次看见的样子，惊叫一声："哇！"

另一个同学说："告诉你一个不好的消息。你上学期的哲学课，考试不及格，要补考。"

考辩证唯物主义理论，斯宾诺莎能考得好！

不久收到第一笔稿费：八元人民币。同宿舍的同学，吵着要去吃北京烤鸭。此后的几年，我厚着脸皮，一毛不拔。家里太穷了，弟妹又多。我不仅要靠稿费完成学业，还陆续给家里寄回了五百多元。

诗歌惠我，只是开始。

问：据我所知，您当年在《飞天》大学生诗苑栏目发表了不少诗作，能否谈谈这个栏目的编辑张书绅老师对您的帮助？

答：甘肃《飞天》的《大学生诗苑》专栏编辑张书绅老师，其德行泽被数以万计的大学生，因而也是八十年代初、中期大学生诗歌运动的幕后推手之一，值得我们永远感戴。记得八十年代中期，我到四川成都工作后，张老师还来信，称眼睛有疾，想到成都治疗。我立刻回信，答应帮忙联系医院。后来，张老师又来信，说不麻烦了，他不来了。如果张老师尚在人世，任何一个当年在《飞天》发过诗的大学生诗人，到兰州时都应该买两瓶酒去看望老人。

问：当年，您创作的那首诗歌《雨季来临》曾经风靡全国各地高校，成为二十世纪八十年代大学生诗歌运动中的一首经典诗歌。您能否为我们再呈现一次这首诗歌的全貌？

答：《雨季来临》这首诗歌写于 1983 年 10 月 21 日，是我比较喜欢的一首代表作品。全诗如下：

在经过了长长的旱季之后
雨季来临

仿佛什么都不会发生

熟透了的大地，笼罩着由蝉声

和蜻蜓翅膀织成的寂静

棕榈在正午卷起叶片

把树冠缩成一小片扇形

最后一队运水的骆驼

消失在赭黄的地平线

沙砾炙红了寂寞的驼铃

井台上，辘轳充满自信地卷动着

漫长的旱季

慵倦的等待

幽深的古井……

咸涩而潮湿的海风

冲断亚热带密密设防的纬线

扑进每一双因渴盼而流泪的眼睛

不可抗拒的男性的气息

（大海，真是一个粗犷的男子呢！）

不可抗拒的大海的诱惑

摇撼所有的处女林

庄严地宣布——占领！

在经过了长长的焦渴之后

雨季来临

两株椰子树牵起的吊床

轻轻地在风中

摇动少女和她的椰影

凉棚外，一只铜盆淅沥起来

她知道，这是一个因甜蜜而不安的季节

在弹奏一架从未拨动的琴

等铜盆注满雨点的音符

就会有人弹起口弦，向她的竹楼走近

她有点胆怯。夏眠之后

醒来一颗鲜嫩多汁的心

在经过了长长的默祷之后
雨季
来临

问：在当年，诗集《雨季来临》曾经风靡全国各地高校，是中国当代大学生诗人中的第一本自费出版的诗集。请问，为什么要自费出版这本诗集？

答：1984年秋，中国作家协会举行了第四次全国代表大会。会上，官方首次准许了"创作自由"这一石破天惊的口号。

想到惠特曼、艾青、臧克家等诗人，第一本诗集都是自费出版的。我动了这个念头。

一个念头，竟然在全国诗坛，引起了强烈反响，产生了剧烈的连锁效应。

我有一个称他为"黄叔叔"的亲戚，在家乡的一家印刷厂工作。我写信给他，问他可不可以印刷诗集。他去找厂长商量，决定给我最便宜的价格：三千册，一百三十二页，照片一幅（照片须用铜版纸印刷），需要一千八百元。

在1984年底，对于一个每月只有十八元生活费补贴的农村大学生来说，这是天文数字。

我开始了艰苦却充满温馨的筹款活动。

第一笔捐款，来自我的家乡，湖北省荆门市烟垢镇，账目如下：烟垢区区公所（现为镇政府）、粮管所、财管所、教育组、供销社、烟垢中学，各一百元；吴集中学：五十元。负责到各单位将捐款收齐并寄给我的，是烟垢中学的罗懋勋老师。

一张六百五十元的存款单，被我锁在箱子里。

我打印了一封信，寄给全国的诗人。信上写道："这是新中国第一本在校大学生自费出版的诗集。每本的成本，大约为六毛钱。您是诗歌界的前辈、老师，书出版后，我将寄赠给您，请求指教。书是免费的，但如果您能够赞助五角钱以下的邮资，减轻作者的经济压力，则不胜感谢。"

诗集的宣传材料和这封要钱的信，都是借系里的滚筒油印机制作的。当时，文化大革命刚结束不久，油印机这类设备，还被当作是政治敏感物品，一般不借用的。

十多天后，大量的信件，雪片一般飞来。寄钱给我的，最多十元、最少两元。

素不相识的寄钱来的读者中，有安徽望江县汽车修配厂的一位老工人。

湖南的老诗人弘征、崔合美、郑玲，都寄了钱来。

我记得，弘征老师寄的是十元。1987 年湖南出版的《科学诗刊》，诗人彭国梁在写我的一篇文章中，提到了这件事。他写道："就凭他两手空空却耀武扬威地出版了全国第一本大学生个人自费诗集，便可见出他的能耐。他向全国的诗人和诗友寄出了一封言辞恳切的信，请求给一个想出诗集的大学生以五角钱以下的赞助。他知道，收信人要么不理他，要理，寄五角钱就不好意思。"

我是湖北人。在湖北，最傻的人，也傻不到哪里去，毕竟是"九头鸟"的故乡啊！我还记得，舒婷和流沙河各寄了两元钱，是夹在信封里寄的，并附有亲笔签名的诗集。

很快，一张一千元的存款单，就在宿舍同学中间夺来夺去。大家都想将它揣在怀里，体会一下"有钱"的感觉。

问：听说出版这本《雨季来临》，得到了当时著名的诗歌评论家、北京大学教授谢冕先生，著名女诗人、《诗刊》编辑李小雨的大力支持和帮助，能否具体谈谈事情的来龙去脉？

答：诗集编好了，找谁写序呢？

我想到了被称为中国诗歌评论家第一人的北京大学教授谢冕。作为"三个崛起"理论的主要论家，遭受官方压力的谢冕教授，在中国诗坛可谓举足轻重。

谢教授在北京大学开设"中国现代诗歌名篇欣赏"课程。由于选课的人很多，给外校的旁听者提供了机会。我在人民大学校门口，搭上 332 路公共汽车，混入课堂听课。据我观察，一百多人的大教室里，坐在后排的大约三分之一的听众，并非北京大学的学生。

有一天，下课了，谢教授正在收拾讲义，准备离开。我抱着编好的诗稿，走上前去，自我介绍，并请求谢教授帮忙写一篇序言。

谢教授说："我最近很忙。这样吧，稿子我先拿回去看看，两个星期后给你答复。"

一周以后，下课了，谢教授走到我的座位旁，拿出一个旧的牛皮纸信封，说："序已经写好了，我留了底，这是我老伴抄下的，你看能不能用。"

三千字的长序，标题《雨季已经来临》。字体秀丽、一笔一画。

谢教授是这样写的：

> 程宝林诗作的可贵之处，在于他以现代人的心胸，拥抱着并融化了绵延数千年的民族心理文化传统的因袭。他能以青春的流行色调、当代生活的节奏感来再现这片古老土地以及吾土吾民的淳厚乡风民俗，并把二者加以融会贯通，体现出独创性。

> 程宝林以经过精心锤炼加工的提高了的口语化语言，以流动的活泼的节奏，平易地展现了当代大学生的生活和情感。他以同代人的身份，表现同代人的心灵世界，无疑是最引人注目的成就。

这篇序言，发表在1985年4月8日安徽《诗歌报》的头版头条。

两年后的1987年，我已经毕业分配到《四川日报》工作。谢冕教授和夫人，到拉萨参加"雪域之光"诗会后，途经成都返京，住在我家附近的一个宾馆。我提着一瓶四川名酒去看望他们。谢教授写序之后，我们便再无任何联系，替我抄写序言的师母，更是从未谋面。三人正在交谈，忽然，服务员来敲门，说楼下大堂里，有北京来的重要电话，找谢冕夫妇接听。当时，宾馆房间里，还没有普及电话。

我们交谈的客房桌上，放着一个信封，一些钞票露出来，大约有三百元，大概是两位老师的旅费。我看得出来，师母临出门时，略微犹豫了一下，不知道，将这个初次见面的年轻人单独留在这个桌上放着钱的房间里，是否妥当。

谢教授也看出了师母的犹豫，说："走吧，有宝林在屋里，放心！"

给我的诗集写跋的，是诗人李小雨。当时，我已经在《诗刊》发表了好几组诗，责任编辑都是她。

热情、诚恳、鼓励和希望，洋溢在她的每一句话里。

跋的末尾，记下了写作日期：1984年12月25日深夜于北京。

圣诞节的半夜，这个快要临产的诗歌编辑，给一个大学生的诗集写跋。最令我感动的是，不久，她竟然挺着大肚子，换乘几路公共汽车（八十年代初，北京公共汽车的拥挤程度，居全国之冠），在天寒路滑的北京，从虎坊桥的《诗刊》编辑部，找到西郊白石桥路的人民大学，将跋文送到了我的宿舍。不巧，我尚未回宿舍，同学替我收下了这篇跋。

在奉行利益交换原则的今天，这样的事情，完全不可思议。

但是，在八十年代初的中国诗坛上，这样的事情却很多很多。

问：《雨季来临》是在哪里印刷的？印完后又是如何在全国各地高校销售的？

答：1984 年的寒假来临了。我的亲戚，嘱我给印刷厂的厂长送点礼。我推着自行车，龙头上挂着两只老母鸡，后架上，驮着一袋糯米。路上泥泞，无法骑行，我必须随时拿一根细棍子，清除车轮上的泥巴，才能将自行车推走。三十里的土路，从乡下到小镇，我走了几乎一整天。

当天晚上，在我父亲的同学黄金泉叔叔的陪同下，我参观了这家印刷厂。它的名字叫"荆门市装潢彩印厂"。一切就绪，一千元预付款已经交给工厂，当晚开机。

在这位叔叔家吃过晚饭，我们来到位于郊外的印刷厂。当印刷机开始飞速旋转时，我走到厂外去散步。那是江汉平原的腹心地带，土地肥沃。这时，大雾升腾起来。在弥天的大雾里，行走着一个正等待自己的诗集印刷完毕的二十二岁青年人。我突然觉得，青春是这样美好，还不曾体验过的爱情和激情，是这样美好。"我对世界怀着难以抑制的情欲。"这样的诗句就涌上了脑海。

1985 年 1 月，春节前夕，《雨季来临》印完后装订成书，印数三千册。诗集托运到全国大学的校园诗人处，请大家帮忙在校园销售。我自己在从武汉到北京的火车上，也曾每个车厢吆喝销售，效果很好。

二十多天后，开学了，我带着两百本书，坐公共汽车到了武汉，找到分别在中南财经大学和华中师范大学读书的同学王长城、范军。他们买了红纸，写了广告，抱着书，来到武昌火车站的一盏太阳灯下，开始卖书。

我很骄傲：前者，现在是中南财经政法大学的教授、系主任；后者，是华中师范大学教授、出版社社长。虽然我，什么头衔都没有。

第一本书是一个旅客买走的。定价九角，他给了一元，叫我们不要找零。

后面的故事，我已写在散文《旅途卖书记》中，就不重复了。

我回到大学后，二十包书也已托运到了北京海淀区。我到大学的食堂里，找到负责人，说明原委，食堂负责人慷慨地借给了我一辆平板大三轮。我从未骑过这种车，居然骑得非常熟练。在同学的帮助下，顺利将书运回宿舍。

那一天中午，全班同学一起出动，在学校食堂前面，出售诗集《雨季来临》。

同学们常在校刊上看到我的诗，一看广告，马上将食堂前面的马路围得水泄不通。

限额出售三百册。三百册在四十分钟内卖光。

至少有一半的书款，是学校的菜票，要拿到后勤处，兑换成现金。

国际经济系一位写诗的美丽女生，陪我去北京大学卖书，限额为一百本。

同样水泄不通。我们在食堂开饭的半小时里，卖光一百本，去北大后勤处换了现金。回人民大学的路上，在黄庄，路过川蜀饭店，美丽女生说："我们进去吃饭。"

她点了鲍鱼，七块钱一份，真贵。

我在一篇散文《珍贵的饭菜票》中，写过这个女孩子。

听说她在美国，我们却完全无法联系了。

青春和诗，曾经在我们的心里，烙下过永远的印记。

问：能否简要介绍一下这本《雨季来临》？

答：这本诗集小 32 开本，铅印，131 页，由北京红叶诗社出版。在书的内容简介上，我是这样写的：这是作者的处女诗集，收入抒情诗五十首。沿着诗行，突破纬线，青春和爱情的季风悄然拂来，把因甜蜜而不安的雨季带进我们的生活。而展示广阔的河流与土地，展示少男少女们心灵隐秘的颤栗，则是这本诗集的全部创作主题。清新、单纯、巧妙、含蓄是这本诗集显著的艺术特色。

问：能否谈谈《雨季来临》这本诗集出版后的影响？

答：这本书的自费出版，基本做到了收支持衡，没有赚钱，但也没有赔钱。其在诗歌界的影响在于，引发了此后的自费出版热，全国大学校园里，校园诗人陆续自费出版了近二十种诗集。

问：在二十世纪八十年代中期，有一本大学生抒情诗歌合集《白沙岛》曾经产生很大影响。作为这本由苏历铭和杨榴红合出的诗集的幕后推手，我知道您曾经为这本诗集的出版献计出力，并且听说这本诗集的广告就出自您的笔下。能否为我们复述一下这篇优美的广告词?

答:谢谢红伟,在时隔三十年后,难得您还记得这份广告。现抄录如下吧!

诗坛老将张志民热情作序,校园诗人程宝林精心编辑
我国第一本大学生抒情诗二人集即将问世

白沙岛

作者: 苏历铭　杨榴红

在大学生恋诗者的浩瀚海洋上,有两点漂浮的帆影,抵达了那个缀满贝壳和海星星的白沙岛——继《雨季来临》之后,红叶诗丛第二本诗集即将问世了!

苏历铭和杨榴红以纯真的瞳孔打量世界。他和她的诗,无论是写社会,还是写人生,都充满挚情,亲切感人。特别是当《诗刊》、《青年诗坛》、《飞天》、《青年诗人》、《星星》、《诗林》、《诗人》等多家刊物发表他们的作品后,许多校园诗友纷纷来函,"怂恿"兼"威逼"我社为他们出一本合集,以飨读者。

迫不得已也心甘情愿——我们红叶诗社没有理由不以燃烧的色彩回答秋天的渴盼。

本集中,来自北大荒的苏历铭精选了他的荒野诗,着重收入了那些秘不示人却不胫而走的意象派情绪诗。而杨榴红则以自己风格独特的爱情诗,把童心和童真的晶莹与多彩折射进诗行,在您的眸子和心灵里,投影一个二十岁的北京少女透明的世界。

到白沙岛去吧,别忘了带上最心爱的诗集、美丽迷人的女友,和那把黯哑的老吉他!

到白沙岛去吧,当你从诗神的手里接过船票,由爱神驾驶的雪白的邮船,就要抵达!

中国作协理事、作协北京分会副主席、当代著名诗人张志民为诗集作序;后记,《踏浪,在白沙岛上》,两位作者以优美自然的笔触,分别介绍了自己向诗坛流浪的旅程。我社社长兼主编、校园诗人程宝林任责任编辑。

《白沙岛》精选诗作五十余首,小32开本,印刷考究,装帧大方,预计今年六月出书。此书系自费,每册酌收成本费0.70元。

诗探索 1　理论卷　2016 年　第 1 辑

平寄免收邮资，挂号每册另加 0.12 元，欲订者请于五月底以前，将款汇至：

北京市海淀区万寿寺甲 2 号杨榴红

（写清详细地址，万勿随信夹寄）

谢谢订阅！谢谢张贴！

谢谢宣传！谢谢支持！

北京红叶诗社

一九八五年三月二十日

问：能否请您介绍一下红叶诗社的情况？

答：红叶诗社是一个并未正式宣布成立的校园诗歌团体，主要成员程宝林、杨榴红、邓学政、苏历铭等。校园诗集《雨季来临》和《白沙岛》都用该诗社名义出版发行。它的名字存在于诗坛，产生了诗歌影响。

问：您曾经主编过《七色虹》诗刊吗？能否简要介绍一下这本刊物？

答：《七色虹》是人民大学诗社主办的，由学生会出资，打字出版，张贴在学校教学楼前的玻璃橱窗内。1981 年底创刊。刊名和发刊词都由我起草。我还记得其中有这样的话："我们是七色虹，是写在天空的诗。"我不是社长，也不是主编。社长和主编都由一个叫吕川的人担任。成员中有如今很有名的电影编剧、西影集团副总孙毅安，他是人大中文系 1981 级学生。出版十三期后学生会不再提供经费，因此停刊。中国人民大学图书馆应该有收藏。我自己收藏的一套 1985 年版送给了武汉大学的一位诗友，所以现在一份也没有了。

问：诗人都是多情的。听说您的爱情浪漫史就开始于二十世纪八十年代，能否给我们讲一讲这个美好的、浪漫的爱情故事？

答：1984 年 3 月，我们班上的十名同学，到《四川日报》实习，时间为一学期。过了几天，报社团委，组织我们实习生到著名的都江堰游览。同学们都上车了，坐在前面，报社团支部书记和三位前来陪我们的报社女孩子，走到车的后面坐下。看到自己的同学和这些主人没有打招呼，我很过意不去，便走到后面，坐在三位女生的前一排，和她们聊起来。旁边的两位女孩，和我聊得起劲，以为我是大城市来的，骗我说："你看，外面种了多少亩韭菜！"那是麦苗正青的时候，我甚至可以用麦秆做笛子呢！坐在中间的那位，最漂亮，却一言不发，对我小丑一样的表演、表现和殷勤，毫无兴趣。而我说出的任何一句话，其实，都是说给她听的。不久，一位同学过生日，这三位女孩子，也来参加聚会。轮到我出节目时，我拿出1984年3月号的《青年文学》，上面刊登了我七首诗，足足占了近四个页码，还配发了作者简介。我朗诵了上面的一首诗，然后，刊物就被大家传阅起来。不言而喻，我想炫耀的对象，其实就是那个漂亮的川妹子，那个从未和我说过话的人。

过了几天，下班很久了，看到她办公室有灯（我们宿舍和她们的办公室在同一栋楼），门半掩着，便大着胆子，进去和她聊天。她桌上摆着一本书：《唐宋名家诗词选》。我说："你随便翻到哪首诗，读出上句，我一定能背出下句。"她不信。于是，一首一首读下去，我不等她念完，就能背出下句。她还以为，凡是名牌大学学文科的学生，都有这样的才学呢。直到今天，我也没有告诉她：我读中学时，正好有这本书，早就背得滚瓜烂熟。我告诉她："千万人中，一人而已。"

不久，收到了稿费，一百四十元。在八十年代初，这不是一笔小钱。我花七十元，买了平生第一套西服，记得是黑色，带细微白格子的那种。赛诗之后，壮着胆子，邀请她去郊游，郊区油菜花开得好灿烂。雨后的土地，松软、甜蜜。走累了，她想歇一会儿，我马上将身上的西服脱下来，垫在泥巴地上，完全没有经过思索，自然毫不犹豫。

她在几年之后，做了我的老婆，而且，将这一头衔保持至今。"现在，让我逐一清点/我遇见过的那些女孩/屈指算来/只有一个人/还跟在我的身边。"（程宝林诗《三八线》）

问：听说嫂夫人也是一位才女，能否为大家介绍一下？

答：我的爱人叫尔雅，长在雅安青衣江边，而知水之柔；嫁入成都浣花溪畔，而知诗之贵。随机缘而来美，相其夫，教其子，有志创业；凭雅兴而动笔，抒其情，述其志，无意成名。散文诗歌早有发表，若干选集也曾收录。系程某第一读者、首席责编、终生评论家、幕后赞助商。

问：作为一名曾经在二十世纪八十年代成名的大学生诗人，对于逝去的二十世纪八十年代，您有何感想？

答：我要命地怀念八十年代，因为诗，因为爱，因为青春。

人生最美的年华，与世间最美的艺术，交汇于二十岁的那一年。

在二十岁的时候，如果你的心里，没有爱和诗这两棵幼芽，你的人生已经开始失败了。

就这层意义来说，我是幸运儿。

现在，回首八十年代初、中期，我仍然认为那是国门初开、新鲜的思想和艺术扑面而来的、朝气蓬勃、阳光向上的岁月。这段岁月，正好和青春岁月、大学生活交叠在一起。诗歌成为心灵中仅次于爱情的圣地，成为八十年代我个人的关键词。

[作者单位] 姜红伟：黑龙江省大兴安岭地区呼中区委组织部

程宝林：诗人

纪念沈泽宜

新诗形式
建设问题
研究

诗学研究

八十年代
大学生诗歌
运动回顾

张志民
诗歌创
作研讨
会论文
选辑

结识一位
诗人

新诗史料

外国诗论
译丛

诗歌的公共性及自觉

——兼谈诗人张志民诗歌创作

刘　琼

诗探索 1

理论卷　2016 年　第 1 辑

　　对于文学创作，大致有两种研究路径：一种纯粹从文本出发，由文本解析而生发见解；一种把文本研究放在作家创作的客观历史环境中分辨。前一种路径衍生出阐释学、结构主义等等，并由于"误读"，产生了扩散、自由和意想不到的美学空间，与公众阅读和普通阅读产生交集，也由此形成文本独立的魅力，文本的魅力决定了文本未来的传播前途。后一种相应地诞生了社会学、文化学研究，这一种路径是把文学文本作为人类精神文化史的一个标本或元素，从人类社会的丰富性和复杂性层面，划拉、剥开、整理、记录精神文化的现状。对于文学创作本身而言，这两种路径都非常重要，聪明的研究者通常不会有偏废。

　　回到我自己，近年来对于创作主体的研究兴趣更浓了。或许是因为不小心听到了一句话："面对批评家的演讲，作家都在冷笑。"谁说的，不去揭露。冷笑什么？有人接着说，"别上了小说家的当"。什么当？有这么玄妙吗？解读有这么为难吗？我怀疑。当然，作品是充满刺激性诱惑的洋葱，研究和阅读就像剥洋葱。剥到哪一层，才算洋葱的本质？不管怎么说，创作的幽微精深和接受的多向性，使我们无法放弃文艺研究中的历史理性，这也使得作家研究和文学史研究成为文学的一部分——虽然近年来对于史志的忽略已经让我们失去了很多重要的信息。在此，宕开一笔，对作家研究，特别是作家年谱研究，个别学术期刊如《东吴学术》做得较有计划，经由复旦大学出版社支持，已经出版了阿来、莫言、铁凝等专辑。

　　也正因此，在诗人张志民即将诞辰九十周年之际，北京十月文艺出版社出版的这本《飞了的家雀》，因附录的一份年谱《张志民傅雅雯夫妇文学要事（图文）年谱》，引起我的注意。虽然张志民这位中国当代文坛公认的诗品和人品俱佳的老诗人已于 1998 年 4 月去世，但是他的鲜明的诗风以及"庾信文章老更成"的特殊经历，让诗坛不忘。年谱、履历是无声的发言。诗人张志民的这份年谱详细、精准，诗人的妻子傅雅雯是《飞了的家雀》一书的作者。这份年谱里，多次出现"人民日报"这个字眼，作家与党报的关系历历在目。由于《人民日报》在政治生活中的特殊地位，加上二十世纪中叶时，中国社会政治生活的动荡，我们可以从诗人与《人民日报》的关系的起起落落中，看到一个诗人的文学生命和政治生命的纠结起落，获得不少启示。

一　诗人与《人民日报》的"纠结"与"起落"

作为《诗刊》前主编，张志民虽然以诗闻名，究其一生创作，他的写作从以个人经历为题材的中篇小说《浪中人》开始，第一篇见报作品是1946年时发表在《察哈尔日报》上的散文《春耕散记》，而第一首正式发表的诗歌则是长篇叙事诗《王九诉苦》，发表在1947年7月13日《察哈尔日报》副刊上，并于1948年5月被《人民日报》转载——《人民日报》其时还只是晋冀鲁豫的一张进步报纸，其后许多地方报纸都给予了转载，成为他的成名作。1948年6月15日，在河北省邯郸市，由《晋察冀日报》和晋冀鲁豫《人民日报》合并创刊《人民日报》，确定其中国共产党中央机关报的地位。对于研究者来说，这里有一个重要信息值得注意：张志民的诗歌创作之所以以意象丰富、叙事性强见长，与其创作形式不拘一格，特别是有小说创作底子有关。他的诗歌成名作基本都是长篇叙事诗，比如《王九诉苦》《死不着》，意象独特，人物形象鲜明，这一点使其诗歌的现代性向度突出。察哈尔是新中国成立前的塞北四省之一，紧邻张志民出生和成长的宛平县，《察哈尔日报》成为张志民文学创作起步阶段的平台在情理之中，他的两首成名作《王九诉苦》和《死不着》都是首发在这张报纸的副刊上。

从1949年11月27日在《人民日报》发表诗歌《接喜报》到1998年4月3日病逝的四十九年间，诗人一共有二十六篇作品在《人民日报》原创发表。《人民日报》成为张志民重要作品的传播平台。这四十九年，还要扣除两个空档期：一是1965年到1977年的十二年，因为1966年5月"文革"开始后，诗人成为被整对象，1968年5月8日诗人被关进秦城监狱，失去了人身自由和言论自由，没有作品公开发表；二是1989年以后，诗人搁笔不写。减去这二十年，平均起来差不多每年诗人都有一部作品在《人民日报》发表。具体到年份，当然不会这么均匀，有大年和小年之别。大年是政治环境或者诗人个人政治处境比较宽松的年份，一年甚至能在《人民日报》发表三部作品，比如1963年和1982年。在1981年5月《人民日报》公布的1980年全国文艺作品获奖结果里，张志民的组诗《江南草》获奖。

下面是张志民的作品在《人民日报》发表的详细统计：1949年11月27日，诗歌《接喜报》；1950年，短篇小说《一篓油》（首发在《华北解放军报》，后被《人民日报》转载）；1951年4月15日，《对于〈考验〉的检讨》；1951年9月，战地通讯《在英雄桥畔》；1952年9月26日，战地通讯《祖国，你的儿子在前线》；1957年2月7日，短诗《给一个好下结论的人》（1957年与妻子下放到斋堂）；1959年1月，通讯《海上公安员》；1960年1月，诗歌《公社一家人》（诗评家陈笑雨撰文《喜读〈公社一家人〉》）；1960年6月，长诗《吕召召》；1961年10月，诗歌《首都风情》；1963年，大型组诗《西行剪影》陆续发表于《诗刊》《人民日报》等；1963年7月，诗歌《特作此报告》；1963年9月，长诗《珠江之歌》；1964年10月，长诗《红旗颂》；1965年4月，组诗《南海女民兵》；1977年1月15日，长诗《周总理就在我们身旁》；1977年7月，诗歌《期盼的时刻到来了》；1978年1月19日，长诗《边区的山》；1978年8月，长诗《我们的宝剑》；1979年9月，长诗《祖国，我对你说……》；1980年8月，大型组诗《江南草》；1982年4月，大型组诗《今情，往情》；1982年5月20日，《人民日报》发表萧三撰写的《死不着新版序言》；1982年9月，散文《延安纺车声》；1982年11月，诗歌《访罗散笺》；1986年，组诗《南海画廊》；1987年，组诗《以卢沟桥的名义》。可以看到，诗人的才华是多方面的，不仅诗歌写得好，还能驾驭小说、通讯、散文等多种文体。

当然，张志民与《人民日报》的不解之缘，还不止于一个战火中成长的作家和党的机关报的密切关系。张志民后来在"文革"中挨整，能够看到的最初的引信也是《人民日报》这条线。思想文化战线"反胡风运动"开始的1955年，当时在部队工作的张志民接到上级通知，要他检讨自己与《人民日报》副刊编辑徐放的关系。诗人徐放也是个"老革命"，他于1944年参加中华全国文艺界抗战协会，中华人民共和国成立后在人民日报社"星期文艺"和"人民文艺"副刊当编辑，1955年因所谓的"胡风反党集团"入狱。张志民这位红色诗人，为人真诚平和，之所以后来在历次政治运动中受到冲击，甚至被关进秦城监狱，与诗人鲜明的是非观、耿直的性格有关。虽然吃尽苦头，依然难改，性格决定命运。也正因为这种赤子真心，诗人能够真切地感受社会的变化、时代的新意。"文革"结束后，重新获得自由的诗人迅速恢复创作热情，创作能力不仅没有衰减，甚至迈上了一个新台阶。1977年以后，他又创作了大量的作品。一些诗歌评论家认为，张志民人生后半程的创作，致力于对人的异化问题的探讨，诗歌的现代性色彩超越前期。

话说回来，诗人为什么能够在1963年产生创作喷发？1960年中央制定"调整、巩固、充实、提高"八字方针后，经过两年时间的积累，到了1962年底，整个国民经济开始好转，人心凝聚，对于社会发展充满了信心和激情。诗人的敏感，使他对这个大时代的政治脉搏切得很准。但好景不长，1963年至1965年，进入了历史上的"社教整党"时期。有党史研究学者认为，这次整党的初衷是好的，目的是解决基层干部作风方面普遍存在的多吃多占、瞎指挥、官僚主义和经济管理方面的问题，并起到一定的作用，但由于指导思想上受"左"倾思想的影响，有关方面对党自身的思想、组织状况作了不切实际的估计，致使这次整党最终成为"文化大革命"的预演。

而中国历史上的1983年，更是一个特殊的年份。众所周知的著名的《关于建国以来党的若干历史问题的决议》于1981年6月27日颁发，这份文件对建国三十二年以来重大历史事件特别是"文革"做出了科学分析和总结，对于在全党全国提振人心、统一思想、引导团结一致，起到巨大作用。与此同时，1982年颁发的《中华人民共和国宪法》，从国家最大法的角度给予公民的一些重要权益以法律保障，这一年也是中国社会从空前非理性的政治运动中冷静下来，转向经济发展的一个重要转折点。

"愤怒出诗人"，"百姓不幸诗家幸"，说的是创作乃"不平之鸣""直抒胸臆"。但这里有一个客观前提：诗人和作家还拥有言论权利，"不平"才能鸣，才能闻达于世。

二 从诗歌的"兴观群怨"到诗歌的公共性

写出这句话，我突然觉得是不是写了一句废话，没有"兴观群怨"，哪来"诗言志"？这不是中国古典文论对于文学的发生学和实践研究的表达吗？

诗人于坚最近在一次讲演中说："无论怎么写，无论怎么玩弄形式，我觉得诗还是孔子说的，都是兴观群怨。""兴观群怨"不仅是古典诗歌的不二法宝，也是包括诗歌在内的文学创作本质上无法回避或绕过的创作规律。在"兴观群怨"中，"兴"是赞美，"怨"是批判，是方法论；而"观"是提供看法，"群"是团结和凝聚，既是方法论，还是功能论。用我们今天的语言表达，就是一个优秀的诗人，不仅兴致由衷，还会通过审美的方式，化个人生命体验为大众经验，将个人生命体验与历史时代结合，即"向内转"和"向外转"结合，实现文学的公共性价值。显然，文学作品作为创作主体的一种表达媒介，一旦产生传播行为，公共性就形成了，承载"观"和"群"功能的文学创作，它的公共性是先天存在和诉求的。在公共传播空间里，创作主体的"内"与客观历史的"外"的融合度，成为能否实现传播最优化的基础。

文学的公共性是中外学者关注的话题，它涉及文学的社会定位和社会地位。哈贝马斯就认为，"政治公共领域是从文学公共领域中产生出来的；它以公众舆论为媒介对国家与社会的需求加以调节"。

包括诗歌在内的文学舆论，当然也是对国家与社会、人民的各种需求的表达。与其他类型的舆论不同，文学舆论具有美学力量，具有感染力和代入、移情效果。它让坚硬的政治诉求变得柔软、隐蔽，容易被接受。文学的美学力量使其政治诉求也具有了有效性。所以，以改变国家、社会和人类为诉求的文学，无法也不可能"独善其身"。它的公共性价值不能被放弃。

很长一段时间以来，许多人都在诟病当下诗坛和诗歌创作，其中一个呼声较高的批评意见，是"诗歌远离大众生活"。诗歌之所以远离各种生活现场，与二十世纪九十年代以来，整个文坛兴起的一股创作"私语化"风潮有关。由于种种主客观原因，一些作家用实践公开表示只关注"私生活""私情感""私命运"，回避、远离甚至耻于涉及社会现实。这种无视时空的"为艺术而艺术"的创作，是对文艺公共性本质和功能的误解和放弃。后果是，文学拒绝承载社会思想文化的引导功能，文学影响社会的话语权萎缩，社会地位下降，此其一。其二，文学价值取向产生偏差，文学内容供给失衡，文学不能充分地表现人，只有在形式上动脑筋，繁缛、矫情等各种形式主义的实验蜂拥而起，各领风

诗探索 1　理论卷　2016 年　第 1 辑

骚三两天后烟消云灭，为什么？没有只有形式的文学。只有形式的文学，在文学发展史上是严重倒退。故此，中国文学史上，从新乐府运动、古文运动到近年来现代主义的回潮、文风问题，重大的诗文革新运动，"都是举着反形式追求、反靡丽文风的旗号"。形式主义兴起，是对于内容的公共部分供给不足的反衬。许多作家特别是新生代作家，从事职业化半职业化写作后，对于社会生活的底色了解不够，只有向内挖掘，又缺少必要的生命体验，只好写穿越文和玄幻文，创作素材来源往往是游戏碟片或报章新闻。文学创作中的虚构是合法的，但是虚构也要给出逻辑和合理性，给出艺术的真实。文学作品不能为公共生活供给营养，不能对人们的政治诉求进行调节，这种文学写作除了数量累加，从传播史来看，是没有价值的。

近年来诗歌写作和传播回潮的一个突出表现，是诗歌重返日常生活，进入公众视野，对社会政治生活产生影响。如果诗歌成为一种语言装修活动，诗歌写出来只与个别读者发生关系，或者作为一种新闻宣传品，只与新闻界、批评家发生关系，成为"多识的炫耀"，"不群，不能团结，不能共享"时，诗歌必然失去丰沃的生存土壤。

三 "新乐府"风范对于诗歌创作的启示

诗歌既是最尊贵的诗意的表达，又是人类最本能的本事。什么样的诗歌会有生命力？什么样的诗人会被怀念？写诗、读诗看起来热热闹闹，其实并不简单。在艾青、聂鲁达这些诗人离开人世之后，我们还在默诵他们的诗歌、探讨他们的创作经验，这是写作的生命力。张志民也是如此，他成名既早，却在"后中年"时期又勃发创造力，作为一个由书写苦难和民众觉醒起步的作家，他创造和主张的"新民歌""新乐府"风范的诗体，清新、上口、诗意丰沛，似乎顺手拈来，白发翁媪可读，至今被人们研究。这也是写作的生命力。

在京西这个特殊的成长环境中，张志民十二岁参加抗日儿童团，到斋堂为中共平西地方工作委员会工作。这种"红小鬼"出身导致政治担当和大时代的视野从一开始就介入其创作。外部时代历史的变迁，经由诗人的主观感受，提炼成各种意象，最后诉诸有音韵节奏的诗歌表达。诗歌等文学形式成为张志民形塑主体情感经验的重要方式。

从诗歌的发生学看，会呼吸就会写诗，诗歌是一种本能。这里包含一个朴素的道理，诗歌是"民女"，是从民间产生，是富有"人民性"的。因此，诗歌从审美诉求上应该是洒脱、平和、活泼、生动的。反过来，诗歌的写作形式也应该是平实、平和或平中出奇、平中见匠心。但实际情况并非如此。中外诗歌史上，诗歌在形式研磨的跑道上往往跑偏，堕入无法自拔的繁复雕琢中。形式的繁复雕琢，也是内容荒疏的折射。因此，历次诗风改良，都是以乐府为参照，提倡新乐府为主张，主张平实的形式，反对繁复的形式主义。

乐府好在哪里？乐府的好是相对而言，从诗歌的丰富性和文学性，乐府诗当然不及后来的唐诗宋词。但出自真心、源自生命体验的乐府诗，在形式上具有浑然天成的朴素美。比如"天苍苍，野茫茫，风吹草低见牛羊"这样的北朝乐府诗句，韵脚细密、节奏婉转不说，见物见象，有鲜明的宇宙时空，又有体贴入微的动植物生命存在。这种去掉各种附丽，回溯自然本源和生命本质的诗句，由"呼吸"把握节奏表达，进入审美的层面。"呼吸"与生命体验结合，成为诗。乐府诗是不是这样产生的？

在我看来，张志民的诗歌呈现出对于新乐府诗歌的自觉靠拢，从早期的《王九诉苦》《死不着》到后来的《西行剪影》《江南草》，前后两段诗风有一定变化，比如审美向度上的辩证性强化，但诗歌形式上的两点突出优势依然保持：一、把社会生活经验和个体生命经验哲理化，体现了见物见象的审美化能力；二、天然、自然和轻盈的诗句便于传播。这两个优势的形成，不能不说与诗人成长中的民间文化养分有关。自幼熟谙中国华北地区一些民间口头文学形式，对于古典文学的研习，以及对于文学"载道""言志"功能的认知，使诗人一生都"生活在人群中"，端枪打仗是对民族和人的命运的抗争，提笔写作也是对人的命运的表现和呼吁。诗歌对于张志民这样的诗人，不是炫技、标签和结党营私的胸卡，诗歌是话语公器，是分享经验、寻找共识、探讨出路，因此，他的诗歌的形式基本是素朴的、单纯的，诗风是平易的、自然的。故此，诗人的诗歌获得了传播生命。

[作者单位：人民日报社]

诗探索 1　理论卷　2016 年　第 1 辑

从"革命文学"到"审美意识形态"

——张志民诗学的范式转换与价值生成的时代美学意义

黄怒波

张志民诗学经历了民族—国家史学意义上的范式转换与价值生成的过程,始终在"主导文化"① 的召唤下"自我归类"②,并表明了鲜明的"社会认同"③ 美学姿态。本文以"革命文学"题阈概论其早期作品的时代性,凸显其自我身份和写作动机。以"审美意识形态"的概念分析及与"审美现代性"的美学表现比较定位其后期写作的心理因素。因为存在"归来的诗群"当代文学现象,期望在上述范式描写时,勾勒出中国新诗与民族—国家生成的时代美学关系及"归来的诗人"们悲情写作的诗学表征的侧影。这可能是在二十一世纪研讨张志民诗学的美学意义所在。再有所希望:以张志民诗学的革命文学性及审美意识形态化与审美现代性的审视,寻觅到一条美学证伪路径,发现"革命文学"及"审美意识形态"及"审美现代性"诗学的文化资产价值,证明当代中国诗歌的合法性、自律性、富足性及未来性的身份存在。

一

吴思敬在张志民的诗歌作品的研究中归纳:"张志民的诗歌创作从1947 年持续到九十年代,'文革'十年张志民被剥夺了写作权利,因此他的创作可大致分为两个时期,1947 年至1966 年'文革'爆发为前期;'文革'结束至九十年代为后期。"④ 1947 年张志民二十一岁,已

---

① 傅德根:《威廉斯与文化领导权》,《外国文学评论》2000 年第 4 期。

② [澳] 约翰·特纳等著:《自我归类论》,杨宜音等译,中国人民大学出版社2011 年版。

③ 张莹瑞、佐斌:《社会认同理论及其发展》,《心理科学进展》2006 年14 卷第 1 期475 ~480 页。

④ 吴思敬:《诗林中的一棵大树》,《张志民诗歌创作研讨会论文集》2015 年版,第21 ~22 页。

经是一名部队干部，作为解放区的"本土"诗人，他具有革命文学写作的本能性和自觉性。因此，吴思敬评价说："《王九诉苦》和《死不着》的成功，从根本上说，是由于这两部长诗的主题和题材密切配合了当时在新老解放区正在轰轰烈烈进行的土地改革运动，成为'团结人民，教育人民，打击敌人，消灭敌人'的有力武器。它们与歌剧《白毛女》、阮章竞的长诗《漳河水》等红色经典互相呼应，在中国农村天翻地覆的社会变革中发挥了巨大的推动作用。"① 这就是张志民的革命诗人身份，这就是革命的文学作品。

　　1928 年至 1929 年，在当时的革命作家中产生了"革命文学"论争。"这场文学论争，是为适应北伐革命失败，无产阶级及其革命先锋队领导工农大众反抗国民党专制政府的新的革命形势需要而产生的。它体现了无产阶级领导的民主革命对文学艺术提出的新的要求。论争主要集中在'革命文学'队伍内部。倡导'革命文学'的主体是创造社、太阳社成员。郭沫若、成仿吾、冯乃超、李初梨和蒋光慈、钱杏邨是其中的主要代表。……他们对同样认同'革命文学'，但观点倾向有异的鲁迅、茅盾、叶圣陶、郁达夫等人发起攻击。如鲁迅被批判为'封建余孽'，'对于社会主义是二重的反革命。'茅盾被批判为'小资产阶级文艺理论'的代表。……与此同时，'革命文学'论者还与外部主张文学表现人性的'新月派'展开了论争"。② 这场论争持续到 1936 年，"无产阶级革命文学"的基本命题成立，为《讲话》提供了前理解、前文本及"预感快感"。③ 其中，"革命文学"倡导的"大众文学"及白话文本，强调通俗易懂、群众喜闻乐见的文学形式，在张志民的《王九诉苦》《死不着》作品中都得到了审美回应。从这层含义上讲，张志民的创作是从"革命文学"开始的。

　　毛泽东《在延安文艺座谈会上的讲话》体现了马克思主义的中国化。《讲话》要求文艺工作者"一定要把立足点移过来，一定要在深入工农兵群众、深入实际斗争的过程中，在学习马克思主义和学习社会的过程中，逐渐地移过来，移到工农兵这方面来，移到无产阶级这方面

诗探索 1　理论卷　2016 年　第 1 辑

---

　　① 吴思敬：《诗林中的一棵大树》，《张志民诗歌创作研讨会论文集》2015 年版，第 21 ~ 22 页。
　　② 祁志祥：《从"文学革命"到"革命文学"——论五四新文学运动的价值转向》，《云南大学学报》（社会科学版）2009 年第 2 期。
　　③ 曹顺庆：《现代西方批评理论》，重庆大学出版社 2010 年版，第 99 页。

来，只有这样，我们才能有真正为工农兵的文艺，真正无产阶级的文艺"。① 自此，革命美学成为主导文化。时至八十年代，我们可以用"审美意识形态"来描述它的范式转换。

如果认为《讲话》要求世界观的转换，作家必须改变立场，"一定要把立足点移过来"。那么，对于张志民来说，他本身就具备了清晰无误的写作身份：战士诗人。"张志民是在革命军队的大熔炉中成长起来的诗人，胡风说过，诗人和战士是一个神的两个化身。作为诗人的张志民始终不忘他的战士身份，'扛的是枪，揣的是爱'。他因战士生活的触发而写诗，他的战士情怀也因写诗而得以升华。"②

作为在四十年代中期参加革命的战士诗人，张志民没有经历"文学革命"和"革命文学论争"的洗礼，因此也没有前代诗人的精神负担。他是《讲话》的直接受益者，他的兄辈如李季、阮章竞们为他做出了实践《讲话》精神的范例，在这个意义上，他是单纯的也是坚定的革命文学写作者，具有革命文学写作的自觉性。很幸运的是张志民作为一个战士，以他的自觉性和古典诗歌及民歌的修养，在年仅二十一岁时就写出长诗，成为诗人。他无须转变立场，因为他本身就立足于工农兵群众之中，他也无须被改造，因为他本人就是王九、死不着的亲人。

在今天评判张志民的革命文学写作，我们应该首先看到他的自觉性，从而找出他作品中的革命美学张力，以及表现在他作品中的革命斗争的正当性及悲情性；看到他比别人更直接、更坚定地找到了《讲话》精神的艺术表现途径。而这一切，得益于他单纯的战士身份。在《王九诉苦》与《死不着》中，王九、死不着是叙述人，以"我"的身份直接诉苦，作者之"我"隐藏在背后，他让主人公自动站出来说话，与读者直接构成对话关系。这样一来，读者受到强烈感染，无法回避情感冲击，自然同情和赞美王九、死不着的反抗情绪，也认识到革命美学的暴力之美。从这一意义上说，诗人的手不只是"握笔的手"，也是"握枪的手"，拥有了"一种独立的力量"。这种作品是写给工农兵的，是满足无产阶级革命需要的，因而，结构简洁，故事性大于文学性，语言直白，具有说唱性，易于激发自动性阅读。《王九诉苦》全篇九段，共计二百三十行；《死不着》全篇十七段，共计三百六十五行。具有强烈

---

① 毛泽东：《毛泽东选集》第三卷，人民出版社1991年版，第857页。
② 吴思敬：《诗林中的一棵大树》，《张志民诗歌创作研讨会论文集》2015年版，第21～22页。

的叙述风格，有着民间说书及民间故事的情绪感染力。这样的诗歌体裁从其所处的时代而言，体现了革命文学审美的真诚性与真实性，因此应该属于那个时代所需要的典范作品。在这一层面，应该对张志民的革命文学写作予以高度评价。《王九诉苦》和《死不着》的长诗形式易于装纳苦难情节的大容量，使故事得以延伸，作品艺术上的稚嫩不足以遮蔽情绪的冲击力。在二十一岁时，张志民选择诗歌进入文学写作是正确的，当时的他还没有小说、戏剧写作的功力准备。《王九诉苦》和《死不着》成功的原因，应该在于作者是一位在场者，是一位战士诗人，他胸中涌荡着强烈的诗歌创作冲动，应和着时代的怒潮。这是一种历史的机遇。

这种革命美学的震撼的、可怕的力量，从陈独秀、李大钊等人开始召唤，经过"革命文学"论争，经过《在延安文艺座谈会上的讲话》，在诗歌创作中由李季、阮章竞到张志民等人加以体现，从而造就了《王九诉苦》《死不着》成为革命文学经典的合法性。

二

关于张志民于"文革"结束至九十年代的后期诗歌创作，吴思敬简洁归论："复出后的张志民，突出显示了对人的关注。他从自己的'文革'遭遇中，体会到'左'的路线的最大罪恶就是不把人当人看。……这不只是对于个人痛苦遭际的回忆，更是对我们国家、民族灾难的深入反思。"① 实际上这也是归来的诗人一代人的诗学情绪。从对革命文学的热情投入中突然变成"被革命""反革命"，让诗人们惊恐不已。粉碎"四人帮"后，惊魂未定的诗人们小心翼翼地又提起了笔。他们大都不再使用高亢、强烈的语调，表达的首先是深沉的哀痛与悲鸣。"当时'归来'主题的诗歌普遍有发泄性的抒情倾向，显得过于'自白'。"② 吴思敬在他的论文《诗林中的一棵大树》中对张志民复出后的几首诗歌进行了分析。认为这几首作品的基本情绪都是痛心情感的宣泄和对苦难的反思，如《梦的自白》《祖国，我对你说》《20世纪的"死魂灵"》等。"此外，归来的诗人们如艾青、牛汉、邵燕祥、绿原、

---

① 吴思敬：《诗林中的一棵大树》，《张志民诗歌创作研讨会论文集》2015年版，第21~22页。

② 陈晓明：《中国当代文学主潮》，北京大学出版社2013年版，第287页。

穆旦等人的复出之作中，'余悸'与'悲怆'几乎是其作品中一种带有普遍性的情绪，不约而同地形成了追忆的视角。"①

尽管心有余悸，但"人与诗的'归来'意味着社会体制与文艺观念对历史存在的重新接纳"。② 现代化建设语境、改革开放成了主导文化，"二十世纪七十年代后期以来的思想文化环境变化，使中国诗歌有可能逐渐从国家化的状态中解放出来，回到个人有话要说的前提，回到诗歌作为一种想象方式的艺术探索。七十年代后期开始的'70—80年代诗歌'，是现代汉语诗歌发展的一个重要时期，它最引人注目的特征，是被政治激流淹没了的几代诗人的'归来'和'朦胧诗'诗人群的'崛起'。他们修复与重建了人与诗的尊严，并在新的语境中展开了多元的艺术探索。"③ 问题是"新的语境"含义是什么？怎样处理现代性理论总体框架下的意识形态表征？这是归来的诗人重新写作所面临的课题，也是需要从张志民复出后的诗歌创作中寻找的美学答案。

《梦的自白》总计四十三节，共计三百八十九行，亦梦亦真地再现了张志民的牢狱生活情景。与《王九诉苦》《死不着》相比较，《梦的自白》依旧是叙述性的，然而增添了反讽的语调。革命战士受难于革命牢房本身就是一种讽刺，因而，作者尽可以用"我"的口气对荒唐的时代加以嘲弄。诗句的开篇，作者告白："为着子孙的安宁，不能不记下这段荒唐的历史。"④ 在革命战争年代，诗人没有入过敌人的监牢，在革命成功的岁月，诗人却以"反革命"的身份失去自由。这既是历史的反讽，也是"革命"的荒唐。然而，诗人并没有失去战士的忠诚、革命的信心。对牢房的种种细述，着重表现时代的错位："一向文雅的妻子/开口撒野了……/家庭、人间，/整个世界都失去常态，/倒了，那理想的大厦！/乱了，那生活的秩序。"在失去常态，乱了秩序的情况下，诗人仍有隐藏的期望：恢复常态，恢复秩序，重建理想的大厦。下面的诗句表明了作者对信仰的忠实："谢谢您的慈悲，/我决定死不悔改了，/宁可同归于尽，/也要信仰不移！"诗人没有说出"谢谢您的慈悲，/我决定放弃了"的悔恨之言，是因为他依然信着。即便是在梦中，诗人也在追寻："正是由于这一片痴心吗？/在巴黎街头/我和马克思相

① 程光炜：《中国当代诗歌史》，中国人民大学出版社2003年版，第211页。
② 王光明：《艰难的指向》，社会科学文献出版社2013年版，第210～212页。
③ 王光明：《艰难的指向》，社会科学文献出版社2013年版，第210～212页。
④ 张志民：《张志民诗百首》，人民文学出版社2014年版，第234～277页。

遇。"在诗中，他没有选择的痛苦，只有对荒唐的疑问："我没有办法解答呀！／只好跑到中南海／去问毛主席。"张志民的《祖国，我对你说……》《二十世纪的"死魂灵"》《中国，用纸糊起来了》等同时期作品都体现了这种追寻意识，是诗学上对荒唐岁月的反思。诗歌中强烈的哀怨情绪，来源于曾蒙受的委屈和对灾难的恐惧。[①]

　　1978 年 12 月，《今天》创刊，"朦胧诗"一代出现。这一代人也在进行着历史反思，但更多的是从"人"的启蒙的角度。八十年代是"现代"主体彰显的年代，主导文化持开放姿态。在反思的旗帜下，"朦胧诗"人们追问的是"人"的存在问题，"朦胧诗"诗人们厌恶并拒绝过去的黑暗岁月，升腾着"做一个人"的渴望。在这一点上，"朦胧诗"诗人们拥抱了"现代"，拥抱了"启蒙"，拥抱了改革开放。然而，"朦胧诗"诗人们并不知道怎样处置现代性，在他们表达混乱的审美感受时，他们的诗歌受到了质疑。张志民等复出的诗人们表现出归队的心理，但希望的秩序和理想却不复原样，世界对他们来说体现了另一种常态。"朦胧诗"的出现扰乱了诗歌秩序，话语权正在移动。当"归来的诗人"们哀哀怨怨地"矫情"时，"朦胧诗人"们却咬牙切齿地"愤恨"。同样是关于"人"，张志民在他的关于"人"的作品中，采取的是"规劝"的以正医邪的姿态："而那个最简单的'人'字，／却大多是——／缺骨少肉，歪歪斜斜……"。这是一种革命伦理式的角度，其中隐有一套主流的正统的价值观念。顾城在他的《一人》中则深深对"人"的存在表示了怀疑："一个人不能避免他的命运／他是清楚的／在呼吸中，在他长大的手掌里／在他危险安心地爱的时候"。这种怀疑的生存态度，已经可以看为现代性题阈内的审美表现。由此，可以与上述"朦胧诗"一并归入"审美现代性"写作。也就是可以认为，自八十年代现代性启程开始，当代中国诗歌借启蒙之际建构了审美自律性，而对现代性中国化后产生的社会存在给予了诗学反应。

　　另一方面，从张志民的诗歌姿态来看，他始终是一个忠诚的战士诗人，写作一直保有主流意识形态的色彩。他与"'归来的诗人'生活于那样的年代，他们的诗歌紧密地与时代意识联系在一起，始终把抒发自我感情与时代和人民的愿望联系在一起，即使历经那么多的政治磨难，他们的诗也依然有一种激情，依然保持着一种坚韧而又通达的人生态

　　① 黄怒波：《"于无所希望中得救"——当代中国诗歌的现代性重构》附录"文革造成的损失"，《诗歌月刊》2015 年第 7 期，第 207 页。

度。尽管艺术各有得失，思想的力度也有不足，但是他们每个人的生命存在却是一部沉甸甸的诗作。留给文学史的不只是诗的艺术经验，同时也是一部不屈的心灵史"。① 出于与时代、人民紧密联系的政治激情，张志民与"归来的诗人"始终有一种政治的主流认同感，始终是主流意识形态内的创作。只不过在"归来"之后，祛除了工具化、教条化、政治化的写作动机，大家变得内向了，回到对命运、对人生、对痛苦的发问，诗作就有了屈原式的审美色彩。艺术表征就回到了诗歌本身，也就是说，可以被看作是艺术作品而具有了美学品位。在上述意义上，似乎终于可以召唤出另一个审美概念来对张志民及"归来的诗人"们进行归类，这就是："审美意识形态"。

必须提示的是，由于中国的社会主义市场经济体制，在很长一段时间内，当代中国诗歌都存有"审美现代性"与"审美意识形态"写作现象。当然了，随着西方马克思主义的回潮及发展，以及马克思主义理论中国化的实践，两种写作现象都有可能得到发展。

三

谢冕先生说："张志民是中国大地的儿子，他身上流淌着中国农民的血液。"这是一条非常重要的线索，可以把我们导入"审美意识形态"的核心。这也是张志民诗歌研究的价值所在。

宋宁刚和沈奇在张志民诗歌创作研究中关注道："虽然，无论是从人本还是文本而言，张志民的存在，大概都有不易为'谱系'所归纳的缘由；或者换句话说，这位优秀而不尽重要的诗人之诗歌历程，缺乏'史'的书写所必要的'节点'所在或整体分量。最终，他显得'只属于他自己'……"② 在"民间立场""求真意识""批评精神""诗歌要说人话"这些近三十年中国先锋诗歌概念的环绕中，张志民的理论资源和修养来源于马克思主义文艺理论中国化的实践。他是农民的儿子，是战士诗人，只能在"革命文学"的意识形态下写作，而上述概念，都可以从《讲话》中领悟到。所以，有别于现代主义的先锋诗学原理，张志民的诗歌体现了"审美意识形态"写作的先锋性。这也是他孤独

---

① 陈晓明：《中国当代文学主潮》，北京大学出版社 2013 年版，第 293 页。
② 宋宁刚、沈奇：《正义之思与真性之诗》，《张志民诗歌创作研讨会论文集》2015 年版，第 51 页。

于"谱系"的根本原因。另外，还可以通过思考，找到先锋诗歌和张志民诗歌的通约性存在。因为，两种写作的对象都是一个主体：社会主义市场经济及现代性中国。至于两者间的"不可通约性"则是一个历史课题，有待深究。

如今回味，二十世纪八十年代初围绕着谢冕《在新的崛起面前》一文所引发的"朦胧诗"之争，凸显了主导文化——"审美意识形态"与新兴文化"审美现代性"的不可通约性，尽管双方都是指向未来的，都是与中国现代化进程同向的。"归来的诗人"艾青握有意识形态的话语权："他在文章中告诫年轻的一代，'在走向成功的道路上，却要谦虚谨慎，千万不要听到几个'崛起论者'信口胡说一味吹捧的话就飘飘然起来，一味埋头写人家看不懂的诗。盲目射击，流弹伤人……同时，艾青也批评了'崛起'论者的'自我'论，把学术的论说串联到政治思想上的'没有人民、没有党，也没有社会主义事业'等重大问题'上来。"① 此时， "崛起"论者所支持的"朦胧诗"被当作文化"逆流"排斥。

臧克家也谈道："现在出现的所谓'朦胧诗'，是诗歌创作的一股不正之风，也是我们新时期的社会主义文艺发展中的一股逆流。""他们写诗根本不是给广大人民群众看的，'感情颓废'、'晦涩'，是因为出现了'信仰危机'的结果。"② 在此我们看到了论争的不可通约性，论争的语境反映了新时期的文艺理论新生的艰难。伴随改革开放、现代化步伐，现代主义诗学随现代性理论进入中国，与尚未消除的文艺极端政治功利化的主导文化价值观冲撞。"写给谁""给谁看"与"看不懂""太自我"变成了世界观之争。超越意识形态观察，其实主要还是艺术审美自律性的问题。

张志民在写《王九诉苦》《死不着》的时候，强调阶级仇恨。因而，故事性大于艺术追求，但工农兵因此看得懂，达到了革命文学的功利性目的。到了《梦的自白》，调用了哲学、宗教、历史等概念，象征，隐喻被召唤，表达了战士的痛苦及命运的磨难，其感染力是通过艺术审美而达到的。这实际上表明张志民的后期诗歌创作找到了艺术审美

---

① 蒋登科：《对"朦胧诗论争"中艾青立场的重新审视》，《重庆大学学报》2015 年第 21 卷第 1 期。
② 蒋登科：《对"朦胧诗论争"中艾青立场的重新审视》，《重庆大学学报》2015 年第 21 卷第 1 期。

的独特性与意识形态表达的通约性，这也是本文的发力点。"艾青亲身经历的国家的不幸和个人的苦难，他所保留的诗人的良知，他所意识到的诗人的职责，决定了他要把自己的经历和苦难，自己的反思迫不及待地告诉读者，告诉人民。这就是为什么他回归后的诗会有那样强烈的政治色彩和思辨色彩，这也是他为什么强调'明快，不含糊其辞，不写为人费解的思想'的原因。"① 我们由此看到艾青与北岛的不可通约性：艾青是通过意识形态框架内的追索，得到一种主导文化意识形态框架内的答案，北岛们的"朦胧诗"则立足于现代主义的意识形态角度，寻找一种现代性意识形态中国化的"回答"。这是两种诗学态度，也是新时期文艺理论的两种反映。

新时期文艺理论接纳了二十世纪形形色色的西方文艺批评理论，它们随着现代性总体理论体系一并被中国化。西方马克思主义学者伊格尔顿于1990年出版了《审美意识形态》一书，提出"审美意识形态范畴体现了审美自律性与意识形态属性的辩证认识"。② 除伊格尔顿外，西方马克思主义学者卢卡奇、本雅明、巴赫金、阿尔都塞、詹姆逊等都可以在中国找到他们的追随者。随着二十世纪八十年代"启蒙"的回归，"朦胧诗"诗人一代开始以现代主义诗学方式观照世界，体现了审美的现代性，这是一种全球化的指向未来的证伪诗学。而"归来的诗人"一代则是通过反思来确定主导文化的诗学理论。两种理论诗学体系都在构建中，两种诗人的作品自然互不搭界。其中，主要的原因应该在于如何看待审美自律性。伊格尔顿的观点价值在于他构建了一种意识形态下的艺术自律审美体系，有助于解决新时期中国文艺理论主导文化的破旧立新困境。因而，学者们围绕审美意识形态理论做了大量功课并卓有成效，并也得到了主导文化的认同。其实，最好的验证是"归来的诗人"们的作品。例如关于艾青，吴思敬说："归来的艾青带给诗坛的不只是惊喜，不只是振奋，也不只是那些广为传播的佳篇名句，更重要的是他对长期以来与主流意识形态纠结在一起的高度政治化的诗歌伦理的突破。""在新时期之初，他不仅多次在讲话中、文章中抨击了极左政治对诗歌的伤害与扼杀，而且用他的富有光彩的诗歌创作恢复了诗歌伦理的应有的内涵。"③ 我想，吴思敬的"诗歌伦理的应有的内涵"应该就

---

① 吴思敬：《中国当代诗人论》，社会科学文献出版社2015年版，第8页。
② 朱立元：《马克思主义文艺理论中国化研究》，经济科学出版社2009年版，第268页。
③ 吴思敬：《中国当代诗人论》，社会科学文献出版社2015年版，第3~4页。

是审美自律性，"突破"的是"高度政治化"，还原意识形态属性，意即通过诗学的审美，带有意识形态色彩的"神秘、孤寂、感伤和徒劳等复杂情绪"形成张力，构成了对意识形态的审美。

再回到张志民。吴思敬说："张志民的后期作品对'文革'当中缺少民主，缺少法制，个人迷信等现象进行了无情的批评……这里所写的不只是对'文革'中这些无辜死难者的缅怀，更是对'文革'中失去独立思考，失去精神自由现象的深刻思考。"① 从诗的意义上，张志民走向了审美自律性；从史的意义上，张志民完成了对意识形态工具化、教条化、高度政治化的审美批判。从而，可以说，当下审视张志民诗歌创作的美学意义就在于：他例证了从"革命文学"到"审美意识形态"的范式转换。

然而，我们实在有必要认识到新时期文艺理论新范式转换与建构的复杂性。一方面，要认真审视审美自律性；另一方面，要为新理论、新诗学的"试错"有所准备。但无论如何，审美意识形态理论经过讨论已被主导文化所接受。

四

张志民诗歌创作的变化，也就是审美范式转换问题。讨论这个问题，可能会延伸对张志民和"归来的诗人"的诗歌美学与时代的关系探讨的维度。为此，正好再回到"审美意识形态"和"审美现代性"写作的诗学题阈。

张志民的《王九诉苦》《死不着》之类的早期作品应该在"革命文学"的地盘上，基于"革命"主导文化的典范作品，体现了"革命"的意识形态。其在新中国建立后到"文革"中的作品，应视为意识形态教条化、工具化和高度政治化的"应景"之作。其复出后的八九十年代的作品确实切入了时代。这个时代的主导文化是改革开放，现代化建设。诗学反应是与主导文化同向的历史反思和时代启蒙。其中，随着重大事件的发生及全球化的逼近，诗学开始了从启蒙现代性向审美现代性的转向。在这一过程中，张志民及"归来的诗人"从历史反思入手，写出了他们后半生的作品。此时，他们的诗学气质是现代的，对现实的

---

① 吴思敬：《诗林中的一棵大树》，《张志民诗歌创作研讨会论文集》2015 年版，第30～31 页。

审美是贴切的。因为，这是主导文化的要求和需求。在帮助历史转向时，他们自身的经验有用于主导文化体现的意识形态。也就是说，他们以苦难遭遇、命运荒唐的诗学表征来证明告别过去的必要性和重要性。所谓的发泄、倾诉和怨恨具有共同的红线，为此，他们的作品是有集体特征的，某种意义上具备集体写作的表征。在没有禁忌之后，他们注重了艺术自律性，从"我们""集体"转向了"我"及个人。他们试图突破"革命文学"及意识形态工具化、教条化、政治化的写作流程和写作习惯，从描写命运及痛苦中体现了个性化的审美表达风味。如前所分析，使用"审美意识形态"写作应该能概括张志民及"归来的诗人"们的诗歌创作的范式转换现象。确实，张志民的后期作品依然可以清晰辨认出"革命性""社会认同性"，但他也把审美风格转向了对人的关注和对种种"非人"现象的批判。这使我们看到了张志民后期作品的现代性，也就是某种程度的现代主义因素。在寻求彰显自我的回归和存在方面，他们的诗学有着启蒙现代性的色彩，与"朦胧诗"一代新人的启蒙冲动是相通的。在历史反思及批判方面，他们也具备审美现代性写作的动力。但总体上，因为经验的不同，加上现代性理论尚未中国化，他们的诗学自然会与在现代化进程中的"朦胧诗"诗学呈现不可通约性。当我们把他们归类为审美意识形态写作时，就不得不为"朦胧诗"以来的先锋性诗学找一个位置。

王珂之所以能从张志民八九十年代的作品中读出现代性，是认为所谓的"现代性"建设需要重视和关注人的生存问题。他依此分析了张志民作品《书记楼——某地走访奇遇》《"人"这一个字》《活着的姿态》，总结出："新诗现代性建设要突出的首要问题是'生存问题。'今日的新诗必须关注'生存'——人的'生存'和国家、民族、家庭的'生存'，诗人应该有'生命情怀'和'家国情怀'。"[①] 在这个意义上，王珂认为"在如何关怀人生，介入社会上，张志民的创作，尤其是他八九十年代的创作给今日新诗树立了一个榜样"。接着王珂的语境，我推导说：张志民也由此给"审美现代性"诗学树立了一个榜样，显示了"审美意识形态"诗学和"审美现代性"诗学的通约性。

周宪在他的《审美现代性批判》一书中提出："可以肯定，启蒙现代性是社会进步的主要动力，恰如前引吉登斯关于现代性的双重现象所

---

① 王珂：《论张志民的现实主义诗作的现代性》，《张志民诗歌创作研讨会论文集》2015年版，第50页。

发现的那样，其正面和负面的影响同时存在。而审美现代性绝不可能取代启蒙现代性的正面功能，它只是相对于社会现代化过程中负面影响而有所作为。那就是说，审美现代性作为启蒙现代性的一种'他者'存在，存在克服或改善启蒙现代性所带来的消极的负面作用。问题的变革性在于，审美性与启蒙现代性之间的张力格局造就了它的重要机能，但从根本上说，它本身又是启蒙现代性的产物。因此，对审美现代性的思考一定要关联这样复杂的语境。"① 在上述语境下，我们不得不将"审美意识形态"诗学与"审美现代性"诗学同样放置在上述关联中。前者是主导文化的审美表现，是推动现代化进程的需求，也符合张志民们推动社会进步的美学愿望。后者则是一种全球化进程中的现代性中国化的体现，一是通过现代主义的审美，暴露出现代性风险，二是同样通过历史的反思和启蒙，"朦胧诗"诗学有能力和有机会直接有了全球化下的总体现代性视野，自觉不自觉地感到了现代性的风险及由此而产生的恐惧和不信任。这种不同的诗学主张和表现形式在八十年代同时出现并有所冲突，幸亏童庆炳、钱中文等一代学者找出了一种替代方法，将"革命文学"从意识形态工具化、教条化、高度政治化的陷阱中捞上来，放置于"审美意识形态"的座架上，从而有了解决新时期社会进程中主导文化的审美体现的理论依据。依据这一理论，研究张志民和"归来的诗人"诗学，就可以找出他们从"革命文学"到"审美意识形态"的诗学范式转换成因。

"朦胧诗"一代没有"革命文学"的写作经验。对于"文革"的主导文化的意识形态工具化、教条化、高度政治化持反感、对峙姿态。八十年代的现代化进程使他们借势直接获取了西方现代性理论资源，"朦胧诗"以及后来生成的先锋诗歌明显具有西方现代主义诗学味道，这使他们找到了一条与现代化中国同向的社会审美路径。从粗暴霸权的意识形态工具化写作的记忆阴影下，他们选择了自我面对社会的方式写作。因而，语言修辞都有了新的模式。一是受西方现代主义诗歌的直接影响，二是由于现代化的进程呈现出的现代性困境，他们的诗学走向了先锋、晦涩、隐喻、反讽及黑色幽默与自嘲。他们否认英雄，"只想做一个人"，他们心怀疑惧，"放大了胆子，但屏住呼吸"，"像一个领取圣餐的孩子"。他们心情沉重，不知道"穿越广场所要经历的一个幽闭时

---

① 周宪：《审美现代性批评》，商务印书馆 2005 年版，第 10～11 页。

代有多么漫长"。因为，现代性对于他们也是陌生之物，尚未有面对现代性风险的审美经验。拒绝了过去，又恐惧于未来的不知，他们的诗学越来越让人"看不懂"。然而，这是新时期新的一代人的历史现实。这一切，注定了"审美意识形态"诗学不适于他们，命里注定的是"审美现代性"给予了他们在诗学上新的视阈。在这个视阈下，他们把自己与过去区别开来，得到了自己的审美通道。当然，也因此与"归来的诗人"断裂，出现了"在新的崛起面前"的大论战。

网络诗歌平台《为你读诗》创建两年多来，已有微信账号两百多万个，但所选读的诗歌绝大部分是清晰易懂、朗朗上口、情感优美、歌颂爱情、自然与生命的篇章，先锋诗歌极少出现。这从另一面证明现代主义诗歌的现实窘境，诗歌的殿堂里观众寥落。更令人不安的是：日常生活审美化的大众时代的到来，更向"审美现代性"的诗学提出了挑战。同时，面对另一个阵营，以彼岸的立场看，"审美意识形态"写作的一代人正在老去，张志民及"归来的诗人"风格的作品还会出现吗？以及，还应该出现吗？

那么，谁应该和可能来为这个时代写诗呢？

当然，这是个杞人忧天的问题。大师不再的时代也可能是个群星灿烂的时代。今天讨论张志民诗歌创作的意义就在于发现和提出这些问题，这也正是他的诗学价值的一种重要体现。从这个意义讲，他涉及了历史的轨迹、涉及了当代中国诗歌的审美自律性建构，也因而涉及了当代中国诗歌的未来审美走向与价值。在窘境中获取新的认知，也许，这就是中国诗歌所面临的美学新课题吧！

[作者单位：北京大学中国诗歌研究院]

正义之思与真情之诗

——读张志民《梦的自白》兼论其诗歌精神

宋宁刚　沈　奇

一

当代诗歌史和当代文学史的主流书写中，都有"归来诗人群"一说。被纳入这一"谱系"的诗人，主要来自"七月派"和"九叶集"，其大体诗歌人生轨迹可概括为：四十年代成名，"十七年"中盛名（或已遭厄），"文革"中"失名"，八十年代"复名"或"正名"。这批诗人的艺术成就各异，但其诗歌精神轨迹却有相当的一致性，即由可"通约"的"共名"性的主体在性，向"个我"的"本真"性的主体在性的回归与升华。其中，"七月派"的牛汉和"九叶集"的郑敏等部分诗人，还进一步融入八十年代以来的现代主义新诗大潮中，成为其不可忽略的重要组成部分。

以此检视张志民的诗歌历程，应该也可归于"归来诗人群"谱系。然而在对这一谱系的主流书写中，却很少提及这位"索之当世，已不易得"（邵燕祥语）的优秀诗人。显然，无论从人本还是从文本而言，张志民的存在，大概都有不易为"谱系"所归纳的缘由；或者换句话说，这位优秀诗人之诗歌历程，缺乏"史"的书写所必要的"节点"所在或整体分量。最终，他显得"只属于他自己"，当然，也同时属于那些真正理解和热爱他的知己与同道。

然而，颇有意味的是，我们（作为分别出自五十年代和八十年代的本文合作者，且都属于以当代先锋诗歌研究为主旨的诗人、诗评人）在通读《张志民诗百首》① 的过程中，却不约而同地领略到一种别样的冲击和感动。乃至于"误读"到，一些为当代先锋诗歌所特别标示的诗歌观念，诸如"民间立场""求真意识""批判精神""诗歌要说人话"

---

① 张志民：《张志民诗百首》，人民文学出版社 2014 年版。

等等，其实在张志民的诗歌精神及其作品中都多少有所体现——尽管从严格的学理上讲，这种体现与先锋诗歌分属于不同的诗学及文化学范畴。

无论如何，一旦真正进入对这位前辈诗人的阅读和思考，我们还是十分恳切地服膺于孙郁先生的指认："这个从乡村里走出来的诗人，从来没有脱离大地的怀抱，那些散着草根味的词语，值得我们再次细细品读。"①

二

读张志民，读其诗人品格，读其诗歌精神，可用"正义之思"和"真情之诗"概言之。

作为年少就参加革命而身为老资格的"布尔什维克"，张志民在成为一个诗人之前，首先是一个坚定的无产阶级革命战士。因此，他的诗歌创作从一开始就充满"左翼色调"，且就此筑基不移。只是，至少从体现在其作品中的"左翼""调性"而言，更多是一种出于"民本意识"和"批判精神"的"正义之思"，而非政治立场之附庸。同时，诗人更以"赤子的纯然""战士的激情"，将这种"以百姓口吻写百姓思想"的"左翼色调"，逐步转换为"抨击时弊"和反思"左倾"政治的真声音，② 从而铸就其脱势而就道的真人格。这在当代中国语境下，实属稀有而难得！

无论做人还是做诗人，只要守定一个"真"字，总能发出不同寻常的声音，而为历史所记取。作为语言艺术，诗歌的审美不仅在语言形式，看其是否为诗歌这门"手艺"提供了一些新的"手法"；还在其思想内容，看其是否经由个在的"手艺"提供了一些新的真情实感。就前者而言，张志民确然不属于诗人中的诗人，缺少原创性的艺术探求及成就；就后者而言，张志民则无疑属于不同凡响的诗人，有其别开一界的独到贡献。以至一些看来平俗或已然"过时"的诗歌语言形式，经由"张志民式"的真诚投入和苦心经营，一再成功地转化为一种个在的、新的生命体。——早期成名作《王九诉苦》《死不着》，"十七年"间为诗界称道的《秋到葡萄沟》，以及"文革"结束后一系列反思与独

---

① 孙郁：《诗人张志民》，载《人民日报》2014 年 4 月 15 日。
② 孙郁：《诗人张志民》，载《人民日报》2014 年 4 月 15 日。

白之作，都是这一至真至纯之"生命体"的闪耀表达。

而这其中，仅就笔者感受而言，最能代表其"正义之思"与"真情之诗"诗歌精神的力作，当属其写于1986年的长诗《梦的自白》。[①]

《梦的自白》是张志民先生以亲身经历的"文革"牢狱之灾为题材，进而表现一代人苦难精神历程的生命之作。这首长诗共四十三节六百多行，三十年后读来，依然会让人感到五味杂陈、况味复杂，进而掩卷感慨、沉思良久。

解读《梦的自白》，我们以为，和解读张志民的其他不少代表作一样，不能只从诗艺的角度来看，更好的切入角度似乎是历史。也就是说，相比他以及和他一样经历过历史大变革、大灾难的人来说，历史——尤其是一个无产阶级革命者所认定和信仰的历史，以及在此基础上所建立的历史观和道义（正义）感，比单纯的诗艺要沉重得多，具体而切肤得多。正如这首诗所显示的，它是压在诗人心上的"坟"，是挥之不去的梦魇：

> 这是诗吗？
> 不！是位虔诚的信徒，
> 用虔诚的笔写下的
> 虔诚的悲剧！

"虔诚的信徒"指什么？应当是指对无产阶级革命和马克思主义唯物史观的虔诚信仰吧。"虔诚的笔"——应当就是我们在上文所指认的诗人写作时情感观念上的真诚。"虔诚的悲剧"呢？自当是指诗人曾经的"荒唐"经历。对于有的人，这"荒唐"是指"文革"的十年，对于另一些人，则要往前追溯至1957年的"反右"，甚至更早的"胡风冤案"中受牵连的无辜者。就此而言，以《梦的自白》为代表的张志民的诗作之要义，是要承载历史、反思历史，进而从历史中探求"悲剧"的根源——不仅指出历史的正义与非正义，而且要追问何以如此。

进入新时期之后，对共和国建立最初三十年历史——尤其是近乎无常的变革与灾难的记述和反思，应该说是不算少了。有的是当事人自己所写：从多年前巴金的《随想录》、韦君宜的《痛思录》、季羡林的

---

① 张志民：《张志民诗百首》，人民文学出版社2014年版，第180~210页。以下引用该诗不再一一注出页码。

诗探索1　理论卷　2016年　第1辑

《牛棚杂忆》，到新近王学泰的《监狱琐记》、邵燕祥的《一个戴灰帽子的人》、陈瑞生的《难忘的非常岁月》等都是如此。也有一些由当事者的后人所写，如彭小莲的《他们的岁月》等。此外，也有不断披露和公之于众的个人档案资料、政治"检讨"和"检查"资料，如彭德怀上书毛泽东的"十万言书"、胡风的"三十万言书"，以及《王瑶全集》和《沈从文全集》等学者作家"全集"中所收历次运动中的个人检查材料。更有大量的回忆和记述文章、文集，以及相关的研究作品，如冯骥才的《一百个人的十年》、林晓波的《"文革"的预演："四清"运动始末》、李辉的《胡风集团冤案始末》、陈徒手的《人有病，天知否》《故国人民有所思》，等等。

与相关的著述相比，以上所列举的只是九牛一毛，与整个国家和民族所经历过的灾难相比，更是微乎其微。套用张志扬的一句话来说就是：历史经验在转化成语言文字时灾难性的"失重"问题。

在进入谈论张志民的长诗《梦的自白》之前，之所以先拉扯这么多"外部资料"做引，实际上是为了将其纳入双重意义上的"语境"——真切而现实的历史语境和经由语言文字不断累积叠加的叙述语境——中来。窃以为，只有在此双重语境中，才能更好地把握这首诗，进而感受它深沉的指向。就此来说，《梦的自白》似乎更能表现荒唐时期的"一般状况"或"日常性"，而非孤立的个案。也因此，这首诗的"记录"性和"档案"性似乎要更为强烈。部分地由于这个原因，其所反映的个人性的思想内容也要更为充分——包括那些为我们在惯常的叙述框架内忽略了的内容。

三

长诗《梦的自白》，题目何以不叫作"（记述）我的梦"，或"梦中的自白"？实则这四个字的命题除了兼有后两层意思之外，还有"梦醒"后的回忆与"自白"的意思，也即从梦魇般的经历中走出来之后的"自白"与记叙。

题记——"为着子孙的安宁，不能不记下这段荒唐的历史。"在原来的理解框架里，和诗人的主观意识一样，我们更多地将其所叙之历史指称为"荒唐""离奇"。不过，相隔四十年的时空差异，通过《梦的自白》这首长诗来回顾和观照这段历史，我们却能读出更多的意涵：诗人内心的纯正、为人的真率、对真理的探求……以及其他一些更为微妙的内容——无论诗作者是否意识到的。从某种意义上说，那些诗人当初未必意识到、如今我们读来却不难发现的意涵，才是走出特殊的时代语境之后，更值得我们留意和珍视的。

读这首诗，我们首先发现，诗的叙述语气要丰富和复杂得多，远远超出了传统单一的解释框架。除了惯常认为的声音——身陷囹圄的诗人的不甘和壮心不已，以及遭受折磨的身心、神经衰弱、精神濒临崩溃等等，还有极少被批评者论及的自嘲，甚至"自贱"。比如第二节，写在监狱中，"这么幽静的地方/按说，正好仰天大睡/——彻底休息！"——

> 可我这个/长期缺少睡眠的——贱骨头，/偏没这份福气，/管睡觉的那根神经/似乎已经休假了，/我不仅忘记了睡觉，/甚至忘记了/睡觉的程序。（第2节）

这种自称为"贱骨头"的自嘲和"自贱"，在张志民以及同张志民大体相近的老一辈诗人的诗中，长期以来都被忽视了。它也是诗人真实情感的一部分，问题只在于，如何看待这种真实情感。不论如何，不应该忽略或回避这种个体性的声音，和个人独具的感受经验与宏观的政治话语之间的张力。由此生发出的问题，不仅是个人性的真实，更是坚实诗意的生长点。

与此相当的，还有：

> 一切都规规矩矩！/便桶里撒尿——/我从不敢唏哩哗啦！/当然，由于消化不良，/肚肠子"造反"/在忍无可忍的情况下/很有节制的/轻轻的放几个小屁，/那也绝不是挑衅/而是出于无意。（第5节）

在老一辈诗人的诗作中，写"便桶里撒尿"，"在忍无可忍的情况下/很有节制的/轻轻的放几个小屁"，不仅从用词上看，不回避俗词、俗事，都颇为大胆——甚至有些"后现代"的意味，而且从其意涵上看，也是颇值得玩味的："忍无可忍的"只是放屁吗？"放几个小屁"固然只是生理现象，并非出于挑衅，但是当诗人将这些事情写入诗中，同时强调"绝不是挑衅/而是出于无意"时，我们从中读出来的，却恰好相反，是对貌似革命的荒唐逻辑的抗议，和有意识的泄愤——与后现

诗探索 1　理论卷　2016 年　第 1 辑

代写作不同，前者更具有历史感和悲剧感。如果说后现代写作是以嘲讽剧、闹剧来和政治"捣乱"，那么张志民的写作就是以正剧的历史身姿与时代政治"戏码"的一次正面对决——亦即以诗和艺术的方式，进行记录、写作，进而揭露、控诉，以图"引起疗救的注意"（鲁迅语）。

此外，我们不难从这首长诗中读出一些更为微妙的、"政治不正确"的东西。在无产阶级革命者身上，我们看到的，更多是显性的革命话语，或者意识形态取向，而很少看到对这种形态的怀疑与质问。可是，诗的创造、个体性的声音与革命的统一性之间有着天然的张力。在通常情况下，只是由于诗的话语没有冲破革命话语，或与之直接对立，两者间的裂隙不明显。而在诗正面指向政治、诗的声音超出革命的整体性话语时，我们就会明显地看到两者之间的裂隙：

> 如果连做梦的权利/也被剥夺了！/我真敢他妈的/面对苍天，/破口大骂——/从星星骂到太阳，/从衙内骂到皇帝……（第8节）

即便今天来看，这样的诗行及其所指，都是极富刺激性和冲击力的。而这些，既是一个个人真感情和真性情的流露，实际上，也是一个富有历史责任感和道义感、无所畏惧的"战士诗人"和"人民诗人"的自我写照。

当如此"国骂"转为叙述自己梦见"老母亲"时，我们看到的就是另一番场景——

> 我梦见/年迈的老母亲，/母亲没有言语，/只有两行泪滴，/我说："妈妈！别伤心，/以前的，都过去了，/这次，也能过得去！"/她知道，这不叫安慰/只能叫真理！/不是吗——/丈夫被整死了，/花儿照样开！/儿子被抓走了，/草儿照样绿！/谁也拦不住地球的运转，/不管他是多高的权威，/是世界的老几？（第18节）

这样的叙述，简直就像是现代版的《石壕吏》。其所表现的，是一个人身上的阶级角色感脱落之后，回归最原初的人伦情感。

除了个人性的真实声音，更有个人潜意识的真实发声，以及自我规训的意识与内心并不认同的自我意识斗争：

是因为生命的退化吧？／我的灵魂已经达到了／符合要求的纯净，／失去了，语言，／失去了，记忆！终日蜷伏在／牢房的墙角，／机械地吃／机械地睡／难怪常得到看守的表扬：／"你小子老实多了，／给我背一段——／《南京政府向何处去》。"／／……"滚开，滚远点！你们才是他妈的／南京政府！看家狗，我替你害臊；／老子革命的时候，还没有你……"／糟了！我忘记了／自己的身份／竟敢在这儿发脾气！／我猜不透事件的后果，／自作自受吧！／"死猪不怕开水烫"／该杀，该剐；／由不得己……（第25-26节）

这种潜意识的不时释放，以及意识与潜意识的相互斗争，在更多的"梦"中，以半真半假，或自发或自我营造的形式展示出来。如此矛盾与纠葛，在现实中的低头与内心的不甘和不服之间的紧张，相信很多从那个时代过来的人看到，都会为之动容的。这些诗行所体现的情感之真实与复杂，实在值得更深体味的。

《梦的自白》中，不少诗节以"梦"的形式出现，各自显出狱中之梦的一个个片段和故事，不仅呈现出诗人狱中生活的一个个现实面相，而且显示出诗人狱中生活的一个个精神面相。比如与荷马的后代一起探讨"对普罗米修斯的质疑"（第28节），比如梦见黑格尔（第29节）、马克思、鲁迅、瞿秋白，梦见商纣王、屈原（第36节）、孔夫子（第37节）、华佗（第38节）……甚至梦见伟大领袖，不仅梦见，还与之展开对话，提出疑问，或者以历史性的情境作为凭寄，暗指诗人所生活的现实。

在梦见商纣王与屈原一节中，已经远非上面的"政治不正确"，而是有诗人自己判断的曲附。它显示出诗人敢于表达不满的勇气，敢于说真话的骨气，以及朴素的道义感：

你说多该死吧！／我竟梦见了／荒淫无道的纣王，／他咬着妲己／粉嫩的脸蛋儿说：／"宝贝儿，放心！／我死后的一切／都交给你……"／我竟梦见——／饮恨投江的屈原，／他拄着拐杖／走在长安街上，／因为连续的"上访"／以"无理取闹"的罪名／被押送回原籍。（第36节）

当"我"曾将一个个"梦"化作问号留在监狱的墙上而遭讯问，"我"

诗探索 1　理论卷　2016 年　第 1 辑

"对天发誓"，由于"那些个梦/都是'问题'"（第34节）。这个"我"是诗人自己的化身，也是和诗人一样对过往的历史存着深重疑问的每一个人的化身。他的"划问号"的举动是象征性的，他所划的问号同样具有象征性。作为"梦的自白"和"问题"的记录，它的"历史文献"意义，值得更为深入的挖掘。这些记录和思考，以诗的形式呈现，虽然是吉光片羽式的，却不是偶然的，而是对历史及其反思的凝缩。

这种凝缩，在长诗的后面部分，经由一步步的铺垫，逐渐深入——最终所提出的大哉问，已可说是当代的"天问"了：

　　　请回答——
　　　对各种"主义"
　　　是听它怎么说
　　　还是看它怎么做？（第40节）

在这"天问"里，含有孔子关于"听其言而信其行"和"听其言而观其行"（《论语·公冶长》）的思想变体，也隐含着名与实（符其实或背其实）的巨大悖论。或许也由于这是"天问"，所以在接下来的一节里，诗人才"没有办法解答"，"只好跑到中南海/去问毛主席"了（第41节）。

无论如何，这首诗作为一个诗人的"梦"与"问"，长久地萦绕在诗人心头，使得他在余生里继续思考这个问题，也带着这些问题——如同摆脱不掉的梦魇去生活。正如诗人所说：

　　　铁窗是早已告别了！
　　　但那许多问号，
　　　却一个也没忘记！
　　　我带着那些问号
　　　——看世界，
　　　我带着那些问号
　　　——看自己。（第42节）

这是一代人悲苦命运的真实记录，也是一代人痛苦思考的浓重缩影——或许还是稍微幸运一些的缩影——更不幸的，像与张志民大体同时代走过来的作家路翎，最后连思考问题的能力几乎也没有了。同时更为不幸的，是那些从肉体上消失了的生命个体。他们如同无数的尘埃，只在某个时候被稍稍提及，或者永远不会被记起。

四

从以上对张志民的诗歌品格和诗歌精神的分析，以及通过对《梦的自白》的细读、分析来论证其诗歌特色与精神本色，我们可以听到来自诗人叙述者的多种声音。无论是对时代荒唐、自身苦难的回忆与记录，还是对历史的反思与疑问，化作诗行，我们看到的，总是一个无产阶级革命者、一个来自乡村的知识分子、一个"中国大地的儿子"（谢冕语）之真实的心声。它饱含情感、深怀忧虑，在荒唐与吊诡中，探求历史的正义。

正是在这里，我们看到诗人作为一个真正的马克思主义信仰者和追随者的形象。在一个真正的马克思主义者身上，必然体现出强烈的历史感。在强烈的历史感中，才有正义可言，才有"正道"可寻（循）。就此而言，我们也看到了这一代老诗人的精神基底——真信仰，真投入，真"代言"，真"左翼"。这种"真"，在当代文化语境下，早已是稀有元素而弥足珍贵的了。

由此反观当下的中国现实，我们更多看到的是，由金钱和利益所裹挟了的虚无主义的盛行。原来具有肯定性的价值观似乎显得"过时"了。正如江弱水在评论美国学者埃德蒙德·威尔逊时所说："历史现在是得了产后抑郁症了……人类的龙种激昂了两个世纪，忙了两百年，跳蚤的子孙却只管打理微博和微信，按揭各自的一生了。"但是，只要一个基于公正、平等、自由之上的社会尚未达成，只要这世界还充斥着不公正、不平等、不自由，"社会主义的信念就仍然会助燃我们的激情，左翼思想就仍然是我们永恒的冲动，历史就还没有进入垃圾时间，只是被叫了暂停而已"。①

或许，这正是张志民和他的诗打动我们的地方。也正是在这个意义上，在这样的文化氛围和社会环境中，如张志民这样的老一辈诗人的诗歌人格和诗歌精神，方值得我们格外珍视。体现在他们身上和他们作品

① 江弱水：《一个人观念的旅行——威尔逊的〈到芬兰车站〉》，载《读书》2013年第9期。

诗探索1 理论卷 2016年 第1辑

中的宝贵品质，是说真话，抒真情，怀真思，存正义，更是对基本的历史感和道义感的持存。如果说《梦的自白》之所以宝贵，在于它作为一首历史之诗，为我们留下了一代人真实的"思想档案"，那么，这份"档案"最最珍贵之处便在于它的精神品质：毫无保留、无所顾忌地反思，说出真实，却又有自己坚定的价值立场，不虚无，不犬儒，永远存有对正义和良知最朴素的信赖。

2015 年 7 月于西安

[作者单位：西安财经学院文学院]

民间文学与张志民的早期诗歌创作

冯　雷

张志民是文学史予以关注和称赞的作家。他四十年代创作的长篇叙事诗《王九诉苦》（1947）、《死不着》（1947）和《野女儿》（1948）等在解放区产生了广泛影响。进入当代之后，他的创作仍保持了相当的活力，不断尝试驾驭新的题材与形式，体现出相当高的艺术自觉。但是对张志民的研究却并不充分，较有见地的文章主要还是着眼于文学与政治的"苦恋"，对张志民诗歌的艺术分析还停留在比较粗浅、表层的阶段。谈及张志民的诗歌艺术，不能忽略的是民间文学的积极影响。民间文学和文学的大众化、平民化之间有着密切的关联。"五四"时期的许多知识分子倡导平民文学，都曾热情高涨地投身于民间谣曲的搜集、整理。张志民的诗歌，尤其是早期创作的艺术养分正是从民间文学当中汲取的，此后民间文学还和解放区的文艺政策一道塑造、奠定了张志民的文学观念。张志民多次在文章中提到要用"活的语言""群众的语言""来自民间的口语"写诗，要"注意着从民间，从现实生活，从人民群众中去获得活的东西"。[1] 可以说，民间文学是张志民文学创作的源头，是其"志在为民"的文艺理念的基石。

一　民间文学的启蒙与影响

凭借着《王九诉苦》等长篇叙事诗，张志民在解放区一举成名，和赵树理、李准等人一道成为大众化文艺的代表性作家。成名之后的张志民在回顾自己的文学道路时，多次提到父亲和民间文艺对自己的影响。张志民出生在宛平县农村，父亲当过小学教员和中医，"这种职业，与农民之间，本来就不存在多大距离"，"我知道本地的一些民间传说、

---

[1] 张志民:《我与民间文学》,《文学笔记》,花山文艺出版社1991年版,第118页。

历史掌故，差不多都是从父亲那里听来的"，"那时候，庙会很多，每至会期，香火极盛，许多民间的传统艺术……而且，每到一处，父亲都向我讲述此地各种有趣的传说、典故"。① 张志民没有接受过正规教育，民间文学不但帮助张志民完成了最初的文字训练和文学启蒙，而且还塑造了他的文学趣味。稍后，"大约和我学习写作同时，我便有意识地搜集民歌，还有谚语、歇后语、民间俗语等群众语汇，随身带有一个小本子，每听人们讲到这类东西，便记下来。"② 可以说，民间文学是张志民最初至为重要、甚至是唯一的文学营养来源。而更为深远的还在于，民间文学还培养、塑造了张志民的价值观念和情感立场。他后来曾谈到，"童年时代，民间文学给了我极深的影响，它不仅给予我许多社会知识、历史知识，分辨善与恶的道德教育，更主要的是培养了我对文学的兴趣。"③ "兴趣"与"道德"紧密相连，世俗的善恶观念和文学的表达欲望交融在一起，这恐怕也直接影响甚至决定了张志民为民代言、替民"诉苦"的创作动机。

　　张志民初登文坛的作品都是围绕"土改"运动的。1947 年，张志民赴易县山区参加土改工作，实际工作经历促使张志民相继创作了叙事长诗《王九诉苦》《死不着》和《野女儿》。在此之前，张志民还在《察哈尔日报》上发表过一篇散文《春耕散记》（1946）。这一过程和赵树理创作"问题小说"的经历颇为相似。但是对比两位作家的成长轨迹来看，赵树理参加革命后主要是从事敌后宣传工作，工作中"遇到了非解决不可而又不是轻易能解决了的问题，往往就变成要写的主题"，④赵氏"问题小说"的诞生可以说是在情理之中。而张志民在入党之后曾多次亲身参加军事战斗。作为刚刚尝试创作的新人，张志民第一批接连几部作品所关注的为什么不是惊心动魄的作战经历，而是千头万绪、费尽心机的土改？除去偶然性的因素之外，诗人那由民间文学培养起来的、为穷苦人撑腰做主的创作心理或许也是内在的重要原因。

　　从内容来看，《王九诉苦》《死不着》和《野女儿》所讲述的故事多少有些雷同，基本上都是恶霸地主为非作歹，穷苦百姓家破人亡，最

　　① 张志民：《我与民间文学》，《文学笔记》，花山文艺出版社 1991 年版，第 108～109 页。
　　② 张志民：《我与民间文学》，《文学笔记》，花山文艺出版社 1991 年版，第 110 页。
　　③ 张志民：《我与民间文学》，《文学笔记》，花山文艺出版社 1991 年版，第 110 页。
　　④ 赵树理：《也算经验》，《赵树理文集》（第四卷），工人出版社 1980 年版，第 1398 页。

后经由土改实现"农民们起来闹翻身"（《王九诉苦》）的经过。就艺术水准而言，这几首诗可能并不是解放区最优秀的作品，但是作品一经发表还是受到解放区文艺界的肯定，特别是基层群众的认可，"当《王九诉苦》写成后，我曾念给农民听，农民听后很入神，有的还落了泪。"①通常人们会认为这是由于作品满足了解放区发动农民群众、宣传土改政策的工作需要。这当然不错，可这种解释更多的是站在像萧三这样的革命知识分子的角度去解释的（萧三曾在《晋察冀日报》上发表文章称赞《王九诉苦》），对农民的阶级觉悟的想象却未免过于浪漫。张志民曾经回忆说，不少农民对地主的斗争是坚决的，但是"到了分果实的阶段，他却搓着双手，悄悄对我说：'给俺地，俺多少得出个钱啊！反正俺不能白拿，剥削是剥削，可话说回来……要不是种人家的租子地，俺一家人早饿死了，人不能没良心……'"② 农民认为"拿地给钱"乃是天经地义，这也启示我们，张志民的诗歌之所以在解放区广受欢迎，除了宣传"革命"的因素之外，或许还应考虑到一层原因，那就是作品的善恶是非观念和农民的伦理道德标准是声气相通的。孙老才也好，李四爷也罢，之所以招人痛恨，就在于他们的抢男霸女、为非作歹的行径违背了积德行善的民间伦常，而铲奸除恶的道德观念也正是民间文学反复宣扬的。所以，《王九诉苦》等几首叙事诗尽管在故事情节上一再自我重复，但仍受到解放区文坛的欢迎，这与其说是虚构的革命故事鼓舞了群众，不如说是农民们乐于接受苦尽甘来、善恶有报的信条和套路，至于故事雷同、人物形象的模糊等问题，这些反倒被忽略了。也正是在这个意义上，张志民早期诗歌的成功或许更要归功于民间文学潜移默化的熏陶。

二　对民间故事模式的借鉴

农民们深受民间文学和传统伦理规范的影响，这也正是赵树理宁肯不做文坛文学家，而要"一步一步去夺取那些封建小唱本的阵地。做这样一个文摊文学家"③ 的原因。为此，赵树理的小说力求通俗化，尤其是"故事化"。"至于故事结构，我也是尽量照顾群众的习惯：群众爱

① 张志民：《我与民间文学》，《文学笔记》，花山文艺出版社1991年版，第112页。
② 张志民：《关于深入农村生活的通信》，《文学笔记》，花山文艺出版社1991年版，第368页。
③ 戴光中：《赵树理传》，北京十月文艺出版社1993年版，第219页。

听故事，咱就增强故事性；爱听连贯的，咱就不要因为讲求剪裁而常把故事割断了。我以为只要能叫大多数人爱读，总不算赔钱买卖。至于会不会因此就降低了作品的艺术性，我以为那是另一问题。"① 这段话可以归纳出两个重点，第一是赵树理根据农民的"阅读"习惯而摸索出的创作方法；第二则说明，故事常常是以"降低了作品的艺术性"为代价的，往往是通过口口相传来传播，所以不同于文人创作小说，"故事"这种文体本身就带有鲜明的民间色彩。解放区的文艺实践也证明，《小二黑结婚》（1943）、《白毛女》（1945）以及秧歌剧之类"故事"性强的作品是最能在农民中引起轰动效应的。

　　和赵树理相似，张志民早期的《王九诉苦》《死不着》《野女儿》无一例外采取的都是"叙事诗"的方式，替农民"诉苦"、给农民讲故事听。张志民在创作过程中也总是把自己的作品念给农民听，"试写几句，读给农民听"，"让群众听来顺耳"，② "写出来，读给农民听，他们不懂的地方，我再作修改。"③ 这样的细节除了显示了张志民谦卑的创作态度，更重要的是说明了解放区群众"文学阅读"的独特形态，作家首先要考虑的是作品"听觉"效果。有学者注意到"在'土改'运动中，阶级斗争理论最有效的实践就是诉苦"，认为"诉苦在客观上阐释了当时农村经济制度与政治之间的逻辑关系，强有力地证明了阶级斗争理论的必要性"。④ 这固然不错，可农民坚持"拿地给钱"的例子实际上也说明，一味地要用阶级斗争的现代理论去说服农民、让农民们理解土改、支持革命是非常困难的。张志民的叙事诗受到解放区知识分子和农民的一致欢迎，或许还可以从借鉴民间故事讲述模式的角度来认识。《王九诉苦》等几首诗的开头颇具有天启式的意味，最典型的比如《野女儿》，"李家庄上有座山，／就是地主李霸天"，这和民间故事"很久很久以前，有一个……"的开篇模式非常相似。几部作品都是刚一开始就刻画了地主老财霸道凶残的嘴脸，"进了村子不用问，／大小石头都姓孙。"（《王九诉苦》）整个作品实际都是建立在不公和仇恨的基础之上的"财主家生儿是大喜，／穷人家添嘴可养不起。"（《死不着》）至于缘何至此、何以如此，这些问题作品却一字不表、全都不去追究了。接

---

① 赵树理：《也算经验》，《赵树理文集》（第四卷），工人出版社 1980 年版，第 1399 页。

② 张志民：《我与民间文学》，《文学笔记》，花山文艺出版社 1991 年版，第 111 页。

③ 张志民：《写〈死不着〉前后》，《文学笔记》，花山文艺出版社 1991 年版，第 97 页。

④ 余荣虎：《为农民"站起来"而歌》，载《文艺理论与批评》2015 年第 3 期。

下来，作品的主体部分无外乎讲述恶霸地主荒年逼租、苛待长工、见色起意、逼死民女、串通官府等等的滔天罪行，所有这些情节都是在不断地给诗歌开篇便抛出的仇恨火上浇油，不断强化"穷人的活路在哪里？"（《王九诉苦》）、"穷苦人啥时能得救"（《死不着》）、"盼报仇啊盼申冤"（《野女儿》）这样的主题，不断地把作品里涌动的悲愤、复仇的情绪推向高潮。结局当然必定是大团圆式的，因为大团圆的结局在解放区文学里被赋予了特殊的政治意味——"在今天，在新民主主义的社会里，是表现人民的胜利，人民'大团圆'的喜剧占统治地位的时代。"① 只不过在民间故事里，主持公道的是神灵、清官、侠客，而包括张志民在内的解放区作家、以及此后五十年代到七十年代的"革命历史小说"，则把具象的个人置换为抽象的革命，把遥远的民间传说置换为现实的政治神话。由此，革命便获得了具体的形象和特征。或者说，因为仇恨、因为要申冤报仇，所以革命才师出有名，打土豪分田地才具有了正当性。而当"革命"转变成"快意斩恩仇"的手段时，"暴力"便成为"进步"和"正义"的必须手段，政治任务便有效地转化为利益诱惑和道德要求，革命自然也就获得了认同和赞颂。当然，民间文学对解放区作家的深刻影响，反过来看也可以视为是解放区文学对民间话语不动声色的置换，"充分利用语言能指的模糊性，将其语义指向政党意识形态，同时，马克思主义文艺体系独特的'组织化'架构也适时地发挥其整合作用，使民间形式与民间文化的固有传统相剥离。"② 正是在这个意义上，解放区文学是来源于民间，而又高于民间的。

三　语体特色与形式的意识形态性

同之前的《王贵与李香香》以及稍后的《赶车传》《漳河水》一样，张志民的《王九诉苦》《死不着》《野女儿》都继承、吸收了民歌谣曲，特别是"信天游"的一些方式和特点，同时又有所变通。信天游一般用来即兴抒情，形式上两行为一小节，表达一个较为完整的含义，惯用比兴、对比的手法，每句押韵而又可以自由换韵，多用俗句俚语甚至是方言词汇。《王九诉苦》等保持了两行建节的形式，形成了较

---

① 艾青：《论秧歌剧的形式》，《艾青全集》（第五卷），花山文艺出版社 1991 年版，第 421 页。

② 李洁非、杨劼：《解读延安》，当代中国出版社 2010 年版，第 209 页。

具辨识度的、张志民式的"两行体";数十节构成一章并冠以简洁的标题,成为较为完整的叙事单元,使得叙事的脉络更加清晰。用韵上也比较自由,有时用有时不用,不过这倒也有一种有说有唱、说说唱唱的活泼感,这正是大众化的文艺路线致力追求的(1950年1月至1955年3月,赵树理曾主办的刊物就名为《说说唱唱》)。在叙事的过程中,诗歌里还穿插了不少人物对话,个别小节甚至以人物对话为主,例如《王九诉苦》里《王九的账》的第四小节、《死不着》里的《量米》、《野女儿》的第七、第十三小节。这些对话让叙事富于起伏变化,显得更加真实、生动,更重要的是,对话还调动了作品的听觉效果,更贴近边区农民以听为主的欣赏习惯。同时,作品的句子都非常简单,不用长句、不用生僻字,每句一般不超过十个字,文辞朴实,句子没有过多的修饰;而且,张志民在诗行当中还使用了不少口语俗词,例如"小妮子""讨吃鬼""吃伙锅""抹脖子""鸭子浮水"等等,使故事和叙述保持了乡野色彩。尤为让人称道的是,像"二娃瘦成个光翅鸟""八岁还没镢把儿高"这样的类比,看似寻常,骨子里实际上却是农民的思维和表达方式。正是综合运用这些手段,《王九诉苦》等解放区叙事诗完成了民间抒情诗向现代叙事诗的转化,同时又保留、也可以说营造出鲜明而浓郁的民间风格,获得了农民的认可,"像俺们的事,也像俺们的话!"①

周扬曾经批评文艺创作的"欧化"倾向,认为"我们的文艺家一般地都只在描写人物的对话中,采用了民间口语(这比初期革命文学者写工农兵,都是满口知识分子话,是一个很大的进步),但却没有学会在作叙述描写时也运用群众语言"。周扬这里针对的,其实远不只是文学的技巧问题,而是以毛泽东的《反对党八股》为根基,站在"讲政治"的高度,要求文艺工作者按照毛泽东"把感情的变化看做由一个阶级变到另一个阶级的重要标志"②的要求,实现由"五四"肇始的"现代白话"到解放区根据地开创的"革命白话"的深刻转变。认识到这一点也就会意识到,张志民等解放区作家对民间文艺的学习和他们"大众化"的创作风格,不只具有个人或是作家群的意义,而是呈现了新文学乃至整个"二十世纪中国文学"语体变化的历史逻辑。

---

① 张志民:《我与民间文学》,《文学笔记》,花山文艺出版社1991年版,第112页。
② 周扬:《〈马克思主义与文艺〉序言》,《周扬文集》(第一卷),人民文学出版社1984年版,第463~464页。

事实上，尽管新文化运动提倡平民主义，并自诩为平民文学，但"五四"一批的作家实际上远未做到。鲁迅在1927年就曾批评道："在现在，有人以平民——工人农民——为材料，做小说做诗，我们也称之为平民文学，其实这不是平民文学，因为平民还没有开口。这是另外的人从旁看见平民的生活，假托平民底口吻而说的。"① 1933年赵树理创作了第一篇反映农民生活的小说《金字》，但小说却不受农民欢迎，农民根本分不清"我"和叙述人的关系。与之非常类似的是，在参与土改之初，张志民受到触动，很快完成了一首诗《王福祥诉苦》，作品"使用了许多感叹激愤的字眼，自以为满有感情，把诉苦的气氛写出来了"，不料农民们却表示"我听不懂"，"你再深入了解了解穷人们的名字，有多少叫什么'祥'啊'福'啊的！多少有大号的！……还有你写的那些话，什么'呻吟'呀，什么'火焰'呀！农民，谁这么说话？……"② 这样的反馈促使解放区的作家们转而深入学习民间的语体。这种转变的意义可能不仅是作品风格和作家思想改造方面的。弗雷德里克·杰姆逊在《政治潜意识》中认为："由共存于特定艺术过程和普遍社会构成之中的不同符号系统发放出来的明确信息所包含的限定性矛盾"就是所谓的"形式的意识形态"。③ 按照这种观点，任何文体话语类型都是意识形态的编码过程，而语体形式的转换就不仅仅是修辞意义上的，本质上是对意识形态进行了重新编码，因而意识形态不仅仅直观地体现在作品的内容和思想倾向当中，也隐含在作品的风格形式当中，作品形式本身便包含了丰富的历史、政治、文学之间的关系。这样或许就更容易理解为什么毛泽东在《反对党八股》里把行文风格看得和工作作风、革命态度一样重要。而且，参照葛兰西的看法，"社会集团的领导作用表现在两种形式中——在'统治'的形式中和'精神和道德领导'的形式中"。④ 如果解放区的革命文艺工作者仍然像周扬批评的那样"都是满口知识分子的话"、选择"五四"新文学的语体的话，那他们就根本无法接近农民、接近大众。而抛开强大的民间社会，

---

① 鲁迅：《革命时代的文学》，《鲁迅全集》（第三卷），人民文学出版社2005年版，第441页。

② 张志民：《关于深入农村生活的通信》，《文学笔记》，花山文艺出版社1991年版，第367页。

③ [美]弗雷德里克·詹姆逊：《政治无意识——作为社会象征行为的叙事》，王逢振、陈永国译，中国社会科学出版社1999年版，第86页。

④ [意]葛兰西：《狱中札记》，葆煦译，人民出版社1983年版，第316页。

自然也就不可能在农业人口占多数的乡土中国建立文化领导权。

结　语

　　根据洪子诚先生的观察，在五十年代，张志民的创作继续保持了早期的特色，"朴素的北方农村口语，大体整齐均等的诗行和诗节，勾勒带有'喜剧'色彩的生活画面和人物侧影"，六十年代则"尝试从古代诗词寻找表达方式，写作出现了较大的变化"。可是在"重写文学史"的浪潮下，张志民的创作仍然被判定为是需要予以"重评"的。个中原因，自然不只是他"大都按照当时的政策观点来写农村的'新人新事'"，① 而是和新中国成立以来，特别是"后三十年"政治生态的变化，以及"文化领导权"的战略调整息息相关。认识到这一点，自然也就没有理由因为现代主义诗歌备受推崇，而轻视乃至忽视大众化、平民化的诗歌理念和实践。事实上，新诗始终是在精英诗学和大众诗学的互动与博弈中逶迤前行的。时至今日，新诗在诸多方面仍然是不完善的，新诗面对的许多基本问题在本质上和过去还非常相似。西方的现代主义诗歌资源是否可以长久地为汉语诗歌提供灵感？如果不能的话，那么稍稍回顾民间文学、大众化诗学所蕴含的合理因素，也未尝不是必要的。

2015 年 8 月 9 日初稿

2015 年 9 月 1 日改定

　　（本文是 2014 年度北京市教育委员会社科计划面上项目"北京地标：文人故迹与文学意象中的城市文明"的阶段成果，项目编号：SM20140009001）

［作者单位：北方工业大学中文系］

---

　　① 　洪子诚、刘登翰：《中国当代新诗史》（修订版），北京大学出版社 2005 年版，第 48 页。

"归来者"的哲思

——论张志民新时期以来的诗歌创作

卢 桢

在对诗人张志民进行专论的文章中，高洪波的一篇《擂鼓的诗人——张志民论》是我感觉写得很透彻的一篇。它不仅回顾了诗人从战争年代到建设年代的创作经历，还将抒情者从"极左"政治时代到新时期的创作思想和诗歌精神进行了深入估衡。高洪波用"擂鼓"这个动词定格张志民的诗歌写作，应当说是恰切的，如同诗人的《自题小照》中"扛的是枪，／擂的是爱！"的两句，使人感受到充盈着的豪迈情感。他以战士的姿态去冲击时代的壁垒，用多声部的鼓点在中国人的精神时空中昂奋敲击，将爱与自由从黑暗之中拯救出来。在"新的时代需要新的歌声"①的历史使命精神感召下，诗人很快找到一种与当时的主流意识形态相一致的表达方式。他的诗以清新的笔调、优美的语言和鲜明的形象从不同的角度反映了新社会下农民的生活，表现了他们新的面貌和美好理想，从而为新生活唱起赞歌。诗人避免对生活作一般化的摹写和浮泛的歌颂，而是善于选取动人的生活片段，把叙事、抒情、绘景融为一体，如《小姑的亲事》《倔老婆子》以生动幽默的语言和完全写真的生活桥段抒写，为读者呈现出新时代农村生活的一个个侧面。

在短诗创作之外，张志民在长诗创作中也颇有建树。为建国十周年而作的抒情长诗《祖国颂》和六十年代前期写下的《擂台》成就较高，"抗美援朝"战争的打响，又促使诗人写下大量赞颂志愿军英雄人物和事迹的诗篇，《金玉集》是其代表。其中，《祖国颂》代表了当时主流意识形态的美学表达范式。新国家的庆典和对未来的美好憧憬，使诗人们热烈而真诚地歌颂崭新的国家面貌和建设成就，他采用直抒胸怀与触景生情式的艺术手法进行写作，以明朗热烈的调子和亮丽缤纷的色彩，

---

① 艾青：《中国新诗六十年》，《艾青全集》第三卷，花山文艺出版社1991年版，第494页。

诗探索 1 理论卷 2016 年 第 1 辑

发出由衷的赞美，以政治抒情诗的文本贡献丰富了新诗对抒情主体正向价值情感的表现，也把新诗"直抒情怀"的抒情手法演绎至成熟。

从五十年代中期到七十年代中后期的二十年间，登峰造极的"极左"政治思潮在彻底否定新文学传统的同时，也将共和国文学中的抒情模式和审美架构视为毒草，那些性格直率、敢于讲真话的写作者都不同程度罹难，轻者被迫停笔，告别文学舞台，重者被流放甚至被剥夺生存的权利。1967年，四十一岁的张志民被戴上"三反分子"帽子，遭多次批斗，翌年被以"莫须有"的罪名投入秦城监狱，多年来珍藏的近万册图书和全部文字资料也被抄走，1971年出狱并被下放到农场劳动。直到七十年代末，随着政治风气的转化，诗人才重新获得创作与发表的自由。牢狱的折磨与思想的桎梏并没有磨灭他的战斗意志，相反，和那些"归来的诗人"一样，他们没有被厄运击倒，而是更加热切地用钢笔、用诗歌记录他的生活，向人们歌唱他的思想，从而开启了创作的第二个春天。其诗作在接续十七年文学抒情传统的同时，也表露出清新的时代新意，特别是其文本中浸润的哲思精神，为读者开启了一扇新窗。

哲思精神的第一个层面是历史反思。在新时期之初，张志民的诗歌和诸多归来者一样，以直刺骨髓般的锐利笔调恢复了现实主义应有的批判传统，从而在真实的层面上回归了诗歌的伦理内涵。为了充当"时间"这一历史概念的见证人，张志民的诗歌负载了自古典时期以来缪斯赋予诗人的使命意识，为了澄明真理，他往往选择批判者的姿态，"担当"与"批判"——既是知识分子的良心所在，也是其追寻的终极意义的价值中枢。于是，我们看到，当历史的天空拨云见日之后，张志民写下了《他——遇罗克》，诗行中分明有一位真理的擎旗者，他面对扼杀真理与戕害生命的"宫廷的后院"厉声呼喊，将十年浩劫定义为人类文明的倒退，诗人满怀敬意地为遇罗克们唱起英雄的挽歌，刽子手的"弹头"固然可怕，它像"镇静的药片"一样让烈士噤声，但烈士的精神却如雷管一样"引爆了那座/——火山……"（《他——遇罗克》）。这一类作品还有《如果要说"书生"气——由邓拓同志的诗句"文章满纸书生累"想到》《应该为你编出戏——读为吴晗同志平反的消息有感》等，诗人极力肯定当代文人的傲骨与血性，同时不避讳时代政治的血腥与暴力："在你伏案就笔的当儿/人家早已经十面埋伏/——等杀机……"（《如果要说"书生"气——由邓拓同志的诗句"文章满纸书生累"想到》）。在诗人的创作形式中，破折号是他尤其钟爱的一种表意形式，如同民间叙事文学中的"三句半"一样，人为在诗行与诗行之间穿插破折号，容易形成意义的延滞，促使人们增加意义联想的时间，从而为主题的被抛出营造足够的心理运作时间。这也成为张志民文本的一个标志性符号。

或许是身陷囹圄、常年交流不畅的缘故，张志民在八十年代前期较多通过诗文营造一种"对话"意识，集中表现就是他写的多首"致献"风格的诗篇，其中《二十世纪的"死魂灵"——献给十年浩劫"文攻武卫"中无辜的死难者》一诗读来尤为令人振聋发聩。在历史的汪洋中，诗人竟然感到出现"咄咄怪事"——"本来是两军厮杀，/打的却是/同样的旗帜，/奉的却是/同样的信仰！/当带血的刺刀/戳进对方的胸口时，/两人作着同样的/——祝福，/为同一个人的/——健康……"在思想同质化的年代，却不断发生着如此荒谬的故事，现代迷信的暴虐与血腥，引发诗人痛下反思。两个破折号勾连着的主体"祝福"与"健康"和文本中无处不在的"杀戮"与"仇恨"形成了鲜明的意义对比，为了同一个目的却成为势若水火的仇敌，这在人类文明史上可谓奇事。诗人对牺牲者或者说被杀戮者浸含着悲悯，他笔下的牺牲者不是抽象无名的，而是有血有肉、具体可感的，因为这些场面就曾经发生在诗人真实的生活周遭。值得注意的是，诗人并没有像很多"归来的诗人"一样，把一切罪恶的根源简单推脱到"四人帮"等少数政治集团身上，他的历史意识具有一种穿透力，既能鉴古，亦能讽今，从而给人一种敢于讲真话的勇气。这对于经历过讲真话"后果"的诗人来说，实为不易。"看！直到今天/还在那里争吵：/一方论'路线'/一方讲'方向'。"这就使得诗人的历史反思具有了浓重的当下性和切近现实的特征，也表现出抒情者大无畏般毫无惧色的斗争精神。他希望用文字洗刷历史的荒谬，尽快地还历史以本真面貌，以此昭示后人不要再重蹈覆辙。

对真正的诗人而言，历史反思精神不是一句时髦语词，也不是一种写作技法。曾有记者问张志民"一个新中国的诗人应该具备哪些素质"这样的问题，他表情凝重地说："忠于人民，说真话，讲心里话，忠于生活的真实！要接受历史的教训，接受十年浩劫的教训，不要走弯路！"在诗人看来，技法、观念、知识都比不上"真实"来得重要，这是饱经风雨、从晦涩与黑暗中体悟到历史规律和人生意义的诗人才能感知到的。"真实"既是诗人的精神属性，也是他试图从审美角度看待世界、拟现心灵的重要手段，"真实"启发我们重新建立对"美"与"善"的认知，从而突破了曾经的那种高度政治化的诗歌伦理。由此，历史的真实便不是一个简单的思维向度或者说诗歌意象，而演绎为诗人的一种文学观、人生观。在任何一个时刻，诗人的历史感都有可能被调动起来。如《送女儿出国》一诗中，诗人由送女儿远行的生活体验联想到自己插队时的瞬间，历史与现实瞬时产生交汇并碰撞出精神的火花："我该代表谁/说一声'对不起'呢？"政治对个人自由意志的剥夺，造成了亲人的离散，一声道歉既表达了自己对"父爱的失调"和孩子母亲"乳房的干瘪"的歉意，也引发我们将思路导入更为深远的那段历史。诗人在文本中开启了一个"召唤"结构，时刻不放弃与历史的对话，时刻表达着他的忧患意识，从而使其历史哲思贯穿创作始终。

如果说面向历史的睿智反思是张志民新时期创作的首要精神向度的话，那么其哲思精神的又一个层面便是对生活的灵智哲思。诗人在写作中不断调整着思维的精度，强化着"思"的品格。他曾写过一些咏物诗和记游诗，历史建筑和人文风貌成为写作者特别关注的审美对象，这其中饱含诗人对文明伟力的惊羡与赞美："近看是座城堡，/远看是座宫殿；/像是只猛虎/出山冈/一条飞龙腾九天。"（《三唱山海关》）"鲁迅的故家，/秋瑾的摇篮，/头顶毡帽/——脚蹬桨！/船在老酒坛……"（《绍兴速写》），诗句抒写了诗人流连于祖国美景产生的经验感受，这种感受更多与抒情者的哲思相伴相生，特别是他写的一类域外旅行诗歌，尤其能够反映出诗人在比较文化视野中生发出的思辨意识。在《西伯利亚抒怀》中，诗人平静地吐露着对和平时代的追慕与向往："贝加尔湖告诉我：/它最喜欢观光团，/不喜欢过往的'兵车'……"《雕像的国度》从德意志城市树立的无数座伟人雕像入手，窥视到一个民族的思想重量。在域外与本土的文化角力场中，诗人往往能够以其敏锐的捕捉能力，从一个细微的切口走入异邦文化的精神内核，与之展开平等的对话，发现浸润在细节中的美感。

张志民的诗歌善于从生活中发现美，并对美产生独具个人眼光的创造性"悟读"。这种对"美"的挖掘，体现在他能够通过抒写生活的细节，以富有思辨力的阐释与哲理建立默契，有效处理浪漫抒情与朴素说理的关系。聂鲁达说过："一个诗人若不是一个现实主义者，就是一个死的诗人。一个诗人若仅仅是一个现实主义者，也是一个死的诗人。"

诗歌的目的并非要使人滞留在如梦如幻的超现实领域，远离人间烟火、逃避尘世的浮华与喧嚣，而是要给予读者以深刻、厚实的内蕴。说到底，也就是平衡艺术信仰与生活现实的关系，将诗歌引向因终极关怀而产生的、趋向人类本质的哲理内涵。看他的《船桩》一诗，抒情者在码头发现了为人们所习焉不察的"船桩"，认为默默无闻的它担负的是最"重要的岗位"，然而它"从不和谁争镜头"。辛勤付出却不与人争功，既是船桩的属性，更涵载诗人对那些踏实肯干者的褒奖。同样的思维向度还体现在《磨刀石》一诗："人们说自己的/——钢镰快无比！/磨刀石的功绩/却没人提……"将自我消耗干净，成就了别人的锋利，氤氲着诗人对那些甘愿付出的劳动者的体悟与赞美。在他看来，人民才是历史的创造者，诗人就是要用词语为他们歌唱，替他们代言。

　　还有组诗《人体素描》分别从眼睛、手、舌、肚子、脚等人体器官写起，用幽默的短句点带全篇，形成充满智趣的对话。如《手》这篇写道："为你发明了/——手镯，手表，/但同时，/也发明了/——手铐……"诗人将生活中对手的观察与体会用短小精悍的诗句表述出来，将象征财富的手镯和象征惩罚的手铐对立并置，提醒人们在物质面前切忌贪婪。再如《猴戏》，也应和了相似的主题，诗人看到一只被诱捕的小猴子，戴着金色的项链，在驱赶中卖艺，甚是可怜，于是有所感发。在诗歌的结尾，诗人对诗意进行了提升，他仿佛看到了猴子心底的彷徨，猜想它"为得到那条/闪光的项链/失去了自己的世界……"由此，文本既浸含有作者本人取自生活的真实观感，同时他也超出个体之外，穿透我们日常熟识的现实表象，将他对生活的瞬间哲思定格纸上，为后人留下一系列厚重的思考。

　　总之，在张志民半个多世纪的诗歌创作中，他从未以现实主义、浪漫主义抑或现代主义者自居，而是始终忠于现实并与之保持有效的对话。这成为其创作的重要精神向度，其间蕴含的人文关怀和价值追求，又体现了诗人心中始终坚定不渝的、对人类精神丰富性的持续探问。如他所说："人是立体的，多侧面的，只有多侧面，才能立体。"① 在新时期的创作中，受"求真"与"反思"的文学思潮影响，他时刻注意调整诗维运思的角度，以期使文本承担更多的道德意识和社会责任感，并在主观抒情风格的基础上，用"速写"的方式定格生活万象，对其进行诗意加工，使其兼具生活之美与哲思之趣。而《梦的自白》这类诗

─────────────

　　① 张志民：《张志民诗百首》，人民文学出版社2014年版，第274页。

诗探索1　理论卷　2016年　第1辑

歌既体现出诗人游弋在多维历史场景和多元文化时空之中的"超现实"写作姿态，同时也借助超现实的艺术表现手法抵达更为沉静的精神内省空间，使情感在隐显之间张弛有度，展示出诗人成熟沉实的艺术功底。作为一名坚定的诗歌战士，张志民始终听从于历史的召唤，强调以真为美，拒绝任何虚伪与矫饰，其诗歌中直触时弊的勇气与胆识，为我们这个时代塑造出一座求真务实的艺术丰碑。

[作者单位：南开大学文学院]

纪念沈泽宜

新诗形式
建设问题
研究

诗学研究

八十年代
大学生诗歌
运动回顾

张志民诗歌
创作研讨会
论文选辑

结识一位
诗人

新诗史料

外国诗论
译丛

底层苦难的生命书写

——读王单单的诗

位于滇黔交界处的官抵坎，既是诗人王单单的故乡，也是他诗歌灵感的来源之地。按照《滇黔边村》的说法，这是一个地跨云南、贵州的地方，毗邻贵州的沙坝村，"两省互邻，鸡犬相闻／有玉米、麦子、土豆、高粱烟叶等／跨界种植，一日劳作汗滴两省／余幼时顽劣，于滇黔中间小道上／一尿经云贵，往来四五趟／有时砍倒云南的树，又在／贵州的房顶上生根发芽"。这种地方具有相对自由的空间，通常来说，这种交界地带既归属于各自省份管辖，但是，一旦"越界"，就成为互不管辖之地，变成两不管的自由场所。

因此，二十世纪八十年代全国实现计划生育的时候，滇黔边村的人通过互换住所来逃避结扎。或许，正是这种从小留下的生活印象，给他的心灵带来了某种苦难意识，以及由此生发出来的生命意识。这种苦难意识与生命意识成为诗人内心深处最为深刻的记忆，也成为他诗歌写作反复回到自己出生地的原动力。

王单单的苦难意识首先来自于自己的家族，来自于自己的亲人。"我老爹，年近花甲，在地里／仍想着去远方，劫回落山的太阳／我叔父，孤家寡人，在家里／自言自语，等那些多年未归的子孙／我族兄，携妻带子，在广东／一家人内心的荒凉，被机器的轰鸣声震碎／我大哥，埋骨他乡，在天堂／投掷石子，此时，母亲是一面伤心的湖水／我内弟，单枪匹马，在浙江／犹大的门徒，用罂粟花擦亮帝国的枪声／还有我，身无长计，在故乡／找故乡，二十九年雨打风吹去"，这个七零八落的家族，在现实生活面前，已经支离破碎。感同身受着这个家族的命运，把他人的命运当作自己苦难的修行，从中体会到命运的无常与现代生活对滇黔边村的侵蚀，这成为王单单诗歌的基本底色。

对那些不被"历史"所记录的底层人物来说，文学成为他们历史化的必要补充。对底层人民来说，历史并不是进入教科书的存在，而是

诗探索 1　理论卷　2016 年　第 1 辑

现实生活中活生生的人际关系。这些人物可能并不是高大上的形象，他们可能只是整天操持着家务，脚踏实地，面朝黄土背朝天地为了子孙后代疲于奔命，就像父亲一样，为了生计而东奔西跑。"各位亲朋好友，不要追问我的出身/我已再三强调：旷野之中/那根卑贱的骨头/是我的父亲"（《祭父稿》）。对父亲的缅怀，或许也远不止是让父亲历史化，它在很大程度上也是为了在血缘关系的链条中，重新发现自己的身份。对诗人来说，父亲一生所承受的苦难正内化为诗人的心理意识，成为他观照这个世界的根本观念。这样的观念是来自家族基因的遗传，不会因为自己走出了官抵坎就阻断了自己悲天悯人的观念。"难道，要我穿上这件外套/你才能认出/我是一个农民的儿子"（《父亲的外套》）。父亲留下来的，远不止一件外套，那是对自己身份问题的反复确证，更是根植于骨髓深处的那种生命印迹，以及由此生发出来的对底层人物苦难的悲悯。

《卖毛豆的女人》把一个为了生活而视钱如命的女人形象放到读者面前，为了找零，她一层层地解开自己的纽扣的形象，正是乡下逢场赶集做小本生意以补贴家用的女人形象。贫困让人感觉到自己的卑贱，这个做着小本生意的女人，其实正和辛劳的父亲一样，生存的压力必然让他们把钱当作"命根子"，"这个卖毛豆的乡下女人/在找零钱给我的时候/一层一层地剥开自己/就像是做一次剖腹产/抠出体内的命根子"。谁愿意轻易地把自己的命根子交与其他人呢？这个卖毛豆的女人，在公平交易的原则下，尽管对钱有着非同一般的喜爱，但是，还是要咬牙找零。贫困的生活，让人对金钱有着小资与中产阶级完全不同的理解。娜夜在写到解纽扣的时候，则完全是另一种世界，"第二个扣子解成需要过来人/都懂/不懂的解不开"（《睡前书》），其实我们都懂解开女人第二个扣子的需要。

但是，这种需要已经是超越了生存层面上的需要。这样的女人不会为一日三餐发愁，不会为生存压力而疲于奔命。当卖毛豆的女人把解开纽扣当作一种极不情愿的生存需要的时候，小资和中产阶级女性们已经把解开纽扣当成了一种生理需要。我无意去证明哪一种需要是合理的，因为从人的发展来说，这两种需要都是必不可少的，只是生存现状使得中国的贫富差距拉大了，从而形成了新的阶级结构。对于大多数乡下劳苦大众来说，他们并不是新时代的"悭吝人"，但是他们确实需要钱，却又没有钱，甚至在生命垂危的时刻，他们也害怕花钱看病，钱已经异化了他们对于这个世界的看法：钱比命重要。"你说看病花钱，我说花钱看病"（《病父记》）。病中的父亲无意中道出了中国绝大多数乡下农民的现实处境，没有钱，生病之后人就只能在家等死，因为不想给子女增加负担，身患重病的人急于求死，以此来减轻自己和亲属的负担。

"仓廪实而知荣辱，衣食足而知廉耻。"对于在贫困线上挣扎的人来说，没钱治病不仅意味着等死的结局，也意味着血缘亲情的冷漠。"即使治好，也时日无多/现在回家，可保一口体面的棺材/如果把仅有的积蓄花光了，穷的/可都是你的子孙"。面对三个儿媳的说法，患病的老人沉默着走出病房，"其实，她只有病还活着/心，早已死去"（《病》）。因为贫困，老人身体上的病转化成了心理上的病。在贫困面前，身体上的病可以不用医治，而心理上的病，却是想治都不能治的痼疾。

活着的时候，他们必须为自己，更为了下一代而辛劳，随着经济社会的到来，每一个人都成为经济人，年轻力壮的纷纷出门打工赚钱养家。在刀口上舔血过日子的"二哥"，做过装卸工、摩的司机、保安，"你像一截绷直的链条/在生活的齿轮上旋转出/濒临断裂的声音"（《二哥》），虽然生活艰辛，他却还在对我说："把路走正"。卖铁的男孩，"滇东北农村，一群饥饿的孩子/梦见自己变成铁"（《卖铁的男孩》）。当贫穷使得人想要把自己当作一堆破铜烂铁卖掉的时候，人本身就已经不值钱了。在贫穷面前，人不值钱，命不值钱，所有的一切都是为了钱。钱，主宰了人的命运。

采石场的女人，为了生计，根本无暇顾及自己的孩子，"把日子扔进碎石机/磨成粉，和上新鲜奶水/就能把一个婴孩，喂成/铁石心肠的男人"，"她只知道，石头和心一样/都可以弄碎；她只知道/熬过一天，孩子就能/长高一寸"（《采石场的女人》）。对底层百姓来说，生活的艰辛是从一出生就相伴而生的。生活就是苦熬，他们无法也无力去改变任何现状，生活对于他们来说，不会有更多的要求，只是生下来，活下去，仅此而已。他们没有地位，只有苦难，没有高贵的身份，甚至没有身份，只有卑贱的意识。"把云南、贵州、四川、山东等地变小/变成小云南、小贵州、小四川、小山东……/这个时代早已学会用省份为卑贱者命名/简单明了。省略姓氏，省略方言/省略骏马秋风塞北，省略杏花春雨江南/如果从每个省、自治区、中央直辖市和特别行政区/分别抽一个农民工放到同一个工厂里/那似乎，这个工厂就拥有一个/穷人组成的小国家"（《工厂里的国家》）。

王单单非常明确自己的身份，这种身份意识让他把自己与那些卑贱的苦难中的生命联系在一起，因此，他不会开出疗救底层贫困的药方，甚至无法追问苦难的病因。但是，他把自己紧紧地和那些苦难中的同胞绑在一起，同呼吸，共命运。这不是贵族知识分子们的"高贵"的同情，而是深入底层。他不是把自己想象成底层中的一员，而是深切地感受到自己其实就是他们中的一员。

王单单的诗歌中所透露出来的身份意识，是一种明显具有地域文化气息的身份意识。他把自己牢牢地铆在滇黔边村，铆在穷人中间，像一颗打入城市文化的楔子。通过对滇黔边村的生活形态的描写，把滇黔边村所特具的文化生活呈现在读者眼前，这是有别于都市生活文化的地域文化。但是，这种地域文化不是地方风情或者地方特色，更非一种特殊的地方精神，它跟沈从文的"湘西"，贾平凹的"商州"，匡文留的"西部"等等，有着本质的区别。正如迈克·克朗所说："这个词告诉人们的是，人们体验到一个地方那些超出物质和感官上的特征的东西，并且能够感到对这个地区精神的依恋。如果，地方的意义超出了那些可见的东西，超出了那些明显的东西，深入心灵和情感的领域，那么，文学、艺术就成了回答这个问题的答案，因为它们是人们表达这种情感意义的方式。对地区意义更进一步的认识认为，不仅地方有其本质，而且人道的基本特征之一便是人与地区的意义关系。"① （但是显然，王单单对滇黔边村的描写不是为了丰富人们的地理学知识，更非为了建构一个文化地域的空间。他只是为了发掘一种人与地之间的关系，把人牢牢地摁倒在地上，并从泥土中观照底层人物的生活。他诗歌中的人物不具备滇黔边村的特色，而是从滇黔边村走向了中国农村的底层。这就使得这种苦难意识超越了自己的出生地，超越了族属，从而把人文关怀推向了更广大的人群。

对底层苦难的同情，使得诗人由此生发出了对生命意识的看重。那些看似命贱的底层百姓，只是站在"他者"立场上对生命的漠视。在王单单看来，任何人都有生存的权利，尽管他们活得畏畏缩缩，但是，他们同样是一群有生命，对于亲人来说至关重要的人。溺水而亡的阿铁，尸骨未还，"但凡死去的亲朋好友／请在阴曹地府帮忙寻找／若遇之

① ［英］迈克·克朗：《文化地理学》（修订版），杨淑华、宋慧敏译，南京大学出版社2005年版，第108页。

望转告/他的母亲/现在老了"（《寻魂》）。母亲现在老了，而儿子却早已去世，这或许不只是白发人送黑发人那么简单，而是由此带来的老无所依的孤苦，是很难为外人所能体会的。诗人寻魂，希冀找到死者的魂魄，不是要带他重回阳间，而是要让死去的亲朋好友转告他，他的母亲现在老了。逝者长已矣，但是生者的悲痛却从未停止。母亲现在老了，与死者的年轻形成了绝佳的对比，把生与死，以及死者与生者之间不可割断的血缘亲情联系在一起。而另一个目睹了儿子溺水的母亲形象，正好补充了阿铁母亲的悲伤。"母亲/把儿子的尸体扔进草堆中/从围观的人群中窜出来/拼了命要下水去，抢回儿子/未曾走远的体温和呼吸"，但是这些，与陌生人有什么关系呢？"120 警报声在水边响起时/老汪正和朋友们在对岸斗地主/平静地扭头看了一眼，说/刚刚都还好好的嘛/然后，随手扔出一只小鬼"（《事件：溺水》）。溺亡者就像老汪手里的小鬼一样，随手就可扔掉。

对一座城市或者一个国家来说，死人似乎是司空见惯、天经地义的事情，没有人会在意他们曾经存在过，也没有人会为他们的死表达同情，在《401 号病房》中，这样的生老病死更是司空见惯。死，并不是一件什么值得周围的陌生人挂念与同情的事情，死者对于活人来说，可能只是一桩现成的生意，"遗体运送找吴师/城内一百元，出城两百元/夜间多加五十"。既可能是一种悲痛，但更多的或许只是一种解脱，无论对生者还是死者来说，都可能只是一种解脱，没有谁会在意他们下一刻是否还在呼吸。"再过一小时，城市就会复活/招聘海报、租赁信息、寻人启事等/将会覆盖大街小巷里的讣告/覆盖小人物离开后留下的空白/熙来攘往的人群中，没有谁会察觉/城外荒郊，因刚埋下一人/而变得生机盎然"（《丧钟将我吵醒》）。王单单说，"在故乡，只要大声说话，隔着山丘与丛林，村里人都能辨别出我的声音。我希望在诗歌中，找到属于自己的村庄，我希望站在村口喊一声，人们就知道是我回来了。"但是，在城市中，有谁会在意一个陌生人的存在或者离去？在乡村，人们熟悉彼此的工作、经历和性格，世界对于他们来说，是一个可以相互认识的世界，彼此之间甚至不用太多的交流，只要一说话甚至一个眼神就能够感受到彼此之间的情谊。而在城市中，人们彼此之间一无所知，相互之间既不知道对方来自何方，当然也就不知道对方会去往何处，多一个人与少一个人，对于城市来说，没有任何区别。城市成了一个陌生人的世界。

王单单的生命体验应该主要来自于自己的家族。父亲病逝之后，转眼之间就从一个活生生的人变成了挂在墙上的遗像，而这遗像，"墙上挂着的，其实/仅只是一张白纸"（《遗像制作》），哪怕自己希望以堆雪人的方式重新唤回父亲，其实也不过只是一种心理幻象，徒增伤悲而已（《堆父亲》）。听伯父喝酒之后数人，"数到我们廷字辈时/他刚倒下一个指头/我就感到毛骨悚然"（《数人》），老去的终将老去，而尚未老去的，也迟早有一天会跟着老去，就像院子里的那棵树一样，"果子缀满枝头，每一颗都有自己的名字/比如爷爷、奶奶、爸爸、叔叔、哥哥/将来还会有一颗叫王单单/死亡是一棵树，结满我的亲人/这些年，只要风一刮过/总能生出几颗"（《死亡之树》）。三十年前种下的泡桐树，都可以做棺材了，"顺平叔叔死了，死得远远的，有家也不能回/时隔多年，我又回到官抵坎/看见那棵被砍去的泡桐根部/又生长出几棵小小的泡桐"（《顺平叔叔之死》）。焉知多少年后，那些小小的泡桐树不是今天活着的人的棺材？

由人及己，从生活的体验中感受到生命存在的轨迹，以及生命的无常，并把这种生命的无常意识推己及人，或许，这也成为王单单醉酒的缘由。《晚安，镇雄》《自画像》《后将进酒》《书房帖》《滇中狂想曲》《去鸣鹭镇》《在昭通》《在江边喝酒》《二哥》《病父记》……当然，这只是我的一种猜想，至于事情是否真是这样，唯有诗人自己心里清楚了。

王单单的诗歌具有一种现实主义的精神和力量。我们说现实主义，不只是一种创作方法，还是一种面对生活时表现出来的态度。这不是说，除此之外就没有其他的现实主义，而是说，王单单的诗歌掘进了生命的向度，敞开了生命的空间。正是这种现实主义的创作态度——或许应该用王单单自己的话来说，那就是"诚实"（"诗歌是说给亲人听的话，真诚是它最宝贵的品质。"）——为当前这个已经被异化成铁石心肠的社会注入了一剂可以短暂维持性命的强心剂。只是我们并不清楚，这一剂强心剂能够维持多久？又能够在多大程度上复活当前已经僵化了的国人们的心灵？这是一个未知数。

这当然不由王单单说了算。当然，我说了也不算。

和雪有关，和血有关

——评王单单《堆父亲》

刘　汀

王单单是近几年逐渐成长起来的青年诗人，获得了首届《人民文学》新人奖、《诗刊》2014 年度青年诗人奖等多个奖项，还参加了具有身份认证意义的《诗刊》社第二十八届"青春诗会"。许多诗歌评论家已经对他诗歌的风格和特点进行了梳理和界定。

本文所选《堆父亲》，不一定是王单单最好的诗，但在他的诗歌谱系里具有代表性。在这首诗里，王单单诗歌的特点尽数得到展现。

王单单的诗，表现出对普通人命运的贴近，同时具备了向个体生命灵魂进发的姿态。王单单对于生命经验中的疼痛感非常敏感，他善于借助具象的事物，来收拢个人的内心体验，正如他在一次访谈中所说："诗歌对我而言，可以说是一次又一次灵魂的罹难。"

《堆父亲》首先是一首和雪有关的诗。"整个冬天，我都在/照着父亲生前的样子/堆一个雪人"，把父亲的生命比喻成"雪人"，应该是所有塑造父亲形象的最特别的诗歌之一。父子关系，不论在现实中，还是在文学史上，一直是极为特殊的一组关系。雪，这个通俗的意象和父亲的形象结合起来，很好地表现了父子之间微妙的情感关系。但父亲和雪人之间，更本质的联系在于它们的差异性。就像诗里写的，"我"能够凭借自己的理解，堆出他的心、肝，甚至堆出他苦不堪言的一生；然而让父亲得以存在的，却是他的"卑贱、胆怯，以及命中的劫数"。心、肝所代表的具象日常生活，是"我"所能够把握的，而父亲作为一个生命个体的真正体验，却是无法堆出的。

于是，这又天然是一首和血有关的诗。王单单揭示了父子关系中真正的悲剧，那就是即便父亲复活，即便"我"能堆出一个完整的真正的父亲，却无法阻挡它再次被大风吹散，而那飘散的雪，是红色的，是"血人"。或者说，即便父亲重活一次，他的"苦不堪言的一生"和"卑贱、胆怯"仍然是"命中的劫数"，这是不可逃避的命运。

如果说，父亲和雪人的对应是写作上的创新，但对于生命深度的挖掘也似乎到此戛然而止，还有一种更深刻的东西在抵达之前被放弃了。在诗的结尾，"我"只是"没有力气再痛一回"，让这首诗停留在了日常的悲伤的层面，停留在了人间。

当然，这并非是对王单单诗歌的挑剔，而是我对最近阅读到的当下诗歌的一种浅显认识。诗歌写作，在一定程度上陷入了对"戏剧性"的追求，有太多的诗歌前面耐心的铺垫，只为了最后几句来一个深度反转。这种写作和处理方式，在一定程度上革新了诗歌的叙事性，强化了诗歌对当下生活的叙事能力和表现能力。但过多地使用，会让诗歌陷入一种欧·亨利小说式的模式化危险境地。这种危险，集中地表现在一大批口语诗中。同一种写作方式创作出来的诗，单独看任何一首，都有其独特性，但把它们放在一起，则会看到某种"工业生产"的痕迹。

诗歌当然要贴近现实，更要有对瞬间意义和戏剧性的张力的捕捉，但这不是其终极目的。诗歌还要遵循其古老的传统，在叙事里表现深刻的情感，在个人体验中追求普遍性，在日常逻辑里发掘哲学意蕴。

[作者单位：人民文学杂志社]

[附]

堆父亲
王单单

流水的骨骼，雨的肉身
整个冬天，我都在
照着父亲生前的样子
堆一个雪人
堆他的心，堆他的肝
堆他融化之前苦不堪言的一生
如果，我能堆出他的
卑贱、胆怯，以及命中的劫数
我的父亲，他就能复活

并会伸出残损的手
归还我淌过的泪水
但是，我已经没有力气
再痛一回。我怕看见
大风吹散他时
天空中飘着红色的雪

回不去的地方是故乡

——读王单单《滇黔边村》

王　永

这首《滇黔边村》，我曾给一位爱好诗歌的中文系的学生看过，他说这很难叫作诗，无非是把散文分了行。我能理解，他之所以很难接受这首诗，是因为他头脑当中已然形成的诗歌范型，即或者是有着韵脚的优美的抒情诗或者是表情含蓄而朦胧的意象诗。而这首诗显然与之相去甚远。

其实，对于现代诗来说，它有一个最明显的形式上的特征，便是分行。而这也构成了一种文体的强制性。换而言之，只要是分行了就是诗歌，或者更准确来说，作者主观上就是在创作诗歌，而不是其他文体。美国诗人威廉斯曾写过一首著名的实验诗《便条》："我吃了/放在/冰箱里的/梅子/它们/或许是你/留作/早餐吃的/请原谅/它们太可口了/那么甜/那么凉"。如果不分行的话，这就是日常生活中一张贴在冰箱上的便条，我们只需知道梅子是被一个友人吃掉了就行了，信息的接受过程就完全结束了。如果分行了，那么它就成了一首诗，我们的阅读期待和接受心理都随之发生变化。我们能从中读出原本的便条所不具备的东西，比如节奏，比如韵脚（读英文原诗，我们能明显看出这首诗是押头韵的），比如对一些事物或单词的强调。当然，就诗歌的意义而言，我们也不会再停留在便条原有的表意信息，我们会思考字面意义之下的隐喻意义——或许，它表达的是身体的本能欲望与道德、礼教、习俗之间的矛盾冲撞（顺便提一下，"第三代"代表诗人、同样是云南诗人的于坚也写过不少"便条诗"）。

当然，绝不是说所有的文字只要是分了行就成了诗。对于王单单来说，他已然成长为八〇后诗人中的翘楚，屡屡获奖。可以确定的是，他对于诗歌已经有了明确的认识和自己的理解。因此，这首诗就不会是王单单由于能力问题而"没写像"。或者我们可以说，"写得不像诗"是诗人的主动选择。老诗人彭燕郊早就提出，"要有胆量写不像诗的诗"。

而小说家汪曾祺先生也说过，小说（短篇）最好写得除了不像小说什么都像。这些看似拧巴的说法，其实道出的是作家对文学自由精神的追求，对于固有刻板风格的突破，对于陌生化效果的探索。可以印证的是，王单单在《诗话》里明确表达过对于诗歌求新的看法："诗无定势，水无常形，写诗的人应该知道，只有滚动的石头才不会长青苔。"

　　这首诗有着明显的叙事性，类似于为村庄写志，时间跨度大，所涉及的事件也不少。因此，这首诗的"载重量"是极大的。它不仅上溯古代，讲到了村名的由来，还讲到了村庄的特殊位置，以及风俗和轶事、趣事（这座"边村"容易让人联想到沈从文的"边城"）。地理位置的边缘也有着它的优势，这在具有中国特色的计划生育运动中发挥了"用武之地"——这部分内容在这首具有沧桑感的诗歌当中，呈现出某种民间喜剧的色彩。它一直写到了九十年代，写到了工业化对于僻远边村冲击的现实场景，那种类似于陶渊明笔下桃花源的白发垂髫、怡然自乐的古典农村，已然败落成为空村。这首诗又不仅仅是写村志，还写到了自己的家族谱系，写到了祖父，写到了父亲。这又让人想到了海子的名诗《亚洲铜》："祖父死在这里，父亲死在这里，我也将死在这里/你是唯一的一块埋人的地方"。

　　按照马斯洛的需求层次理论，归属感是我们人类的本能需求。同时，人又是历史性的动物。伏尔泰说过："人是什么？不是靠对人本身的思考来发现，而只能通过历史来发现。"所以，对于人来说，对于历史的追本溯源也就成为一种本能冲动。人有回忆过去的自觉意识，而对于人文知识分子来说，追忆就成为基本的精神活动，"寻根"和"返回"也就成为常见的写作方式和写作母题——尤其是在这样一个浮躁空心的时代，人们处于一种漂泊无根的状态，对于家族谱系（深层是精神谱系）的追认和归属才能让人内心安稳。

　　王单单在《诗话》中如下的话，我认为就是在这个意义上说的——"时光催促我走向虚无，只有诗歌命令我返回。独自去乡间，会把童年走过的路重复走很多遍。喜欢路旁的打碗碗花、蒿草、接骨木，还喜欢竹林中的蝴蝶、斑鸠、金龟子。'多识于鸟兽草木之名'，与人类相比，它们更懂得诗意地栖居，它们更接近诗歌的本质。"就写作的本质而言，文学总是一种处在现在（写作时间）而与过去（故事时间）发生联系的精神活动，是现在对过去想象性的"重演"，是使已经流逝的过去变成现在的过程。诗人在对往事追忆的过程中，两只脚中的一只站在往事如烟的过去，另一只立足现在。他返回过去的同时，又把现在的某种认识或文化带回到过去——诗歌当中对于过往的桃花源式边村生活的叙述，难道不是一种源于生态危机、人心不古的当下现实的对位性想象吗？文学写作就是这两种时间交互渗透并在距离中来透视的精神游历过程，这也呈现出文学的历史感。

这首诗不是纯粹的叙事诗，它有明显的叙事性，但发展到最后还是以抒情遣怀收束全诗的。或者我们也不妨说，诗人的用意并不单单在于给边村写志，叙事是为最后的抒情而铺陈的，二者是相互支撑的。最后的抒情也是一种克制陈述——"阔别十六年，梦回官抵坎/曾经滇黔交界上的小道/我从云南找到贵州/又从贵州找到云南/都找不到我少时留下的尿斑"。结尾和诗中间的"余幼时顽劣，于滇黔中间小道上/一尿经云贵，往来四五趟"构成了呼应，同时也构成了"阔别"故乡多年之后的现在与幼时记忆的对比。幼时的记忆已然消散不可复寻，而故乡也成为回不去的地方，只能是一种想象性的精神源头。地理位置上的故乡已经不是记忆中的故乡，因为那种源头性的文化氛围和精神气息已然不复存在。这首诗与王单单另外一些诗有着互文性，比如《数人》《雨打风吹去》等。《数人》写到了故乡家族的人事消磨给诗人带来内心的惊悚；《雨打风吹去》则写到了诗人"在故乡找故乡，二十九年雨打风吹去"的无奈与苍凉。诗歌的阅读需要文本的细读，我们需要注意到"梦回"一词。故乡，只能从梦中返回。从精神分析的角度来理解，故乡出现在梦中，是出于对现实缺憾的补偿。故乡，不是作为地理位置的故乡，而是作为能够带来精神安慰的故乡，虽然已然"雨打风吹去"，但仍让诗人难以忘怀、魂牵梦萦。而结尾的"梦"与前面的叙事构成了虚实相生的关系，从而形成了可堪回味的想象性空间。这里我们还需要注意到意象。"尿斑"是不雅不洁的意象，与我们在诗歌中惯见的优美的意象大异其趣。这也让我们容易想到"莽汉诗人"李亚伟的代表作《中文系》的结尾："中文系在梦中流过，缓缓地/像亚伟撒在干土上的小便，它的波涛/随毕业时的被盖卷一叠叠地远去啦"。正是这种具有日常生活细节的、身体性的写作带来了八十年代中后期的诗歌审美取向的转变。我们也可以这样理解，只有动物才靠着身体或体液的味道找寻回家的道路，而诗人借这个不雅不洁的意象所表达的就是那种原始性的、质朴无华的情感。

从声音层面，这首诗也明显不同于我们文学史上如《漳河水》《王贵与李香香》那样的传统叙事诗。传统的叙事诗基本都是借鉴古典诗词和民歌的调性，具有韵脚，每行有着大致相等的节拍。这首《滇黔边村》却不是那样顺畅、朗朗上口。它虽然大量地连用了古典诗文中的三字句、四字句和五字句，但它又是"防滑"的，比如："香火有五，我父排三／邻舍出资，我父出力／背土筑墙，割草盖房／两省互邻，鸡犬相闻／有玉米、麦子、土豆、高粱、烟叶等／跨界种植，一日劳作汗滴两省／余幼时顽劣，于滇黔中间小道上／一尿经云贵，往来四五趟／有时砍倒云南的树，又在／贵州的房顶上生根发芽"，总是在这种古典句式刚形成顺滑之势时插入白话句式，使其形成一种拗和涩，而这正是现代诗歌的趣味点。诗歌当中插入的两段民歌也与叙事的语调形成一种冲撞。此诗结尾的几行又是押了 an 韵的——这也可能是出于作者的无意识当中的运用——形成了虽然文字终止，但梦境、情感继续弥漫、延展的效果。

［作者单位：燕山大学文法学院］

［附］

滇黔边村
王单单

滇黔交界处，村落紧挨
泡桐掩映中，桃花三两树
据载古有县官，至此议地
后人遂以此为名，曰：官抵坎
祖父恐被壮丁，出川走黔
终日惶惶，东躲西藏
携妻带子，落户云南
露宿大路丫口，寄居庙坪老街
尘埃落定于斯，传宗接代
香火有五，我父排三
邻舍出资，我父出力
背土筑墙，割草盖房

两省互邻，鸡犬相闻
有玉米、麦子、土豆、高粱、烟叶等
跨界种植，一日劳作汗滴两省
余幼时顽劣，于滇黔中间小道上
一尿经云贵，往来四五趟
有时砍倒云南的树，又在
贵州的房顶上生根发芽
官抵坎毗邻贵州沙坝村
戊辰年（1988 年），计生小分队搞结扎
两村超生户换房而居，同样
日出而作今日入归，奈何不得
庙坪、官抵坎以及黔之沙坝
上北下南，三村相连，官抵坎居中
一家有红白喜事而百家举
满堂宾客，会于一地，酒过三巡
便有沙坝村好事者唱道：
"官抵坎，泡桐林，家家出些读书人
庙坪街，土墙房，家家出些煤匠王"
庙坪不服者引吭对之：
"莫把别人来看轻，其中七十二贤人
能人之中有能人，看来不是等闲人
看你要定哪条行，我来与你定输赢"
歌声磨破夜空，每每通宵达旦
官抵坎，官方域名大地社
寻常百姓如大地之沉稳朴实
杂姓寨，王姓人家十之有九
白天事农，夜里各行其事
垂髫戏于院，豆蔻嬉于林
弱冠逐于野，而立、不惑、知命者
或者棋牌，或者谈论女人和庄稼
偶有花甲古稀不眠者
必有叶子烟包谷酒侯之
90 年代后期，官抵坎

有女嫁人，有儿远行
剩下老弱病残留守空村
阔别十六年，梦回官抵坎
曾经滇黔交界上的小道
我从云南找到贵州
又从贵州找到云南
都找不到我少时留下的尿斑

诗歌作伴好还乡

王单单

1

家住滇黔交界地上，从不甘于它的落后与边缘，命中注定这辈子要像故乡的植物一样，为了触摸到阳光，只能在贫瘠的大地上破土生长。所以我生来就带着拐杖，并踽踽独行。

诗歌是我身上的最后一片绿叶，如果它被秋天没收，我将成为一截枯木。

2

夜晚，冷风吹响竹林，窗外的雨打着泡桐与桑树。

昏暗的油灯下，我们围坐炉火，母亲一边纳鞋底，一边给我们唱《赌钱歌》："冬月赌钱冬月冬，赌钱娃儿去帮工，双手冷得稀巴烂，双脚冻得红彤彤。"沉浸在母亲的歌声里，突然听到"啊"的一声，锥子戳在她的手上，我们兄妹几个应声跟着紧张起来。

那一声疼痛的叫喊，是诗歌最初的模样。

3

六月的故乡，拥有一眼望不到边的苞谷林。很多次，我在其间埋头割草，侧耳一愣，远处传来哗啦啦的声音，凭以往经验可知，暴雨将至，遂拿起镰刀，向着家的方向仓皇逃窜。暴风雨先于我抵达家门口，这时，我会看见父亲站在雨中，手持锄头捶打土地，嘴里念念有词，时不时还向着天空扔出一把麦粒。

暴雨过后，庄稼会倒伏。这是父亲祈求苍天给出活路的方式。

我与父亲不同。我靠写诗救赎自己。

4

在故乡，只要大声说话，隔着山丘与丛林，村里人都能辨别出我的声音。我希望在诗歌中，找到属于自己的村庄，我希望站在村口喊一声，人们就知道是我回来了。

诗歌是说给亲人听的话，真诚是它最宝贵的品质。

5

语言是诗歌存在的道具，如果没有生活的质感，那就像魔术一样，终归是骗人的伎俩。更多的时候，情感的真实性比技巧更重要。

6

小时候，曾跟随父亲学习栽种麦子。后来，我这样写诗：怀着对自然的敬畏，以俯身向下的姿态，认真翻耕词语中板结的泥土。在语言的田垄间播撒诗歌的种子，除草，施肥，看着它抽芽破土，由嫩绿变为金黄，结出饱满的麦穗。风吹大地，四野飘香。

写诗，就是身体内部的劳动。

7

雨后初霁，水珠淌下房檐，形成五光十色的水泡。诗歌要做的事情，不是描述这些水泡的形状，而是呈现它映射的色彩或者破裂的声音。

8

时光催促我走向虚无，只有诗歌命令我返回。

独自去乡间，会把童年走过的路重复走很多遍。喜欢路旁的打碗碗花、蒿草、接骨木，还喜欢竹林中的蝴蝶、斑鸠、金龟子。"多识于鸟

诗探索 1　理论卷　2016 年　第 1 辑

兽草木之名”，与人类相比，它们更懂得诗意地栖居，它们更接近诗歌
的本质。

9

有谁真的试过抽刀断水？

其实，刀入水后你根本控制不住它的走向。所以，我希望诗歌能够
顺其自然，水到渠成。

10

某个深夜，我曾看见雪白的明月躺在混浊的大江上，一动不动。

诗人也应该这样，有自己的坚持，努力让周围的世界安静下来。

11

“诗无定势，水无常形”，写诗的人应该知道，只有滚动的石头才
不会长青苔。

12

语法，即语的法。有时候，诗人是汉语中的“纵火者”，是触犯语
法律令的“冒失鬼”。

13

写诗像输血，输出去还要补回来。阅读和行走能够增强诗人的造血
功能。否则失血过多，就会越写越苍白。

14

模仿是初学者在诗歌中爬行的第一步，学会爬才能学走，想走就得
有属于自己的路。

15

诗歌作伴好还乡。

有一天我将回去，那里的黄土高天，早已为我空出一块。

[作者单位：云南省镇雄县文体局]

纪念沈泽宜

新诗形式
建设问题
研究

诗学研究

八十年代
大学生诗歌
运动回顾

张志民诗歌
创作研讨会
论文选辑

结识一位
诗人

新诗史料

外国诗论
译丛

黎敏子：时代让他从诗人转变为战士、教师

吴心海

一　敏子、黎敏子：女性，男性？

几年前，开始对先父吴奔星 1936 年在北京主编的新诗刊物《小雅》产生兴趣，曾在当年八月出版的第三期看到一首署名"敏子"的诗作《月色》，清新隽永，给我留下比较深刻的印象——

　　新月徐升中，/爱乐的少女们，/都有着湛然的眸子的；/你站在月色的窗前，/幻想着凌凤归去吗？

　　月色把你寒冷了，/夜的明空是如此幽凄；/我的心是你起居的热度计，/今夜你将有呓语的睡眠，/而我的心遂应兆而升沉了。

后来我查到，在《小雅》稍后的 1937 年 4 月出版的《新诗》杂志二卷一期，刊登有敏子的《诗二章》，分别是《腊月》和《做梦的人》两首短诗；同年七月出版的《新诗》二卷三、四期合刊，又发表有敏子的两首诗作《雨天》和《幸福树》。

不过，对于诗人敏子的具体情况，我当时一无所知，后来查了不少新诗史料，就我目力所及，除了孙望的《战前中国新诗选》（江西人民出版社，1983 年 10 月）选了诗人的诗作《雨天》和《幸福树》外，还有肖野编《朦胧诗 300 首》（花城出版社，1989 年）、艾子编《现代朦胧诗 150 首》（花城出版社，1990 年）和王彬、顾志成选编《二十世纪中国新诗选》（大众文艺出版社，1998 年），都选有《雨天》，但对于诗人的生平，均付阙如，甚至连诗人的性别也不清楚，乃至我很长时间内望"名"生义，当然也受到左联作家的一篇回忆文章的影响，认定诗人是女性。

诗探索 1　理论卷　2016 年　第 1 辑

这位左联作家程应镠当时在燕京大学读书，编辑过《青年作家》杂志。他在《"一二·九"文学回忆》中写道：

> 为《青年作家》写稿的人，在创刊号发行之后，更扩大了。广州中山大学学生黎敏子、云南的李寒谷都有作品发表在这个刊物的第二期上。1980年，我收到黎敏子从北京的来信。我才知道她在抗战中参加了党领导的东江纵队，解放后在广州工作，后来转到《辞源》编辑部。她不幸于1982年长离人间。①

我之所以断定程文里的"黎敏子"就是在《小雅》发表诗作的"敏子"，是因为我查阅了《青年作家》第二期，结果，没有找到署名"黎敏子"的作品，而只有署名"敏子"的诗作《血》。如此，原本以为寻找诗人之路已经步入死胡同，不料却豁然开朗了。

古籍整理研究及辞书编纂专家舒宝璋在《〈辞源〉忆旧》一文中回忆：

> 1976年，经国家统一规划，由广东、广西、河南、湖南四省区协作担任《辞源》的全面修订工作。我到商务时，《辞源》（修订本）已进入审定阶段。这时，商务印书馆的"辞源组"由二十余人组成，其中商务与外地人士约各占一半左右。记得来自四省区的有：广东的黄秋耘、黎敏子和谢拼……
>
> 来自广州师范学院的黎敏子老先生，20世纪30年代在《新诗》月刊上发表过不少诗作，还翻译过惠特曼的《草叶集》。他博览群书，厚积薄发，审稿时卓越深沉，如老吏断狱，举重若轻。②

舒先生的文字，关键词有三个，分别是"广州""老先生"和《新诗》月刊"，由此可以认定，他所说的"黎敏子"和程先生所说的"黎敏子"是同一个人。不过，程先生的回忆文章两次把黎敏子写为"她"，想必是没有和对方见过面，只通过信，望文生义导致了性别上的认知错误。

· 新诗史料 ·

---

① 赵荣声、周游编：《一二·九在未名湖畔》，北京出版社1985年版，第188~189页。
② 史建桥、乔永、徐从权编著：《〈辞源〉研究论文集》，商务印书馆2009年版，第80页。

二　身后萧条，副教授的头衔死后追认

1942 年后曾和黎敏子共过三次事的作家黄秋耘，曾在 1983 年 7 月 28 日《羊城晚报》上发表《一个从不露才炫己的人——悼黎敏子同志》。文中透露了两人的交往情况，对黎敏子的才华和人品高度评价，对他晚年的境遇不胜惋惜：

> 在文坛，敏子不能算是一个知名的作家或诗人，在学术界，敏子也不能算是一个很有成就的学者。但熟悉他的同志都不能不承认，敏子对我国古典文学和古代汉语的造诣相当深，知识很渊博，对于教育工作和编辑工作都作出过一定的贡献。他这个人从来不喜欢露才炫己，写文章也很少署真姓名，所以知道他的人并不很多。
>
> 敏子对于一切"身外之物"，什么评职称啊，提工资啊，分房子啊……全都不放在心上，自然更不会去积极"争取"。他生前并未评上副教授，是个老讲师，副教授的头衔还是死后才被追认的。

黄认为，以敏子 1939 年从中山大学国文系毕业的资历和学历来说，"就是教授也完全可以当之无愧"。但遗憾的是，"他身后萧条，除了一屋子古书外，家无长物，一家数口的生活都几乎难以维持"。到了 1984 年 4 月 4 日，黄秋耘在给郭庆山、周行健两人的信中，仍念念不忘为黎敏子鸣不平：

> 黎敏子逝世，身后萧条，家境很困难，我曾代为呼吁，学院买了他的一批藏书，折价约 770 元，又给予一些抚恤金，亦不无小补。由此可见，知识分子政策还是没有很好落实，可叹！①

黄秋耘悼念黎敏子的文章，有敏子"到了六十七岁的高龄"的表述，而《教育导刊》1983 年第五期转载此文时，"编者按"里说："黎敏子同志在解放初期，曾任广州市教师进修学院院长。他不幸于一九八三年四月病逝，终年六十八岁。"一岁的差异，可能是实岁虚岁的算法

---

① 黄秋耘：《黄秋耘书信集》，花城出版社 2004 年版，第 91 页。

诗探索 1　理论卷　2016 年　第 1 辑

不同，不过，可以大致推断黎敏子出生于 1915 年或 1916 年。程应镠回忆文字说黎敏子"一九八二年长离人间"应是误记。

三　献身教育事业，放弃成为学者、诗人

美术评论家李伟卿，1942 年初春到位于广东曲江黄榔坝的广州女师担任美术教员，初来乍到，对陌生的环境还不熟悉，颇有寂寞之感，偶然和敏子相识，发现对方有一本用小楷抄写得很整齐的诗稿，"敏子的诗作，风格清丽，重视音节而情味隽永"，让他为之倾心！

就我所见，敏子除了在上述的《小雅》《新诗》《青年作家》发表过新诗创作外，还曾在 1936 年的《新人周刊》、1937 年的《燕京新闻副刊》上发表过诗作。这些作品署名均为"敏子"。抗战爆发后，则在《青年月刊》副刊之七《文学生活》（国立中山大学中国语言文学研究会主编）杂志上发表诗作，署名为"黎敏子"。

陈永正在《岭南诗歌研究》（中山大学出版社，2008 年）第十五章"岭南新诗的新诗"之第二节"新诗的社团及刊物"中记载：1945 年，黎敏子与江蓠、黄流沙等人曾参加过"山城诗帖"的活动，"诗歌主要在《大公报》副刊发表"。不过，这些诗歌我未寓目，希望今后有心人能够查阅核实。

黄秋耘回忆 1947 年到 1948 年间在香港香岛中学和黎敏子共事时，英语老师请假，"学校总是让敏子去代课"，"在香港的中学里，国文教师能上英语课，确实是不多见的，而敏子却欣然从命，而且胜任愉快"，不由感叹说"他真是个一专多能的教师"！确实，黎敏子具备一定的英文水平，早在抗战期间就翻译过艾略特的《亚尔佛列德·普鲁佛洛克底恋歌》，1942 年 11 月 25 日刊登在桂林出版的《诗创作》第 16 期（署名 T. S. 爱略忒著，黎敏子译）。张松建在《"现代文化的荒原"：T. S. 艾略特、现代主义、中国新诗》（《新诗评论》2006 年第一辑，北京大学出版社，2006 年）一文中说："《普鲁弗洛克的情歌》，原文发表于1915 年，二十七年后，才由中山大学的学生黎敏子译成中文"，不够确切，因为黎敏子的译诗明确标注"一九四二，七月译完"字样，而其早于 1939 年就从中山大学毕业了。

由于黎敏子"写文章也很少署真姓名"（黄秋耘言）。其发表的作品除了"敏子"和"黎敏子"两个名字外，应该还有其他笔名，但他

"从来不喜欢露才炫己"，没有公开留下记述自己创作的文字，恐怕很多东西要永远湮没下去了。

李伟卿对黎敏子的一生，做了一个概括：

> 在女师由诗人向教师的转变；在华英从教师向战士的过渡（于香港香岛中学参加中国共产党）；解放以后，由战士再回到教师。他早年毕业于中山大学，中文根基深厚，外语水平也高。他对庄子和杜甫都颇有研究，学生时期便在《新诗》上发表作品。他毫无怨尤献身于教育事业，放弃成为学者、诗人的可能性，终其一生做个平凡的教师。他以燃烧自己照亮别人的烛光精神，为人们树立了一个光辉的榜样，让后继者从他身上，认识平凡中的伟大。①

这种转变的概括很恰当。黎敏子如此，与他同时代的《小雅》诗人群成员，如蒋有林、郑康伯以及林丁（卞之琳称其为"当时是一个小青年"，后来"已算是革命老干部"）等等，都是如此。

2015 年 8 月 12 至 18 日于南京

［作者单位：中国江苏网多语种部］

---

① 李伟卿：《平凡中的伟大——记黎敏子老师》，《荼蘼集》，云南人民出版社 2011 年版，第 233～235 页。

纪念沈泽宜

新诗形式
建设问题
研究

诗学研究

八十年代
大学生诗歌
运动回顾

张志民诗歌
创作研讨会
论文选辑

结识一位
诗人

新诗史料

外国诗论
译丛

玛丽安·摩尔访谈

[美]唐纳德·霍尔　著　倪志娟　译

[译者前言]

　　玛丽安·摩尔（1887—1972）是美国现代诗人群中的核心成员之一。她出生于美国密苏里州的柯克伍德城，在缺失父亲的家庭中长大，从小受到外公和母亲的深刻影响，具有严谨的宗教信仰和道德情怀。大概从 1915 年开始摩尔专注于诗歌创作，逐渐进入诗歌圈，受到 H. D. ①、艾略特、庞德、史蒂文斯等诗人的欣赏。她在写作上坚持了独特的主题、形式、风格和立场。她拥有生物学家般的细致观察力，用词晦涩坚硬，在看似刻板的诗句中隐藏着深邃的情感。她的诗歌强调诗歌的道德承担，她坚持认为，诗人正直的品性会给诗歌带来珍贵的光芒。摩尔曾获得包括普利策奖和国家图书奖在内的多种奖项，当她接受国家图书奖时，她带着一丝戏谑却又不无谦逊地评价自己：我的作品之所以被称为诗歌，是因为无法对它们做其他归类，我是"一声快乐的咳嗽"。

　　在这篇访谈中，霍尔以轻松的口吻和摩尔谈起了她的诗歌创作历程，从她最早的成长、求学经历，到移居纽约、进入格林威治艺术家圈子，她所受到的影响，她的写作习惯等，在这一交谈过程中，清晰地展现了摩尔作为一个诗人的成长史。

　　霍尔还和摩尔探讨了摩尔诗歌的特征，比如摩尔对"引语"偏爱，以及引人瞩目的"音节诗"的形式，而摩尔对这些问题的回答出人意料。关于"引语"，摩尔说她"只是为了保持对原文的尊重，不想剽窃别人的东西"。对于"音节诗"，摩尔则说她"从没'设计'过一个诗节"，她的创作依赖于不可刻意复制的"自发的原创性"。这些朴实的话语令人联想到摩尔在《诗》一诗中对于"真诚"的强调。

　　①　希尔达·杜利特尔（Hilda Doolittle, 1886—1961），出生于美国宾夕法尼亚州的伯利恒市，常以姓名缩写 H. D. 为笔名发表作品。

诗探索 1　理论卷　2016 年　第 1 辑

这个访谈也透露了美国现代诗歌史的大量信息，包括《诗刊》《他者》《日晷》等杂志的选稿原则、风格特征以及人事变迁，包括艾略特、庞德、史蒂文斯以及克莱恩等诗人的逸闻趣事和个性言论。所有这些内容连同摩尔的个人诗歌创作史，都可以作为一面镜子，用来反观我们自身的诗歌创作及所处时代的诗歌氛围。

访谈地点：布鲁克林，玛丽安·摩尔的家中
访谈时间：1960 年 11 月 1 日
访谈者：唐纳德·霍尔

美国诗歌是一种伟大的文学，在近七十年中，它渐至成熟。十九世纪，沃尔特·惠特曼和艾米丽·狄金森在对诗人充满敌意的社会环境中成为罕见的天才。二十世纪的第一个十年，诞生了美国现代诗歌的主要代表人物：华莱士·史蒂文斯，出生于 1879 年；T. S. 艾略特，出生于 1888 年。此外，H. D.、罗宾逊·杰弗森、约翰·克劳·兰瑟姆、威廉姆·卡洛斯·威廉姆斯、埃兹拉·庞德和玛丽安·摩尔等诗人也出现在这十年中。

玛丽安·摩尔于一战期间开始发表作品，受到移民欧洲的诗人艾略特和庞德的大力推崇和高度赞扬。哈丽特·门罗（Harriet Monroe）在芝加哥创办的杂志《诗歌》也发表了她的作品。这个杂志坚持为新诗提供展示平台。但她主要是一个纽约诗人，属于格林威治村的诗人群体，这个群体创办了《他者》（Others）和《扫帚》杂志（Broom）。

玛丽安·摩尔的家位于布鲁克林，去拜访她必须走过布鲁克林桥，左转上默特尔大街，沿着高架铁路走一两英里，再右转就到了她的家所在的街道。路边的树赏心悦目，摩尔小姐的公寓靠近一个杂货店和她经常去的长老会教堂。

访谈时间是 1960 年 11 月，总统大选的前一天。摩尔小姐公寓的前门对着一个狭长的走廊。房间在右边，走廊尽头是一间能俯瞰街道的宽大起居室。书架的顶端，放着一个装饰扣，它标志着走廊的尽头。

摩尔小姐和访谈者坐在她的起居室，中间放着一个麦克风，成堆的书散放在各处。墙上悬挂着许多图画，其中一幅来自莫斯科，是梅布尔·道杰（Mabel Dodge）的礼物，其他的油画都属于 1914 年之前美国人热衷的阴郁、茶色调的风格。家具是老式的黑色家具。

摩尔小姐的谈话有一种习惯性的严谨以及她的读者早已熟悉的幽默。当她用一个特别或者尖刻的短语结束一句话时，会迅速地扫视访谈者一眼，确定他是否感兴趣，然后温柔地微笑。谈话结束后，摩尔小姐邀请访谈者去附近的餐馆就餐。她决定不戴她的装饰扣，因为它与她的外套、帽子不协调。

——唐纳德·霍尔，1960 年

访谈者（以下简称"访"）：摩尔小姐，我知道你和艾略特一样，都出生于圣路易斯城，你比他大十个月。你们两家认识吗？

玛丽安·摩尔（以下简称"摩"）：不，我们不认识艾略特一家。我们居住在密苏里州的柯克伍德城，我的祖父是第一长老会教堂的牧师。艾略特的祖父——威廉姆·艾略特博士是个一神论信徒。我的祖父于 1894 年 2 月 20 日去世，那一年我七岁，后来我们一家就离开了那里。我的祖父，和艾略特博士一样，也加入了圣路易斯的管理委员会，定期参加委员会的午餐会。有一次，在午餐会后的下午，我的祖父说："威廉姆·艾略特博士'以我主耶稣基督的名义'祷告了。对我来说，他也信仰三位一体，这就够了。"玛丽女子学院，是他为了纪念他已去世的女儿玛丽而捐赠的。

访：你从几岁开始写诗？

摩：让我想想。我在入读布林莫尔学院后开始写诗，我十八岁进入布林莫尔学院。我出生于 1887 年，1906 年进入大学。现在我多大了？你能推断出我开始写诗的大致年龄吗？

访：十八或十九岁。

摩：我并没有从事文学创作的意图，但我对大学的文学月刊很感兴趣，令我感到意外的是，编辑把我选入了编辑部（我曾写过一两篇小短文）。那时我读大二——我很肯定——我一直在编辑部。离开大学后，我继续为女校友杂志《灯笼》供稿（没有稿酬）。我并不觉得我的作品有多么重要。

访：从什么时候开始诗歌对你变得重要起来？

摩：从没变得重要过！我对绘画更感兴趣。我记得奥蒂斯·斯金纳太太在毕业典礼上问我："你想成为什么样的人？"我回答说："当一名画家。"斯金纳太太说："我相信你会如愿以偿。"我穿着她喜欢的那类夏季服装，她很欣赏我。

我喜欢故事，喜欢虚构。而——这听起来相当可悲，也很怪异——我认为，诗歌对我来说是排在第二位的事情。我曾说，我写的东西"部分是诗，部分是小说，部分是戏剧"。这是我的真心话。我能使场景形象化，并遗憾于这一事实：亨利·詹姆斯可以轻松地创作。现在，假如我不能写小说，我宁愿写戏剧。对我来说，剧院是最令人愉悦的地方，看戏是我喜爱的消遣形式。

访：你经常去看戏吗？

摩：不，看得很少，除非有人邀请我。莉莲安·赫尔曼邀请我看过《阁楼上的玩具》，我高兴地接受了她的邀请。如果我没看过这部戏剧，我对其生动性就没有概念，也看不到她作为一个剧作家的技巧，我愿意看第二遍。本土方言说得多么地道！我对此很感兴趣，也总是记下一些地方话和发音。我想我应该从事语言学方面的工作，我对方言和语调更感兴趣，我根本没想到我会写诗。

访：我想知道，布林莫尔学院对你成为一个诗人有什么意义。你曾说，大学里的绝大部分时间你都待在生物实验室。难道你更喜欢研究生物学而不是研究文学？这种生物学训练是否影响了你的诗歌？

摩：我那时想专修法语和英语，为此上了两年英语必修课程——一周五小时——但是大三之前，有一门课我无法选修，因此我没能完成必修的八十学时。后来我选修了十七世纪的模仿写作——富勒、胡克、培根、安德鲁斯，等等。法语讲座用法语讲，我没学过法语口语。

生物实验室的研究是否影响了我的诗歌？当然有影响。我发现生物学课程——辅修课、主修课和组织学——很有趣。事实上，我想研究医学。对我来说，其精确性、论述体系、枯燥的证明逻辑以及绘图和鉴别，激发了——至少牵涉到——想象。

访：来纽约之前，你认识文学圈子中的哪些人？你认识布莱赫（Bryher）和 H. D. 吗？

摩：很难逐一列举出来。1921 年我在纽约认识布莱赫，H. D. 是我在布林莫尔学院的同学。我记得她在那里只读了两年，她是一个走读生，当时我并不知道她对写作感兴趣。

访：你通过她才结识了庞德和威廉姆·卡洛斯·威廉姆斯吗？在宾夕法尼亚大学读书时她认识他们吗？

摩：是的，她认识，但我没见过他们。1916 年去纽约之前我没见过任何作家，我之所以去纽约是因为卡莱尔的一个朋友希望我陪她一起去。

访：1916 年之前，你完全处于现代诗歌圈子之外吗？

摩：是的。

访：去纽约是你的第一次旅行吗？你在那里待了六天就决定定居在那里？

摩：哦，不。我的母亲曾带着我哥哥和我旅行过几次，我们去过波士顿、缅因州，也去了华盛顿和佛罗里达。1909 年时我读大四，那年圣诞节我拜访了住在纽约的查理斯·斯普拉格史密斯博士的女儿——希尔姐。我听过路易斯·安施帕赫尔以非常矫情的方式在库珀联盟演讲，也知道卡内基音乐厅有丰富的音乐，我感受到了纽约的活力。

访：是什么样的活力促使你渴望返回纽约？

摩：也许，是在卡莱尔的考德里小姐邀请我和她一起去纽约待一周时，我就有了这个念头。正是 1916 年的这次旅行促使我定居在那里。我不知道是什么原因让她觉得，这趟旅行必须有我陪伴才会变得愉快。她对我冒险加入波西米亚群体持怀疑态度，但我自己并不担心。首先，我不认为任何人想要伤害我；其次，即使他们真的伤害了我，我也觉得没什么大不了的。我从不认为女伴有多么重要。

访：移居纽约，又结识了那些作家，你是否认为这种经历产生了一种激励，使你写出了更多诗歌？

摩：的确如此——读读其他诗人不同风格的作品，对我而言，总会带来意外的写作诱因。我从没打算写诗，从没写诗这种念头。直到现在，每写完一首诗，我都以为这是我最后一首；过一段时间，我又被某种东西魅惑了，觉得应该写点什么。我写过的每一首诗，都是对某种阅读或者对某个人产生了兴趣的结果。我的确没有成为一名作家的野心。

访：从布林莫尔学院毕业后，你曾在卡莱尔的印第安学校教书。1918 年移居纽约后，你曾在一所私立学校教书，同时在一家图书馆兼职。这些职业与你成为一名作家有什么关系吗？

摩：我认为，它们使我的身体和精神意志都变得强大起来，担任图书管理员给了我巨大的帮助。我记得有一天，纽约公立图书馆哈德逊河公园分馆的列奥纳多小姐来我家找我，我恰好出门了，她对我母亲说，想请我去图书馆工作，管理书架，因为我非常喜欢书，喜欢与人们谈论书籍。我的母亲说，不，她不会接受的，"鞋匠的孩子没鞋穿"，如果她成为馆员，她就没时间阅读了。我回家后，她对我说起这件事，我

诗探索 1　理论卷　2016 年　第 1 辑

说："为什么不去呢？这个工作太理想了。不过我得告诉她，我只能工作半天。"如果我全天工作或者过量工作，工作就变成机械行为，就不是理想状态了。

我的任务是重新整理书籍，我的确喜欢这份工作。没有报酬，但是我获得了学习分类图书的机会。我在其中找到了快乐，我相信我复写过那些条目便笺，它们用来区分最好和最坏的图书。我总是奇怪：他们为什么不奖给我一本艺术书或医药书、历史书，哪怕一本批评理论都行。可是，我得到的奖品是虚构作品，一部默片剧本。

访： 在这段时间你出门旅行吗？你到过欧洲吗？

摩： 我是 1911 年去的。母亲和我在英国逗留了两个月，大概是七八月份。接着我们去了巴黎，待在左岸，住在瓦莱塔街的一个寄宿公寓，我相信，加尔文就是在那里写下他的《教义》，那里离万神殿和卢森堡公园不远。我对西尔维亚·比奇的书很感兴趣——当时正在读庞德和他的《巴黎岁月》。我在巴黎能做点什么呢？带着这个目的，某个夜晚，我们散步时——1911 年的夏天是这个世界上最热的夏天之一——一路走到奥德翁街 12 号，寻找西尔维亚·比奇的书店。我没有向书店老板自我介绍："我是一个作家，你愿意和我谈一会儿吗？"我根本不打算那样做。我只想观察。我们几乎参观了巴黎所有的博物馆，只有两处没去。

访： 你后来又去过欧洲吗？

摩： 再没去过巴黎。大约在 1935 年或 1936 年去过英国，我喜欢英国。

访： 那么，自 1929 年移居布鲁克林之后，你大部分时间都待在这里？

摩： 基本如此，除了四次西部旅行：我先后去过洛杉矶、旧金山、普吉特湾和不列颠哥伦比亚。母亲和我首先通过运河，到达旧金山，再坐火车去西雅图。

访： 这里的道奇棒球队移到西部后，你想念他们吗？

摩： 非常想念，他们带信给我，说他们也很想念我们。

访： 我对你在纽约的那些岁月很感兴趣。威廉姆·卡洛斯·威廉姆斯在他的自传中谈起格林威治村的作家群时，说你是"支撑着我们未竣工的建筑的上层建筑的椽子"。我猜，这个作家群是一些为《他者》杂志撰稿的作者。

摩：我从来不是支撑什么的椽子！我读过他的自传，批评过他对罗伯特·麦克奥尔蒙（Robert McAlmon）和布赖赫的错误评论。我带着这种不满情绪读完这本传记，也许忽略了一些本该被读出来的东西。

访：《他者》杂志的撰稿人是否形成了一个圈子？

摩：我们偶尔见见面。阿尔弗雷德·克瑞姆伯格（Alfred Kreymborg）是编辑，他的妻子是格特鲁德·罗德（Gertrude Lord）①，他是你能遇到的最可爱的一类人。他们在村子里有一套大公寓，这个群体保持着高度一致性。

访：有人说在美国，阿尔弗雷德·克瑞姆伯格是发掘你才能的人。你认为是这样吗？

摩：也许是这样的，他做了力所能及的一切来提携我。1915年，门罗小姐和艾尔丁特斯（Aldingtons）同时邀请我为《诗歌》杂志和《自我主义》杂志撰稿。阿尔弗雷德·克瑞姆伯格一点也不古板，我与其他人并不完全一致，我猜他以为我会成为一个小说家。

访：当 H. D. 和布赖尔出版你的第一本诗集时，你是什么反应？他们给它取名为《诗集》，1921年出版，这些有没有事先告诉过你？为什么你自己迟迟不出诗集呢？

摩：出版我那些不成熟的作品——显然是一种尝试——这对于我来说有些操之过急。我不喜欢《诗集》这个标题，它用于乔叟、莎士比亚或者但丁的作品才合适。不过我现在对这个标题没有最初的那种敌意了，既然它是一个便利的称呼，必然要被广泛使用（只是对我——我的观察、对韵律的实验性运用或者创作练习——而言，并不适合）。我以前说过，我写的东西之所以被称之为诗，是因为无法将它们归之于其他的类别。他们这一义举——1921年为我出版形式比内容更精致的诗集——让我非常感谢。1935年，斐贝 & 斐贝公司，同时还有麦克米兰公司，提议为我出版一本《诗选集》，这同样不是出自我的本意。对我来说，能在杂志上偶然地、随意地发表一些作品就足够了，我已经心满意足了。

访：在《自我主义》杂志发表你的第一首诗歌之前，你曾给这个杂志投过稿吗？

摩：我肯定投过稿。我有一些古董似的笔记本，大概 2×3 英尺，

---

① 摩尔在这里提到的可能是多萝西·布鲁姆。

诗探索 1　理论卷　2016 年　第 1 辑

或者 2.5×3 英尺大小，我在上面详细地记录了投稿时间，收到退稿的时间，以及用稿杂志和稿酬。这种记录大概持续了一年，我无法再记下去了。除了约稿，我也不再投稿了。

目前我有三项烦琐的工作，三件事彼此关联。我不知道该如何继续写东西。如果我有一个有价值的念头，我就记下来，让它待在那里。我自己不对它做任何构思。我在《纽约人》（The New Yorker）杂志上发表了几首诗之后，我对他们说"我可能再也不能写了"，不要期望我写。我从没见过任何一个热爱词语的人，会像我这样如此艰难地写作，我很少能用自己喜欢的方式描述事物。即使我找到了那种方式，也只是在懵懂之中找到的。我为《纽约人》杂志写过几篇稿件——我的确想写它们。

访：你最近写诗是什么时候？

摩：在八月份。它的主题是什么？哦……是关于卡内基音乐厅的。你看，任何真正唤醒我的东西……

访：对你来说，一首诗如何开始？

摩：一个巧妙的短语跳跃到意念中——一两个词——往往连带着一些想法或有吸引力的物体："它的跳跃应该被安放在/六孔竖笛上"；"翅膀上的釉，/被太阳细分出/无数网格。"

我喜欢轻快的韵，不动声色的韵和朴实醒目的韵：

> 吉尔伯特和沙利文：
> 是的，当危险逼近，
> 我们努力装得
> 对恐惧麻木不仁
> 和这里的其他人一样。

正因为我热衷于韵和音调，因此才冒冒失失地开始了诗歌创作。鉴于诗节是单位，我尝试在句尾打上连字符，发现连字符号分散了读者对内容的注意力，因此我不再用它。我对拉封丹的兴趣完全来自他所写的内容。我被他那种外科医生似的礼貌所吸引：我喜欢不发声的音节和发声近似的韵。

访：在你的阅读和生活背景中，有哪些事物影响了你的写作方式？意象派对你有影响吗？

摩：不。我奇怪人们为什么要使用这个术语。

访：你觉得你诗歌中的描写手法与他们没有任何关系吗？

摩：是的，我认为没有。我很遗憾我是一名圈外人，我不属于任何流派。但我的确感谢《他者》杂志。

访：你认为你的写作风格是怎样形成的？它出自你性格的一种沉淀，或者有其文学导师？

摩：我不认为我有导师。庞德说："有人一直在读拉幅格和法国作家。"我不得不遗憾地说，我直到最近才开始读他们的东西。如果要追根溯源，我发现自己的作品与弗朗西斯·詹姆斯（Francis Jammes）的许多标题和论述很相似。我几乎像一个剽窃者。

访：包括大量使用引语？

摩：我使用引语只是为了保持对原文的尊重，不想剽窃别人的东西。我认为，如果某件事情已经以最好的方式被别人表述出来了，你怎么能说得更好呢？如果我想说的，已经被别人说得很完美了，那么我会使用别人的表述，让它原原本本地展现出来。如果你喜欢一个作家的作品，你会渴望和别人一起分享，这并非什么怪异的想法。难道你不想让其他人也读到它吗？

访：是否有一些散文流派帮助你确立了自己的诗学风格？伊丽莎白·毕肖普曾提到爱伦·坡的散文与你作品的关系，你总让人们联想到亨利·詹姆斯（Henry James）。

摩：影响我的散文流派非常多。例如，约翰逊博士（Dr. Johnson）关于理查德·萨维奇（Richard Savage）的散文："在两个月内，他被议会判定为非法，被她的母亲驱逐，命中注定要忍受贫穷和卑微。在生命的大海上，可能被它的流沙吞没，或者撞毁在它的礁石上……他不可思议的快乐是，他遇见的每一个陌生人，在离开他时，都成为他的朋友；但必须补充的是，他经常长久地没有一个朋友，迫使他不得不成为一个陌生人。"或者埃德蒙德·贝克（Edmund Burke）在殖民地的散文："你能修剪一只狼；但是他会顺从吗？"或者托马斯·布朗（Thomas Browne）先生的散文："国家不是被麦角中毒者统治着。"他称一只蜜蜂是"勤劳的飞行员"，他的家是"蜂房"，他的举止是一种广征博引的甜蜜。或者弗朗西斯·培根先生的散文："内战就像发烧；对外战争就像运动后发热。"或者切里尼的散文："我有一只狗，黑得像桑葚……我正在愤怒地冒烟，像一条角蝰那样膨胀。"或者恺撒的《传

诗探索1　理论卷　2016年　第1辑

记》和色诺芬的《远征记》：对其中每一个细节都迷恋并感兴趣！在亨利·詹姆斯的著作中，他的文章和书信对我的影响尤其大。而庞德对我产生影响的是《罗曼司精神》：他所下的定义，他特有的精确重音。查理斯·诺曼（Charles Norman）在他的《艾泽拉·庞德传》中写道，庞德对一个诗人说："没关系，没关系，你无法在某些境遇中、在某些情感的压迫下真正说出什么。"而庞德提到莎士比亚和但丁时说："我们和巨人们在一起；我们无法对这两人做出评判，说'他更伟大一些'；我们只能分别评价他们，'他是无法被超越的'。"

访：你自己的作品中，有你喜欢和不喜欢的吗？

摩：当然有。我想，对我来说，最困难的事是既达成令人满意的明晰，其中又仍然保留我自己特有的丰富暗示。这始终是我的一个问题。我不赞同自己的作品像一个"谜"，或者如某人所说的："不是非绿色的青草。"有一次我对母亲说："你怎能允许我把这种东西发出去？"而她回答说："你并没有征求过我的建议。"

访：有一次我听你朗读，你说，你不喜欢《质疑美德》，我认为这是你流传最广的诗歌之一。

摩：我喜欢它，它很真诚，但我不认为它是一首诗。它是真理性的，是证词——相对于这一事实而言：战争是不可忍受的，也是不公正的。

访：你为什么说它不是一首诗？

摩：我很随意地这么觉得，它有什么形式呢？它只是一种抗议——杂乱的呼吁。情感压倒了我。首先有了这些思考，然后才写出来。

访：你母亲说，你没有征求过她的建议。那么你向别人征求过吗？你会向你的家人或朋友们征求意见吗？

摩：不，我不向朋友们征求意见，如果我需要意见，我的哥哥会给出建议。当我母亲说"你没有征求过我的意见"时，那一定是很久以前，因为当我写《一张脸》时，我首先写出了"蝾螈和端着一碗麦片粥的孩子"这样的句子，她就说："不可能有这种情形。"我说："我知道，但我必须创造某种东西。"西里尔·康诺利（Cyril Connolly）曾请我为《地平线》（Horizon）写稿，因此我写了《一张脸》，这首诗是我很顺畅地完成的少数作品之一。她说："我喜欢它。"我记得这个评语。

在此很久之前，我写了《水牛》。我想它也许会激怒很多人，因为它表明我进步神速，我很开心。我想："好吧，如果它写得不好，我的哥哥会告诉我。如果它包含了一个观点，他会读出来。"而他果然很感兴趣，说："它激发了我的幻想。"我很高兴我的诗能做到这一点。

访：你是否曾因家人的反对而抑制了自己的某些想法？

摩：是的，比如像"蝰蛇和带着一碗麦片粥的孩子"这样的句子，就被我放弃了。我甚至再没想过修改它。森茨伯里（Mr. Saintsbury）先生说，安德鲁·朗（Andrew Lang）曾请他撰写关于爱伦·坡的文章，他写了送过去，被朗退回了稿件。森茨伯里说："一个稿子被拒绝后，我不会将它投给另外的编辑。"这句话使我很受震动。我曾经投寄一个稿子，投了三十五次。当然，不是一稿多投。

访：是同一首诗吗？

摩：是的，我非常顽固。

访：有人请你为他们写诗吗？

摩：一直都有。主题多种多样，包括一只死去的小狗和一些小物件，比如一本相册。

访：那你真的为他们写了？

摩：哦，也许写过，经常引用某些句子。我在图书馆工作时，有一次我们为列奥纳多小姐开了一个晚会，我写了一两句打油诗，主题是关于我们送给她的一束紫罗兰花。它没有生命力，也没有目的。它表达得很好，但是没有内涵。在大学里，我还写过一首十四行诗作为作业，是对我缺点的记录。

访：我对你写作的原则和方法很感兴趣。音节节律诗的基本原理是什么？它与自由体诗的区别是什么？其中句子的长度基于视觉的考虑还是音节数量的考虑呢？

摩：我从没想过我写的诗歌可以被定义为某种东西。我被句子的推动力所主宰，如同一种建筑被重力所主宰。我喜欢结尾停顿的句子，喜欢对称，不喜欢颠倒词序。

访：你如何设计诗节的形式？我想到了那些通常的音节押韵诗，重复使用一种诗节形式。你在写作之前会在纸上画好格子，事先确定好诗节的形式吗？

摩：不，我从没"设计"过任何诗节。词群就像染色体，决定了过程。我要么干扰它的排列顺序，要么稀释它，然后努力写出与开头一致的其他诗节。最初自发的原创性——可以说是写作的动力——很难被刻意复制。正如斯特拉文斯基（Stravinsky）谈论定调时所说的："如果我因为一些原因变换了它的秩序，我就处于丧失最初的新奇感的危险之中，很难再体验到它的吸引力。”

不，我从不“画格子”。我极迅速地用红、蓝或者其他颜色的铅笔标出不同的韵——有几种韵，我就标几种颜色。然而，有时我写出一小部分，如果再出现的短语与整体不协调——如同印刷那样——某些词听起来不准确，感到生涩，难以为继，那么我会谨慎地停下来，一年或数年都不完成它。我在一个小笔记本上记下所有可能有用的句子。

访：我想了解，翻译拉封丹的《寓言》对作为诗人的你是否有帮助？

摩：确有帮助，它给了我最好的帮助。我经受过挫折。我很天真，又轻信，总是简单地接受别人的意见，包括艺术方面的意见。委托我翻译《寓言》的出版商去世了，我没有出版商。我为它的出版努力了一段时间，但没有结果。我想，最好问问他们是否想终止合作；假如终止的话，我就能投到别的出版社去。我想到了麦克米兰，他对我的翻译很感兴趣，也许会喜欢它，当然，只是“也许而已”，负责翻译的编辑说：“我在康奈尔大学学过法语，拿过法语文凭，我喜爱法语，……我想你最好把它放一段时间。”“放多久？”我问。他回答说：“放十年左右吧，而且它会伤害你自己的作品。你终究不能写得和它一样好。”

我说：“这正是我翻译它的原因之一。我想通过翻译训练我，促进我。”受到多次拒绝之后，我问编辑：“问题究竟出在哪里呢？是我的感受力不够敏锐？还是表达不够完善？”

“是的，有些分歧。”编辑无数次对我重申这个观点。我不知道所谓分歧到底是什么。

我说：“请用我寄去的信封将稿件寄回来，千万别写道歉信。”我一月份寄过去，到三月份还没有结果。我曾经抱有一种不安的希望，以为一切都会很顺利。最后这种希望彻底破灭了。

同时，海盗出版社的门罗·恩格尔（Monroe Engel）给我写信，说他原以为我的《寓言》有出版合同，既然我还没有签订合同，那么，是否愿意让海盗出版社的编辑看看它？我对他一直深怀感激。

我说：“其他编辑认为不适合出版的东西，我不能给你看。我必须先让人鉴定它，证明它的翻译质量。”

恩格尔先生说：“你认为谁能做鉴定？你想让谁来做鉴定？”

我说：“荷瑞·列文（Harry Levin）。”列文写过一篇关于米蕾和乔治·狄龙翻译的波德莱尔的评论，言辞犀利有力。我欣赏他严谨的文风。

恩格尔先生说："我会请他看，可能要等很长时间，他非常忙。你觉得我们应该付给他多少报酬？"

我说："一本书至少要十美元，只有给他二十美元，才能激励他接受这么沉闷烦琐的任务。"

他说："那会减少你的预付版税。"

我说："我完全没想过能得到预付版税。"

荷瑞·列文先生很快回复说，他很高兴读到这个翻译，这种阅读"为他烦琐的学校事务带来了一种调剂"，不过，他不接受酬劳。我觉得，所谓调剂一说非常可疑（他非常严谨，却不带任何恶意，也不"人云亦云"）。

访：前面我已提到过，我最感兴趣的还是你的诗。你曾担任过《日晷》（Dial）杂志的编辑，我想问问关于这个杂志的一些事情。从1925年到1929年期间，你是这个杂志的编辑。你最初是如何接受这个职务的？

摩：让我想想，我想是我采取了主动。我给编辑寄了一些作品，他们退了回来。有一天，罗拉·瑞吉（Lora Ridge）举办了一个晚会——她在某处有一套很大的公寓——画家约翰·瑞德（John Reed）、马斯顿·哈特利（Marsden Hartley），以及《日晷》杂志的编辑斯科菲尔德·萨尔（Scofield Thayer）等人都参加了那次晚会。令我尴尬的是，在晚会上我们每个人都被要求朗读我们自己写的东西。斯科菲尔德·萨尔对我说："你愿意把你的作品寄给《日晷》杂志吗？"

"我已经寄过了。"我说。

他说："好吧，再寄一次。"我想，这就是开始。

后来，他说："我想请你见见我的合伙人西布利·沃特森（Sibley Watson）。"他邀请我去西十三街152号喝茶，我对这次见面印象深刻。沃特森非比寻常，他很少开口，可是他的话总是出人意料，使人惊讶。他们请我加盟《日晷》杂志。

访：你做编辑的那几年，我一直在看那本杂志。它是一本令人难以置信的杂志。

摩：《日晷》吗？上面是有很多好作品。

访：是的，它在同一期发表了乔治·森茨伯里（George Saintsbury）

和艾泽拉·庞德的诗歌。你如何编辑它呢？是什么原因使这本杂志如此优秀？

摩：因为我们毫无畏惧、齐心协力，我们不在意其他人说什么。我从没见过哪个杂志社有如此强烈的上进心。我们每个人都喜欢自己所从事的工作，当我们犯了严重的错误时，我们会很难过，但是我们微笑着去面对它。

访：路易斯·博根说《日晷》杂志澄清了"美国先锋派和美国传统诗歌之间的差别。"你认为这种差别会一直存在吗？总之，这是一种深思熟虑的策略吗？

摩：我想，个性是最重要的东西。我们不遵守任何规则。我们并没有所谓的策略，我只记得反复听到过"强烈"这个词，一件作品必须是"强烈的"。这可能是我们的一个标准。

我想，适合这本杂志的标准，也会适合你自己的写作。如同乔治·格罗西（George Grosz）最后一次出席国家协会会议时所说的："我是怎样成为一名艺术家的呢？不过是保持无止境的好奇，通过观察和研究——在事物中获得无限的快乐。"这是对那些符合你个性和兴趣的一种表达方式。我想正因为如此，我们并不介意那些作品看上去多么不协调。亚里士多德说过：诗人的标志，即是能在明显不同的事物中看出相似性。这有极大的吸引力。

访：如果《日晷》杂志一直发行到今天，你觉得美国文学的变化会不会改变它？是否有什么特殊原因使二十世纪美国文学有所不同？

摩：我想不会有什么改变。

访：我总是在思考，如果这本杂志能发行到三十年代，它是否能改善二十年代那种枯燥的文风。

摩：我想会的。因为我们不拘泥于任何事物。

访：只是财政问题才导致它停刊吗？

摩：不，不是经济的缘故，而是条件变了。斯科菲尔德·萨尔患上了精神病，无法出席编委会。沃特森博士对摄影感兴趣——他正在研究医学，是一个医学博士，居住在若切斯特。我独自一人支撑着。我不知道从若切斯特过来需要一夜的路程，我对沃特森博士说："你能出席组稿会吗？或者给我们带一些稿子来，顺便说说你对它们的看法？"和往常一样，我也许夸大了我对这份工作——写信、读稿——的投入和专注程度。最初接受编辑这个职务时，我说如果不需要我写信或会见撰稿人，我就接受这份工作。结果这两件事我都在做。我想它就像骑士精神——决定停办这个杂志——因为我完全没有时间做自己的事。

访：我想了解，你如何行使一个编辑的职责？哈特·克莱恩（Hart Crane）在他的一封信中抱怨你重新整理了《葡萄酒庄园》并且改了标题。你认为你这样做的理由充分吗？你会要求诗人修改吗？

摩：不，我们有一种灵活的规则：不要求作者修改哪怕一个逗号，要么接受它要么拒绝它。但是当我同情作者的时候，我会无视这个规则。哈特·克莱恩抱怨我？是的，我对他也有怨言。他喜欢《日晷》杂志，我们也喜欢他——作为朋友，我们的诗歌品味相同。他极需钱用，我们便发表了他的作品，事先没有问问他是否愿意接受一些修改（"愿意"要加上引号），这并非我们的粗心。他的感激是热情的，与他后来批判我们的激烈程度相当——他在这两种情形下，也许都处于一种无力自控的状态，我对此难以理解。（对我们同情心的惩罚？）虽然我说"我们"，事实上发表他的作品完全是我个人的决定。我真的不忍心让别人处于那种茫然状态。他那么希望我们接受他的作品，那么开心。"如果你对它稍作修改，我们会更喜欢它。"我对他说。拉歇兹（Lachaise）有一次说，我从没加入"他们"那个狂热的群体，建议作者修改就是无视纪律，我违规了。

访：有编辑建议过你修改吗？我的意思是，修改你自己的诗？

摩：没有，但是我很诚恳地征求意见，我有时诱导别人来帮助我修改：《时报》《国际先驱论坛报》《纽约人》，有很多次必须修改我的作品。如果你碰上一位天才编辑，你就有福了：例如，艾略特、庞德、荷瑞·列文，以及艾瑞塔·凡·多琳（Irita Van Doren）和贝莉·罗森堡姆（Belle Rosenbaum）等人。

修改意见有用吗？当然有用。当我在《日晷》做编辑时，有三次，我冒险提出建议，其结果对我来说颇具戏剧性。第一次我受到赫曼·乔治·谢福（Herman George Scheffauer）的批评，因为我对他翻译的托马斯·曼的《错乱少年愁》提出了一两个动词的修改意见，我无法收回我已经提出的这个建议。无论如何，后来他快乐地收回了指责，他在信中的愉快腔调表明我的修改意见并非不明智。吉尔伯特·塞尔登斯（Gilbert Seldes）则极力赞扬我对他的《乔纳森·爱德华兹》（投给《日晷》杂志的）的删改建议。对于马克·凡·多琳（Mark Van Doren）来说，我最终保留了我曾希望她删除的一些诗句。这件事始终被她视为坚持了编辑的良知，受到她的推崇（是一首诗！但不是一首十四行诗）。

我们尽量根据作品本身的最大价值来判断，对我们杂志的特色则总是做最低限度的考虑。如果没有保留我作品的原样或者说我的作品无关紧要，我就会感到自己一文不值，我想我们应该坦然地接受意见，假如有人对我翻译的拉封丹提出苛刻的建议："你的句子太长了，内容不完美。打破这种格式，将它放在前面。"正如科内斯·贝克（Kenneth Burke）在《反对宣言》中所说的："（伟大的）艺术家认为是一个机会时，其他人则感到那是一种威胁。我想，这种能力并非某种特殊的力量，它也许纯粹产生于职业兴趣，艺术家靠此来克服创作的困难。"

卢·塞尔特（Lew Sarett）在《诗社公报》（Poetry Society Bulletin）中说，我们要求一个诗人：这是否有意义？他是否用自己的方式说出了他的心里话？它是否激发了读者？

是否应该像罗伯特·弗罗斯特所建议的那样，不要用空虚代替诚实？讨厌的事情随时都会出现。我们不必认为这有什么大不了的——例如，一个迷惑不解的印刷工擅自进行的修订（把我的"烟色的皮肤"改成了"有青蛙色皮肤的大象"，"可见的力量是不可见的"改成了"不可见的力量是不可见的"），这些改动如同对我的谨慎所进行的一种拙劣模仿，一个"蚱蜢"（grasshopper）变成了一个"玻璃漏斗"（glasshopper）。

访：做《日晷》杂志的编辑，一定使你结识了那个时代的一些作家。你很早就认识哈特·克莱恩吗？

摩：是的。你记得《扫帚》杂志吗？1921 年，这个杂志创刊之前，非常好客的罗拉·瑞吉邀请我参加一个晚会——在我担任《日晷》杂志的编辑之前——到会的有凯·博伊尔（Kay Boyle）和她的丈夫，一个法国士兵，哈特·克莱恩，爱丽娜·维丽（Elinor Wylie）以及其他人。我特别喜欢哈特·克莱恩，我们谈起了法国的装订，他与众不同，又谦逊有礼，对事物和书籍的感受很敏锐——一个真正的藏书家——我对他特别感兴趣。沃特森博士和斯科菲尔德·萨尔也喜欢他——认为他是一个天才。既然他无法适应 IBM 公司的工作以谋生，那么，无论何时我们都应该发表他寄给我们的任何作品。

我也认识他的堂兄乔·诺维克（Joe Nowak），他总是以克莱恩为荣。他住在布鲁克林，在具多克储蓄银行工作，以前曾在古董行做事。乔非常欣赏哈特的真诚，以及他的博爱，我对此已详细描述过。无论如何，《桥》是一个重要的主题，我认为他能平衡好它。当一个作家不严格要求自己时，他对自己就是不公平的。

访：克莱恩与《他者》杂志有联系吗？

摩：《他者》杂志早于《扫帚》杂志。《他者》是阿尔弗雷德·克瑞姆伯、斯科普维斯·康内尔（Skipwith Cannell）、华莱士·史蒂文斯、威廉姆·卡洛斯·威廉姆斯等人的阵地。史蒂文斯——很怪；1943年，在蔓莲荷学院我正式与他见面，而在此之前我差不多见过他十二次。史蒂文斯是亨利·丘齐（Henry Church）最喜爱的美国诗人。丘齐先生在巴黎的杂志上发表过史蒂文斯和其他美国诗人的作品，也发表过我的，莱蒙·凯诺（Raymond Queneau）担任了翻译。

在蔓莲荷学院的法国活动期间，有一个下午，史蒂文斯举办了一个讲座，谈到歌德穿着黑色的羊毛袜在一艘班轮上跳舞。我的母亲和我在场，我进行了点评。亨利·丘齐有一顶怪异又美丽的巴拿马帽——阔边的平顶帽，有点像伯纳德·贝伦森（Bernard Berenson）的帽子。我从没见过如此精美的编织物，他还围着一条椒盐色的围巾。讲座在草地上举行。

史蒂文斯非常友好，在那次聚会上我们有一段录音。午餐时，我们所有人被安排在一张餐桌上，一个女孩不停地问他各种问题，诸如："史蒂文斯先生，你读过艾略特的《四个四重奏》吗？"

"当然读过，但我不能读太多艾略特，否则我就会丧失自己的个性。"

访：你现在还读新诗吗？你是否努力和时代保持同步？

摩：我一直在读——每天会收到一些作品，有一些作品很好。但是它妨碍了我自己的工作，我不能读太多。但是，假如我不读它们，只是将它们扔在一边，我就像个怪物；我在一个小时内高度专注地写许多短信、信和明信片。

虽然每个人都会被错误地引用，这就像一种惩罚，但我仍然很不理解，是否会有人像我这样，被如此频繁地引用——就像被逐字印刷一样。这真是一种折磨！诺曼在他的《埃兹拉·庞德》一书中非常细心，他写的几件事都很正确，包括我第一次遇见庞德的时间，他来这里拜访我和我母亲的情境，以及一次完美的交谈。我说，在我看来，亨利·艾略特比我遇见的任何人都更像艺术家。而庞德则说，"小心，千万别妄自推断。"也许诺曼的引言并不正确，但他的确准确地引述了我说这句话的那种方式。

访：你指的是 T. S. 艾略特的哥哥，亨利·威尔·艾略特？

摩：是的。亨利·艾略特从芝加哥移居纽约后，大概住在 68 号大街，那是亨特任职的学校所在的街道。他们邀请我去晚餐，我想应该听听 T. S. 艾略特的意见，就去了。我和他们一见如故。在这之前，我遇见 T. S. 艾略特时，也是同样的感受。

关于误引——还包括这段记述：有一次我去圣·伊丽莎白医院看望庞德，陪同我去的官员说："你能来看他，真是太善良了。"我说："善良？你根本不知道他为我和其他人做了多少事情！"这段对话发生在第三次探访而不是最后一次探访。

我不习惯让专家或其他任何人协助我的工作，除非他是图书管理员或其职业就是提供帮助的人，或者他是一个老师。但是，当麦克米兰拒绝出版我翻译的《寓言》时，我真正绝望了。我翻译了四年，寄给庞德看了几次——虽然我很犹豫，我不忍心打扰他，他自己的麻烦已经够多了；但是最后，我不得不向他求救："你能花时间读一读，告诉我这种节奏是否让你喜欢？我的感受力是否敏锐？"

访：他回信了？

摩：是的，他说："最微不足道的优点就足以反驳这群笨蛋。"

访：1916 年，当你第一次读到庞德时，你认为他是个伟大的诗人吗？

摩：当然，《罗曼斯精神》。我认为任何人读到那本书，都能感受到那是一个痛苦挣扎的灵魂所写的。

访：他早期的诗歌如何呢？

摩：那些诗有一点说教的意味，但我仍然喜欢。

访：我想问你一些普通的诗歌问题。你曾说过，创新是诚实的附带产品。你在评论中经常使用道德术语。那么，文学是否必须具有道德性，包括对词语的道德性使用，或者它的内涵应更广大一些？一个人如果要写出好诗，在何种意义上他必须是一个好人？

摩：如果情感充沛，用词就会准确无误。有人问罗伯特·弗罗斯特（也许是他？）是否有所偏爱，他回答说："可以说我偏爱热情。"难道只有好人才能写出好诗吗？可是莎士比亚戏剧中的坏人也不是文盲，对不对？但我认为，正直有一种含蓄的光环，假如一个人不正直，就不可能写出我读的那些书。

访：艾略特在你《诗选集》的前言中谈起你作为诗人与他所谓的

日常语言的关系。诗歌如何影响日常语言？你认为这种影响是诗歌的功能吗？它的发生机制是什么？

摩：你采取特定的方式描述或者激烈地批判事物。你按你自己的方式写，修改，创造一种变化形式或者复活一种原始的语义。难道不是这样吗？

访：我想问你一个关于你与福特汽车公司通信的问题。那些信被发表在《纽约》杂志上。他们正在为一款汽车取名字，最后决定叫它埃德赛尔（Edsel），他们曾想请你为它设计一个名字，让人们尊敬那款汽车——

摩：他们说这会使它显得高贵典雅。

访："……一个能反映其内在的高贵、迅捷、先进设备和设计理念的名字，简而言之，要在人们的意念中创造一幅生动的画面，让人们渴望拥有它。"

摩：是吗？

访：这是他们给你的第一封信。这个问题使我想到前面我提出的语言问题。你记得庞德关于表达和意义的观点吗？他说，当表达和意义疏离时，文化就处在一种坏的形态中。我很疑惑，这个要你命名的请求是否并没有让你将表达与意义分离。

摩：不，我不这样认为。至少，要展示汽车不可抵抗的诱惑。我迷恋汽车，涡轮和凹陷的轮胎。是的，那对我来说是非常值得追求的。我对机械，对机械装置，以及普遍意义上的机械很感兴趣。我喜欢这个命名任务，尽管最后我的命名没有被采纳。马凯特大学的匹克博士让年轻的推销员开了一辆黑色的车来邀请我，载着我到会堂。这款车很完美！我认为它非常漂亮，它出产在错误的年头。

访：还有一件事：在你的评论中，经常将诗人和科学家进行类比。你认为这种类比对现代诗人有帮助吗？大多人认为这种对比是一种自相矛盾，因为诗人和科学家是完全对立的。

摩：诗人和科学家难道没有相似性吗？两者都愿意花费精力，都苛刻地对待自己，这是两者的力量所在。两者都专注于线索，都必须缩小选择余地，必须追求精确。如乔治·克鲁兹所说的："在艺术中，没有闲话的位置，但会留给讽刺一小块地盘。"难道不是这样吗？雅各布·布伦诺斯基（Jacob Bronowski）在《星期六晚间邮报》上说，科学不仅仅在于探索结果，更在于了解其过程。无论如何，它不可能被一劳永逸地完成；它是不断进步的过程。

访：最后一个问题。我对你的这句话很感兴趣："美国至少有华莱士·史蒂文斯这样的艺术家，职业化难以损害他。"你所谓的职业化是指什么？你仍然认为这种职业化是美国特有的吗？

摩：是的。我认为作家有时会丧失热情和斗志，但他绝不应该说"参照结构"或者"我不知道。"我经常追问的是："哪一种职业，能让我将全部的时间用于写作？"作曲家查理斯·艾弗斯（Charles Ives）说："你不能将艺术置于一个角落，然后希望它有活力、现实性和实质内容，希望它的结构能自成一体。我的音乐创作有助于我的商务活动，我的商务活动有助于我的音乐。"我和查理斯·艾弗斯的看法一样。我猜劳伦斯·杜蕾尔（Lawrence Durrell）和亨利·米勒（Henry Miller）并不赞同我。

访：但是，为什么职业化会使一位作家丧失他的热情和斗志呢？

摩：金钱可能会对作家的创作能力产生影响。有热情和斗志的作家不愿意那样做。我认为威廉姆·卡洛斯·威廉姆斯同样如此，如果他华而不实，容易被归纳，他根本不可能创造出如此伟大的美国语言。那是它的美之所在，他愿意不计后果。如果你做不到这一点，那么写作还有什么意义呢？

[译者单位：杭州电子科技大学人文与法学院]

Poetry Exploration

(1ˢᵗ Issue, Theory Volume, 2016)

CONTENTS

1   Editor's Word

// COMMEMORATE SHEN ZEYI
4   Late Youth Festival······Xie Mian

8   History will never forget him······Sun Shaozhen

14   Shen Zeyi's Poetry and Poetics······Wang Juchuan

// ON THE CONSTRUCTION OF FORM OF NEW POETRY
28   Evolution Poetry   Invariant Poetic······Ye Lu

35   Reflections on Metrical Poems "Indefinite" ······Qiu Jinghua

52   Defense of the Aesthetics of the Form of the
     New Poetry······Chen Zhongyi

// POETICS RESEARCH
64   Non Fiction and Chinese New Poetry······Chen Aizhong

74   On the Lyric Intonation of Modern Poetry in Taiwan······Zheng Huiru

// REVIEW OF COLLEGE STUDENTS' POETRY MOVEMENT IN THE 80's
88   An Interview with Xu Jingya······Jiang Hongwei   Xu Jingya

102   An Interview with Cheng Baolin······Jiang Hongwei   Cheng Baolin

// ZHANG ZHI MIN's POETRY CREATION SEMINAR
118   Publicity and Consciousness of Poetry······Liu Qiong

125 From "Revolutionary Literature" to "Aesthetic
     Ideology" ······Huang Nubo

138 Thought of Justice and Poem of Love······Song Ninggang   Shen Qi

148 Folk Literature and Zhang Zhimin's Early
     Poetry Creation······Feng Lei

156 "The Returners" Philosophy······Lu Zhen

// KNOW A POET

164 Reading Wang Dandan's Poems······Wei Wei

170 On Wang Dandan's*Heap Father*······Liu Ting

173 On Wang Dandan's the Boarder Village of Yun Nan and
     Gui Zhou······Wang Yong

179 To Return Hometown While Remaining Young······Wang Dandan

// NEW POETRY HISTORICAL MATERIALS

184 Li Minzi: the Time Made Him Change from the Poet to Soldiers,
     Teachers······Wu Xinhai

// POETRY TRANSLATING STUDY

190 An Interview With Marianne Moore······ [USA] Donald Hall
     Translated by Ni Zhijuan

(Contents Translated by Lian Min)

图书在版编目（CIP）数据

诗探索.1／林莽、吴思敬主编. — 北京：作家出版社，2016.3
ISBN 978-7-5063-8752-1

Ⅰ．①诗… Ⅱ．①林…②吴… Ⅲ．①诗歌 – 世界 – 丛刊
Ⅳ．①I106.2-55

中国版本图书馆 CIP 数据核字（2016）第 043402 号

诗探索.1

主　　编：林　莽　吴思敬
责任编辑：张　平
装帧设计：史小怡
出版发行：作家出版社
社　　址：北京农展馆南里 10 号　　　　　邮　　编：100125
电话传真：86-10-65930756（出版发行部）
　　　　　86-10-65004079（总编室）
　　　　　86-10-65015116（邮购部）
E-mail：zuojia@zuojia.net.cn
http：//www.haozuojia.com（作家在线）
印　　刷：北京盛通印刷股份有限公司
成品尺寸：165×260
字　　数：438 千
印　　张：26.75
版　　次：2016 年 3 月第 1 版
印　　次：2016 年 3 月第 1 次印刷
ISBN 978-7-5063-8752-1
定　　价：70.00 元（全二册）

《诗探索》编辑委员会在工作中始终坚持：

　　发现和推出诗歌写作和理论研究的新人。

　　培养创作和研究兼备的复合型诗歌人才。

　　坚持高品位和探索性。

　　不断扩展《诗探索》的有效读者群。

　　办好理论研究和创作研究的诗歌研讨会和有特色的诗歌奖项。

　　为中国新诗的发展做出贡献。

诗探索 ①

POETRY EXPLORATION

作品卷

主编／林莽

2016年 第1辑

作家出版社

学术主持机构
中国当代文学研究会
北京大学中国新诗研究院
首都师范大学中国诗歌研究中心

《诗探索》编辑委员会
主　任：谢　冕　杨匡汉　吴思敬
委　员：王光明　刘士杰　刘福春　吴思敬　张桃洲　苏历铭
　　　　杨匡汉　陈旭光　邹　进　林　莽　谢　冕

《诗探索》出品机构： 北京人天书店有限公司
社　长：邹　进

《诗探索·理论卷》主编： 吴思敬
通信地址：北京市西三环北路 83 号首都师范大学
　　　　　中国诗歌研究中心《诗探索·理论卷》编辑部
邮政编码：100089
电子信箱：poetry_cn@163.com
特约编辑：王士强

《诗探索·作品卷》主编： 林　莽
通信地址：北京市朝阳区 100026 信箱 156 分箱
　　　　　中国诗歌研究中心《诗探索·作品卷》编辑部
邮政编码：100026
电子信箱：stshygj@126.com

目 录

// 诗坛峰会
　3　推荐与展示
　3　诗人麦芒

// 探索与发现
　43　青年诗人谈诗
　43　肖　寒　52　哑者无言　63　王海云
　70　一首诗的诞生
　70　降临或相遇：一首诗歌的画外音……毛　子
　74　石榴花只开一个夏天……丁　立

// 汉诗新作
　81　诗五家
　81　乔国永　89　荫丽娟　99　顾国强
　106　唐含玉　113　纯　子
　120　**2015 年诗歌年选作品展示（一）**

// 新诗图文志
　153　白洋淀诗人抄诗本上的诗歌散句
　154　白洋淀诗人笔记本上的摘句和诗
　196　白洋淀诗人抄诗本照片（六幅）

诗坛峰会

探索与发现

汉诗新作

新诗图文志

推荐与展示

诗人麦芒

诗人简介

　　麦芒，本名黄亦兵，1967 年 9 月 30 日生于湖南常德，继承了母亲身上祖传的湘西土家族血液。1983 年至 1993 年就读于北京大学中文系，先后获得中国文学学士、硕士和博士学位。1983 年开始写诗，早期作品散见于各种学生与民间刊物。1987 年初次结集《接近盲目》，被收入与北大同学臧棣、清平、徐永合出的四人诗集《大雨》之中。1990 年参与创办同仁诗刊《发现》，1993 年移居美国，2001 年获得美国加州大学洛杉矶分校比较文学博士学位。2000 年至今任教于美国康州学院，研究并讲授中国现当代文学和比较文学。

　　移居海外之后，继续用中文和英文双语创作、翻译和朗诵，著有中文诗集《接近盲目》（2005），中英文双语诗集《石龟》（2005），以及英文学术专著《当代中国文学：从文化大革命到未来》（Contemporary Chinese Literature：From the Cultural Revolution to the Future）（New York：Palgrave Macmillan，2007）。2012 年，获得中国第二十届柔刚诗歌奖主奖。

麦　芒

麦芒创作年表

1967 年，生于湖南省常德市，母亲为慈利土家族。

1981 年至 1983 年，在中学开始创作古体诗，初涉新诗。

1983 年 9 月，进入北京大学中文系文学专业学习，结识同班诗人臧棣、清平、徐永、蔡恒平等人，加入班级同学组织的"江烽诗社"，在班刊《红杏》上发表习作，从此正式开始新诗写作。

1985 年，在北大中文系文学刊物《启明星》第 8 期上发表短篇小说《猎枪》，在第 9 期上发表《船夫》等诗作，在第 10 期上发表《蓝色的歌手》等诗作，并担任北大五四文学社评论组组长。

1986 年，在《启明星》第 11 期上发表中篇小说《幻色》。十二月，编辑北京大学首届文学艺术节专辑之三《风眼》，收入北大诗人西川、海子、陶宁、臧棣、清平、徐永、蔡恒平等人的诗作。

1987 年，在北大西语系文学刊物《缪斯》第 16 期上发表《迷惘》等诗作。本科毕业前夕，与同班同学臧棣（海翁）、清平、徐永合印四人诗集《大雨》，其中收入个人诗集《接近盲目》，包括《夜谣》《失眠》《登程》等二十九首诗。同年秋天，继续在北大中文系攻读文艺学专业小说研究方向硕士研究生，导师为马振芳先生。在《启明星》第 16 期发表由诗人郁文（姚献民）选编的麦芒专辑，收入《一对少年》《恢宏的美降临……》《从傍晚的光线里……》等十首诗歌。同年年底，获第六届未名湖诗歌朗诵会创作一等奖。

1988 年，担任北京大学学生刊物《新世纪》夏季号和秋季号的文学编辑，发表《昼》《自画像》等诗作。

1989 年，担任《北大学生报》文艺专版编辑，发表《元旦》《海洋一样的夜晚……》《那时石头转绿……》等诗作，以及短篇小说《第七天》。三月，诗人海子去世。四月，参加纪念海子的露天诗歌朗诵会。五月，诗人骆一禾去世。十一月，有感而写作一篇关于俄裔美国诗人约瑟夫·布罗茨基获诺贝尔奖演讲词的评论《诗人代表诗人说话》，该文发表在《北京大学研究生学刊》1990 年第 1 期上。

诗探索 1　作品卷　2016 年　第 1 辑

1990 年，获文学硕士学位。同年秋天，继续在北大中文系攻读中国当代文学博士学位，导师为谢冕先生。参与创办同仁诗刊《发现》，并在第 1 期上发表《蠢男子之歌》的选章。《发现》第 1 期上发表作品的其他同仁诗人包括臧棣、戈麦、西川、西渡、清平、蔡恒平。

1991 年，继续为《发现》《巴别塔》《启明星》等各种北大同仁刊物供稿。九月，诗人戈麦去世。十月，参加在京诗人自发纪念戈麦的活动。在西渡编选的北大诗选《太阳日记》中发表《我们旋转的爱情》等八首诗。同时担任《北京大学研究生学刊》主编，并在该刊 1991 年三、四合期上发表论文《经典文学、先锋文学和当代文学》。

1992 年，在《十月》杂志 1992 年第 1 期上发表文学评论《生活在别处——重读〈金牧场〉并略谈张承志小说的抒情风格》。在《北京大学研究生学刊》1992 年第 1 期上发表捷克作家米兰·昆德拉的《小说的艺术》一书第一章的中文翻译，题名为《论小说的精神——被冷落的塞万提斯的遗产》。在《北京大学研究生学刊》1992 年第 4 期上发表论文《"现代史诗"与世界文学视野》。同年年底，完成博士论文答辩，博士论文题为《从抒情到叙事——新时期中国文学的话语转型》。

1993 年，提前毕业，获得北京大学中文系当代文学博士学位。3 月 26 日，参加未名湖诗歌朗诵会。3 月 28 日，离京赴美，旅居洛杉矶。

1994 年，进入美国加州大学洛杉矶分校，攻读比较文学博士学位。

1998 年，在橡子和谷行所编的北京大学校庆一百周年纪念文集《北大往事》中发表散文《诗歌的联系》。在臧棣和西渡所编的《北大诗选》中发表了《自画像》《我被诬陷为……》《今夜的火花今夜就会熄灭》《海浪》等二十二首诗歌，其中绝大部分作品都是出国四年多后首次集中发表的新作。

2000 年 6 月，在洛杉矶写下《石龟》一诗，献给洛杉矶河以及华裔美国诗人梁志英。八月，离开洛杉矶赴美国东海岸，开始在康涅狄格学院东亚系任教，讲授中国现当代文学和比较文学。

2001 年，获得加州大学洛杉矶分校比较文学系博士学位。

2005 年，在美国出版中英双语诗集《石龟》，收录了 1987 年至

2000 年间的作品，其中相当数量的诗作写于海外，从未在国内发表。作家出版社出版诗集《接近盲目》，收录 1993 年之前的早期诗作以及 1997 年至 1998 年间的少量作品。这些诗作虽然全部创作于中国国内，但此前大多未正式发表。在《诗探索》2005 年第 3 期上发表论文《史诗情结与中国新诗的现代性》。

2007 年，在美国出版英文学术专著《当代中国文学：从文化大革命到未来》。

2008 年 6 月，在北大中文系举办学术讲座《"鬼进城"：顾城与后历史的新世界》，发表英文学术论文《"鬼进城"：顾城在新世界里的变形记》，收入由美国汉学家陆敬思（Christopher Lupke）主编的英文研究文集《对中国当代诗歌的新观察》，其中文版本稍后也发表在《新诗评论》2008 年第 2 期。八月，在北京上苑艺术村应诗人程小蓓和蒋浩的邀请，作题为《另一种诗歌》的座谈。同时，写作评论诗人王家新的文章《王家新：经验的力量》。在美国《今日世界文学》2008 年第 6 期发表英文论文《绿啊，我多么爱你这绿色：洛尔迦，北岛的〈波动〉，在历史中梦游》。

2009 年，受邀担任美国纽斯塔德国际文学奖评委，提名推荐中国诗人多多。十月，多多获得 2010 年纽斯塔德国际文学奖，并成为历史上第一位获得此奖的中国作家。

2011 年，美国《今日世界文学》2011 年第 2 期以头条专辑的篇幅介绍 2010 年纽斯塔德文学奖得主多多。在此专辑中，发表了两年前专门用英文写作的提名推荐多多的文章《多多：妄想的主人》，以及对多多的答奖词和三首诗歌的英文翻译。七月，受邀为香港英文文学网刊《茶》主编一期"中国专辑"，翻译并介绍中国当代诗歌和艺术。八月，参加第三届青海湖国际诗歌节，作题为《追求绝对盲目的相遇》的发言。在美国发表与美国汉学家及诗人石江山（Jonathan Stalling）英文合译的诗人芒克的三首诗。在《译诗》2011 年第 1 期发表美国当代诗人查尔斯·布考斯基的九首诗的汉译作品。

2012 年 4 月，获第二十届柔刚诗歌奖主奖。五月，发表柔刚诗歌奖答谢演讲《诗歌的理想读者在哪里?》。八月，参加青海国际土著民族诗人帐篷圆桌会议。

2014 年，在美国《今日中国文学》2014 年第 1 期发表两篇英文文章：《向一条河流致敬：一种既有根又有翅膀的诗歌》和《吉狄马加：

我们的自己和我们的他者》。《使命》《日复一日》等十二首诗被收入由米家路编选的《四海为诗：旅美华人离散诗精选》。

2015 年 9 月，在西南民族大学彝学院发表题为《中国诗歌身份的悖论》的学术演讲。十一月，在美国耶鲁大学东亚系用英文发表题为《中国诗歌的界限在哪里?》的专题学术演讲。

麦芒诗四十首

迷 惘

山岗上旗帜飘落眩晕
发疯，落日冶炼着薄弱的言语
春天干渴的动物从洞穴迟来
尘沙蔽障充血的眼睛
寒冷像一座座火炉烘烤我们的心
你双拳紧握，但手中没有武器
苍白哟，驱使树木发抖
远处高塔像某个男人受伤的身体
静寂里摇摇欲摧
空气从大地剥离出耀眼的电花
我们宛如置身危机的中心

1987

云

温驯的天空中徜徉的羊群啊
你们更像一伙被预感放逐异域的
贵族，拥有阳光明亮的马车
小憩在弥漫着硫黄味的温泉池旁
肉体化脓的伤口裸露，而
另一个世界沉湎在构想里，我美慕的
那些古代侍女正专心对着镜子
一生也不改变姿态，神情如同肃穆的

诗探索 1　作品卷　2016 年　第 1 辑

殿宇，蕴藏着过去数不清的珍宝
灾难的回声很远，但仍断续传来
你们的灵魂平静，好像一口没有
深度的井，白昼的风暴就停在那里
倾斜，一切都是大地上升的尘土

1987

片　　断

一场代价高昂的劫难过去
废墟竟成了新生者尴尬的摇篮
我眼中的成长啊，好像闪回得太快的
过程，掀掉了春天屈辱的绿色
结局却是冷漠，比我更后来的人们啊
我记不起你们的父母，记不起
曾经有谁教导你们双手沾满铁锈
思想只是硝烟沉淀在心底的污迹
一万年也不能连同我过早的爱情除尽
成人们坐在阳光晒烫的石阶上喝酒
他们迷恋的死亡是空虚，是酒精中毒的
幻觉，虽然孩子们正四处拾垃圾
我被迫生活，被迫像一个平常人那样
懒惰，而历史触摸到的也只是片断

1987

登　　程
　　—— 假设的死亡之歌

秋天酿好了谷物醇美的酒
连我坐在窗边阅读的书也焕发着

一度消失的古老魅力，树木开始准备
数月后的睡眠，（我想自己不会藏进
山那边快要破裂的酒桶里）

一行行诗句由隐至显，我的手
笨拙地握住散发着墨水味的笔
房间里由于住人总是觉得很暖和
"亲爱的，这一切都是属于你的"
我能够这样吐白，（虽然仅仅是
在未完成的戏剧的想象范围内）

而光线就逐渐降暗，直至画像
完全隐没在背后的黑暗深处
我伸出放下笔的右手叉开，好让
那烛焰快意地跳跃而又不会
真正灼伤尊严，（一夜后我终于
被黎明催促登程通往旋风的乐土）

1987

清晨走过家乡繁荣的集市

清晨走过家乡繁荣的集市
遇到从前曾给我指路的聋哑老人
他的眼睛已认不出我，却投来
含笑的询问，我也无法更好地回答
"我的青春如花，很快枯萎在
从南国通往北疆的荒瘠的土地上
有一天我会重新回到岩石后的旧巢
独自将阴暗的热泪洒满脸颊"

1987

自画像

刚毅一如既往
机警救起我的性命
狂妄置我于更高的塔巅
脆弱击中水晶的心

没有真实的镜子
却总是揣测万千变化
一个二十世纪的亡命徒
遁迹于古老的爱情里

眉毛、眼睛、鼻子和嘴
和谐与不和谐的线条
随意勾勒着，黑夜不冷
远远地显出大地将醒

我挪动身下的石头
作为给海洋永久的祭奠
一线曙光染亮右手的中指
那是崩溃的信念——诗歌

1988

九月……

……，大地透出消沉
风比往日更疾
太阳依旧明亮
但已晒不肿皮肤

你虽不是离群索居者
此刻也向往自己的巢
向往平原、河流
那公鸡啼晓的地方

九月，孤单的一座木桥
架在梦境中
有时摇晃有时平稳
隐现心情的轮廓

1989

我被诬陷为……

……一个丧失理性的人
一段谁都不愿度过的荒唐时光
我放出的鸽子全无回音
我培育的爱情——死亡

对着镜子，面容有时不太沉静
像一张被激怒的扑克牌
用力摔打在平整的桌面上
又颓然被手重新抓回

我不想高山，不想大海
不想任何与庞大相等的事物
也不想装扮成它们的伴奏

我只想更尖锐，更讨人厌
正如我为自己所起的名字那样
从生命中夺取漫长的一滴血

1989

今夜的火花今夜就会熄灭

······
告诫我的不是一个人，而是
两个人、三个人······
先微笑，然后是沉默和迷惘

在数着星星的过程中
也许会忘记了自己眉毛底下
两颗最有人性的眸子
它们离我一样遥不可及

而我多么疲惫，多么恍惚
就像白昼一个未结疤的
伤口，有着腐败的肉和新鲜
的血，无人用嘴吮吸

手指，手指在跳动，仿佛
弹着一根并不存在的琴弦
我的诗啊，请埋进浓重的黑暗
不要为谁而唱，也不要为我

你只需叹息，像一场梦
你只需存在，哪怕被毁灭
这一切已经足够幸福了
就不要再追求什么不朽

1990

第三献辞：给亲爱的朋友

我把你们首先当作一个整体，亲爱的朋友

在难忘的夜晚你们就是天幕
悬挂着星星的睡眠和基督的面容
虽生犹死和虽死犹生，这两个相反的成语
多么一致地概括出我们在人世
二十几年来备感荣幸的客观处境

然后你们是个人，是一个个出生日
和出生地，操着各自的口音
向那些奇怪的女人求爱
在大学里烟雾缭绕的下流聚会上
有的狂饮，有的痛哭失声
有的沉静地观察，不失时机地微笑
这分别构成了伟大诗歌的纯洁内涵

因此我想念你们，借以
饶恕曾经对我们不忠的时代和女人
饶恕那穷困的生活和野蛮的风景
以及自己的种种过错，千里之外
或是咫尺以内，我都能触摸到你们
熟悉的脸，比想象的还要英俊动人
现在，请你们也想念我，一个蠢男子
肝比心更大，除了赞美，什么也不愿听

1990

我死过……

……我死过我死过
远在金字塔尚未建起之前
我看见了爱情的尼罗河
一年一泛滥，肥沃了大片平原

成群的候鸟飞走又飞来

诗探索 1　作品卷　2016 年　第 1 辑

安慰我卧睡的灵魂
它们的脚在沙滩上踩出"人"形
我把这作为箴言记住了很久

直到新的混乱世纪降临
年轻的异教神开始说话
我才惊讶地发现自己已挤在
陌生的汽车和楼房之间

我不得不重新活转过来
像一个穿着古装的演员
继续在生活之内和生活之外
寻找那值得为之献身的生活

1991

鸟若收拢分开的双翅……

……，则必须
停止飞翔，婴儿若停止哭泣
则意味着接近死亡，死亡
若无信念，则无异于阴影统治阳光

女人若梦寐以求爱情，则
理应耗费白昼的大好时光
男人若将胸怀专门敞向成功
则等待他的是苦恼、嫉妒和创伤

鲜花若只在春天开放，则
永无希望吻到白雪，白雪若
老是站在很高很高的山上
则难于汇入溪流阅尽人间景象

浓烟若不冲破终点的地平线
则不会显示出生命在有目的地燃烧
诗歌若失去感动自己的力量
则对于他人仅仅是糟糕的游戏一场

1994

这是……

这是起身散心的时刻
烦闷的事情已经太烦
巨大的太阳把我的眼睛射伤
但风暴正从内脏深处舔我的脸
快活的笑声越来越响亮
在笑声里我认出了昔日的啄木鸟
仍在用绿色磨炼锋利的问号
而真正值得伤心的火灾留下的灰烬已经不多
也许是户内的人们更谨慎,也许
是我更渴望被隔绝到豁然的户外
在一种颓废的语言中演奏高尚的诗歌
如木偶不偏不倚全面地展开自己
这正是玩笑中的生活

1995

七月海滨沙滩读书

天空蓝得不带一丝邪念
我与天空共读一本书
鸟如疑问的弧线不时划过头顶
当它在不远处落下,我已在这方领悟

我在学习一门新的语言
将一切智慧重新还给世界
大海在深沉之上波动
让节奏的语言有力地讲述着

当一日过了一半，我与天空
各自将一本书的一半读完
我期盼结局，天空欲知原委
一棵棕榈树挡在我们的视线之间

我随手将书关上放置一边
在沙滩上感知它晒烫的脊背
夕阳与鸟归向不同的黑暗
天空中只有明星闪闪

1995

你将去往木尚未伐的山腰

你将去往木尚未伐的山腰
那里无名野花多如百科全书里的名称
陌生的秋已到来，从未谋面的客人
在小心叩墙，墙伴随叩声在坍塌

蜘蛛取得了公开织网捕蝇的权利
这一刻，它就在你的眼鼻之前
悬空表演古代深奥的方技，而你
很清楚，你的手指可随时戳穿堂堂谎言

你尽可回忆夏日，一瓶已打开的烈酒
至今颤动弥漫在鸟的喉咙与
人的舌尖，衬衫挂在肉体上，一列快车
像笑声驶过窗前，消失在风的尽头

一张桌子，平滑如无梦污染的睡眠
摊开一张白纸，沉稳，不带问号
的简短问候："你好"
幽灵渐渐涌现，海潮退去后遗留的沙滩

1996

一九九七年十二月二十日

一九九七年十二月二十日
我坐在北京西北郊外，天阴惨惨
却没有马上掉下来砸破做饭的砂锅
这一年没有什么太大的新闻可供总结
除了时隔将近五载我重又回归这里
没有什么变化，除了凭空冒出的林立高楼
以证实它们不是小说家的海外奇谈
窗子一律方正规范黑暗不露光线
封闭的世界体现在依然木讷的脸上
那狡猾与迷惘构成一对兄弟
随时准备将彼此向眼睛锋利的审讯轮番出卖
我坐在一个风水已被污染的地方
头脑中没有一丝来源于自然的灵感
　　身体上倒是总有一件易脏的外衣
　　提醒我说故乡本是经遥远之旅借来从不属于这里

这一年我年满三十岁，心明体壮
长发后挽搭背，黑色的皮夹克与粗浓
的眉毛时时让陌生的姑娘们猜测
我是一个按时尚流俗分类的所谓艺术家
但她们肯定会猜错我的真正来历
我的生涯全藏匿于我的一言不发
灵巧的手抚摸在我熟悉的所爱的人的肩胛上

诗探索 1　作品卷　2016 年　第 1 辑

雕凿时间宛若雕凿诗句，让多余的
材料统统倒掉，不让生活的原质互相磕碰掺杂
俏皮的传统正被我在笔下用如斧斤开拓
荒芜的未来，种下草籽与坚果
我坐在一把不是为我而设的转椅上
头脑中没有一丝被鹦鹉点名呼唤的幻想
　　双腿间倒是总有一种磅礴的冲动
　　告诉我说必须把天赋的精液在另一个生命里落实

1997

一九九八年新年祝福

　　诗意盎然的隆冬
我的朋友和我举杯共庆我们的"衰老"
你好，伟大的"衰老"，脱发落齿的理性
与容光焕发的感情，多么漂亮的一对
笑声在杯子底里乐得打颤，宏伟的事业虽未完成
误入歧途的大道却比以往任何时候都造得更好
肚子隐蔽的形状一天天在衣服下面凸出引起世界的注意
迂回的思想在冰冷的死亡跟前驻足迟疑显得腼腆
挤眉弄眼地互相爱着，沮丧地希望着明天
四周腐烂下去的除了抽象的一小撮敌人还有具体可触的成堆的大白菜

动荡的一生似乎已有了归宿，哪怕这归宿是好是坏
带疤的伤口若被撬开，里面一准流的仍是鲜血
醉已成为偶尔清醒的难得理由，台阶上
频频传来的除了礼炮的朝天轰鸣还有失足摔跤的向下滚动
谁也不知道我们究竟已到何处，节日的灯笼
也早就学会了纸包住火，但毕竟还不完全严实
仍然有温暖的气流逆着寒风无声地涌动，我们仍然
不准备就此给自己戴上假发扑粉扮演古典的人物
"衰老"仍然只是一种可能，而非桌子对面或床上姑娘们默认的现实

到手煮熟的野鸭子忽地呱呱展翅飞走

1997

作品的教训

有一些我不愿读的作品全由假设的名家写成
我既不愿意在床上伴随曙光读它们
也不愿意在夜晚灯光下为它们浪费电与时辰
书自有书的命运，作者也一样
　　哪怕名气再大
　　　　也只配填废纸篓

可另一些我不关心其作者的作品我一读再读
从深夜到黎明，从年少到现在
它们已经变成了我与时间之间的有效桥梁
我因此沉静耐烦，我的命运
　　也就此定型
　　　　激烈却与世无争

1997

真　实

土地干燥起尘，房屋低矮像界桩
道路歪歪扭扭确如地图所绘
公鸡扯不起嗓子
头发乱成一团

酒是酸的，笑容很苦
风景的含义在于无风
成排的蜡状白杨戳进肉体里

诗探索 1　作品卷　2016 年　第 1 辑

袖手缩在大黑棉袄中

却并不旁观，而是直视
看着一切心看不见的东西
一支笔笨拙费力地
写着，挤出泥，迸出火花

1998

再获的认识

我认出我的狗
它等着我
我扔给它一枚赝币
它嗅着，并不叼起

它身下湿润
像多年前一样
那时我离开了它
也离开了故乡

在各种梦境中
它是不同的事物
甚至是一串火的字母
我难以分辨

它用它的爪子
刨着埋在地里的根基
它并不看我
因为我在看它

我对它有着
万般的爱惜之情

这种情感藏到现在
只会更深

我想抚摸它
已经发硬的皮毛
让它冻紫的头紧紧
贴挨我的脸

于是我回想一切
我曾爱过而他们也
拥抱过我的人
犹如夜晚重获黄金

1998

论懒惰

懒惰是我的护身符，我依赖于它
仿佛飞蛾转来转去离不开灯

懒惰起源于人的天性，不可改变
改变必定会给别人和自己带来灾难

我是懒惰的主人，而非奴仆
但是我对它持有最大限度的尊重

懒惰是弓，我是箭
凭借它的动力我定能达到目标

懒惰使人谦虚，也使人狂傲
懒惰是一块时间的石头任我的铁杵消磨

我因懒惰而念书，在懒惰中生活

诗探索 1　作品卷　2016 年　第 1 辑

思想是懒惰的果实，勤勉只增添枝叶

懒惰让人白昼睡眠苦短，夜晚
我却精神抖擞流汗从事爱的永恒工作

懒惰逼迫言简意赅，不能说的
就沉默，有如放高利贷者的惜金性格

我也将在懒惰的扶持下日臻高龄
用随波逐流仅剩的文字寄托无限厚沉的黑暗

懒惰与疾病和烦恼有关，而名声
在殚精竭虑付出代价之后可能得到流传

懒惰和我，更好似一对孪生兄弟
互相领悟彼此根深蒂固的差异，是我为它作序

1998.1.5

怎么样切近现实

"要成为一个诗人，就不能成为别的"
谁能接受这样的苛求
我是一个完整的人，有很多欲求
都是诗歌所难以彻底满足的

当我把手伸向水，水就退缩
当我想摘果实，果实就消失
这就是当代坦塔罗斯的严酷处境
你写诗，现实就在你生命中挥发或溜走
足够让你头疼的了

惩罚，不见得一定是监禁或绞刑

一个年轻人观赏春天的花
花心中有一只蜜蜂，但这些
都是俗套，如果有一位姑娘出现
姑娘也难免陷入她所代表的词的泥淖
没有透明的内脏供你瞻仰
两腿之间一切都是假象

记得马王堆出土的老年女尸，两千年
仍保存着头发、肌肉、连同
肠胃中尚未消化的甜瓜子
当我在阴暗的博物馆向下久久凝视
那如猴爪一样丑陋的皱褐躯干
我悲悯地问自己："美到哪儿去了？"

我写诗，我就不能生活
诗中的生活就像那具木乃伊般的女尸
我生活，我就不能写诗
浪费在写诗上的每一分钟都
削弱着我理应全部投入生活的精力勇气

你总不能左手握住生活，右手
执笔在一张白纸上滑动吧
不要相信那些说爱你的诗人们
哦，亲爱的女人，因为
他们所说的永远是下一个现实

1998. 3. 25

红色的月亮

红色的月亮，神话画册中的主题
她说过有一天

诗探索 1　作品卷　2016 年　第 1 辑

那月亮会映在我的脸上

为什么会是我？她没有回答，却
低垂下头，金发
盖住她右边小巧的耳廓

我对她藏有类似泥沼对炭的感情
但这感情始终
还是太湿，无法燃烧

没过太多的时间，大海掀起巨浪
我心中豁然叠印出
两个红色的月亮，孤寂和死亡

1998

苦　恼

一些人竞争桂冠，另一些人迷恋鬼魂
夜晚又一个夜晚灯白白地点着
除了黑字以外什么也没有写出来

痛苦，可痛苦有什么用
如果你从中榨不出甜蜜的汁液

英格兰的一块巨石和亚利桑那州的大峡谷
都是我从未见过的，哪怕我似乎见过

我也从不曾有机会与你促膝而谈
面对你近在咫尺的迷人胸脯
你的才智完全超过我的
因为你熟悉一切女人应该掌握的技巧

有着自己的身体和头脑

而我又是什么人？一个夸夸其谈者？
一个徒有虚名的哲学博士？
一个不愿意把生命浪费在获得
同行承认的蹩脚诗人？
一个花花公子？一个不孝的儿子
和自怨自艾的未来父亲？

都是，又都不是，最好我还是我自己
不要带上任何毫无意义的头衔

当别人都关心时代，我欣慰于细小的日子
当世界剧烈变动，我攀住悬崖边的峭壁
往下张望会使我耳鸣目眩

我来自加利福尼亚
那里的月亮比任何地方都圆
但那不是我的月亮，披藏着心病或遗憾
我难以把它顺利地抄回家

法律禁止我和已婚的女人私通
爱情绝不是两个人玩世不恭的借口
你想必也了解这一点
但你似乎对我有着某种破例的宽容

我将为你写一封长长的信，解释为什么
你打动了我，像浪溅湿了我

然后这信将会被揉成一团，扔到角落

没有人能理解，理解了也没有用

像孵不出蝴蝶的蛹

即使那蝴蝶可能是非常美丽而孤独的

1998. 3. 27

论　人

我已失去了那种
扛着猎枪打猎的兴趣
那种枪一响
就会有猎物从天上掉下来
的一一对应
过于合乎理性，而戕杀了神秘

而今我面对荒地夕阳
喜悦之情溢于心胸
我甚至忘记了自己是谁
于是我问自己
"你是谁？"
当然没有答案，不过
我本来就不稀罕答案

但是我会跟着
滚动的球一起跑下山坡
迈动着一高一低
不太均衡的脚步
我想知道球到底要滚多远
才能好不容易地停住

在没有别人在场的时候
我使劲为自己
喝彩鼓噪

好像我卑劣的流氓行径
完全证明了一个人
可以是非自我的典型

好吧，随便你是
一个屠夫
或是一个侍者
如果你能给生活
增添一分勇气或是小心
我就算你是
不曾辜负
我们共同出身的
人

1998

美丽燃烧的星星

谁说世界每一天都在接近末日
美丽燃烧的星星不是仍然
如此眷顾着月亮
我的诗歌的守护之神
难道我不仍然对此燃烧着惊奇
就像我的眼睛第一次
从母腹里艰难睁开那样
难道天底下不是仍然有别的人和我一样

辛苦地追求然后辛苦地去睡
我与古人保持着一种密切的联系
我有着与他们相似的脸
（睁一只眼闭一只眼）
悲观之中机警而深情
恰如陷入爱情火焰里挣扎的硬心肠的情人

期待着生命化合为

对某个独一无二的女人燃烧的爱

因为尘世的各种荣誉

都只是业已冷却的灰烬

全抵不上俊俏的女人对我一度温暖裸露的垂青

1999

澄　清

五月，又是繁花

　　阳光洒下斑点

　　　　你我曾熟悉的颜色

　　　　　　加深这一切，记住这一切

那热，那光，那

　　温暖的眼神

　　　　飞鸟，那大地上

　　　　　　脉脉存在又默默消失的启示

那浊的一切，又澄清

　　那苦的一切，又甜蜜

　　　　凝视那解冻的

　　　　　　大海，辨认层出不穷的波涛

你我曾熟悉的悲欢

　　尽在其中

　　　　又是五月，蓝天

　　　　　　寥廓，拓展这一切，忘却这一切

2001. 5. 6

隐秘的哭泣

什么是生命中重要的意义？
请你倾听那些渺小的声音
青蛙的鸣叫，秋虫的呼声

也包括那些几乎不出声的
书页翻动时的沙沙细响
情人赤裸对视时的脉脉无语

也包括那些常常被误解的
暴风雨抽打海洋的愤怒咆哮
黑夜面对死亡时的轻蔑憎恨

啊，纵使我一百次被质问
类似的问题，我也会一百次回答
请你倾听那些自我以外的声音

它们是自然和人类尊严的声音
哪怕那里藏有一丝隐秘的哭泣
哭泣来自重要的意义，别将这线索剪断抛弃

2001.5.6

奉献给夜的一首诗

夜，把雨洗刷得又浓又黑，像是一把传说中巫女的长发。夜是我的秘密，它弥漫在我的脸上，我的心头。

当然，夜同时也属于街道，属于无垠空间。庞大的都市葡匐在我目光的俯视之下，像一只乖巧的猫，而我并不想惊醒它。

这夜也属于你，此刻你和我正在同一座都市。更具体地说，此刻你和我正在同一间顶层公寓。唯一的不同是，此刻你仍在床上，而我已坐在厨房里，喝着一杯淡淡的清酒。

　　夜是雨的姐妹，同谋。而我常常感到自己是夜的陌生人，哪怕它此刻就在我的身体里，沤烂，积蓄。

　　这夜已与我无关，我不想再深究任何我自己的秘密。当我撩起巫女的长发，我并未找到我想找到的一张脸，一张苍白得足以与黑暗产生强烈反差的我曾自以为相当熟悉的脸。

　　夜，是虚无缥缈的，因而是美丽的。我信奉这一谨慎乐观的处世哲学。

2002. 2. 10

宁　静

雪化之时
第一阵
大雁长长的
宁静

被我
偶然
听到

自十一月
到
一月

如今是二月
我的心

犹如化雪之上
晴空之中
飘浮的
白云

2003

雨

　　——我梦见我和她走在曼哈顿熙熙攘攘的大街上。在一个地铁入口，她停步，说："真是难以想象这是一座古老的城市。""古老?"我不禁看她侧面，诧异，又觉得恍惚，仿佛雨滴在鼻梁。的确，这座巨大的小岛不知不觉也已在新大陆的海上摇荡了几个世纪。

　　——但我的眼前却赫然出现巴黎，黝黑的街石，还有波纹粼粼的塞纳河，雨飘忽在那千年弥久的城市。

　　——还有其他众多我没见过也一时想不起来的城市，包括玛雅人的石城。雨连同污秽落在排水沟里。

　　——唯独没有故国我和她于其中初次相识的伟大都城，那里爱情静静安眠!

　　——雨已经没有形象。

2004

印　象

　　金色的高原上的夏天，晴朗的你和无言的我

诗探索 1　作品卷　2016 年　第 1 辑

一对完美无缺的
热恋伴侣

你问："这一天要到哪一天？"我不答，低头吻你
分开的嘴唇，渴望
深椎入心

云，一朵，两朵，在头顶飘过
高原上，我们晒得黑红，茁壮的骨骼和肌肉
更为执拗

不再动摇，扎根在这一夏天，永远停留在我的
视网膜对你的
淡淡印象里

2004

新的生活

这是北美大陆临靠大西洋的尽头。隐隐听见海浪的喧嚣。

我在熄火的汽车里给她打电话。我说："我看见一轮金红的夕阳落
下去了。"她叫我顺着那方向去找地平线，翻过去，或是最好掉下去。
不要打搅她，好好睡一觉，再从太平洋里湿淋淋地自个儿爬升上来。

——很明显，她把我错当成了无处可去的夕阳。我的生活已经堕落
到这般地步。

我发动汽车，打开车灯。高速公路上灯火川流不息。扔掉名字，我
在寻找新的生活。

2004

我亦飘飘走在人世

我亦飘飘走在人世
春风吹我多快乐
遍采晓事与不晓事
枝头颤颤的虚荣花朵
我的歌声即为她们而发
愿她们每人都满足
哪管别的哎哟与哎呀
我亦飘飘走在人世

我亦飘飘走在人世
夏日晒我体健壮
沐浴小溪潺潺，畅游
大海无边，美人对我微笑
我的歌声即为她们而发
愿我能将她们每人都抱入怀
哪管别的阴郁与狂澜
我亦飘飘走在人间

我亦飘飘走在人间
秋天任我多高爽
随手摘苹果，酣睡浑不觉
成熟的夫人和赤裸少妇
我的歌声即为她们而发
愿我是她们每人的诚实爱侣
哪管别的忠与不忠情人
我亦飘飘走在人世

我亦飘飘走在人世
冬寒助我猛清醒
放眼四望皆死亡

诗探索1　作品卷　2016年　第1辑

唯有昔日难舍幻象
我的歌声即为她们而发
愿她们每人都纳藏我心底
哪管我将步入冰冷坟墓
我亦飘飘走在人世

2006. 11. 19

我们肩并肩……

我们肩并肩坐在海湾礁石之上
眺望一艘快船匆匆出港
奔向茫茫水面那另一端的陆地
好似一个恋人
心急如焚地赴约
那里有一个甜美的爱人
一双渴望的手臂张开等待着拥抱

另一艘大船，缓慢地从那一端回返
沉思，迟疑，并不急于抵达
而是扫视打量着它周围经过的一切
这一切，它经过然而注定放弃
生命，仿佛最美好的都已留在身后
眼前即将到来的
只是从前的预感，变坏了的不变终点

啊，亲爱的，你侧过头娇声问我
哪种人生才合我意，什么样的航程才算是
不快不慢

请看，请看就在离两艘船不远的地方
有一片白帆悠悠在海面上遨游
更无目的，更无欲求

仅仅是一双翅膀，上下搏击

在希望和失意的人生之中，飘逸自由

2007

要　求

黎明
你睁着眼睛
躺在我的胸上

裸体的雨擎着一枝玫瑰
敲打窗户，要求进来
雨说："看看我，我有话要对你说

我有很多心里话要对你说
给我一次机会
看看我"

2008. 1. 11

一件奇迹

我目睹了北京郊外的雷电，它们将不可能变为可能。

七月，远处的山峦近在咫尺，漆黑的夜空被厚厚的乌云装得满满的。仿佛气味浓郁的长长乱发。

随便推开一扇门，那隐藏的秘密就展现给你，像是一个真正的女人。

我早已不认识你，但那一道道惊天的闪电，使我猛醒记得从前肉体

诗探索1　作品卷　2016年　第1辑

里面发生的每一刻，每一秒。

　　飘泼大雨也挡不住我勃发探寻你的欲望。分不清哪是汗，哪是水，我根本就不打算揭穿色情的虚无。

　　只是崇拜这雷，这电，这男女湿透的容器。

2009.8.1

赞歌给蓝色的黄昏

　　如果你在海边
　　你会得到蓝色的黄昏

　　那情绪的安谧
　　一如这些散开的房屋
　　泰然地迎接正渐渐跃入眼帘的黑夜
　　和曾隐在天空深处的星星

　　此时，唯有蓝色的黄昏
　　如同河流静静入海的那一刻
　　如同街道渐渐到头的那一刻

　　我将铭记哪一盏最先
　　亮起的和平生活里的灯
　　哪一个忙碌的女主人
　　将听到门口迷路的陌生人礼貌的问询声
　　以及小狗的欢叫

　　大海和空气正融为一体
　　船在海上
　　传播地球那另一边
　　让人等待的消息

那一边，城市里的沸腾生活
因为思念我
也渐渐沉寂下来
欢声笑语中
我认得那诸多美人
她们每一个人的肌肤
都曾紧贴我而火热
当我是奥德修斯的时候
也曾拒绝耳朵塞蜡
身体却被束缚在桅杆上而发狂

眼下，我更愿在僻静的道上漫步
察看这落入人间的蓝色黄昏
宛如陆地
迎接一朵悄无声息
蓝色的落花

2012

观　花

又是五月，我欣赏的杜鹃花再一次开放。

记得那是童年，但不知是哪一个夜晚，我最喜欢的女人笑盈盈地走向我，趁我的梦尚未完全醒来之际。

我心里对自己说："嗅她的头发和耳朵，记住这一刻。当你长大之后，永远不要忘了自己曾是命运最中意赐福之人。

"因此你要永远珍惜手中每一朵花，无论形状各异，何时凋零。"

而今观花而已，不再夺取。

诗探索1　作品卷　2016年　第1辑

幸甚至哉，歌以咏志。

2013. 5. 19

论写诗的最终目的

记住
在明月新弯的夜里恋爱
将嘴唇
如胶似漆
　　堵上嘴唇

这本身就是一种
对时间额外恩赐的
　　期待

然而，如果你在漆黑深夜里像闪电迅疾写诗
你是不含期待地打破每一个瞬间
创造崭新的血肉
　　和思想

在月圆之夜
泛舟海面
你不要诵读你刚刚写完的诗句
韵律会自己说话
她正含情脉脉
　　摘下耳环

啊，不要
　　随波
　　　　逐流

不要惊动，甚至肆意戳痛他人

体内
沉睡的
　　　波涛

不要轻易
成为
　　诗人
　　　　或一尊社会公敌雕像

我认为，爱的艺术
不在于灿烂
星空
　　畅吐
　　　　活鱼

也不在于
大步流星
　　抱起
　　　　白虎

而在于孤独地
斧劈千里
冰封的
　　大海

夺取
　　时间

将真实的遗忘
　　奉还

2014. 1. 6

诗坛峰会

探索与发现

汉诗新作

新诗图文志

青年诗人谈诗

作者简介

　　肖寒，女，本名肖含，曾用名千叶芦花。1978 年 3 月出生于吉林梨树，吉林省作家协会会员，中国诗歌学会会员。曾在《人民文学》《诗刊》《诗潮》《星星·散文诗》《作家》《中国诗歌》《文学港》等刊物发表诗歌、散文诗。曾参加《人民文学》第二届"新浪潮"诗会。曾获"梨树诗歌奖"特等奖。

我的诗歌历程

肖　寒

1

　　刘年说："诗歌，是人间的药。"

　　我喜欢这样的说法。但我更想说的是：诗歌是我的病。

　　一些过于温暖和悲伤的话，我都写在诗里，我的希望和决绝也在诗里。

　　我逐渐老去的身躯，只有诗歌的骨骼才能支撑它。

2

　　生下女儿那年，我二十五岁。写下第一首诗那年，我二十九岁。

　　那时，我和丈夫带着女儿租住二十多平方米的平房。生活拮据的我们根本买不起电脑，想写诗要等到下班后去网吧。去了之后，不一定能安下心来，还需要接幼儿园的女儿。每次都是匆匆忙忙。有几次我担心女儿等急了，就先去接她，然后带着她一同去网吧，怕她哭闹，就给她买很多她喜欢吃的零食。带着女儿到网吧，遇到别人异样的眼神，我总会解释说，找点资料。看着坐在身边的女儿，我并不能完全轻松地写诗，总觉得自己是一个极不负责的母亲，愧对一个仅仅四五岁的孩子。

有一次，下班很晚，接女儿的时候天已经朦朦胧胧地黑了，但我还是带她去了网吧。那时候，打工的不顺，使我觉得有很多话要说，写诗成了唯一倾诉的途径。我只顾着赶紧写诗，没怎么顾及女儿。她从椅子上掉了下来，磕到了电脑桌的角上，额头上磕出了包。听着女儿不止的哭声，我禁不住泪流满面——我是怎样一个母亲，我到底在做什么啊？

父母知道后，给我买了一台电脑。我才开始有了自己的博客，有了自己的诗路，有了些许的成绩。

尽管生活依然艰辛，但我对诗歌的热爱与忠诚有增无减，对父母及女儿的愧疚也有增无减。

3

时光到底将我带到哪里，诗歌到底能给我什么，已经不重要了。重要的是：对于写诗，我不是在坚持，而是在完成一个必须。

4

诗歌是我的宗教，也是藏在我胸腔里的匕首。我活着，因为它；我死去，因为它。

我庆幸，我能用一个诗人的身份来完成自己的一生。

我庆幸在别人唾弃我、谩骂我、侮辱我的时候，我还有诗歌。我庆幸，在这磕磕绊绊的人生中，诗歌对于我的牵引和拯救。我庆幸，在诗歌的路上我遇到了他们：周兴安、朱零、刘年、伊蕾、荣荣、宗仁发、雷平阳……他们导航了我整个的诗歌人生。

5

当神经的敏感度不够的时候，我就拼命地食用足够刺激的食物。

当神经过于敏感时，我就拼命地写诗。而这，无异于自毁。

我写诗，有时是对自己人生的怜悯。

6

十年的诗歌之路，曾经给我带来过遗憾、失望，甚至绝望。但我，从未后悔接触它，走进它，热爱它。

肖寒诗九首

冬日的一天

冬天好像是一口很深很深的井
而其中的一天好像是
通往井外的众多小路中的一条
我经历着冬日的每一天，就像
经历着春日的斧凿之功，时光
穿越着我悲悯的一生
三十多年了，三十多个冬季
已经将我埋得很深，我不知道这冰冷的日子
来自何处。但我已领命于它
在一条焦灼的路上，我还要走
很远很远
太阳淹没在丛林中，我看见之前的我
已经枯萎，一条年轻的路荆棘丛生
我忍着不看它们。但我
忍不住悲伤

虚　假

我一直在等你的原谅
我倚靠着的墙壁
并不能给我多大的支撑
一面虚假的墙壁
和你对我的原谅没有多大关系
但我是真实的

诗探索1　作品卷　2016年　第1辑

我经历过，夜晚降至时的怒放
也经历过，黎明来临时的凋零
更经历过，从头到脚的枯萎
如今，真实的东西已经所剩无几
梦中，一条路反复出现
而你，指给了我另一条路
这条路几乎和我没有一点瓜葛
但它出奇的美，这虚假的美
禁不住任何一种
人世的悲伤

写了那么多的诗

写了那么多的诗：
白色的，黑色的；大的，小的；
坚硬的，柔软的；活着的，死去的。
我无法为它们一个个地起出很好听的名字，
就像我无法为自己找到更好的
活着的方式。
我写出它们其中的每一首，
就好像我又倒退了一步，
有种千帆过尽的谦卑与超脱。
写了那么多的诗，
和那么多个自己较量。
实际上，我一生都在
与自己过意不去，与自己撕破脸的抵抗，
与自己拼个你死我活。

但是我，
写了那么多虚伪的诗，
用了那么多无辜的灯火。

为抵抗而活着

活着的理由太少了，以至于
我会偶尔想到死。但我要为一些爱
而活着，父母的爱、兄弟的爱、姐妹的爱
儿女的爱，我没有爱情
我从不为爱情而活

二十年了，我的那些朋友
一个都没有找到我，但我能遥远地看见
他们生孩子，过日子
这些与我的时光
同样流逝的时光里，他们
看不见我

除了爱，我还要
为抵抗一阵风而活着，还要
为抵抗一种情绪而活着，还要
为抵抗与自己相反的事物
而活着

时光里

我的安静，并不代表我会就此
沉默下去。去年秋天落下去的暗黄的叶子
如今仍是鲜嫩地挂在枝头
而我需花上一生的时间
向人世争取我的存在

一阵风之后
附着在空气中的灰尘，随着呼吸

诗探索1 作品卷 2016年 第1辑

潜入我的身体

再怎么躲都躲不过灰尘的蒙蔽
再怎么逃都逃不过时光的制裁

并非是我老了，是过去了那么多个秋天
我已禁得起人世的冷了

旅　途

我和更多的人
走在同一条街道上
但我们走的却是不一样的路

那些街道，常常使我困乏
山川、楼阁、黄昏、花朵混迹其中
不同的我从不同的角度出现
每走过一条街道，就像风雨飘过旷野

疾走或者缓行，我都喜欢低着头
这一低头，几十年过去了
旅途中，尽管有很多不想说的话
但我还是说了
我把最想说的话
留到最后

必要时

南面山坡上的花已经盛开了，而北面
还是一片阴暗。天气是无常的
雨下了一夜之后还在继续，有时候
一个怀抱是多么的重要，但有时候一个怀抱

又是那么的多余

必要时，我们可以给彼此一个温暖的怀抱
但我们必须冒着折断彼此的危险

我们要登上一座虚城，我们分开空气
空气又分开了我们
流水、山野，树木、云雾
这些流淌的事物
摘掉了我的每一片叶子

将我分解成碎片的
是一场风
我站在它的中间
我破碎，但我永不消失

必要时，我会和一棵树靠在一起
我们不是同类
但更懂得惺惺相惜

不是每一天，我都真实存在

不是你想的那样
不是每一个清晨
我都要顶着人海去上班
不是每一天我都能看到自己
我变得越来越
伤感、自闭并且执拗。我的执拗
加重了我的悲伤。我闭着嘴
吃越来越多的药
我不说话。但有时某个部位的松弛
会自动地暴露出一切
我的那些朋友没有快乐

诗探索1　作品卷　2016年　第1辑

也没有悲伤。他们不懂
我曾在爱里死过
至今仍在伤心里活着

亲爱的我

爱自己的身体，但不爱自己
爱自己带来的所有荣辱爱恨
但不爱自己，爱灯火熄灭后的自我抚慰
和捶打，但不爱自己

我活着，是为了繁衍我的女儿
是为了我的父母能有一个骄傲的女儿
我活着，是为了不让我爱的男人
把他的爱献给我之外的女人

我活着，占用了
另一个无辜女人的空间
这使我，至今都问心有愧

亲爱的我，亲爱的
等你的身躯长满碧草和丛林
我就会为你
开辟另一条重生之路

作者简介

哑者无言，男，本名吕付平。1980 年 5 月生于陕西旬阳，现居浙江宁波。浙江省作协会员，2014 年鲁迅文学院浙江青年作家研修班学员。2010 年 3 月开始写诗，诗作散见于《文学港》《星星》《诗潮》《诗歌月刊》《诗选刊》《绿风》《诗刊》《延河》《天津文学》等。曾获得第二届海峡两岸"月河·月老杯"爱情诗歌大赛金奖。

我的诗歌历程

哑者无言

与诗歌结缘，不过是五年前的事儿。那时我已经三十岁，大学毕业也已七年了，从陕西来到浙江，先杭州，后宁波，一晃就到了做父亲的年纪。从小喜欢文学的我，在工作和生活的夹缝中若即若离地和文学保持着那么一点联系，也不过是在论坛里写点类似小说的青春文字，和一小撮同道相互点个赞，顶个帖什么的，从中获取些许乐趣；或者是零零散散地看点小说和历史类的书，仅此而已。而以上这些所谓的文学活动，在当时，都和诗歌没有直接关系。

这世上有很多偶然的东西，会给生活带来意想不到的变化，比如一张普通的报纸。在我三十岁的某一天，这个某一天可以具体到 2010 年 3 月 11 日。我像往常一样漫不经心地浏览着报纸，《东南商报》上的一则人物报道，像一把突然出现的锋利的刀一样，将我的生活切成了两段——一段是和诗歌无关的，一段是和诗歌有关的。当然这是后话了，是我多年以后回过头来梳理记忆时总结出来的一个比喻，一个生活反差的写照。而且在某种程度上，我一直为自己的生活有这样的反差而暗自窃喜，并不止一次闭上眼睛享受这种陶醉。

写到这里，我觉得自己应该克制一下情感，让话题先回到那份《东南商报》上去。报纸上的那位叫唐以洪的诗人，他的眼神需要另一个眼神去对接，而我应该是合适的人选。在一整版的关于他的诗歌事迹的报道中，我了解到，这个高中毕业后就离开家乡，走南闯北的打工者，在工作间隙，用朴素的语言，在城市的流水线、五金厂、脚手架上，在家乡的父老乡亲、子女后代身上，在土地、牲畜、蔬菜、水果中，在蚂蚁、麻雀的卑微里，书写着一个群体的疼痛、孤寂和悲苦。他的诗歌朴实、凌厉，以在场者的经历对人、事、环境做出判别、回应以及关照。这种诗歌写作风格让读者轻易就跨越了阅读障碍，直接进入诗歌场景之中，所引起的共鸣和思考也更为直接和明了。

顺着报道中的诗人博客地址，我走进了新浪博客，从此开始了自己的诗歌之旅。博客的方便快捷和传播优势，能让一个诗歌爱好者迅速入门，我也不例外。

虽然我和他的境遇大有不同，但是我觉得我们在抵达精神世界某一领域时有着共同的通道。而在此之前，可以说我对诗歌是一无所知、毫无交集的。如果说在庸常的生活里，有无数道暗门通向诗歌的大院，那么毫不夸张地说，唐以洪是第一个带着我，并给我指出诗歌大门所在的人。也是从这一天开始，我有了另外一个名字：哑者无言。时至今日，我仍与他不曾见面，也不曾有过更多的交流，但他的这次无意识的"引导"，却使一个青年走上了诗歌的道路。因此，我一直说自己的诗歌之旅是非常之偶然。而对这个不久后就获得了首届"中国十大农民诗人"称号的诗人，我心中一直保有一份对他的感念。

我从他的新浪博客开始，继而走进更多诗人和诗歌爱好者的博客，了解、阅读诗歌刊物、诗人诗集，并与诗人交流。与此同时，我也尝试着将心中对故乡、亲人、亲情、爱情、友情、城市，以及游走于城乡之间的劳动者的情感和感悟，分行呈现出来。就像一个蹒跚学步的婴孩，在未知的道路上迈出的第一步。现在，再回过头去看当初写下的那些分行文字，真是惨不忍睹地汗颜，好在有不少刊物以及老师的鼓励，让我得以继续前行。虽然在当时，我还无法在自己和诗歌之间做出一个怎样的规划和考量，但也陆陆续续在一些刊物上留下了自己的文字，让自己对诗歌保有了一种持续的热情。在稍后期间，我参与诗歌民刊《旅馆》的编辑工作，虽然只是一份民间刊物，影响力有限，但在由写作者到编辑者的角色转换中，又让我对诗歌这门艺术的理解多了一些角度。

经过了两三年的练笔，我开始努力"用最少的词语抵达最大意蕴的文体"，并不时尝试一些不同的表现手法。而我之前的工作经历，恰好又为我的诗歌写作提供了参照的题材。我是陕西人，2003年7月从西北农林科技大学毕业后，在西安一家大型国企从事物资管理工作，由于公路桥梁建筑行业的工作特性，我先后辗转于杭州、盐城、青岛等工地，在此期间接触到了很多一线民工，对工地和民工生活有很深的体验。工作期间，我和农民工兄弟一起，在工地坚守、辗转，早出晚归。这些阅历和经验对我后来的诗歌写作影响非常大。

2007年年底，我结束了自己的工地生活，跳槽到了宁波，并在此安家生子。一个北方人，从此落户江南，彻底远离了家乡。故乡成了客栈，便要面临着将自己融入新的城市，要将他乡熬成故乡。身处这样一种现实情况，我的内心也是纠结的：一方面，老家成为回不去的故乡；另一方面，异乡要成为故乡也并非一件容易的事情。这可能是所有的农村孩子跳出农门后必须面对的纠结问题。在回不去这个问题上，也包含着好几个因素，一个是主观上不想回去，老家是年轻时一心想要逃离的地方，逃离平淡、封闭和穷苦的生活，现在终于逃离成功，当然不愿意回去。二是乡村也容纳不了那些离开家乡的人。当初的离开，就是一种旧秩序被打乱，然后慢慢又形成新秩序的过程，再次回乡的人，就成了局外人，成了客人，无法在新秩序中找到自己的位置。三是回乡成为一种不能假设的话题，因为另外一种生活秩序也已形成，异乡正在成为新的故乡。虽然这中间有种种不适，但这是大势所趋，在这种趋势面前，回乡就成为一个伪命题。你能做到的，最多只是离故乡更近一些，但是你永远也回不了你原来的那个故乡。

种种现实，投射到诗歌上，就是故乡和异乡之间的撕扯。有美好的回忆，有现实的无奈，也有相互拉扯的疼痛。接上那个诗歌写作手法的问题，我想，不论采用什么样的表现手法，一个"真"字始终是我诗歌写作恪守的底线。让真情实感自然流露出来，用艺术的容器去承接、塑形，然后让其冷却下来，这样的分行文字，就是我对诗歌的另一种理解。和小说、散文比起来，诗歌的精短、含蓄、节奏、韵味以及表现手法，都让我着迷。在诗歌写作中，"崇尚本真，追求意境的优美以及语言的澄澈，并致力于挖掘生活中能让心灵颤抖的真、善、美。"这也是我的诗歌观点和所追求的目标。

现在，读诗写诗已经成为我生活的一部分。虽然诗歌不能给人带来物质上的富有，但是诗歌能给人带来快乐，能够让人的心灵多一个出处，能让自己的精神世界不贫瘠，这就足够了。

毫不夸张地说，诗歌就是我精神世界里的贵客，它给我带来了快乐和安宁，因为爱好而执着。在诗歌的海洋里，虽然我知道自己只是微不足道的一滴，但是，爱好是最好的老师。它能指引我一步一步向前走，在精神的高地上，插上自己的旗帜。也许这面旗帜小到你们看不见，但是在我的心里，它已经有了，并一直迎着风，飘扬着……

哑者无言诗九首

口　信

如果你们有谁见到李炳稳
请转告他：
吴美丽结婚了，现育有一子，家庭和睦
请勿念

另：高三时他文具盒里的那块写着"我喜欢你"的橡皮
不是吴美丽放的，那只是我们临时起意的
一个恶作剧
请原谅

——李炳稳，我高中的同学
在二〇一一年夏汛来临之前，他走失于一条河流
生前在地方法院工作
患抑郁症多年

如果时光慷慨，我想做最后一个离开的人

看着一群人，至爱的，至亲的，熟悉的
慢慢从身边离开。包括点头的，过路的，陌生的人
也被我目送。我不厌其烦，平静而坦然
如果时光慷慨，我想做最后一个离开的人

不占用你们的眼泪，不索取你们的牵挂
看着你们一个个从筵席上站起来，说再见，或者不说再见

地离开。目送你们的背影消失在时光深处
如果你们回过头，我就保持微笑，向你们挥一挥手

最后一个离开的人，没有遗嘱，没有悲伤
他慢慢地收拾狼藉的杯盘，慢慢地将时光又拉长了一些
桌子终于纤尘不染了，直到照出他满意的微笑
然后，拉长自己的背影，慢慢地走进时光的深处

叫卖者

那个卖菖蒲和艾草的人
他的雨衣很旧，他的三轮车很旧
他黝黑的手掌很旧，他喉咙里挤出的
吆喝声很旧

雨水从天空来到他的雨衣上
再从他的雨衣钻进衣服里
带着他的体温、体味、体液
向脚下的大地晕染开去

他的菖蒲和艾草从早晨卖到中午
从三元卖到两元，再卖到一元
直至少人问津。雨
还是没有停下来

一位中年妇女蹲在屋檐下
小声地叫卖着一盆粽子
她的声音也很旧，像是从时光深处
碎步走来的那种细腻和温柔

他们用余光相互鼓励
屋檐下的内敛和柔软正好修正了雨中的粗粝和冰冷

那一年

那一年，我从北方来到江南
在一处桥梁工地上，守着简易的活动板房
和酷暑、民工、汗水为伴
看钱塘江浑浊的潮水翻过江堤
赶走围观的人群

那一年，在建的复兴大桥桥墩上
一百八十八米高的钢铁塔架
在江风中微微地晃动着身子
——不知是面对钱塘潮涌的紧张激动，还是
对滔天巨浪的不屑一顾？

那一年，绿皮火车南下
一节节车厢装满了象牙塔里的梦想和希望
在城市的边缘，行囊卸下
年轻人掏出热血
要将杭州建造得更加天堂

那一年，是三十九度的江南
南屏晚钟在热浪的缝隙中艰难抵达慕名者的耳际
轻软舒爽的西湖微风成为传说
钱塘江在浑浊的潮汐中裹挟水草一路向东
和小学课文《观潮》中的那条江相去甚远

秋分记事

桂花还未开。铺满人行道的
是黄山栾树的细碎花瓣
如果不是缺少馨香，我真的就以为

这就是光临秋天的贵族
可惜不是。环卫工皱着眉头的样子
恰好被我看见

在早点摊，吃肉包子的人
不会想到昨天，一头猪面对屠刀时的绝望
其实一头猪，也是有亲人的
只是不知它们会不会为另一头猪的死
伤心流泪。一头猪，程序化的嚎叫
就是它留给这个世界的遗嘱

起风了。秋老虎成为一只温顺的猫
和夏天互道珍重
一个一成不变上班的人
他内心的平静，也被这秋风吹皱了
在凉意微启的早晨
脚步变得凌乱和踉跄

一片树叶退休了
一些风小心地扶着它
回到地面，又被另一些风带走
从小小的角落出发，在偌大的城市流浪
它也是那个
找不到故乡的人

替　身

过天桥时，我故意放慢了脚步
今天我心情不错
口袋里也备足了零钱
但那个卖花的小女孩却一反常态
低头坐着，让我看不见她热切的目光
我按照原计划慢慢地走过她身旁

她并没有像往常那样上前
追着我，或者拽着我的衣角
嘴里喊着：叔叔，叔叔，买一支吧
送给美女、女朋友或者老婆

这让我有些失望，甚至是恼怒
于是我决定
折回去再走一遍
这一次我将脚步放得更慢
那个小女孩依然低头坐在那里
显得拘谨、无助和无奈
显然，她已不是我先前熟悉的那个她了
她手中的那些玫瑰花
已经开始枯萎
但我知道，过不了多久
她就会熟悉并适应
这样的生活

起风了

起风了。先是一片叶子
告诉另一片叶子
后来是一棵树告诉另一棵树

起风了。先是一滴水
告诉另一滴水
后来是一面湖告诉另一面湖

起风了。先是一只蝴蝶的翅膀
碰了碰另一只蝴蝶的翅膀
后来是一场地震和海啸光临人间

起风了。先是一个人听见了另一个人

诗探索1　作品卷　2016年　第1辑

逐渐减缓的心跳。
后来是两个人拉着手走进时光的深处

一棵进城的树

一棵树，终于站在了城里
站在了繁华的街道
和雄伟的高楼之间
像一个模特
站成别人喜欢的样子

一棵农村的树，长途跋涉来到城里
很快就被卸下了
舒展的手臂、高耸的头颅
和无法安放的脚趾
从此它有了一纸城市户口

一棵拥有城市户口的树
站在城里，开始变得有教养
变得彬彬有礼
成为一种存在，成为
城市的一分子

每当夜幕降临，喧嚣远去时
这棵树才可以稍稍歇息身子，让晚风
替她拂去满身的灰尘
只是一停下来，它头顶和四肢的伤口
就又一次疼痛起来

慢

期待彼时大雪封门，我们在乡下的老房子里

围炉，烤红薯，剥花生，抿红酒
听窗外松枝断裂的声音

偶尔回头，看看墙上的父母。再伸出手
抚摸对方额头的皱纹。在玻璃窗上画上各种动物
然后在旁边写下心中念叨着的那个人的名字。

作者简介

　　王海云，男，笔名黑雪，1975 年出生，山西陵川人，山西省作协会员。2008 年起开始发表作品，诗文散见于《北京文学》《星星》《中国诗歌》《诗选刊》《绿风》《青海湖》《延安文学》等百余家文学刊物。有诗歌入选《中国诗歌鉴赏》《震撼心灵的名家诗歌》《中国 2011年度诗歌精选》《世界现当代经典诗选》《中国当代公安诗人大展 (2013 卷)》《中国诗人诗典》等多种年度选本。曾获第二届"中国诗歌突围年度奖"诗歌提名，入围第三届张坚诗歌奖。曾从警十年，现在某国企工作，一直从事文秘工作。

我的诗歌历程

王海云

一

　　2013 年因工作调动，整整一年时间，我几未动笔，仅写作诗歌十余首，且不尽意。2014 年仅完成二十余首。2015 年，直到动笔写作此文，仍未成一字。我再次陷入空空无获的痛苦和焦灼之中……

　　这是我写作多年来的第二次停顿，第一次时间最长。1995 年我开始写作。1998 年结婚后，因生活拮据，苦于奔命，曾停止写作长达八年之久，期间不得只字。直到 2005 年生活好转，方重拾诗笔。

　　2008 年，在公开刊物《绿风》诗刊发表第一首诗歌《对生活说"我爱你"》。之后，陆续在《诗江南》《星星》《中国诗人》《青海湖》《北京文学》《中国诗歌》《诗选刊》《中外文艺》等全国各大公开刊物和社团刊物发表作品。2013 年，在《诗选刊》第 9 期"最新力作展示"栏目发表诗歌《生活可以这样说》等十五首。同年，《诗选刊》"青年诗人网络大展专号"再次发表诗歌《我为何一再写到秋天》等九首。2010 年，获首届"万松浦·《佛山文艺》文学新人"诗歌奖和大别山十大实力诗人奖；2014 年，四首诗歌获中国诗歌网"中诗简牍"榜眼奖；同年，被中国诗歌网评为"十大年度诗人"。

二

我爱上文学写作，缘于高中时一次小小的获奖。1994 年，参加由香港校园作家协会组织的"全国中学生写作大赛"，散文诗《夜海孤鸥》获三等奖，而后寄去四十八元"买"回选有自己"大作"的《全国中学生写作大赛优秀作品选》和一张"香港校园作家协会会员证"，视如宝贝，珍藏至今！从此爱上了文学写作……之后，陆续在县、市级报纸杂志发表一些诗歌和短文，直到 1998 年搁笔。

诗人帕斯如是说："我写作不是为了消磨时光，也不是为了让时光再生，而是为了自己活着和再生！"我也始终认为，写作就是自身生命旅程中梦想和苦难的原声记录，物喜己悲，他爱己仇，皆寄托于文字之中。马丁·海德格尔说："凡是没有担当起在世界的黑暗中对终极价值追问的诗人，都称不上这个贫困时代的真正诗人！"尽管在当下回避崇高、情感缺失、创作与受众疏离、生产与消费失衡的文化裂变时期，文学写作的意义早已支离破碎，规则尽失，但作为一个写作者，每当托卷而读，或提笔欲书之时，我的内心都是庄重、圣洁而虔诚的。我不能亵渎任何一个文字，让它们轻易投生，苟存于世。我必须付出一生的激情和热血，让每一个文字都带着风暴，燃着火焰！

一个真正的诗人，就是这个社会的呐喊者、寻求者、救赎者，就是用热血和骨头为生命摇旗呐喊，为人类普世救难。正如我在散文诗《一生就是一次辽阔的凋谢》中写道：一生就是一次辽阔的凋谢，需要歌吟，需要呐喊，需要愤怒，需要决绝。

三

我深爱着我身边的每一寸土地，每一位亲人。诗歌已深入我的身体和灵魂，我的每一寸肌肤都流淌着诗歌的精血。

含辛茹苦抚养我成人的双亲都已经老了，是他们扶我学会了走路，教我学会了做人。他们相依为命，在吃了一辈子苦、受了一辈子罪的土地上生息，等着最后的时光慢慢耗尽他们的残生。我有一位勤劳能干的妻子，两个聪明美丽的女儿，还有几亩薄田。每逢周末，我都会回家与妻女共度时光，尝尝妻子用心为我烹饪的饭菜，听两个女儿赛着劲儿叫我老爸。清明时回家给爷爷上上坟，和父亲相跟着到田里种下玉米，听母亲唠唠她做着东忘了西一辈子都没治好的脑神经衰弱病。梧桐叶开始飘落时，回家帮父亲把秋收了，清闲的冬天里，老父亲就可以和他同样老的老朋友摸几把牌，聊聊老夕阳，直到来年春暖花开。快过年了，给我远在异乡奔波的弟弟和弟媳打个电话，让他们早点儿回家……

故土、亲人、乡事、庄禾……这些都是我一辈子牵念珍爱、无法割舍的诗歌家园！如果没有写作，我的一生都将是黯淡和晦涩的。我一生的欢爱与情仇，快乐与苦痛，无助与孤独……都落迹于我的诗歌之中。

"诗歌于我是一场病，我愿意与它纠缠下去"（汤养宗）。诗歌于我，犹如花朵之于春天，星光之于黑夜，剑戟之于士兵！

我的一生必将病于诗歌！

多年之后，我的子孙将会从我的诗歌中找到我——我不死的过去和灵魂！

2015 年 5 月 6 日，星期三，夜

王海云诗七首

落叶千里

这个夜晚，没有什么比孤独更安静
乡愁像一只酒杯，这些年一直盛满了月光

你走后的春天，桃花开得有些慌乱
一封泣不成声的家书，踉踉跄跄跌倒了几回

如果爱可以用泪水弹奏
幸福就能在心中堆成一座温暖的山峰

银帛万两只是浮云一缕
纵然落叶千里也要飘回故乡

抱紧秋天

在深夜奔走的人，内心装满了光明
一束火焰劈开乌云，黎明的大地紧捂伤口

朝霞和露珠遥相盟誓
光阴只是一座流动的家园

感谢星光，让大地安静地沉睡
感谢山峦，托起孤独的闪电和流云

在尘埃和岁月的低处
请允许一株野草抱紧秋天

诗探索1　作品卷　2016年　第1辑

微弱的灯盏

请允许一朵迟到的桃花
赶上就要启程的春天
允许一棵野草，喊出心中的草原
河流转弯的地方，要有三两声狗吠
四五户人家。夜，可以再深一些
梦，可以再长一些
归乡的路，不再那么遥远

允许一只蚂蚁说出穿越城市的冷
允许一只蛇皮袋喊出流离的累
允许我深藏于广袤的黑暗
用胸中微弱的灯盏
向大地运送一些小小的光明和温暖

另一种聋子

我们说鹿，他指指马
我们说麻雀，他指指乌鸦
我们在闪电之后躲进岁月，他像什么也没有发生
镇定自若

他对生活总是表示一无所知，对人们装作糊涂
他说伤口在睡着，故意避开疼痛的血色
他说天空在沉默，远远绕开雨中的呜咽
他说世界真安静，像一株花
不知什么时候就开了，不知什么时候就落了

他在闪电之中隐身，在雷声之后站着
在一堆破碎的镜子前捂紧自己的脸

他和身边每一个人热情地握手，拥抱
表示着亲近和友好
却从来不开口说话

生活可以这样说

一弯没有拉紧的月色
几件含情脉脉的衣服
紧紧咬住又轻轻松开的火焰

这个夜晚最缠绵的春天
我们在温柔的草地里拥抱，打滚
脱光所有的羞涩

我安静潮湿的女人，矜持，柔软，
她有着大海般的情欲，深蓝色的睡眠
一边接纳生活的风暴
一边安放男人的疲倦

想你的时候就闭上眼睛

最好有一阵微风，几滴露珠
一只不知名的小鸟，叫声惆怅
她们在早晨爱上对方
每一朵白云，都淌着甜蜜的阳光

亲爱的，你可以不爱我
每一个孤独的夜晚和早晨
大雨在降落，雨中的波涛
都无法扑灭我的火焰

想你的时候我就闭上眼睛

诗探索1　作品卷　2016年　第1辑

想象一场风暴，想象一次飞翔
亲爱的，每一次闪电，都是我爱的誓言

我不是一个干净的人

我知道，我的一生
都将与泥土相依为命
可我却一直在试图逃离它们
我曾为这个世界，写下许多干净的诗歌
可时光告诉我，濯洗过的心灵也会蒙尘

我不是一个干净的人
一直对生活小心翼翼，满怀虔诚和感恩
我需要用一生的时间来说服黑夜的轻和薄
才能让光明的事物提前到达

许多时候，我整夜整夜地流浪
一天接一天地放纵自己，疏远生活
我挥霍着愈来愈暗的春光
像秋蝉一样一层一层被时间剥蚀

其实我一生都在岁月的边缘守望或等待
有许多痛，我一直未曾喊出
有许多恨，我一直放在心里
有许多黑，我从来都不敢靠近

一首诗的诞生

降临或相遇：一首诗歌的画外音

毛 子

写作如同琴师调试他的琴弦，他必须找到属于他内心的那个音调。我们谁也不知道下一首诗在哪里，是个什么样子，在何时来临。这就需要我们有等待的耐心，需要我们不断地调试能带你进入诗歌入口的那个音调。然而，这样的寻找不能刻意，它得在自然的状态下和你不期相遇。就像在漆黑的过道里摸索，不经意间触碰到黑暗中的那个开关，一下子让盘踞在你心里的纠结和模糊豁然开朗，以致你找到了通向写作的秘密通道。

《独处》就是一首久久发酵而不知其所，豁然被一条大河打开的"恍然之作"。长期以来，寄居在钢筋水泥的城市中，一种现代人的紧张、焦虑和压迫，让我有种逃离和疏远的欲望，这逃离的感觉，指向梭罗瓦尔登湖一样的安静和陶渊明"久在樊笼里，复得返自然"以及"开荒南野际，抱拙归园田"的归隐和怡然。但怎样在文字的语境中，让你期待的东西能像乡下马车一样把你自然地送达，我心里混沌一片，始终找不到入口和路径在哪里。

一个星期天的下午，我漫无边际地沿着护城河向城郊走去，直到天地一下子葱茏，人间的喧嚣一下子过滤成静谧的空气。这样的时刻，我放下心来，完全把自己交托给大自然。我打量周围的一切：头顶上白云悠悠，鸟儿在树枝间无忧无虑地叽喳雀跃，三两个渔民在河边不紧不慢地撒网。而脚下的河流像绷紧的琴弦一下子松弛，率性拐向远方。这河流的松弛性让我的身心也完全松弛，恍悟间，诗的路径和开关被打开，我似乎找到了一首诗的基本的语调。脑海里，一个句子仿佛青蛙从草丛中跳了出来："河边提水的人，把一条大河/饲养在水桶中。"

这个"河边提水的人"，就是我一直想成为的"那个人"，这种与

诗探索 1 作品卷 2016 年 第 1 辑

大自然如此贴切亲密的生活，也是我一直渴望的生活。与一条大河建立起来的联系，也使这首诗歌拥有了它深入的空间和开阔的场景。

每个城市，人或多或少有这样的经验和感触：在人群中常常觉得自己并不在场，而夜深人静时，不同的"我"又一一归拢。这种没有根基的漂泊感源自我们在喧哗中的孤独。这是个体的孤独，也是人作为"类"的孤独。于是，接下来，在自然的生活中，我把目光放得更远更古老，我让人类的存在感和"月亮"发生联系："某些时刻，月亮也爬进来/他吃惊于这么容易/就养活了一个孤独的物种。"从本性追溯到事物的本相，不管是人类还是月亮，我们都是宇宙中孤独的物种。

如果说，该诗的开头是直接将"我"聚焦置身于自然的生活场域中，那么接下来，就是对这种自然生活的"日常"跟进，并在跟进中，再一次回望打量你所逃逸的那个世界。这是同时性的双向逆行，既深入又回首，双重地打量两个不同生活中的"我的存在"——"他享受这样的独处/像敲击一台老式打字机，他在树林里/停顿或走动/但他有时也去想，那所逃离出来的城市/那里的人们睡了吗/是否有一个不明飞行物/悄悄飞临了它的上空……"

一个逃离出来，获得偏安自得生活的人，怎样获得俯瞰的角度，以一种陌生的视角去观察"那旧的生活"？我的灵感俘获了一个意象——"不明飞行物"，让它代替我，经历而不惊扰我们在人间的维度。

不管逃逸出来还是固封其中，生命的存在都是这个星球最珍视的温度。当我面对浩瀚星空，想到这个蓝色的星球是宇宙中唯一拥有泪水的星球，我就充满无限的怀柔。所以，在这首诗的结尾，我用一个有温度的梦去拥抱："这样想着，他睡了/他梦见自己变成深夜大街上/一个绿色的邮筒/——孤单，却装满柔软的，温暖的/来自四面八方的道路……"

就这样，一条大河打开并激活了一首诗歌的通道。它让你一下子化开了内心表达的淤结，接下来的"河流""提水的人""月亮""不明飞行物""邮筒"，这些涌现的意象像路标引领着诗歌的速度、温度和通明度，就像一条通幽的小径，把你带入云卷云飞的忘我之境。

一首诗歌的诞生就像分娩，是自然的顺产还是剖腹产，取决于你对它的心领神会。其实，我想表达的生活并非自己创造的生活，而是已有的离我们越来越远的生活。就像梭罗所说："把旧的翻新，回到它们中去。万事万物没有变，是我们在变。"写作，就是在无数生命的经验、感悟和梦想中不断"以旧翻新"的过程。至于它分娩的是一个什么样的孩子，答案在读者那里，当不同的读者进入，一首诗歌才活起来，并拥有它自足的世界。

【附诗】

独　处

诗探索1　作品卷　2016 年　第 1 辑

河边提水的人，把一条大河
饲养在水桶中

某些时刻，月亮也爬进来
他吃惊于这么容易
就养活了一个孤独的物种

他享受这样的独处
像敲击一台老式打字机，他在树林里
停顿或走动
但他有时也去想，那逃离出来的城市
那里的人们睡了吗
是否有一个不明飞行物
悄悄飞临了它的上空

这样想着，他睡了
他梦见自己变成深夜大街上
一个绿色的邮筒
——孤单，却装满柔软的，温暖的
来自四面八方的道路……

作者简介

　　毛子，湖北宜都人，二十世纪六十年代出生。作品散见于《诗刊》《诗探索》《人民文学》《扬子江诗刊》等杂志。曾获得《扬子江诗刊》2013 年度诗人奖，第七届闻一多诗歌奖和首届屈原诗歌金奖等奖项。曾自费出版诗集《时间的难处》。现居宜昌。

石榴花只开一个夏天

丁 立

我要为你梳妆

挽高高的发髻

让你记住每一个阴柔的女子

古典仍是她的锋芒

1999年夏天，怀孕不久的我开始盘头，改穿平底鞋和肥大的衣服，像往常一样穿过家属楼前的空地回家。空地上栽着几棵石榴树，它们正在开放的花朵，既艳丽，又不像其他花朵那么轻浮、招摇，我感到了强烈的诗意来袭。当我提笔写下《石榴花开了》这首诗，我没有想到，日后，它会被很多人误读为爱情诗。

不知从什么时候起，"爱情"这个舶来的词语竟成了一个出镜率颇高的词语，可对于从小缺乏安全感的我来说，只看到两情相悦的瞬间，却一直难以相信：世界上真存在爱情这回事。其实，这首歌的原题叫作《家》，是1999年我刚怀孕不久写的。如果不是当时诗刊社的林莽老师把它改成《石榴花开了》，还不会赋予这首诗如此大的阐释空间。对于林老师点铁成金的功力，我是非常钦佩的。这首诗后来发表在2000年9月的《诗刊》上，"诗无达诂"，诗意就在多义和误读中产生了！

可我还是不得不说出这个稍微有点煞风景的事实：在创作之初，它真的不是一首爱情诗——尽管我和丈夫也谈过五年恋爱，并且结了婚。在我看来，那种生活轻飘飘、矫情、夸张、不真实、不庄重，不是人生的常态，是孩子的突然降临改变了一切，给了我家的安全感和庄严的母性美。

那些日子是慢的，突然没了一定要打拼的东西，没了让我不安的东西，我的性格中也没有了那些敏感、多疑和不良的情绪，变得温柔似水。全心全意等待一个生命的出生，这就是一切；丈夫呢，也熟悉得好像邻家大哥，牵着他的手，突然就有了白头到老、天荒地老的感觉。在我看来，这种天荒地老才是一种古典的感觉。

那天，在诗歌的第一现场，透过这些美丽又有些素朴的石榴花，我好像看见那些即将在秋天里结籽的石榴——那被点亮的一盏盏小灯笼。我就在这素朴之中看见了绚烂，突然就觉得，在我怀孕和石榴怀籽之间，有一种神秘的关联和对应，石榴花不动声色地开，也被赋予了一种惊心动魄的色彩，仿佛只为隐喻我那一刻的心情——什么都不重要了。我的心里只有这么一件大事，虔诚地盼望孩子的出生，这是一种盛大的迎神的心情，整个世界都被无限推远成背景——这个发现给我带来莫名的悸动。等我回到屋里，已感觉满满的诗意萦怀，后面的诗句顺流而下，几乎不费什么力气：

> 节日一般 我环绕着你的手
> 采摘的动作
> 真像耳背的情人
> 宁愿保留对世界更大的无知

是这样，一个女人在怀孕，她变成了整个世界的中心。整个世界都在呵护她，怕她被电脑辐射，怕她摔倒，就连坐公交时，也有人争着给她让座——这是让人多么放心的事实。这让我每每回忆起来就满含热泪，感受到人生里那些温暖、靠得住的东西。突然，一个词语跳入我的脑海，那就是"好日子"这个词。于是乎，下面顺流而下的句子，简直有如神助，简直不像出自我的手：

> 石榴花开了 好日子
> 但愿我能布衣荆裙，不动声色地裹走什么
> 但愿我的秋天，只是一颗
> 为小小的幸福而透不过气来的
> 酸酸的石榴

我相信轮回，我总感觉，我是一个有着前生后世、来历非凡的人，那是一种前世的乡愁，那种神秘感总是不时在我的诗歌里冒头，再加上发胖的时候，有人开玩笑说我是杨玉环，所以，在这里，我又和杨玉环这位古代美女叠在一起了，诗歌的语境也和那个色调明丽的盛唐叠合在

了一起。对于一向忧郁的我来说，那是我心情最好的日子，也只有那个盛世王朝才能比拟那种豪华而奢侈的心情，由此，我将慢慢步入壮士悲歌、一去无返的中年。实际上，多年后回望，那种心情的确就像一种世纪末的瑰丽永不再来：

> 我是盛唐的女人 发髻盘得高高的
> 长安的落日 拢得低低的
> 正如被时间淡忘的一本本史书
> 丰腴 仍是我
> 楔入现实的唯一的 美啊

没有人知道，1999 年的夏天曾有着怎样一张美丽而不动声色的面孔。有一个腰围发粗的少妇，曾多么想把这种秘密传递给更多的人，想与她们分享那种幸福，说她的幸福是古已有之的幸福，是有典故的幸福。不需要浪费更多的笔墨了，如果您在三言两语之中已读懂了她的诉说，并在掩卷之余微微一笑，或许，这首诗就是为您写的。您就是那个在奇崛诡异的夏天，曾与她碰巧邂逅的知音，是那个能为时光的秘密做证的故人。

《石榴花开了》，可以说是在迎接孩子的诞生，也可以说是在迎接一首诗的诞生。直到现在，我都缅怀那种不动声色的美丽。我觉得，只有成为一个母亲的女人才是美丽的，没有了那么多的轻佻和骚动，美在庄严。

【附诗】

石榴花开了

> 我要为你梳妆
> 挽高高的发髻
> 让你记住每一个阴柔的女子
> 古典仍是她的锋芒

节日一般 我环绕着你的手
采摘的动作
真像耳背的情人
宁愿保留对世界更大的无知

石榴花开了 好日子
但愿我能布衣荆裙，不动声色地裹走什么
但愿我的秋天，只是一颗
为小小的幸福而透不过气来的
酸酸的石榴

我是盛唐的女人 发髻盘得高高的
长安的落日 拢得低低的
正如被时间淡忘的一本本史书
丰腴 仍是我
楔入现实的唯一的 美啊

作者简介

丁立，本名丁莉，七零后，河南诗歌协会理事，河南作家协会会员。作品散见于《诗刊》《星星诗刊》《诗选刊》《绿风》《诗林》《诗歌月刊》等，作品入选《2000 年度中国诗歌》《新世纪五年诗选》《2007 年中国诗歌精选》《2007 年中国最佳诗歌》《2010 年度中国诗歌》《2011 年度中国诗歌》《2011 年中国诗歌精选》和《2012 年度中国诗歌》等选本中，先后九次获得《人民文学》和《星星》等全国征文奖，曾获得 2012 年华文青年诗人奖。

诗坛峰会

探索与发现

汉诗新作

新诗图文志

诗五家

诗八首

乔国永

一只逆飞的蜻蜓

每年这个时候，
秋风都会混迹在阳光里，
在季节的城门口捕捉不合时宜的人。
这只蜻蜓逆行而来，
经过我时，它打了个趔趄，
然后向我身后激战正酣的战场飞去。
我知道它再也回不来了，
它不像我，数次和时光较劲之后，
还来得及妥协，
虽然最终没得到最想要的，
但学会了靠降低标准来保全自己。
之所以留意这只蜻蜓，
是因为对敢于回头者的敬意
和对与死亡擦肩而过时摩擦声的安抚。
我会设法搜索到它的尸体，
把它葬在有蚊虫飞舞，
有鲜花依次开、落，有狡黠腐烂气味的原野，
我也会把像它一样死去的蝴蝶、燕子
以及那些反季节开败的花朵，
一起葬在它的周围——

就像当初厚葬我的初恋一样。

挑山的骡子

如果我是南明山那头挑山的骡子，
我可以忍受仁寿寺里"慈悲的暴力"
像砂轮一样打磨我的蹄钉，
可以忍受两块沉重的料石
轮番撞击我的肋条，
忍受主人随意勒痛我的嘴嚼；
我愿意把山道口那只饮水的破木桶
当作妈妈的乳房，
把发自孩子们内心由衷的悲悯
收藏在我平淡的瞳仁里；
我也愿意
把像人一样爬山引发的绝望看作
下次轮回时应得的补偿。

但我痛恨让台阶踩着我的脊梁
一次次穿透山林的处子之身，
让纯洁的山水苟且在色情里。

我是一名游客，
可以去它们不想去的地方，
但此时，我愿意是一头受伤的骡子——
只在山脚下默默仰望，
让佛的慈悲和信众的良善
悄然修复我自残的腿骨。

2013，像沙漏

在器皿中，时光

诗探索1　作品卷　2016年　第1辑

一粒一粒不断地在两极间往返。

从一月到十一月，
我完成了播种和收割。
在去村庄的路上，
在丰满或纤细的田野，
在疑虑重重的心境，
每一颗诗意的种子都发了芽，结了果。

像鸟儿一样撒出去的孩子，
学会了觅食，
学会了在喧嚣中品味孤独，
学会了要像男人一样去承受、付出。

我那宠物猪妻子，
依然吃得好睡得香，
依然满怀喜悦地打发掉许多惨淡的日子，
依然呵护着单纯的心境和至纯的爱情。

我的兄弟姐妹都改善了许多，
却依然平淡、坦然、不改性情，
始终用温暖的酒浇注着我的秉性。
我是一个多么富有之人啊！

如果不是十二月的冬天，
我就是最富有之人，
可母亲十二月七日的骤然离世，
让我瞬间一贫如洗，
仿佛这世上只剩下
一个始终滚烫却永远
拨不出的号码。

时光的沙漏啊，

只要十二月七日不停下来，
我愿意一生一贫如洗。

给母亲

经历了足够多的苦难之后，
我才明白母亲的信仰源于苦难。
那么多病痛、无助，
那么多苦难的子嗣，
那么多连在一起的长夜。
宣泄、挣扎、突围
都无济于事，
那么多同样多灾多难的乡亲
求遍佛签仍是身缠悲苦。

母亲捧起了《圣经》，
把苦难托付给最能承受苦难的主。
满腹心事借助不能弯曲的膝盖
卸在了偏僻的教堂。
母亲是虔诚的，
一本《圣经》、一本《赞美诗》、
一副老花镜留给自己，
剩下的都用来置换了祷词。
母亲的孩子们是幸运的，
苦难的岁月所剩无几，
苦难中盛开的笑容不会衰败，
与尘世的告别就像出门时轻轻关上灯。

《圣经》和《赞美诗》我带走了，
但母亲，请原谅我对主的不敬。
在我心里，我写给您的都是赞美诗，
您就是我一生信奉的《圣经》。

火车 火车

向北，有一只手用力抽打我的右脸，
向南，有一只手用力抽打我的左脸。
在水东村离轨道最近的几簇菊花旁，
我借助行者之手，
拷问了自己八年，
我想逼自己供出藏匿于混沌里的身世。

现在，我无意再安抚向南驶去的火车，
也不想通过飞逝而过的窗口，
用眼睛和漂泊的人进行深刻的交流。
而北去的列车日渐锋利，
在幽暗的阳台，
在水东大桥上或是瓯江堤畔，
我一再地被烧红的烙铁偷袭脚踝。
我多像一条精致的五花肉，
除了一张纯正、遭弃的皮，
其余的血肉已很难剥离。

纠结于尖锐的汽笛和平静的时光，
纠结于偏守一隅和浪迹天涯，
纠结于苍茫的故土和丰润的他乡。

在纠结中，我惴惴不安却又心安理得地、
飞快地活着。

一场雪后

我看见
对面阳台上的红灯笼

一点一点地融化了夜幕，
浓浓的黑、淡淡的黑、淡淡的绿、
淡淡的白，直到苍茫，
直到被雪划伤的眼睛看到了苍茫。

我看见
那辆废弃的旧车，
挣脱颓废，
从菊花倒下去的地方生机勃勃地驶来。

我看见
一只笨拙的黄狗
叼着一只冻僵的黑鸟，
跳出积雪散乱的草丛，
神秘地跑远了。

我看见了生与死
默契地相互进入。

三月生了一场病

杏花、枫香树、百草，
庙宇、祠堂、老屋。
灵魂的疫苗挖了身体的墙脚，
灵魂和肉体为了统一打得不可开交。
药和病相互蔑视，
我必须补充大量的药剂才能堵住肉体的漏洞。
也许一场透彻的痛可以还我清白——
我没有偏袒哪一方，
不然，我怎么能过得如此坦然！

实际上，这种想法是浅薄的表现，
我的浅薄连累了三月：

咳嗽打断了夜的骨头，
断骨一截截插在光阴的齿轮里。
春风撤下了百草，
阴雨缠住了老屋，
母亲的百天之祭深深卡在喉咙里。

为了百草，
为了百鸟，
为了心田里的百年基业，
我代表灵魂向肉体虔诚地妥协，
我开始豢养我的肉体。

风雨中，那点莫名其妙的痛

沉迷于让风雨划痛肌肤，
深究这种心态时，
我一次次想起十岁那年，
一场极大的暴雨夹带着冰雹，
把我钉在一堵土墙边，
我闭着眼睛感受着冰球从脑袋上弹起，
想着我依靠的土墙就要塌了，
想着没人能找到我而又有人在找我，
心里莫名其妙地畅快无比。
那年有无数场西北大风，
风里一半是空气一半是沙粒，
我几次趴在荒郊野外的沙坑里和它们较劲，
它们一阵一阵叫着从头顶飞过，
看着风拖着尾巴一去不回，
心里也是莫名其妙地畅快无比。
现在，雨越来越少了，风越来越小了，
痛也越来越轻了。
好在能带来痛感的风雨从未间断过。
外强中干的车子、口是心非的房子，

诗五家 三 汉诗新作

·87·

像是在回家其实没有家的女子，

他们都是风雨中的景物，

他们在风雨中仓惶逃避的样子让我畅快无比。

该了结啦。

在写完这首诗后，在没有变态之前，

我决意保持这种心态，并且不再深究它。

作者简介

乔国永，男，生于 1967 年，原籍宁夏石嘴山，现居浙江丽水。英语教师，《渝水诗刊》论坛《译诗之窗》版版主，丽水市作家协会会员。写诗、译诗多年，诗歌散见于一些刊物。曾出版双语诗集《沉默的家园》和双语诗歌合集《佛灯》（与杨鸣、流泉合著）。

诗八首

一朵秋天里的野菊花

或者，我更像一朵秋天里的野菊花
安于宿命，兀自开放。
脚下的泥土，暗藏着浩大的白霜
薄如凉水的情事，生活的芒刺，冷风。
就算这样
我还是要对一场虚张声势的雨水，致以敬意
对一次远离天空的飞翔，致以敬意。
比春花、夏花更为寂寞、寒凉的境遇
其实是人生极好的颂词。
在没有月亮没有星星甚至连幽暗都缺失的晚上
一朵秋天里的野菊花在万物渐枯时
用几瓣瘦弱的花叶，练习活下去的勇气。

中　秋

黄菊隔着篱笆绽放了
一地秋凉已翻过不远处的山头
枝头的每一片叶子，都了无牵挂地坠下
似乎带着你虚拟的温度
我没有向任何一棵站在近前的树
表达，低于地平线的悲伤

我等着——
一轮圆月，把埋葬多年的雪还给我
把一些旧事物还给我
细小的光还不曾走失，露水中有一万个你的碎影
仿佛这残留的爱
要为我打开，光明的居所

你指给我看的桂树，今夜依旧繁华
你的亲人们尚且安好
只是我无法在一轮明月下，赞颂这尘世之美
把酒言欢
只是我无法拔出思念的脚步，和浩荡的春风一起
离你，越来越远

偷得浮生半日闲

哪里有半日之闲。中年的生活是：
一点点加温的水
一点点加重的包。
秋天的景致此时已行走在另一条小路上
远天越来越空洞。
我的一百个旧身影互相重叠，在十字街口
我的一百个金色念头离开了枝头，四处飘零。
浮生究竟是怎样的人生境界呵
事实是
我陷入了一盏尘世灯火的明暗中
我背负着所有情感的砝码，在岁月的河流里
左右摇摆
随波飘荡。

乙未年重阳偶书

为什么总是一不小心

诗探索 1 作品卷 2016 年 第 1 辑

就站在生活陡峭的边缘。
那些愿景，春天种下的种子
没有发出嫩芽，更没有在秋天的枝头结成籽粒。
我甚至都
无法拨亮尘世间的一盏灯火
照料不好从身体里开出的一朵小花。
遇见的一些事物，还来不及深爱
它们就已经老去。
心中蓄养的山山水水，也曾无限地珍惜。
我这糊里糊涂的前半生
我这没有能登高望远的前半生。

雪中致友人

落叶、青草和一些薄雪
混合着低处的气息
秋天最后的一点斑驳光影
栅栏中衰败的事物，窃窃私语着
你心中的雪，是否正越下越大
我要就此赶去，为你掸掉身上、睫毛上的雪花
你一动不动，如同一棵秋天的树木
此刻，生活就像脚下悄然凝结的冰水
不断坠落的雪花与暗灰色的命运融在了一起
前面湿滑的路途，只要有彼此伸出的一只手
就足够了
嘘——不要出声
就像三十年前的那个风雪夜
两双红格子布鞋
一直闪耀在无边的洁白里
如今，它们又向岁月的更深处延伸了一点

我是秋风中那个望星星的人

我是秋风中那个望星星的人。
向着更高更迷人的地方
那微凉的熠熠明光
感谢命运把我安放在暗夜，深的秋天里。
我的春天和一朵昙花，比邻而居
那一瞬间的美与痛，是一生珍藏的黄金。
我是秋风中那个望星星的人。
长发齐腰时，我把一颗种子种在秋风的鸣咽里
把一首诗放在孤单冷清的光影中。
如今，我的黑发过早地被猎猎秋风吹白了少半
墙壁上的钟表发出不紧不慢的催促声。
我仰望的一颗星呵，依旧隐匿在浩淼的银河
春天的莹露，秋天的寒露
和一只酷似她的萤火虫，都无法替代。

寒　露

一颗白露捎来书信
要我热爱
与秋天有关的：饱满，清透，暗淡，凋敝。
要我懂得热爱
冰冷的雨水。

其实我一直把那颗露水叫作哥哥
能装下许多诗句、温暖和思念的露水
远走他乡的露水。

可惜我不是秋天
一枝待绽的黄菊。

我不知道手中的笔能不能交出内心的荒凉
能不能
永远对那颗挂在秋天睫毛上的露水
心存感激。

光阴书

一朵雪化了，为了另一朵雪重生
——题记

1

想起那一年
家就像童年的手垒起的一只沙堡
被命运的指尖轻轻一碰
就残了，破了。

2

记得雪
从年三十一直下到初六。
我是山路上的一朵雪花
母亲是另一朵。
我们曾将细小晶莹的幸福
蝴蝶结一样挽在一起
本来是要美丽今生的
却没能翻得过一座山
没能点亮黑暗的天空
回家的路。
一座通向尘世的木桥
竟承受不住一朵年轻的雪
从天堂坠向深谷。

3

一朵雪化了，为了另一朵雪重生。
她的孩子——
她用命爱过。

4

深深的谷底
没有一盏灯火是亮着的。
昏睡中，我
像一粒尘土，在山间飘荡。
这贫穷的人世
身边除了纸钱一样的飞雪
什么都没有。

5

唯有一次
听到列车的声音
像撕心裂肺的洪水袭来。

6

多年后，我和我的朋友
从一列停滞的火车下穿行
她们一个在前面拽我
一个在后面推我
我像雕塑般一动不动。
仿佛我一动，列车就会开动
仿佛列车一动

诗探索1　作品卷　2016年　第1辑

那个碾压在心上几十年的车轮
就要将我碎成齑粉。

7

又到深秋了
父亲，上次看你的时候
夏季的水果琳琅满目。
你像个孩子被我领着
慢慢下了六层楼
你在路边吃一只桃子的样子
很像我小的时候。
从前对你的埋怨，在开化寺的街头
飞散成一缕缕清风。
我想要的那些美好长成了翠绿的叶片
我想要的爱突然都想还给你
就像儿时你给我的一本小人书，一颗糖。
那天的阳光真是好
我们走了一路，我们在灼灼光线里
只讨论你
爱吃的那几样水果。

8

父亲，你领我们去母亲坟前
已是多年前的事了。
我和弟弟还小
坡上的荒草还未返青
那些给母亲摆过的祭品
你拿过来，让我们也吃一些。
整整一个上午
明晃晃的阳光照耀着
三个荒草一样的影子。

9

许多痛是不能说出的。
我喜欢在暗夜里
咽下雪粒
咽下盐粒
咽下疗心的苦药。

10

命运一定是偏爱我的。
他让我慢慢学会
从低处站起来
默默注视他的眼睛。

11

小小的门关闭了
打开的窗在哪里?
夕阳如血。我学会为自己输血
学会在人世间
来来回回地走动。

12

移坟时
我看见了母亲的遗骨
那样白,瓷器一样
月光一样
雪一样。
我不敢再多望一眼

诗探索 1　作品卷　2016 年　第 1 辑

我怕苍白的泪水
惊醒母亲安眠三十年的灵魂。

13

车上，弟弟抱着母亲的遗骨
我坐在旁边。
我们是多么的幸运
多年以后，我们还能与至亲
相依相偎在一起。
这永恒的画面
最好在天上人间绝版。

14

弟弟，自从母亲走后
你就是我所有的眼泪和欢笑
你是我心尖上的刺痛。
后来，你长大了
就是我在尘世最安稳的依靠。

15

记得有一回
你从北京的夜色中
给我打来电话，你说：
"姐，等我们老了
坐在一间洒满阳光的咖啡屋
两个人好好地
说说话……"
那一瞬，我的内心
突然大面积雪崩……

作者简介

荫丽娟，二十世纪七十年代出生。中国诗歌学会、山西省作家协会会员，太原诗词学会理事。诗歌发表于《中国诗歌》《中国诗人》《绿风》《大河》以及诗刊《都市》等，散文《暖红的剪纸》被《读者》头条选载。曾获《星星》诗刊社 2015 年纪念抗战胜利诗赛三等奖。2013 年，出版诗集《那年那雪》。

诗八首

顾国强

轻轻抹去桌上的灰尘

谁没有过不快乐的时候

因人 因事 与己相关或无关

你只要淡淡一笑

争吵和格斗就羞愧地扭过脸去

谁都有一点点狭隘和自私

比如我自己 总接受不了

别人在暗处 说长道短

既然相识 没事儿常坐坐

喝茶 聊天 最好友善地提醒一下对方

不自觉的小毛病

说错了也别介意

只当一阵风轻轻刮过

委屈的时候就在大街上随便走走

孩子们的笑声

像春天的叶子一样清亮

烦恼了就到诗歌里转转

随便扯一片阳光

舒展地铺在心上

世界上从来没有两块相同的玉

相同的是 都难免有一点瑕疵

把原谅别人当成一件事去做
就像每天要轻轻抹去桌上的灰尘

回想起一个人的微笑

回想起一个人的微笑
就越来越懂得亲近别人
回想起一个人的问候
就越来越懂得关心别人
有时想起久未谋面的故知
心跳快得透不过气来
他们每一个人
都贯穿着我的情感
是我一生也放不下的牵挂
自己的富裕、温暖、明亮、快乐
以至自尊，都是他们的给予
因为他们我不孤单我知足
我变得勇于担当乐于付出

也有过不愉快也受过伤害
当我把这些看作一阵风轻轻刮过
内心，就不会留下阴影
我学着耐下心来审视一个人的另一面
轻易地否定别人
就是对自己的不尊重

面对一个陌生的人
当他目送着一只迷路的蚂蚁找到家门
或是扶起一棵风雨里跌倒的小树
我就会发现
我们的心可以靠得很近

与一头老牛相遇

那是很多星星睁眼看着的夜晚
一头牛 拖着一辆大车
车辕和它的大半身体被草山埋没
一个人高高在上 吆喝着 责骂着
挥着鞭子不停地抽打
哞声悠长而深远
路 在它沉重的蹄子下抖动
我生怕它哪一步踩空了再也爬不起来

前面是一个高坡
我不自觉地跑了上去 推动着它的身体
两手摸到黏糊糊的东西
借着星光看见
左手凉的是汗右手热的是血
它的眼珠子都快瞪出来了
有好几颗星星在眼里打转 滑落

好多年了 那沉闷的蹄声
一直叩击着我的心
每逢遇到喜气洋洋的鼓声
总联想起它绽裂着皮肉
依然陪伴着我的乡亲
在风雨里深一脚浅一脚地与农活打着交道

风雨里的父亲

你扶直一棵庄稼
秋天在微笑
你没注意

你扶正一棵小树
鸟儿在歌唱
你没注意

一辈子也没轰轰烈烈
老了 仍做着类似的小事

再次写到倦鸟

黄昏 一只鸟
彷徨地盘旋
离散 失意 疲劳的样子
它能遇到一棵树吗
在树上筑起一个巢吗
在巢里铺设一张婚床吗

属于它的天空渐渐低了下来
渐渐地
它就失散在我视线
颤动的末梢

它一直盘旋着
在我心里

胡乱地想着什么
天就黑透了
黑，涂乱了我回家乡的路

撕　扯

那两个人在谈交易
一块玉

诗探索1　作品卷　2016 年　第 1 辑

被价格抬举着 贬低着

我不敢多看一眼
她的美使我心悸
不该凭慷慨归为己有
她已经超越了商品的概念
出再高的价 也是亵渎
我这样想着 无言地走着

就这样眼睁睁看着
温润的性情
剔透的灵魂
生动的神韵
归属了别人

这个我不愿提起
也不能放下的感受
常把自己的心
默默地扯成碎片

我是一支行走的铅笔

生活是一张铺开的纸
我是一支行走的铅笔
足迹无非是一些符号
自己肯定的 留了下来
自己怀疑的 想删去
橡皮却擦不掉

过去被肯定的
自己倒读不懂了
过去曾怀疑的
常在梦里醒来

一张白纸将要写满了
还没有一个满意的句子

一个人走进我

一个人走进我
真实地成为一片风景
进而我为这个人活着
我浑身的毛孔圆睁
青春的活力向外奔涌

对一些事情产生了兴趣
比如把星空的繁杂看成一种秩序
比如看着一只孤独的蚂蚁
一直找到家门
耐心地侍弄起花草
甚至傻傻地守候着
将要新生的叶子

我变得陌生
开始修剪荒芜的胡须和头发
刻意地刷洗着每一颗牙齿和衣领
常年不洗的双脚
洗得走起路来都觉发飘
我不再用酒精烘烤情绪
写东西或思考问题的时候
也尽量少抽烟
由每天两包减至一包
慢慢戒掉
多吃蔬菜 每天喝两杯牛奶
改掉不吃早点的坏习惯
把黑白颠倒的生活秩序
慢慢调整过来

诗探索 1　作品卷　2016 年　第 1 辑

你说以后要我为你活着的时候

我第一次相信 自己

具有站立的属性

作者简介

顾国强，1964 年出生，河北任丘人，现定居霸州。中国作家协会会员、中国作家书画院副秘书长、廊坊作家协会副主席、霸州市作家协会主席。1984 年开始发表文学作品，散见于《诗刊》《人民文学》《青年文学》《天津文学》《诗选刊》等刊物。曾出版诗集多部，获奖多次。

诗七首

你一定也有过像我这样的时刻
想说的很多很多
却只有沉默

初秋的风里
有一种思念很旧
却依然暖和

点一盏灯
照见最初的澄澈
最不舍

许多事情
走向季节深处
再回味，惹了酸涩

久违的你
给尚在睡梦中的我
发来信息：
我去了你的城市五天

诗探索 1 作品卷 2016 年 第 1 辑

都去了哪里
过节人很多吧
通常这个时候
我都不出门
不过这次回老家了

我想说——
对这个城市有些特别的感觉吧
你想说什么呢
你没说

颜　色

早上我要出门时
母亲拉住我看了又看
不满意地摇头
然后进屋，打开了我的衣橱
越过灰黑，越过蓝白
翻拣到我粉红、翠绿的家居服
握在手上，满意地笑着
全然不管愣在一旁的我
脆生生的，还是这些颜色好看
女儿，来换上吧

我拉母亲到向光的窗前
低下头
妈妈，仔细看看
母亲用粗糙的双手
以及温暖的目光抚过
我遮掩不住的霜色
似有感慨无声地笑了
我看了看母亲
满头天山雪色

那不是我的小镇

我又回到小镇
那已不是我的
它的面目，年轻得失了真实
无法还我，童年的记忆

清澈的河水抚过灰色的幸福桥
摇摆的垂柳掩映青色的语录坊
河沿上结着红枣的老树
树丛里，永远卧一只凶恶的老黄狗

那不是童年的阿黎
不是戴毡帽的瘸腿老李
不是敲起渔鼓的生产队会计
不是我背带裤里藏起的春玉米

宽阔和繁华
不是我要的
童年里没有这么多垃圾
没有这么多不熟悉

扎乌黑辫子的姐姐
嫁给了不认识的男人
走时忘了带走
躲在黑暗里哭泣的小妹

宽肩的父亲
窄腰的母亲
土墙的院落
都去了哪里

诗探索1　作品卷　2016年　第1辑

原来的小镇

在老去的路上慈祥着

如今，又回到青春

铅华的脸上虚浮、失真

也许小镇一直停在原来的地方

然而它不再是我的

已找不到我的小镇

就像找不回我的青春

一个人（同题诗）

一个人上班、下班

一个人生活、思想

一个人占据一张大床

幽静的夜里

自己和自己说话

回忆一些远去的过往

偶尔的闲暇

看一会儿电视

上一会儿网

或透过窗户看人来人往

一个人久了

慢慢失去交流的愿望

路过田野

青绿的麦子正在灌浆

不知名的野花

开得疯了一样

初夏时节

仿佛一切都揣着青春的梦想

蔷薇花开
是我穿起棉布衣裙的时节
闻着花香走在路上
想起夕阳院落里老迈的娘
仿佛看见许多年后
我自己的模样

一个人
不寂寞不彷徨
偶尔会有迷茫
渐热的午后
打开音响
听着老歌沉浸一下旧时光

秋　意

当秋天还在酝酿
读到当年巴蜀的消息
没有同样的灯烛
同样遥远的归期
只有一样的相思
藏在似曾熟悉的故事

写一封信去
稠密的雨丝和稠密的雨丝
中间隔了千年千里
蔓延古今的一路上
不知道谁能读到，你的消息
展开的信笺上，可有泪滴

柜子里少了你的衣服
屋子里少了你的气息
连下午的门铃都沉寂

带一丝倦意
埋进墨香的书里
任凭雨水涨满秋池

沉默的苍凉

我忽然感觉这样苍凉
是刮起的秋风
横扫了落叶
还是冰冷的雨水
沁湿衣衫的单薄

我不知道
面对无语
或许只有沉默
失神地说不出什么

风一直往北吹
吹在脸上的感觉
像无数条细细的鞭子
不停地抽打着

推开窗子
我想寻找今夜明月
一些清冷的光辉
一些宁静祥和

是谁说过
"当你我逝去
月亮还在"
依然寄托乡愁、相思

也许，月亮才是真正的游子

而今夜
我替它伤感着
悄悄隐没于苍穹的沉默

作者简介

唐含玉，女，山东诸城人，生于 1971 年，诸城市作家协会会员。散文和诗歌作品发表于《诸城文学》《东鲁》《风筝都》《未央文学》《诗探索》等刊物，著有诗集《睡着的莲》。

大地上的摇篮（组诗）

纯 子

大地上的摇篮

悲伤的时候，我会想起大地上的
摇篮，每一个年轻的母亲
她们因为爱，得到了耀眼的光环

大地上，只有这些可辨认的脸
深埋于婴儿的胸脯间
她们歌唱，那银河中飞翔的翅膀

我不断地梦见午夜里的神
从远方赶来，再生于冰川或烈焰
那颗幸福的心谁也无法阻挡

悲伤的时候，我会想起大地上的
摇篮，每一双安抚中的手
虽然孤单却握着高于一切的信仰

我是爱你的

我是爱你的，如果某一天
有人借用玫瑰说出了我的芬芳
我的爱，就是天上那未落的雨水
我是爱你的，在悬崖

在溪涧，如果人世已荒芜
我的爱就是飞鸟的踪迹
我是爱你的，朝朝与暮暮
长着榕树般的根须，亦有着
彩虹的炫丽，我，我是爱你的
当这唯一的一颗星球
只剩下最后的一间房舍
你也不用惊慌，因为临近午夜
我的爱，就是屋檐下的灯盏
我是爱你的，爱你的
身体，爱着那眼角的泪花
爱你那忙忙碌碌的白昼
也爱着额角那突然滋生的白发
我，我是爱你的
比繁花娇艳，比流水绵长
如果它们也被剥夺
我的爱，就是天宇间的一声长叹
我是爱你的，不求荣华
不求富贵，我只要你心尖的
那一滴血水，我因它而生
如果心都死了，死了
那么我，我也将随之而毁灭

他们说到的归途

他们曾经猜测，流水有归途
大海没有，大海是
僧侣心中的最后一道钟声
他们接着猜测，葵花地里的光芒
流落何处？被吞食
而后像那从未有过黑暗的人
他们说到扑火的飞蛾
说到命运与他者交换的

诗探索 1　作品卷　2016 年　第 1 辑

一种仪式，他们说井里的青蛙

说开花的铁树，说到结局

他们指着愈燃愈短的

那炷青香，认真地低下头来

他们说到身体里的一个

黑洞，他们朝那儿喊

"有人吗……有人吗……"

四十年后

我们都老了。我们的孩子

也老了，或许也成为了慈祥的祖父

身边一些熟悉的人

已经离开，一些新的生命诞生。

四十年后，我们藏着衣服里的羽翼

已经被飞鸟取走，我们语言中的雷霆

已经归还给天空，而在我们身体里

熄灭的火焰，将在更多的年轻人那里

重新燃起。那时候，

天会比现在蓝，楼会比现在高

春风里的马齿苋

依旧多汁地饱满地生长，而磨笄山

散步的小兽，依旧要花很长时间

才能在残月湖边

取走存放在前世的影子。四十年后

我会在黄昏的夕阳中，再三提及往事

我会说：那些年，我在花间读书、写诗

只为遇到最美的你

我会说：那些年，人生里有多少难以消融的刺

如鲠在喉，幸亏你来了

我的疼痛才没有那么多。

四十年后，我们都老了

走路颤颤巍巍，头上的白发
怎么看，都像是终日不化的积雪

向 往

春天的暗流无限伸展
我乐于抛弃毁坏的躯壳，我向往
民间艺人手中复活而来的
渺小的神灵

夏日有烈焰带来意外的安宁
我和农夫端坐葡萄架下
我向往，在那瞬间闪现的甜蜜的路径

秋光中的教堂谁也不可忽视
我举着薄雾一次次
路过，我向往那在祈祷中获得恩赐的事物
它们不露痕迹，却能彼此照耀

冬雪总是说来就来
我毫无准备，我向往另一颗心
飘摇世上，依旧透彻晶莹

一个打扫马路的人

他在寂静中制造声响，就像把一粒石子
扔向水塘，制造水花一样
凌晨四时，他穿着黄马甲
准时出现在这条街道，像一粒萤虫
出现在黎明前最黑暗的部分。只有他知道
并非星星低垂，才加重清晨的寒意
而梧桐间的路灯，永远像一个守夜人

诗探索 1　作品卷　2016 年　第 1 辑

瞌睡的眼。作为最先一个出现在
这条街道上的人，他再次目睹一条马路
一个晚上经历的痛楚：随处可见的垃圾
流得满地的污水
他可以想象大排档摊贩，怎样把滚烫的油水
泼在它身上，那些醉醺醺的食客
怎样以酒当歌，把呕吐物吐在它身上
像唾弃一个命运凄苦的人。
他觉得这条街道
就是另一个自己，被趾高气扬的人
踩着、践踏着。一些轻视的眼光
总让他觉得绝望，害怕遇到
但他无处逃避。
他轻轻叹了口气，从手推垃圾车中拿出扫帚
快速地打扫起来，他要在黎明到来前
扫好这条街道，在太阳升起的时候
他要还原一条街道的整洁和清白
就像还原一个卑微的人
所有的尊严

生命中的这一天

这一天，我变少了
仅有的微光挂在眼瞳里
我看见天底下的虚无之物
被装进各自的小盒子
它们弹跳，却逃不过命运的手

这一天，我如此谨慎
我躲进旧衣服，怀想坏天气时
那愈发明显的变形的尺寸
我已被更改，带着补丁似的眼神

这一天，我的生命
只露出几根线头，有人扯着
有人要一刀把它们剪断
我还将努力躲藏
朝时追随群鸟，落暮独依繁星

这一天，我偷偷活着
带着肉身承受的所有偏见
钟摆即将掉落，探访者无意敲门

受困于玻璃器皿中的蟋蟀

我将安抚的对象只是一只蟋蟀
它曾经跳过人类的头顶
携着秘境，要用一大片低矮的草丛
换取人类一次小小的梦幻
到了今天，它却服从于玻璃器皿
成为一眼即可辨识的囚徒
我盯着它看，犹如盯着不幸的同类
在地球这个透明的罐子里
谁也无法停止攀爬，把别人
踩到脚下，把最高的那束光含在
嘴里。这是我想做却一直没能
放手去做的事情，因为
肉身过于单薄，而灵魂如此强大
这世间的囚徒各式各样
受困于柔弱的肢体，抑或无法割除
命运的痼疾，最终都要疯了
正如这无处可逃的蟋蟀
看上去完好无缺，实际上它活于
别处，不仅仅恐于玻璃的反光
哪怕是人类带来的一次轻微的晃动
它仍将跳跃，被阻挡，被忽视

诗探索1　作品卷　2016年　第1辑

而后，它假装死在那里
我最后给出的话语由此变得多余
在这个躁动的星球上
每一次退场，都有哀悼的形式
如果一只蟋蟀从时间中
换走了我们的形体，那么
它算是救赎呢，还是更深的罪恶

作者简介

纯子，中国作家协会会员。曾在《诗刊》《诗选刊》《诗歌月刊》《中国作家》《北京文学》《星星》《中国诗歌》《中国诗人》《诗潮》《扬子江》等刊物上发表组诗，诗作入选《中国年度诗歌》《中国诗歌精选》《中国最佳诗歌》《中国最佳网络诗歌》《新世纪十年中国诗歌蓝本》等多种选本。曾荣获首届"月河·月老杯"全国爱情诗大赛银奖，第二届上官军乐诗歌奖提名奖，第三届"铜铃山杯"全国诗歌大赛三等奖。

2015 年诗歌年选作品展示（一）

安 慰

马 非

其时我正在做饭
放学归家的儿子
来到我身边
这是他的习惯
看有什么吃的

"好美啊"
我以为儿子说的是
盘子里的油炸大虾
看他的视线不像
他正目视窗外

那时夕阳西下
正把最后一抹光辉
涂染在冬日里
一片荒凉的
红褐色的北山

我鼻子一酸
养儿十余载
还是第一次感觉
辛苦没有白费
心头充满安慰

腾冲的月亮挨过来

王小妮

偶然回头被它吓了一跳
怎么会有那么大。

不出声地紧跟着
就在背后，又凉又白
已经不能再近了。
那张圆脸，能把人吸进去。

赶早班飞机的路上
天还完全黑着。
为什么它白晃晃地紧追不舍
还有点失魂落魄
像要张嘴说话
它浅色的头发都在乍起。

想到这是腾冲
我背后没理由地跟着个它。
高黎贡的山尖还没有一丁点光亮
人间孤魂太多了。

顺 从

王志国

被风吹得倾斜的青草
我喜欢这垂向大地的弯
顺从中隐含韧劲

多年来，我一直把风吹草低当作一种生活方式
但在与现实较劲的过程中
却硬不及石头，柔不如草木
在经历了亲人的逝去、时光的流逝、生活的磨砺后
我突然觉得，在这世上，
除了不轻言放弃和生命的尊严
其他，草木一样，顺从

桑多河：四季

扎西才让

黑措镇的南边，是桑多河……

在春天，桑多河安静地舔食着河岸，
我们安静地舔舐着自己的嘴唇，
是群试图求偶的豹子。

在秋天，桑多河摧枯拉朽，暴怒地卷走一切，
我们在愤怒中捶打自己的老婆和儿女，

·122·

像极了历代的暴君。

冬天到了，桑多河冷冰冰的，停止了思考，
我们也冷冰冰的，
面对身边的世界，充满敌意。

只有在夏天，我们跟桑多河一样喧哗，
热情，浑身充满力量。

也只有在夏天，我们才不愿离开热气腾腾的黑措镇，
在这里逗留，喟叹，男欢女爱，
埋葬易逝的青春。

杏儿岔

牛庆国

风从这里刮过一片苍茫
雪从这里飘过也是一片苍茫
只有雨从这里下过才忽然明亮

第一个来这里的人
带来了种子和人口还有神
但没人知道他的名字

这里的人只有子孙没有家谱
祖先的遗址上草和庄稼
都生生不息

有时候所有的人聚在一起
像果园里集合的树木

接着就被一风吹散

更多的时候人们散布四野
偶尔听见他们在歌唱着什么
活着种地
种地活着
这就是他们人生的全部意义

也有人躲在屋顶下或者阴凉里
他们是些有伤的人
病痛是一个村子的阴影

我仰望过这里的星空
也认出了其中的一颗
但我不说出它的名字

我只向每一颗星星打听人间的秘密
和解除疾苦的秘方
我听见神在风中奔走
我也曾面对亲人的病痛
双膝跪地
但大地只把它的冰冷传给了我

我离开这里的时候
父亲把我大骂一通
他不知道我到底能走多远

但后来我每次回到这里
却都是父亲的节日
他的快乐让我愧疚

如数家珍

牛庆国

每搬一次家
我都会丢掉一些东西
第一次丢了一些旧衣服
第二次丢了一些旧家具
第三次把父亲唯一留给我的
一个炕桌也丢了
今年秋天是第九次搬家了
除了从老家带出来的这个旧身体
再没有一件是旧东西了
但身体里的好多东西也被弄丢了
最初丢掉的是一身的乡土
接着是嫉恶如仇的脾气
再接着就是年轻的时光
还有健康
还有曾经的追求
和对一些东西的蔑视
想想那些丢了的东西
一件件如数家珍

意外相逢

毛 子

有一回，一辆大篷车载着一群耍艺

来到村子里。

我们捧腹大笑——
为滑稽的小丑、驯兽师和他的狗熊
而一个赤膊汉子，让我们提心吊胆
他将铅球吞到肚子里，又大汗淋漓地吐出来
直到魔术师上场，从空箱子里
变出蟒蛇和女郎，我们才轻松又亢奋
如果你见过一个艳舞女郎和缠绕的蟒蛇接吻
你就知道什么叫色情和挑逗……

那是一群多么乐天的人，像生活的大杂烩
我嗅到他们身上混合的尿骚、汗馊与热情
那是属于盐的、流浪的、草莽的气味

天不亮，大篷车就走了
他们从哪里来，又去了哪里？

许多年后，在马尔克斯的书中
一群吉普赛人的出现，我才再次
和我少年的性、事物的神秘和生命
欢乐的体验意外相逢。

两代人的爱情

文 西

我爱过许多男人
每一次都用尽全力去爱
每一次都爱得遍体鳞伤
为了在母亲面前完好如初，我只能

诗探索 1　作品卷　2016 年　第 1 辑

像一只苹果，腐烂从苹果核开始
一层一层向外蔓延，外表总是新鲜的

母亲也爱过许多男人，最爱的是父亲
她常在白雪飘飞的夜里诉说——
二十年来，她一直思念他
二十年来，她像一只桔子
表皮一点一点枯萎，她逐渐衰老的身体
在我面前暴露无遗

父亲的遗物

玉上烟

父亲没有留下遗物
那只老式的旧手表，在生病前就不知去向
小提琴和柳条箱
是他下放在小山村时所带的全部家当
如同一部旧电影里所看到的
我因此觉得父亲与众不同
但不知什么时候都被母亲丢弃
在母亲家我找不到父亲一点遗物
手帕、烟灰缸、帽子……
它们随父亲一起消失了
我知道母亲看到那些，会难过
我知道它们被母亲藏到一个永远找不到的地方
但就在去年夏天
在母亲的床底下，一堆旧物间
我看到了父亲曾藏在柳条箱里的那本书：
《演员自修》……
算起来，这本书在我们家已经潜伏近五十年了

小提琴从没发出过声音
书，也不曾在月亮下翻看过
一个想当演员的帅哥
一个因家庭成分而不走运的男人
成功地控制了自己的生活——
瞧，他悄悄地将他的梦想藏在黑暗里
不为人所知
我带走了它
当我研究装订线、繁体字、泛黄的纸张
突然有什么浮现了出来：
不是别的
是父亲的脸，甚至有点羞涩……

1979 年的秋天空空荡荡

龙红年

我们一前一后走在田埂上
田埂瘦成了一条绳
他瘦成了 秋后的蚂蚱

一只青蛙咕咚跳进河里的蓝天
要上大学去了
我看到的远方是一片茂盛的松林

他拄着拐杖送我
蹒跚的步履
离我足有一个时代的距离

我知道 此时 他花甲的身体里
藏着多余的糖 那可是

诗探索 1　作品卷　2016 年　第 1 辑

比苦更要命的甜啊

我们没有说一句话
只有蝉儿 在那个九月
替我们说了很多

汽车把他的儿子带走了
卷起的尘埃将他掩埋
1979 年的秋天 空空荡荡

今夜酡红色的天空

北　野

今夜酡红色的天空，像一张巨大的布景
悬挂在艺术学院 爬山虎
爪痕密布的楼顶

一股热泪涌上心头
这鬼魅的时代吞噬了多少催情的药粉
才使得自己神采飞扬

天空看不见一个亲人
天空像棺材罩子 喜气洋洋笼罩着
十八层地狱里的黑暗与辛酸

一群少女在磁带音乐里练习劈叉
孩子们柔软的骨头
将为了适者生存而弯曲

昏昏欲睡的守门人守着电脑监视器

他把根留在母鸡打盹的乡村
把黄鼠狼抛到脑后

不知为什么我悲从中来
当我一抬头看见今夜酡红色的天空
看见今夜那切开的腹腔像新剥的牛皮挂在头顶上

杏 树

冯 娜

每一株杏树体内都点着一盏灯
故人们，在春天饮酒
他们说起前年的太阳
实木打制出另一把躺椅，我睡着了——
杏花开的时候，我知道自己还拥有一把火柴
每擦亮一根，他们就忘记我的年纪

酒酣耳热，有人念出属于我的一句诗
杏树也曾年轻，热爱蜜汁和刀锋
故人，我的袜子都走湿了
我怎么能甄别，哪一些枝桠可以砍下、烤火

我跟随杏树，学习扦插的技艺
慢慢在胸腔里点火
我的故人呐，请代我饮下多余的雨水吧
只要杏树还在风中发芽，我
一个被岁月恩宠的诗人就不会放弃抒情

诗探索 1 作品卷 2016 年 第 1 辑

鸟儿在树荫里叫着

包　芭

我听见鸟儿的叫声，但我看不见它们
我甚至分不清哪一声是忧伤的红尾鸲，哪一声是辽远的蓝矶鸫
哪一声是胆怯的眉鹎，哪一声是粗犷的雉
但我看不见它们

我看见阳光穿过小小的树林
枝叶闪着金子的光芒，但我看不见鸟儿
鸣叫着的，好像就是那些闪光的树枝和树叶

我试图靠近，它们就集体噤声
我试图一睹它们歌唱的风采，它们就躲进更深的树叶深处
我用枝叶间洒下的光斑将我深深掩藏
它们就又出现在头顶晃眼的光芒里
好像歌唱着的，真的是头顶的那一片光芒

一个早上，我因为倾听，而被爱情轻柔的手指不停地弹奏
一个早上，我因为倾听，内心布满了温暖的波纹

与我隐形的同居者

西　娃

就是在独处的时候
我也没觉得

自己是一个人
不用眼睛、耳朵和鼻子
我也能知道
有一些物种和魂灵
在与我同行同坐同睡

我肯定拿不出证据
仅能凭借感受
触及他们——

就像这个夜晚
当我想脱掉灵魂，赤身裸体
去做一件
见不得人的事。一些魂灵
催促我"快去，快去……"
而另一些物种
伸出细长的胳膊
从每个方向勒紧我的脖子

画　面

西　娃

中山公园里，一张旧晨报
被缓缓展开，阳光下
独裁者，和平日，皮条客，监狱，
乞丐，公务员，破折号，情侣
星空，灾区，和尚，播音员
安宁地栖息在同一平面上

年轻的母亲，把熟睡的
婴儿，放在报纸的中央

诗探索 1　作品卷　2016 年　第 1 辑

大风歌

找袜子的时候，看到了口琴
铜，黄土高原一样，锈迹斑斑

琴声起，青海青；琴声落，黄河黄
流浪的少年，总带着铜质的口琴

含着铜，如吻别冰冷的唇
深夜的风，少年一样，翻过围墙，开始狂奔

大地，是一支重音口琴
春风吹，青苗青；秋风吹，黄豆黄

月　光

刘　春

很多年了，我再次看到如此干净的月光
在周末的郊区，黑夜亮出了名片
将我照成一尊雕塑
舍不得回房

几个老人在月色中闲聊
关于今年的收成和明春的打算
一个说：杂粮涨价了，明年改种红薯

一个说：橘子价贱，烂在了树上

月光皎亮，年轻人退回大树的阴影
他们低声呢喃，相互依偎
大地在变暖，隐秘的愿望
草一般在心底生长

而屋内，孩子已经熟睡
脸蛋纯洁而稚气
他的父母坐在床沿
其中一个说：过几年，他就该去广东了。

听某老将军说八年抗战

他们用比我们提前一百年的钢铁打我们
又用比我们退化三千年的
野蛮、凶悍和残暴
杀我们。他们训练有素，精通操典
和武士道，枪法百步穿杨
如若陷入绝境，不惜刎颈、切腹、吞剑

只有熬。只有在血泊里熬，在刀刃上熬
只有藏进山里熬，钻进青纱帐里
熬。只有把城市熬成废墟
把村庄熬成焦土，把黄花姑娘熬成寡妇
只有在五十个甚至一百个胆小的
人中，熬出一个胆大的
不要命的。只有把不要命的送去打仗
熬成一个个烈士。只有就像熬汤那样熬

诗探索1 作品卷 2016年 第1辑

熬药那样熬。或者像炼丹

炼铁，炼金，炼接骨术和不老术

只有熬到死，只有死去一次才不惧死

只有熬到大象不再是大象

蚂蚁不再是蚂蚁

只有熬到他们日薄西山，我们方兴未艾

只有把一个大海熬成一锅盐，一粒盐……

我们怎么了

刘海星

烦闷的上午，

什么都看不进去。

拿起卡佛的小说，

一个失业的男人，蜷曲在沙发上，

一直待着，流满一地的冰淇淋，

闪烁的电视画面，无聊的香烟在上升。

窗外，一段秋雨的末端，停靠山边，

深翠在起伏。

拿出手机，掂量了好久，

还是给女儿发了一条短信，

"你还好吗？"

"你干吗？怎么了？"

"我是你的爸爸，我问问你，

怎么了，我们怎么了？"

生硬的回答袭击了我。

深秋时节，一场秋雨，一场寒，

我加了一件衣服，还是冷，

又加了一双袜子，

背上发凉，
我开始翻找，过冬的棉背心。

芦花还在飘，没完没了

江一郎

有时，雪停了，芦花还在飘，没完没了
白茫茫的芦花没完没了
漫无边际地飘

而在河对岸，一样散落着低矮的村庄
有时，风将芦花带过去
点点无声无息

像碎雪一样无声无息
像薄霜一样无声无息
像进入我们体内，难以剔除的贫苦
一样无声无息

就这样飘啊，飘过冬日的土地
不肯随那滔滔流水
在冷风里消逝

午休时间的海

江红霞

午休时间的海，呈现一片香槟色
一个女人拎着高跟鞋，独自

诗探索 1 作品卷 2016 年 第 1 辑

走过沙滩，在几个放风筝的孩子跟前
停下来。她深呼吸，面朝大海
整个世界像在太空漫步
她的工作地点可能就在附近，一家公司
或者机关里的一间办公室，午休时
有人打扑克，有人侃大山
有人要迷糊一会儿
她坐在沙滩上，细数心里的沙子
海风挪动她额前的刘海，她忽然笑了
低低地。后来，她起身
离开这里——海风用力推开的
商贩叫卖声的地方
恋人海誓山盟的地方，失恋的人
结束自己的地方，疯狂的人
狂欢的地方，孤独的人独处的地方

如果你也坐在海边的咖啡店
透过玻璃窗，欣赏午休时间的海
你会和我一样爱上这片沙滩
爱上柔软潮湿的沙子
爱上众生，以及那个拎着高跟鞋的女人
她的脸上，盛满了太阳的光辉

最后一击

汤养宗

多么想我也有那最后一击。那个
叫铁板的东西一下子被洞开。空气里
发出彻骨的穿透声。有人
终于承认，事情有了定局

打铁铺里的锤子退避在一旁。看戏的人
曲终人散。投机者，收拾起担子
落寞地：回家
正是这一击，跃跃欲试的拳头，在暗处
偷偷松开。躁动的身体再一次
被叫作身体。明月
重新被万家安静地共望
流水清凉，淙淙地淌过谁无邪的梦乡
我又被我的仇敌称兄道弟

鸦群飞过九龙江

安 琪

当我置身鸦群阵中
飞过，飞过九龙江。故乡，你一定认不出
黑面孔的我
凄厉叫声的我
我用这样的伪装亲临你分娩中的水
收拾孩尸的水
故乡的生死就这样在我身上演练一遍
带着复活过来的酸楚伫立圆山石上
我随江而逝的青春
爱情，与前生——
那个临风而唱的少女已自成一种哀伤
她不是我
并且拒绝成为我
当我混迹鸦群飞过九龙江
我被故乡陌生的空气环抱
我已认不出这埋葬过我青春
爱情的地方。

诗探索1　作品卷　2016 年　第 1 辑

苍　茫

许　敏

深秋的太湖水

还在荡漾着春心

鸟群散了

湖岸，只剩下空空的趾骨

急切中

我缩回那只粗糙的老手

几个渔民

在苇丛中晚炊

今夜

我又要在水中捞月

在碧波上练习

飞行

多少浮光，如娴静的少女

从湖面，一掠而过

如今，你喜欢上这里的庸常生活

阳光，延伸至闲散处

浣衣，洗菜

下棋，听评弹

喝阿婆茶

你有你的湖水

我有我的病舟

身心搁浅

也都是被打磨

再打磨的凡俗器物

积雪消融

退思补过
不着痕迹

致我们已然逝去的青春

巫　昂

我跟几乎所有的同事都没有联络
时隔多年
我只想知道这种决绝是否意味着
天气的稳定系数不够
我的性格像钢丝绳儿
上面无人独步

朋友从十个变成五个，三个，一个
去公厕蹲一会儿的机会
越来越少
社会主义国家的道边树
依然是香椿、榆树和法国泡桐
想反抗来着
但不知对象是谁

想成家
把袖管卷起
跟他一起包包包子，做做春卷儿
夜半；一道醒来
谈谈往事、伤痛、傻里傻气的七十年代
在你我之前，管它洪水滔天

诗探索 1　作品卷　2016 年　第 1 辑

诗　人

李　琦

大雪如银，月光如银
想起一个词，白银时代
多么精准，纯粹。那些诗人
为数并不众多，却撑起了一个时代
举止文雅，手无寸铁
却让权势者显出了慌乱

身边经常有关于大师的
高谈阔论。有人长于此道
熟稔的话题，时而使用昵称
我常会在这时不安，偶尔感到滑稽
而此刻，想起"大师"这两个字
竟奇异地从窗上的霜花上
一一地，认出了你们

安静的夜，特别适合
默读安静的诗句。那些能量
蓄积在巨大的安静中
如同大地，默不作声
却把雪花变成雪野

逝者复活，这就是诗歌的魅力
一群深怀忧伤、为人类掌灯的人
他们是普通人，有各种弱点
却随身携带精神的殿堂
彼此欣赏、心神默契

也有婚姻之外的相互钟情

而当事关要义，他们就会
以肉身成就雕像，具足白银的属性
竖起衣领，向寒冷、苦役或者死亡走去
别无选择，他们是诗人，是良心和尊严
可以有瑕疵，可以偏执，甚至放浪形骸
也有胆怯，也经常不寒而栗
却天性贵重，无法谄媚或者卑微

回望珞珈山之伤感

李少君

多年来，我只要一回想起珞珈山的樱花烂漫
就痛心疾首，就感觉虚度了整整四年光阴
对不起那一去不复返的大好青春和湖光山色

确实，珞珈山是如此美丽的一个校园
所有向好友倾诉大学期间未谈过恋爱的男生
都会被骂为呆鹅，得不到半点同情

同学会上，人过中年的男生们借着酒意
争相表白当年暗恋过谁，揭发谁喜欢过谁
风韵犹存的女生则满怀幽怨：当年你不早说

最后，在喝完足足十瓶白酒加若干啤酒后
全体男生站立起来，低下头
向至今还未嫁出去的女生谢罪
向辜负如此良辰美景发自内心地道歉
其中一个，还跪在地上痛哭流涕

诗探索1 作品卷 2016年 第1辑

敬亭山记

李少君

我们所有的努力都抵不上
一阵春风，它催发花香
催促鸟啼，它使万物开怀
让爱情发光

我们所有的努力都抵不上
一只飞鸟，晴空一飞冲天
黄昏必返树巢
我们这些回不去的浪子，魂归何处

我们所有的努力都抵不上
敬亭山上的一个亭子
它是中心，万千风景汇聚到一点
人们云一样从四面八方赶来朝拜

我们所有的努力都抵不上
李白斗酒写成的诗篇
它使我们在此相聚畅饮长啸
忘却了古今之异
消泯于山水之间

如果一首诗里出现了担架

轩辕轼轲

如果一首诗里出现了担架，千万不要天真地认为
读者会摘掉眼镜躺上去，再结实的稿纸也无法容忍
一个人的体重，最好的解释就是灵感在思路的长征中
英勇负伤，需要躺在担架上思考下一句的方向
现在倒退着撤回题目也不失为一招下策，但是前面
所有的征途就会前功尽弃，要用橡皮一一擦掉
最明智的做法就是先住进老乡家，让她为亲人熬鸡汤
让灵感彻底痊愈后，再把担架拆开做大旗
弥漫的药味会形成雾霾般的涂层，使结局充满传奇

如果一首诗里出现了车祸

轩辕轼轲

如果一首诗里出现了车祸，就有可能是诗人下笔有些超速
使两个甚至更多句子撞到了一起，由于每个句子承载着不同的事物
这场车祸也变成了事物之间的较量，在诗里饱受诟病的坚硬
显而易见占了上风，在诗里深受青睐的柔软就成了更柔软的
让一些目光迅速切换成了泪光，这首诗让诗人的思路也出现了拥堵
是视而不见拐进一条欧美风格的十四行，还是停下来像爱心大使
一样
拉着一个被撞掉偏旁的词拉呱，使他的指头在键盘上迟疑了一会儿
正是这几秒让他华丽转身，实现了从学院派到口语的友情切换

诗探索 1　作品卷　2016 年　第 1 辑

诗有时是小麦有时不是

沈浩波

如果你见过小麦
闻到过小麦刚刚被碾成面粉时的芳香
我就可以告诉你
诗是小麦
有着小麦的颗粒感
有着被咀嚼的芳香
这芳香源自阳光
如同诗歌源自灵魂

诗有时是小麦有时不是

如果你见过教堂的尖顶
凝视过它指向天空如同指向永恒
我就可以告诉你
诗是教堂的尖顶
有着沉默的尖锐
和坚定的迷茫
你不能只看到它的坚定
看不到它的迷茫

诗有时是教堂的尖顶有时不是

如果你能感受到你与最爱的人之间
那种永远接近却又无法弥补的距离
在你和情人之间
在你和父母之间

在你和子女之间
你能描述那距离吗？
如果你感受到但却不能描述
如果你对此略感悲伤
我就可以告诉你

诗是我与世界的距离

无食我黍

沈浩波

深夜
杜鹃在窗外叫
夹杂在一片蛙鸣中
叫一下
沉默片刻
又叫一下
"光棍好苦"
"光棍好苦"
永无休止
仿佛要叫一整夜
直道把血啼出来
从什么时候开始
中国人把杜鹃的叫声
翻译成了"光棍好苦"？
我听着有些想笑
但又笑不出来
因为那声音有深深的凄凉
远比光棍的苦还要苦入肺腑
杜鹃鸟的苦叫

诗探索1　作品卷　2016年　第1辑

在这个国家已经数千年
一朝朝，一代代
叫到今天
分明还是《诗经》上悲凉的声音
"硕鼠硕鼠"
"无食我黍"

读《754 年纪事》

沈　苇

读安达卢西亚《754 年纪事》:
"这片土地……遭受了那么多痛苦之后
依然如此美丽，就像一颗八月的石榴。"

立秋后天空扫净沙尘和阴霾
悄然隐去七月的暴戾
"依然如此美丽。" 诗人对绿洲说
"依然如此美丽。" 石榴对石榴园说

七月杀瓜，八月摘果
似火的榴花之后
果实变成一杯琼浆:
红的隐喻，血的关联

石榴告别枝头——
这些因沉思而饱满的头颅
转瞬变成一颗颗胡乱堆放的
婴儿的小脑袋
像被时光之斧砍下……

——依然如此美丽?

要对得起诗

牛汉先生在去世前
写过一首《诗的身体》
笔迹很难辨认
是他的儿子史果逐字逐句整理出来的

我在很多场合
给朋友们读这首诗
读得很多人静悄悄
之后是爆发给牛汉先生的掌声

牛汉先生写道——
"当我死去
我定要回到我的诗里
我知道哪一首诗可深深地埋葬我"

牛汉先生还写道——
"有的诗是给别人挖的墓穴
作为我墓穴的诗有许多
我只能在一首诗里安息几天
再去另一首诗歌里
我变成了一只蝴蝶"

想先生了打开他的诗集
到每一首诗里去找他
他每次都会和我说话
我的眼前和心里

诗探索 1 作品卷 2016 年 第 1 辑

到处都是飞来飞去的蝴蝶

一首一首地重温先生的诗
他一次次地出现；
笑着对我说：洪波
你可要好好写诗
要对得起诗

无

张洪波

在盛大中
我以为自己只是渺小
其实我连渺小都不是
只是无

只是无
连身影都不是
更不是什么遗产

只是无
是无不会遇害
安全一生
无无知知无
这样生存
思想干净着
不是苟活
只是活自己
活一个真无

照镜子
——中年的自画像

阿 民

竟然是如此地不堪
锐气锈蚀沟壑纵横的那张脸
简直就是一张被岁月揉皱的纸
然后随手丢弃在我的眼前

昨天的太阳已经转身
——连招呼都不打
它只是让秋风和落叶捎个话
并用它们的锋利在这脸上豁出拙劣的纹路

其实再怎么洗也是白洗
层层的风霜已经生出根来
每洗一次都会洗掉整盆的青春
心痛到都不忍倒掉

木讷 浑浊 黯淡
苍老 卑微 犹疑
这些强盗攻克了这张脸上的所有据点
而且还修筑工事，准备坚守到同归于尽

唉！这个时候这张老脸
照镜子越看越模糊

诗坛峰会

探索与发现

汉诗新作

新诗图文志

白洋淀诗人抄诗本上的诗歌散句

编者按

　　这些诗歌散句，是二十世纪七十年代初白洋淀诗人笔记本上的摘句和诗，它们由芒克、林莽所提供。

　　在那个特殊的年代，这些来自偶然得到的书中和朋友笔记本上的诗句，像星火一样点燃了一颗颗年轻的心。

　　与那个时代的主流文化形态相比较，我们也许能感到和发现，这些诗歌散句中潜存着众多的文化信息。这些诗歌散句，它们源于哪儿？它们在表达什么？它们为什么被那一代青年所钟爱？它们与当年表层的诗歌有哪些差异？那股暗涌了多年的诗歌潜流是如何发生的？等等。这些问题，它们是属于文学史的，同时也是属于诗学本体的。

　　这里编入的"摘句"有少量重复，也有字迹不清之处，均依原样编入。

白洋淀诗人笔记本上的摘句和诗

△忽然，希望变成泪水掉到地上
又怎能料想明天没有悲伤

△我面对饥饿的孩子睁大的眼睛

△当城在哀鸣

△隐藏着东方的豪华

△伟大的土地呵，你激起了我们的激情

△啊，谁又不曾想把生活编织成花篮
而我们却把脑袋里的美好打扫得干干净净

△天空中，垂下了一缕阳光柔软的头发

△当山谷又送来我呼喊声时
我的声音震动了我的心

△希望，请你不要去的太远，
你在我身边，就足以把我欺骗

△啊，谁的生命，都会像这火柴一样燃烧，
为了温暖，为了燃烧，为了烧完。

诗探索 1　作品卷　2016 年　第 1 辑

△没有能使男人发昏的女人
也没有能使女人怀孕的男人

△我老了，我拄着棍子！
过去了的青春终于落在我的手中
——我拄着棍子！

△我遥望天空，我属于天空

△你这蹲在门口的黑夜
我的寂寞。
你这充满了情欲的日子

△你的眼睛为什么暴露着我？

△我的果园
染红了同一块天空的夜晚

△呵，伟大的
你改造着生活的荒凉

△那在阳光下忧郁的人民

△漂亮
健康
会思想

△时间并不理会人性
但在匆忙的相遇中
它似乎也给我留下了温情

△夜，在疯狂地和女人纠缠着
啊，你这蹲在门口的黑夜
我的寂寞。
秋天来了！
秋天
什么也没有告诉我。

△夜深了
风还在街上
像个迷路的孩子

△啊！
那被你欺骗着的
数不清的眼睛

△当天空中
垂下了一缕阳光柔软的头发
城市
隐透着东方的豪华。

△孩子们从阳光里归来
给母亲带回爱。

△太阳的七弦琴
你映出她这样瘦弱的身影。

△黑夜，总不愿把我放过
它露着绿色的眼睛。
可是，你什么也不对我说。

△夜深了
这天空似乎在倾斜。

诗探索1　作品卷　2016年　第1辑

我安慰着我：

欢乐吧！

欢乐，总会有的。

△日子像囚徒一样被放逐

没有人问我

没有人宽恕我。

△可是，希望只剩下泪水

我们又怎能确保明天会没有悲伤

△是荒原上的帐篷

△又一次地惊醒

你已满头白发。

——献给太阳

△你是飞向墓地的老鹰

——献给诗人

△古老的游戏

在姑娘的手提包里

从一个季节到另一个季节

爱情走来又走去

在孩子的心中呢

——只偷到了一点秘密

△给我吧

在鸟的早晨

△我和土地一起失望过

又和收获一起醒来

在男人们荒凉的胸脯上
迎面走来了
我沉重的二十岁

△升起挂满星星的蓝帆……

△黑色的土地
羞怯的一千年

△在被爱过的嘴唇上

△老年人在地下管道里
喃喃地撒谎

△用真实的手臂
来搂抱这粗糙的
时代

△从野蛮的北方
从被伐倒的森林旁
——走来了，走来了

△在父亲破旧的小屋旁
在母亲褪色的肖像下
在遇难的水手的船上

△大地像婴儿的嘴，吮着阳光
倾听遥远的春的钟声

△产妇的阳台上

诗探索1　作品卷　2016年　第1辑

△用我二十岁的血和阳光
去播种野蛮的欢乐

△郑重其事地告诉世界

△让爱情属于盛着阳光的产院，属于年轻的母亲
让爱情属于街头，属于午夜还燃烧的烟蒂
让爱情属于生活中必然的脆弱的风暴
让爱情属于诗人，属于他那脊背似的街道

△我的生命是块挨过饿的土地
又古老，又年轻

△从玩具店里
偷出谎言

△只要
你学会
从姑娘的嘴唇上
索取诺言
你
便可以和爱情
走遍天下

△小学毕业了
我和大人们
坐上
谎言的小船

△我的诗歌没有旗

△发出一道
比少女的胸脯
还要
赤裸裸的
——太阳光

△在这岁月腐败的白纸上
我在捕捉病魔临终的诗句

△傍晚，城市穿着背心
在阳台上，活动手臂

△时间像恋人似地梳妆打扮
在林荫道上，娇滴滴地等待
于是，在女人的心一样柔软的夜色中
我牵着月亮修长的手指
在银河的岸边，谈情说爱

△捧着父亲高昂的薪水
在霓虹灯下幽会命运

△在户口警的皮靴里获得了一个住处

△从前
我是尊重命运的。
在童年的教堂里
粗大的蜡烛光烧坏了我的灵魂
从此
我便结识了最劣俗的女人
在她们野蛮的胸脯上
破坏、捣乱，但又自命不凡。

△一只姑娘的小船漂泊到海岸
它苍白得像老人的脸

△我
一直模仿着
海的沉默

△神圣的手
敲打着最下流的鼓面

△我的爱情是愚蠢的
因为我总选不中一颗聪明的心

△我和你又一次相识
在痛苦的黄昏时分

△在姑娘的心里
我犹豫了许多年

△爱你，
解释我自己，
像手的接触

△我从秋天赶来
带着一身自由和轻松
带着最神奇的故事

△那一夜
我丧失了一切地
活着……

△让我来赞美
这荒废的青春吧

△我和时代
只有时间的距离

△你的目光不要躲闪
我的脸是这样荒凉

△我
毫不讲理地思想

△像农民爱惜土地一样的
我爱惜这贫穷的心

△呵！春天来了！
春天笑着
从我嫩绿的
灵魂上跑过去
留下了快感的生气

△春产的痛吟

△我裸体在异性的浪潮中

△我发现了自己的世界
——她走过来了

△像一个犹大的亲吻

△又泛起来了
一阵腥臭的热情

诗探索1　作品卷　2016年　第1辑

△庄严地宣布
灵魂在复活

△那名誉焦黄的
嘴唇

△我打开灵魂
重门深锁的密室
放出来
那股喉咙里的风

△让诗歌的脚步
漫没思维的林梢

△笔下追逐着远乡的生陌

△冬季是命运的常态

△唤醒我胸底
那颗朦胧的太阳

△用你那肥大的感受

△不知道为什么
在命运的面前
你的脸上
也流露着
和守望者一样的
深秋的激情

△你沉睡着
像爬不出光明的早晨

△就这样，在沉默过后
在黎明的时刻
请你宽宏地相信
我的理想已在寄托中失落

△酒一样的月亮

△当愿望在现实中解冻的时候
我用春天的手
捧起那颗人为的太阳

△寒星般的思想
默默地徘徊在感情的台阶上

△我像个孩子一样
永远地走着、走着……

△如果你们把无知
高举过头顶

△我 19 岁
我就是未来

△在这丛生的琴丝里
漂浮着一颗没有音乐的月亮

△树枝在我的心中抖动
从淡红色的向往里
走出一位教师和医生
他们用语言的高脚杯
盛来一腔缤纷的花束
在里面，浸透我年龄的无知

诗探索 1　作品卷　2016 年　第 1 辑

△在多雨的秋天
在沼泽的诗行里

△那燃烧着的沙漠

△灌木丛中沉默的激动

△小说一样的岁月呵

△我这绿色的
被感情打湿的诗集里

△那没有颜色的纪念

△我才 19 岁
和所有的诗人一样
也曾修饰过自己的花园

△绒花树在记忆中衰老了
蜜蜂默默地死亡

△十月的主人呵
我给每一个熟透了的希望

△十月的怀念，在大雁告别的沙滩上

△十月呵，你压弯我思想的枝头

△那些涨红脸的诗歌
已在花园中酩酊大醉

△让祝愿向着未来
向着一个有礼貌的早晨
向着一个有阳光的日子

△熟识的乞丐告别了

△向着破灯笼中的意愿
向着昏暗的崇敬
轻轻地吹一声口哨

△把一个黎明
一个黎明地守候
又一个傍晚
一个傍晚地去寄托

△我愿给你们讲一个最动人的故事
让你们带着泪水到梦中去揩擦

△我像秋天的叶子
那样哀伤
我像秋天的野果
那样沉重
我具备了十月的一切，一切

△我站在社会上了
像山一样
我 19 岁

△在忧郁的时刻
我走向 20 岁

△秋天，是成熟
是农民的儿子

△我给早晨
一个响亮的吻
人们
都把头转向我

△我领略了十月的感情
我是一颗沉重的野果

△秋天，在我的手中熟睡了
像十九岁一样沉重

△除了酒
还是酒
二十岁以前
天天都是节日

△酒
给了我力量。
我给大自然的
是十月的粮食。

△从坟场中传出的钟声
放慢了时间的脚步

△在我的嘴角上
男来女往
手提包里
装满了故事
沉甸甸的
昨天和今天……

△炊烟呵
你冉冉升起
像钟一样
唤醒了天空、大地

△在雪还没来得及掩盖的路上
匆匆地
丢下几行诗句……

△我挥舞着
一颗带血的
还没失望的心

△雪融化了
在太阳的嘴唇上
姑娘们偷来温暖

△可是
我接受过严肃的欺骗
我多听了几个下流故事

△北方呵
你就像那沉重的落日
如果
我没有犯过错误
我给你的
就是忠诚

△在出出进进的刀子上
我留下了血写的诗歌

△请允许我唱一只歌
轻轻地
又把生活吵醒

△那动了情欲的声音

△高贵的风
拨弄农民的心

△天才一个
一个
诞生

△伟大的民族呵
我的伤口
又在为你赞美

△我脱光裤子
寻找自己

△太阳和肉欲
一起在空中

△我和性格
一起被逮进监狱

△童年已鼻青脸肿

△诗人
——那瘦瘦的生活的情夫

△我
又在准备爬出生活

△今天
我要重新控告自己

△世界劫去一对鸽子
一切还那样平静
只有带血的羽毛
纷纷落下了
带血的天上……

△拿去吧
走开吧
我再也无话可谈

△我的生命像块被开垦的土地
我的嘴唇渴求着鲜花和赞美
每天早晨
我都在同一个方向
寻找着晨曦……

△在结实的树干上
栖息着未来

△鸟儿，我知道你
但你不要惊醒旁人的梦

△迷蒙的泪水不再打湿我的睫毛

△他们默默地守着各自的太阳

△生活并不卑贱
然而对于过去，我们连一分钟也不是圣洁的

△当我猛醒的时辰
生活依然如旧

△不是为了这一次
是为了过去的全部
让生活，重新开始吧
如果死，也死在真理的路上

△在二十岁这天早晨
把希望还给我吧
我将它奉献
给我的
不再留心的
剩下的二十年

△你的智慧
一次又一次地
把你欺骗

△我
在希望和未知中间徘徊

△我
应该是优美的

△我愿优美而宁静地活在世上
能让我经常可以在希望中得到快乐

△别折磨我了，希望
我天天赞美你，只是你不要
抛弃你的创造者

△有一天
我要坚决地拉住她的手
凝视她的眼睛
对她说出
一个男人应当说的话

△一切
都那样平庸
那样合理
那样不能让我容忍

△从她苍白的表情中
已经看不到一点希望了
也许上帝
疲倦了吧

△于是
在宁静的夜里
像想象般透明
我
忘记了忧虑
忘记了不安
忘记了灼人的地狱的火光
忘记了注定的不幸

△她不是诗人
但她得到了诗人的一生

诗探索1 作品卷 2016 年 第 1 辑

△我享受着夜

一切都是我的

我是一个口号

△我觉得清醒、优美、洁静

△沿着看不见的道路

我走着，走着

△我听见卖报的老头在呜咽

我听见孩子要饭的歌声

隐约地，我感到了

淡淡的怡人的悲哀

△我喜欢

一个人在乱七八糟的街上

荡来荡去

陌生和亲切

混在一起

△糟杂，更孤独

△痛苦

我抱着头倒下

太阳再也看不到我了

△朦朦胧胧地觉着

艺术、伟大

我像怀孕的母亲一样

隐约感到

它

同上帝一同诞生

△一见阳光
我的心融解了
舒舒服服地
淌得满地都是
呵!
爸爸
妈妈

△我像个孩子一样的
走着,走着
把我的一切都抛弃了

△人不断被一个一个新的觉醒所折磨

△常带着一种无须再征服谁的轻松

△这家伙像姑娘一样珍爱自己

△两个姑娘:"他真无耻"

△奶店:一对没揭开初恋帷幕的情侣。
男的"……这是给予社会的一种动力。"
说完,在屋中搜索有无知识分子。

△他一直雄赳赳地爱着她

△她流了泪,
也淌给他看了

△对于烂漫的性格
她是早已生疏了。

现在
她勉强地
厌恶地重新演习它。

△"多难为情啊!"
"什么?"

△她躲着他的脸孔
只敢在他脖子上投视愤怒的目光

△她的脚用力寻找着地面

△房间里都是放荡的潮湿的气味

△这个智慧的、静悄悄的家庭
充满了手势、冷笑

△湿漉漉的村子

△没有了妈妈之后。父子间反而更没有了
柔情的串联。继而出现了一种沉默的、
带几分敌视的、男子汉间潦草的鼓励。

△老年父亲和将成年儿子间的那种男子自尊的互相竞争的坚忍。母
亲没了,柔情流露的借口也一起没了。

△"你越来越不讲道理。"他悲哀地、胆怯地总结道。那语气,谴
责少,沉痛多。
他同情地望了他一眼。

△"等等,那边窗帘有个缝"
他长吁了一口气,仰在椅子上。

△她此刻已经痛恨他到了欲绝的地步，可是仍然在他面前屡屡地将短发抿到耳后去。

△北京的空旷的、轰响的夜

△他蛮不讲理地养着一条狗

△他是孤独的。痛苦的。作品只是他的一连串的疑问。

△他找到了——冷漠。

△根据他的放荡来判断，他是个好人。

△他是个沉默的、深深堕落的人

△分手的时候，他用了过多的冷淡弥补自己的感情

△他无法摆脱自己荒诞出奇、又真实得可怕的哲学的折磨。他累坏了。每发现自己的见解可以归结到别人的概括中去，他就要感到一种追随者的轻松。但这清福在他并不多。

△别人说他虚伪，他极为后悔，后悔没有充分地利用这最难澄清的罪名。

△于是他开始热爱生活，每一个半星期坚持剪一次脚指甲。

△在里屋，他低声地、用欧·亨利式的诙谐的荆棘插满她的周围。她不敢动，惊的尖叫。

△女售票员的佯怒："跑什么！还不等你哪!"

"这儿上来！死心眼!"全车的人都被搔得痒痒的，她漂亮。

诗探索 1　作品卷　2016 年　第 1 辑

△她不凡，却也带着把肉体呈现给爱人后的那种宿命、气馁的神态。

△他们崇拜他，他看不起他们，这他都很清楚。

△人只能爱一次的原故，就是人绝不会第二次辜负自己。

△人们像闪不狡猾或像私生子般怯懦地生活着。

△人们具有最平凡的道德公式：妒嫉、炫耀、破坏

△"我看要作!"他激动地说。
"好!"他指指他。

△挑动诚实的农民说话，心中无比欢乐。

△摧败她象征性的爱

△年轻人须要把爱澄清

△彼此用最彻底的诚实威胁对方

△"我不懂你为什么那样厌恶她?"
"她平足。"

△分析是一件让人灰心的工作

△男人是门，女人是窗

△他懒得动，也懒得让她走
灯亮了以后，他感觉她很陌生

△他一拳打在他脸上。他倒下去。又马上站起。"地上真脏。"他拍打着腿。并不是解嘲。

△"你好!"
"嘘!"
"呸!"

△伪装的天堂的虚掩的门

△把污秽的幽会公开吧

△如果希望仅仅是希望,那么希望是的

△如果诗不都是春天的饲养
那么请看这首——

△他那冒着蒸气的粗野的舌头

△血沉思着
如同冬天的海,威武地滚动。

△放出绿色的强盗

△在开花的季节
孩子们总要到田野里去作客
他们的欢乐
陪伴着耕种者
一起走进收割的季节

△黄昏,姑娘的浴巾

诗探索1 作品卷 2016年 第1辑

△水波，戏弄姑娘们的羞怯

△夜疯狂地和女人纠缠着

△白房子的烟
又细
又长
那个女人慢慢地走向河滩……

△要把她们带到将来的日子里去

△月亮独自在荒野上游动
她是什么时候失掉的
我一点儿也不知道。

△呵！那被你欺骗的
数不清的眼睛。

△雨停了
这变得冷漠的
红红绿绿的夜
……
啊，雨停了。
这冷漠的夜
又不知该怎样把我折磨。

△我遥望着天空
我属于天空
天空呵
你提醒着
那向我走来的世界。

△但是，我很想说：
让我们并排走吧
我是风！

△在那咿咿作响的门口
我又一次地回过头

△那一溜烟跑过去的男孩子
手里……

△女人袒露着胸脯
那赤条条的发呆的孩子

△那不停地摇摆的白杨
那背靠着白杨的姑娘
那条使姑娘失望的路上

△这使人们相信死亡的太阳

△啊！生活
那早已为你准备好了的
痛苦与欢乐！

△千家万户多少烟炊
淹没了悄悄变红的傍晚

△在你的天空下
我曾大声地乞求
把我带走吧！
可是，你却使我失望
让我对着这赤诚的土地想

△那向我走来的黑夜
曾对我说：
你是我的。
而在这里——
在有着繁殖和生息的地方
我就是将被抛弃了。

△好像，这寂寞的
接近死亡
而乌鸦正在那儿合唱

△别了，七三年！
你忽然好像离我很远很远，
而在这里
遍地都是冬天！

△除非我在临近死亡的那一天
才会对你说
当初，我为什么没有选择

△有的钱往饭馆跑去了，
有的钱不知道跑到哪儿去了……
太阳正沿着没有人的地方走着。

△面对着饥饿的孩子睁大的眼睛。
孩子对着你出神……

△《田野》
在她那孤零零的坟墓上写着：
我没有给你留下别的
我也没有给你留下我……

△《我的家》

荒野上的帐篷、火堆

和那被女人责备的、散发着泥土味的

男人的双腿……

△《日子》

没有人去问我

没有人去宽恕我……

△《遭遇》

那个像风筝一样飘动着的女人的身影……

△《梦》

那向我走来的黑夜对我说：

你是我的。

△《秋天的树林》

没有你的目光

没有你的声音

地上落着红色的头巾……

△《诞生》

生活向我走来了

从此，它就一直没有离开过我。

△《琴》

我时常地去向山谷呼喊

当山谷又送来了我的呼喊声时

我的声音

震动了我的心

△《劳动》
我将和所有的大车一道
把太阳拉到了麦田……

△《生命》
谁的生命都会像火柴一样点燃，
为了温暖，为了燃烧，为了烧完。

△《希望》
请你不要去的太远
你在我身边
就足以把我欺骗

△《给诗》
那冷酷却又伟大的想象
是你在改造着
生活以外的荒凉。

△《生日》
时间并不理会人性，
但在匆忙的相遇中
她也给我留下了温情……

△《黎明》
猛地惊醒
又爱上了寂寞。

△《果子落了》
那阳光下忧郁的人们……
这使人们相信死亡的太阳！
我遥望着天空，
我属于天空。

△《命运》

那被你欺骗着的

数不清的眼睛……

△《礼物》

孩子们从阳光里归来

给母亲带回爱。

△《给1973》

好像，寂寞的思想接近了死亡

而我，对着这赤诚的土地忱想……

△《遗嘱》

要把她带到将来的日子里去，……

△《给……》

有我

还有真诚

有它默默地说给你听……

△《给流云》

太阳像那成熟了的金黄色的桔子，

它下面是无数个孩子奇妙的幻想。

△《白房子的烟》

白房子的烟

又细

又长。

那个女人慢慢地走向河滩……

△《我是风》

啊，等一等！

诗探索 1　作品卷　2016 年　第 1 辑

我很想和你说
让我们并排地走吧
我是风！
但愿我和你怀着同一个心情
去把道路上的黑暗打扫干净。

△《船》
到那个时候
我将和风暴一块儿回来！

△阳光在纤细的手上跳动。
烦闷，像一缕烟淡淡地绕在空中。
他安闲地注视着她，感觉着她。

△船在水里转动着，晃动着，
他们在这没有动力，没有方向，没有时间的船上
无容地对饮苦酒。

△殷红的天空下，
走着一对梦幻般的情人；
街道像浴血后的战场，
他们走着，一直走向黄昏。

△"我亲爱的，
我的亲爱的。"
这句话在老树的抖索中上升着，上升着，升到空中，像月亮那样挂
在高空，挂在过去和未来的日子上面，挂在死、万物上，静谧、纯静。

△他知道，她走了，她已经走了。
他也知道，她在那儿，在另一个世界的那边
生活着，爱着，被爱着。
但是他爱她，

痛苦地爱着，像对上帝那样。
他站在白皑皑的雪地上，像一人的纪念碑那样
庄严，希望，痛苦，沉默。

△他站在风雪里，像尊雪的纪念碑。
遥远的天际，一片火车的灰烟在空中散去。
他站着，他身上盖满了晶莹的雪花。
他的心在这白色的、纯洁的、宁静的世界里
瓦解了，崩溃了。

△思想在荒凉的生活中凶恶地生长。

△鬼赶着马车
把她接去。

△而你们的眼睛
像窑子前的红灯笼。

△呵，在那一个完整的夜
我曾背离痛苦，为风所感动。

△来见识见识吧
和沙龙里吹牛的太阳。

△我是来自歌德的烟斗里的天使

△毕卡索鸽楼上的粪便。

△那精神褴褛的城市的浪儿。

△在被 1973 年的太阳
所吻过的街上。

△那比1917还要寒冷的篝火
在我的目光所昏厥的地方
冷冷燃起……

△熬过了二十年的产痛

△那比太阳还要大的吻
在我的唇前
摇来摇去——

△呵，你们
这帮醉熏熏的
寻找金羊毛的英雄们

△我又假惺惺地走上生活。

△呵，太阳
那在神圣的谎言中登极的帝王。

△我爱你的无目的的星空，你那繁多的声响
以及北方的力量，开阔了我的思路
那是我的茅屋。

△我在梦和夜里流浪着

△轻轻触动三更的幻境

△这是属于我的
是我爱情的细枝。

△那诗人的渔网里的，沉重的梦。

△那星形的窗台上闪烁的，可是你的心？

△在这一条和那一条刚刚分娩的路上

△赶车人的酒壶和高高的天空

△走向我心的翅膀所接触过的地方
我将被所有的夜所收容。

△每当醉人的气笼罩衰老的茅屋的时候
我才学会爱这个世界。

△那永不孤独的雾，永久地覆盖着我
欺骗我，分散我。

△就像遥远的日子里深埋的遥远的钟声

△我走进我的声音，我的灵魂在扩大

△黎明又在伸展它的辽阔

△让歌声属于融化的雪，属于她融化前的纯洁。

△我要去那里和最残酷的梦结婚。

△那被爱情的风所激动的，少女的萌芽的胸脯。
那从红柳丛中传来的尖锐的鞭声。

△那酒店里的狗，和它热情的尾巴。

△去撒遍我的歌，和歌的纯洁。

诗探索 1　作品卷　2016 年　第 1 辑

△英国式的裤线和气概。

△尽管像落在水窟中的星火那样短暂。

△勾引人们痛哭的是那智慧。

△哀魂漂引来壮思的奇云
好像战争的炮火、电光，伤残断臂的我
徘徊在心灵世界激战后
硝烟散尽的凄凉坟岗。
只剩下灌注满哀思的一双手
抚摸凉彻心骨的墓碑。
他闪烁光芒的名字让我不能正视，
突然，
有灵的碑石把一阵可怕的电流
刺穿我的心脏，
在飞炸开的墓穴，在万道金光照耀闪射的空中
雷声震天。
隐现着
穿英国皮大衣高大无比的
银丽的肩膀和身影。

△我渴慕：健康：
这自由，欢乐的男人。

△我是一位标致的有香气的男子。

△我的歌声曾来自栅栏的后面，

△《船》
从出生落地就高扬起理想的风帆，

我生命的全部意义就是——向前。
风暴漩涡中有着最美好的青春,
起伏和颠簸是我生命中注定的摇篮。
我爱桃花染红的江岸
爱渔火像流星般地飞向天边。
谁说这彩虹就是最美的极限
冲破它,快飞向理想的港湾。
活着,永远是一只自由的精灵,
和大海青天朝夕相伴。
死了,就化作轻盈的飞沫,
为狂飚镶上一道严峻的花边。

△《我站在船的左舷》
我站在船的左舷,
激溅的浪花湿透我的衣衫。
我吸吮嘴角的海水
又苦,又咸。
我在听海水颤抖着撞击着
从船边涌过
我面对大海
海面倾斜倾斜,
像要被掀翻。
冲击胸膛的浪涛
把心房的鼓点敲起来敲起来吧!
涨满血管的水潮
把生命的彩霞托起来,托起来吧!
吞没岁月的大海
把我亿万同胞
一代一代还回来。
我感到眩晕
我在哪儿
呵,

诗探索 1　作品卷　2016 年　第 1 辑

手里握的是左舷的栏杆
脚下踩的是左舷的甲板
我站在船的左舷。
倾斜吧，摇晃吧！
颠簸吧，飘荡吧！
伴着地球
在宇宙中浮沉的小船。

△《启明星》
像苦海中挣扎着一颗生命，
在茫茫子夜我徐徐上升。
潮水呼啸送我腾身出海，
河汉横空铺下锦绣前程；
带着黎明与朝霞的嘱托，
我独自踏上这冷清的人生。

△《昨日的我已不是我》

一

我竟然遇到了
这样冷酷无情的霹雳，
将我寄寓着理想的花园，
轻蔑地化为灰烬，
最幸运的航船
没有逃脱这次厄运
最辉煌的宫殿
没有经受住这一次雷击。
昨日的一切
都像没有熄灭的火
当这汹涌的浪涛
在这不幸的土地上冲过

甚至包括我自己——
我已不复存在
因为昨日的我
早已不再是我。
那柔和瑰丽的枝形吊灯
会令人消魂荡魄
却哪一点像眼前这粒
惨淡昏黄的灯火；
那抚着琴弦的青年
拨弄着青春的欢乐，
又哪一点像这
蜷曲在窑洞中的我。
昨日那斟满醇酒的
晶莹的高脚杯
却不会出现在
这坎坷的桌面上
昨日那
清白纤弱的手
也绝不会替我拭去
这浸透泪水的悲伤，
那娇柔醉人的鲜花
也不再向我开放
既然昨日的我已经死去
她也就随之将我遗忘。
昨日的宠儿
已被上帝所抛弃
所有希望之门
也已经向他关闭。
留下痛苦悲哀
和着谁也不需要的肉体
一切都离他而去
没有怜悯甚至同情的叹息。

既然命运如此

又为什么需要昨日

让死亡时不再戏弄

我这脆弱的心室。

为了抚平这心上的累累伤痕

我喃喃自语：

……昨日的我已不是我

昨日的我已经死去

二

不，不是无情的霹雳

而是巨大的暴风雨

沐浴着上帝的每一个臣民

将不纯洁的血液清洗

何等猛烈的暴风雨

使胆怯的颤抖，脆弱的悲泣；

唯有海燕在欢叫

翠竹挺拔，青松苍郁。

谁让我从天堂的门口

堕入地狱的边缘，

从富饶美丽的草原

走进不能自拔的泥潭

今天我登上这贫瘠而坚强的山岩

才看见真正的幸福比梦中的还灿烂。

今天我来到这汹涌沸腾的海边，

才了解到我曾有过的一切如粪土一般。

昨日豪华的客厅

已容不下我弟兄千百万

世界上最丰富的酒宴

也不足以行我垂涎。

昨日心爱的鲜花

娇柔造作不值得留恋
那惹得人人羡慕的少年
也只不过是个酒后的醉汉。
是的，昨日的我
怎么会是我
但愿他是一个
素不相识的过客
那丑陋无比的肉体
却缠裹着欺骗的轻易
那空虚贫乏的灵魂
却有了华丽的富足的躯壳
感谢你呀
震撼世界的暴风雨
使我终于看见了
可鄙但却真实的自己
我得用最可怕的语言诅咒你
让那个陌生人永远堕入地狱
昨日的我已不是我
昨日的我已经死去。

△《无题》
我不爱夏日群芳的骄艳
却爱雨后花枝的凋残
有谁又比得了你
更知道人世的艰难
我不爱高悬的星斗
它虽然明亮却总是在空中躲躲闪闪
我仰慕那一划而过的流星
不管是落向坟窟冲向墨暗
选择命运却是那样的绝然
假如在人生这个大舞台上
我注定要扮演一个悲剧的角色

那么就让这个悲壮的故事
作为我生命史上最后的一篇

△《烟》
点燃的香烟中飘乎过未来的幻梦；
浓厚的烟缕中挣扎过希望的黎明；
而如今这烟雾仿佛是心中的愁绪，
集成了含雨未落的云层。
推开明亮的玻璃窗，
迎来郊外清凉的晚风，
我想留住那逃走的烟缕，
却是它向我告别的身影。

△《相信未来》
当蜘蛛网无情地查封了我的炉台
当灰的余烬散发着贫困的怨哀
我依然固执地铺平失望的灰烬
用美丽的雪花写下"相信未来"。
当我的紫葡萄化做深秋的泪水
当我的鲜花依偎在别人的情怀
我依然用凝霜的枯藤
在凄凉的大地上写下"相信未来"。
"相信未来"
这是最温暖的干柴。
"相信未来"
这是最迷人的色彩。
我用手指向滚向天边的海浪
我用手撑着托着太阳的大海
东方摇曳的曙光做那支漂亮的笔杆
用孩子的笔体写下"相信未来"。
……（略）

白洋淀诗人抄诗本照片（六幅）

白洋淀诗人的抄诗本

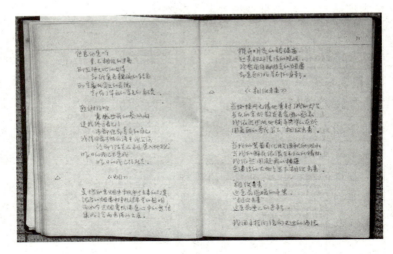

抄诗本的内页，抄有《烟》与《相信未来》等诗歌

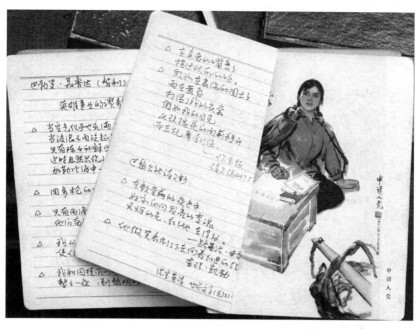

抄诗本的内页，抄有聂鲁达的诗句

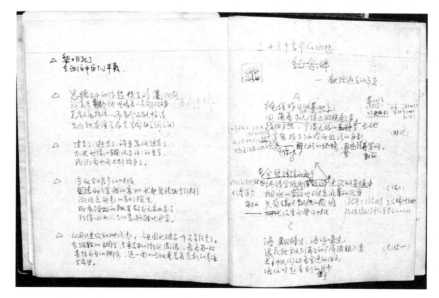

抄诗本的内页，林莽的《二十六个音节的回想》原题《纪念碑》

△ 我像秋天的叶子
△ 这在丝生的琴弦里
　　滞滞着一颗没有音乐的月亮
△ 树枝在我的心中拌动
　　从淡红色的向往里
　　走出一位教师和医生
　　他们用语言的高脚杯
　　盛来一脉缤纷的花朵
　　在里面、浸着我年龄的无知

△ 在多雨的秋天
　　在潺潺的诗行里
△ 那燃烧着的沙漠
△ 灌木丛中流狱的激访
△ 小说一样的空间呵
△ 我这绿色的
　　被感情打湿的字集里

抄诗本的内页，抄有"我像秋天的叶子"等诗句

△ 那没有颜色的纪念

△ 我才十九岁
和所有的年人一样
也曾修饰过自己的花园.

△ 你沉思垂着
　　　　像爬不出光明的早晨

△ 就这样 左沉默过后
左黎明的时刻
伴你寂寞地相依
我的理想已左寄托中失落

△ 洒一样的月亮

△ 当希望左玩笑中解除了的时候
我用春天的手
捧起那颗人为的太阳.

△ 寒暑般的思忠

△ 默默地纤细左越情的台阶之

△ 我像个孩子一样
　　　永远地、永远地走着……

白洋淀诗人抄诗本上的诗歌散句 ≡ 新诗图文志

抄诗本的内页，抄有"那没有颜色的纪念"等诗句